ENNEMIS

L'auteur

Charlie Higson est un auteur britannique né en 1958. Très célèbre outre-Manche, il a été chanteur puis acteur avant de se faire connaître en écrivant pour la télévision. Il est l'auteur de la série des *Young James Bond* relatant l'adolescence du fameux agent secret, mais aussi de romans policiers qui mêlent réalisme social et humour grinçant. Son goût prononcé pour les films d'horreur l'amène à écrire une série de livres de zombis, avec lesquels il espère causer de nombreuses nuits sans sommeil à ses lecteurs.

Du même auteur
dans la même collection :

Ennemis 2 – *Les trépassés*
Ennemis 3 – *La peur*
Ennemis 4 – *Le sacrifice*
Ennemis 5 – *Les déchus*

CHARLIE HIGSON

ENNEMIS

Traduit de l'anglais par Julien Ramel

CERTAINES SCÈNES
ATTENTION
PEUVENT CHOQUER

POCKET JEUNESSE
PKJ·

Directeur de collection :
Xavier d'Almeida

Titre original :
The Enemy

Publié pour la première fois en 2009
par Puffin Books, an imprint of Penguin, London.

Pour Sidney, qui rêve de zombis

Loi n° 49 956 du 16 juillet 1949 sur les publications
destinées à la jeunesse : juin 2011.

ISBN : 978-2-266-21059-1
Dépôt légal : juin 2011

1

Quand c'était arrivé, P'tit Sam était en train de jouer avec d'autres petits, sur le parking derrière Waitrose, le supermarché. Tout occupés à déployer une folle armada de figurines sur le bitume, les enfants n'avaient rien senti venir. Bien sûr, ils n'étaient pas supposés se trouver là, dehors, sans surveillance, mais il faisait un temps magnifique et ils supportaient mal de devoir rester enfermés. Sam n'était pas le plus jeune. En revanche, c'était le plus petit. D'où son surnom : P'tit Sam. Au départ, il en avait hérité surtout pour éviter la confusion avec les deux autres Sam de la bande : Gros Sam et Sam le Frisé. Gros Sam avait bien été tué quelques mois auparavant, mais le surnom était resté, et tout le monde continuait de l'appeler P'tit Sam.

D'ailleurs, c'est probablement à cause de sa taille que les adultes l'avaient visé, lui en particulier. C'était toujours comme ça : ils choisissaient les plus petits, les plus maigres, les plus vulnérables. Profitant de la panique générale, les autres mioches avaient réussi à se réfugier à l'intérieur. Pas Sam, qui s'était retrouvé acculé dans un coin du parking par une meute d'adultes.

Ils étaient arrivés par le mur d'enceinte, emmenés par une grosse daronne. Dans une autre vie, son survêtement avait dû être rose, mais il était devenu si crasseux et taché qu'il ressemblait surtout à un sac-poubelle. Son tronc imposant, flasque et bouffi, semblait posé sur deux cannes maigrelettes ; elle avançait le dos voûté, à une allure étonnamment rapide, les bras ouverts comme les pinces d'un scorpion fondant sur sa proie. Ses longs cheveux blonds lui battaient la nuque telles des queues de rats. Son visage n'exprimait rien sinon une bêtise butée qu'accentuait encore sa bouche haletante grande ouverte.

Trop terrifié pour pouvoir seulement appeler à l'aide, P'tit Sam n'avait pas poussé un cri au moment de l'attaque. Les adultes ne faisant pas de bruit non plus, la scène entière s'était déroulée dans un sinistre silence. La grosse s'était mise en travers du chemin, bloquant tout accès aux portes, tandis que deux de ses compagnons le prenaient en tenaille. Une sorte de danse macabre s'était alors engagée, P'tit Sam feintant ses assaillants durant quelques secondes, tout en sachant que ses efforts étaient vains et qu'ils finiraient par l'avoir. Le temps que les secours s'organisent et tentent une sortie, les adultes avaient franchi le mur dans l'autre sens. Ils emmenaient P'tit Sam avec eux, dans un grand sac.

Une phalange de grands avec Maxie à sa tête s'était alors rapidement déployée sur le parking. En dépit de leurs lances, de leurs barres de fer et de leurs pierres, ils avançaient prudemment, ignorant à quoi s'attendre.

— On arrive trop tard, pesta Callum en balayant du regard le parking désert. Ils l'ont eu.

— F'chier, maugréa un gamin trapu à l'épaisse tignasse brune nommé Josh. Je l'aimais bien. Y m'faisait marrer.

— C'est la deuxième attaque en une semaine, déplora

Maxie d'un air sombre. C'est quoi, ce délire ? Soit on est cernés, soit ils s'enhardissent de jour en jour.

Josh cracha par terre.

— Hardis, mon c… S'ils étaient encore là, je leur montrerais ce que c'est que d'être hardi. En leur écrabouillant leurs sales faces de carnaval, oui ! Ça ferait pas un pli. S'ils croient que j'ai peur… J'ai peur de rien, moi !

— Mais pourquoi ces attaques à répétition ? poursuivit Maxie.

— Z'ont faim, voilà tout, répondit Josh.

— On a tous faim, ajouta Callum.

— On aurait dû être là, gémit Maxie. On aurait dû les surveiller.

— On peut pas être partout, répliqua Callum avec assurance. Je te rappelle qu'on est en sous-effectif, vu qu'Arran est en maraude avec les autres pour nous trouver de quoi manger. Notre taf à nous, c'est de faire le guet depuis le toit. Jamais les petits n'auraient dû être dehors. Point barre. Personne ne doit sortir. On est tous supposés rester à l'intérieur.

— On ne peut quand même pas rester enfermés à longueur de temps, rétorqua Josh. On deviendrait tous maboules.

— À l'intérieur, c'est bien, trancha Callum.

— Tu dis ça parce que t'as les boules de sortir, railla Josh.

— Pas du tout. Pas plus que toi, en tout cas.

— Moi j'ai peur de rien, affirma Josh.

— Alors, c'est que t'as rien dans le crâne, fit valoir Callum.

— T'y es pas. Le truc, avec les adultes, c'est qu'y en a des balèzes, des qui courent vite et des qui sont rusés. Mais les balèzes sont lents et ceux qui courent vite sont stupides ; quant à ceux qui sont malins, ce sont des mauviettes.

— Va dire ça à P'tit Sam et à tous ceux qu'on a perdus, riposta Maxie avec colère. Gros Sam, Johnno, Ève, Mohammed, j'en oublie...

— Moi, en tout cas, y m'auront pas, pérora Josh.

— Quoi ? s'exclama Callum. Je rêve ou t'es en train d'insinuer que c'est leur faute s'ils se sont fait choper ?

— T'as tout compris.

— Arrêtez, vous deux ! tonna Maxie, avant d'ajouter d'une voix amère : Ça peut plus durer. Sinon, bientôt, on sera tous morts. J'en peux plus.

Elle laissa tomber sa lance et s'assit par terre, la tête entre les mains.

Tout était sa faute. Et cette culpabilité l'obsédait. *Tout était entièrement sa faute.*

Quand Arran n'était pas là, c'était elle qui le remplaçait. Elle ne se rappelait pas quand ça avait été décidé, mais c'était comme ça : *Arran était le chef et elle son bras droit.* Ça avait dû arriver il y avait longtemps, quand les enfants étaient tous trop terrorisés et trop perdus pour faire quoi que ce soit par eux-mêmes. Arran et Maxie avaient naturellement pris les rênes du groupe, distribué les tâches, galvanisé les troupes. Arran était un type bien, calme et intelligent. Pas une seule fois elle ne l'avait vu perdre son sang-froid ou céder à la panique depuis que le fléau s'était abattu sur le pays. Avant, il était capitaine de l'équipe de foot du collège William Ellis. Rien ne semblait pouvoir l'ébranler.

Tous deux avaient spontanément joint leurs forces, formé une équipe, Maxie ajoutant ses talents d'organisatrice à l'autorité naturelle d'Arran. Certes, il y avait de meilleurs combattants qu'elle, mais, trop contents de lui abandonner la responsabilité, ils obéissaient tous de bonne grâce à ce qu'elle pouvait dire. Ainsi en avait-il été décidé. En l'absence d'Arran, le chef, c'était elle.

Conclusion ? Tout était sa faute. Un autre petit enlevé. Elle fit le vide dans son esprit. Elle ne voulait surtout pas penser à ce que les adultes allaient faire subir à P'tit Sam. Oubliant les autres, elle cessa de retenir ses larmes.

Callum croisa le regard de Josh. Le malaise était palpable. Finalement, Josh s'accroupit auprès d'elle et la prit tendrement par l'épaule.

— Tout doux, Max'. Les choses vont finir par s'arranger, tu verras. Un événement imprévu va se produire. Quelqu'un va se pointer. Tout va changer. Quand Arran et les autres seront là, on en parlera tous ensemble, d'accord ? On montera un plan.

— À quoi bon ? répondit Maxie.

— Quand Arran sera là, OK ?

Elle leva les yeux vers lui avec une expression inquiète que même la saleté de son visage ne parvenait pas à dissimuler.

— Désolée.

— Bon, bon, allez, les coupa Callum, essayons plutôt de voir comment ils ont fait pour passer le mur. Ensuite, on retourne à l'intérieur.

— T'as raison, dit Maxie en se levant d'un bond.

Tout allait bien tant qu'on était occupé, tant qu'on ne s'arrêtait pas, tant qu'on n'avait pas une minute à soi pour réfléchir.

N'empêche, elle aurait vraiment aimé qu'Arran soit là. Elle se sentait toujours mieux quand il était là.

C'était juste que… Qu'est-ce qu'il allait penser ?

Un autre petit de perdu.

À cause d'elle.

2

Un liquéfié gisait au beau milieu de la rue. Un mâle, pour autant qu'on pouvait en juger de prime abord. Son aspect général évoquait l'image rassurante et familière d'un fruit – ou d'un légume – que l'on aurait oublié plusieurs jours en plein soleil. La peau était noircie, flétrie, ratatinée et fripée, couverte de petites incisions par lesquelles s'épanchait la chair avariée. Les tissus avaient littéralement fondu, transformés en bouillie infâme. Voilà ce qui arrivait quand la maladie atteignait son stade terminal. Les entrailles se liquéfiaient à l'intérieur jusqu'à finir par crever l'enveloppe et se répandre au-dehors.

Arran secoua la loque du bout du pied. Le fragile épiderme n'y résista pas.

Grand, blond, athlétique, un poignard à la ceinture et un manche de pioche à la main, Arran était le commandant du peloton de chasse.

— Dégueu, ricana à son côté un gamin dont l'impressionnante tignasse frisée était peroxydée presque à blanc.

— Assez rigolé ! On n'a pas de temps à perdre avec ça, déclara Arran en tournant le dos au macchabée pour remonter Holloway Road.

Au début, lorsque le fléau s'était abattu, les gamins étaient horrifiés et fascinés par les cadavres. Maintenant, ils y étaient tellement habitués que c'est à peine s'ils les remarquaient encore. Mais un liquéfié constituait toujours une attraction.

En ordre de marche derrière son chef, l'escouade de maraudeurs se remit en route. Ils n'avaient pas fait cent mètres que le peroxydé, Deke, ralentit l'allure.

— C'était quoi, ça ?

Tous se figèrent et tendirent l'oreille.

— Des chiens, répondit bientôt un autre garçon en se portant en tête du peloton.

Plus petit qu'Arran, et aussi plus frêle, il n'en était pas moins le meilleur guerrier du lot. Un guerrier qui avait maintes fois fait la preuve que l'art du combat n'était pas qu'une question de force physique. Il s'appelait Achille, avait un corps sec et noueux, des yeux noirs et un teint olivâtre. On ne lui connaissait pas d'autre passe-temps que le dessin à la tondeuse de motifs élaborés dans ses cheveux ras. Bien qu'il fût lunatique, gouailleur et soupe au lait, personne n'aurait songé à lui en tenir rigueur tant ses qualités au combat rattrapaient largement ses défauts. De fait, lors des coups durs, il leur avait plus souvent qu'à son tour sauvé la mise. Il était rapide, rusé et totalement impitoyable. Bref, il valait mieux l'avoir avec soi que contre soi.

Ils attendirent. On les entendait venir de loin, bien avant de les voir. Un concert d'aboiements, de jappements et de hurlements qui se fondaient en un seul et même cri de cauchemar.

Achille leva sa lance, une tige de métal trouvée sur un chantier, et la pointa en direction du bruit. L'arme possédait une lourde boule à un bout et un redoutable poinçon, soigneusement affûté, à l'autre. Parfait pour tenir les adultes à distance, les larder avec la pointe et les fracasser avec la garde. Un engin destiné à tout *sauf* au lancer. Beaucoup trop précieux pour cela.

Arran se mit en garde derrière lui, à côté de Freak et de Deke. Ces deux-là ne se quittaient jamais. Les meilleurs amis du monde. Avant le désastre, ils écumaient les rues, seulement armés de bombes de peinture. Leur tag – Freaky-Deaky – était visible aux quatre coins de Tufnell Park et de Camden Town, bombé sur les murs et les rideaux métalliques des magasins, dessiné au pochoir sur les trottoirs, gravé sur les vitres des abribus. Ils connaissaient tous les coins et recoins du quartier, les contre-allées et les ruelles, les détours et les raccourcis. Freak, dont le vrai nom était David, avait le cheveu court et un long visage pincé. Il reniflait sans arrêt. Deke était le plus costaud des deux. Il était beau gosse et aurait sans doute eu du succès avec les filles s'il n'avait pas passé le plus clair de son temps avec Freak. Mais c'était comme ça. Ils étaient comme les deux doigts de la main, finissant mutuellement leurs phrases et riant à gorge déployée à la moindre blague de l'autre. Freak était armé d'une hache, Deke d'une masse. À eux deux, ils formaient une redoutable équipe, abattant portes et fenêtres avec un entrain qui faisait plaisir à voir – ce qui ne leur interdisait pas, à l'occasion, de se servir de leurs outils dans les corps-à-corps.

Le dernier membre du groupe était Olive. Petit, roux, et aussi le plus malin de la bande. Un œil aiguisé et une intelligence vive comme l'éclair, dont il ne faisait guère étalage puisque, la plupart du temps, il gardait le silence. L'avantage étant que, les rares fois où il le rompait, tout le monde l'écoutait avec attention. D'ailleurs, Arran lui demandait régulièrement conseil et il ne serait venu à l'idée de personne de considérer cela comme une marque de faiblesse tant Olive savait toujours ce qu'il y avait de mieux à faire.

Alors que les cris des chiens approchaient, Olive se détacha du groupe pour s'assurer le meilleur angle de tir. Son arme à lui, c'était un lance-pierre récupéré dans un magasin d'articles de sport. Un truc puissant, conçu pour la chasse, avec une poignée en forme de crosse de pistolet et une attelle en métal à fixer sur le bras. Il déposa une grosse bille d'acier dans la poche de cuir élimée qui servait de lanceur et banda l'élastique.

Les enfants ne se risquaient jamais seuls dans la rue. Quand ils quittaient le camp, ils étaient toujours au moins quatre. Un pour ouvrir la marche, deux pour surveiller les flancs et un pour protéger les arrières. Comme Freak et Deke ne faisaient rien l'un sans l'autre, aujourd'hui ils étaient cinq.

Voilà longtemps qu'ils avaient appris à avancer au milieu de la rue, à découvert, loin des coins sombres au pied des immeubles où il n'était pas rare que se cachent des adultes prêts à vous tomber dessus. Les risques étaient moindres dès qu'il y avait de l'espace, car, de manière générale, les vieux étaient plutôt lents. Le pire, c'était de se retrouver encerclé : en masse, ils pouvaient vraiment devenir dangereux. Plus grands et plus lourds, ils ne laissaient alors guère de chances aux jeunes de s'en tirer. Heureusement, les croulants n'étaient pas assez futés pour planifier quelque stratégie que ce soit. Ils se contentaient d'attaquer tous ensemble, en sortant de l'ombre d'un pas pesant. Dans ces cas-là, le mieux était encore de prendre ses jambes à son cou.

Le sage est celui qui évite le combat.

Avec les chiens, c'était une autre affaire. Imprévisibles. Rapides. Redoutables.

— Ils viennent vers nous ? demanda Deke en enfonçant un doigt dans son incroyable tignasse pour se gratter le crâne.

— On dirait, ouais, répondit Olive entre deux grincements de son lance-pierre.

— Qu'ils y viennent ! lança Achille. Je les attends.

— Décidément, c'est de plus en plus galère, se lamenta Arran. Chaque fois qu'on tente une sortie, c'est pire que la fois d'avant.

Deke fit nerveusement tourner sa masse entre ses mains.

— Je te le fais pas dire.

C'est alors que déboula le premier cabot, un bâtard efflanqué avec un œil en moins, qui passa le coin de la rue à toute allure. Trop vite. Incapable de garder son équilibre dans le virage, il fit une série de roulés-boulés avant de s'allonger sur le dos, les pattes repliées, en signe de soumission. Un deuxième chien ne tarda pas à suivre. Un staffordshire terrier sale comme un peigne. De toute évidence, c'est après le bâtard qu'il en avait car il fondit droit sur lui en montrant les dents, le poil hérissé.

S'ensuivit un instant quasi comique au cours duquel les deux chiens réalisèrent qu'ils avaient un public. Après avoir cligné des yeux comme pour s'assurer que leur vue ne leur jouait pas des tours, ils fixèrent les garçons d'un air perplexe. Le reste de la meute fit irruption au même moment, dans un concert de hurlements et d'aboiements. Ils s'arrêtèrent net. En dérapage. Un ou deux se cognant même au staff, qui se retourna avec humeur et lança quelques coups de dents.

Le petit corniaud y vit sa chance et détala. Le gros resta immobile, la truffe au vent. Les autres, un ramassis de tout ce que pouvait compter de croisements la gent canine, attendaient. Pour l'essentiel, ils étaient en piteux état. Il leur manquait des touffes de poils ; ils avaient les yeux collés ; ils boitaient ; des traces de blessures récentes étaient visibles sur leurs flancs. L'un d'eux s'assit et se gratta vigoureusement l'oreille. Sans doute agacé par cette agitation intempestive, son voisin fit mine de le mordre. Le pouilleux se releva et s'éloigna en trottinant.

Roulant les muscles, le staff s'avança en grognant puis il aboya de toutes ses forces en direction des garçons. Le reste de la meute l'imita aussitôt. Silencieuse une minute plus tôt, la rue résonna soudain d'un boucan de tous les diables.

— À votre avis, demanda Freak, ils vont nous attaquer ?

— Tout dépend de ce que leur commandera leur estomac, répondit Arran.

— J'suis peut-être pas spécialiste, mais y m'ont tout l'air de crève-la-faim, ajouta Deke en agrippant sa masse.

— Essayons de les effrayer, proposa Arran.

Les garçons se mirent à crier en agitant les bras. Les chiens reculèrent de quelques pas. Mais, rapidement, les plus hardis reprirent leur marche en avant, centimètre par centimètre. Après avoir secoué la tête, le gros staff s'engagea d'un pas décidé.

— Descends-le, ordonna Arran. C'est lui le chef de meute, peut-être que ça aidera les autres à capter le message.

Olive lâcha son tir. La bille d'acier cueillit le molosse en plein front. Ses pattes se dérobèrent sous lui et il s'effondra, sans un bruit. Les autres chiens approchèrent et le flairèrent. Quelques-uns hurlèrent à la mort. Et puis, surgi de l'arrière-garde, un gros berger allemand se rua en avant, entraînant trois de ses congénères avec lui. Achille mit un genou à terre et, quand le chien bondit, il lui planta sa lance dans l'abdomen. Les autres virèrent et prirent la fuite. Olive décocha une nouvelle bille d'acier. Un des cabots poussa un jappement à fendre l'âme, la patte brisée net par le tir de lance-pierre.

Avec un terrible cri de guerre, les garçons chargèrent le reste de la meute, qui se dispersa aussitôt. En bon professionnel, Olive balaya le sol du regard à la recherche de ses munitions. Il dénicha la deuxième dans le caniveau, la première ne lui posant guère de problème, sagement nichée qu'elle était au creux d'un trou bien net, en plein milieu du crâne du staff.

Tous les cinq s'agenouillèrent aux côtés de la dépouille du chien.

— Vous pensez qu'on peut le manger ? demanda Freak. Y va pas nous refiler ce parasite que Maeve n'arrête pas de nous bassiner avec dès qu'il est question de béqueter un clébard ? La tricky j'sais pas quoi...

— Trichinellose, précisa Arran. Ça ira si on le fait bien cuire.

— On va le paner et le faire frire, s'enthousiasma Deke. Avec des chips et un bon p'tit verre de vin, ça va le faire grave.

— Ouais, renchérit aussitôt Freak en rigolant. Du chien pané ! J'connais la recette !

— D'façon, c'est pas le moment de chipoter, ajouta Arran. Certains petiots sont d'une maigreur à faire peur. Par contre, on touche pas au berger allemand. Trop encombrant. Et puis, ça laissera aux autres de quoi s'occuper.

Sans mot dire, Achille sortit son couteau et vida le staff, abandonnant les entrailles bien en évidence au milieu de la chaussée afin de distraire un peu plus encore le reste de la meute. Puis il attacha ensemble les pattes du chien à l'aide d'une corde en nylon et la passa à l'épaule d'Arran.

— Qu'est-ce qu'on fait ? demanda Freak. On rentre ?

— Y a de plus en plus de risques à quitter le camp, objecta Arran. Et le clebs suffira jamais pour nous vingt.

Chaque matin, un peloton partait en maraude pour réapprovisionner le camp, fouillant les maisons et les appartements vides à la recherche de tout ce qu'ils pouvaient récupérer : boîtes de conserve oubliées au fond d'un placard, bocaux sagement alignés sur l'étagère d'un garde-manger, bouteilles diverses et variées... Le plus souvent, ils rentraient bredouilles. En revanche, les jours fastes, ils rapportaient de quoi tenir plusieurs semaines.

Ils avaient toutefois conscience que cela ne pouvait pas durer éternellement. Ils avaient déjà nettoyé tout ce qui était accessible dans un rayon de deux kilomètres autour de Waitrose, exception faite du quartier de Crouch End, détruit par un incendie, et des abords du stade d'Arsenal, qui était un vrai nid de croulants.

Tôt ou tard, ils allaient devoir déménager.

Mais pour aller où ?

Arran écarta une mèche qui lui tombait sur les yeux. Il avait mal au ventre. Non pas à cause de la faim – avec laquelle il avait depuis longtemps appris à composer – mais parce qu'un profond dégoût lui retournait l'estomac. Au fil des mois, il en venait à haïr ces rues, leur odeur, leur saleté repoussante, les herbes folles qui poussaient dans chaque anfractuosité de pierre ou de béton, la peur qui le rongeait chaque fois qu'il devait s'y aventurer. Au début, il était fier et heureux d'avoir été choisi comme chef. Et puis, peu à peu, le poids de cette responsabilité avait pris le pas sur l'estime et l'honneur.

Car, désormais, il était responsable de tout ce qui pouvait arriver aux autres. Que quelque chose vienne à mal tourner et c'est sur lui que ça retomberait. Voilà pourquoi quelqu'un comme Achille, qui aurait facilement pu le battre à la loyale, était content de ne pas être à sa place. Ça lui laissait le loisir de frimer et de récolter les lauriers de ses actions d'éclat, tout en gardant une porte de sortie dès qu'il s'agissait de prendre une décision importante. Il s'en remettait alors prudemment à Arran.

C'était une belle journée de printemps. Dans le fond de l'air, on humait déjà un avant-goût d'été. En temps normal, Arran se serait délecté de cette atmosphère douce et ensoleillée, de voir reverdir les arbres, comme si la nature s'extirpait lentement d'une longue nuit. Aujourd'hui, cela signifiait juste que les adultes allaient reprendre du poil de la bête. Durant l'hiver, engourdis par le froid, ils n'étaient guère dangereux, mais le changement de saison semblait les ragaillardir, leur redonner des forces, décupler leur courage. De fait, les attaques se multipliaient ces derniers temps.

Ils avaient plus faim que jamais.

Les mômes remontèrent Holloway Road, une rue qui éveillait une multitude de souvenirs dans la tête d'Arran : manger chez McDonald's, faire les magasins avec sa mère, aller au cinéma…

Il essaya de refouler ces pensées. Elles ne faisaient qu'aggraver les choses.

Arrivés à Archway, ils redoublèrent de prudence. Il y avait une station de métro à cet endroit. Un coin idéal pour un affût de croulants.

— Quel côté ? demanda Deke.

— Highgate Road, répondit Arran. On va pousser jusqu'à Whittington.

— Pas question que je mette les pieds à l'hôpital, objecta Achille.

— Ah oui ? Et tu peux nous expliquer pourquoi ?

— Parce que c'est chou blanc à coup sûr.

— Et les médicaments, t'y as pensé ? fit valoir Olive. Paracétamol, antibiotiques… tous ces trucs dont on a constamment besoin.

— Ça m'étonnerait qu'il y en ait encore, dit Deke. Quand tout ce foutoir a démarré, c'est le premier endroit qui a dû être pillé.

— On va quand même y jeter un œil, insista Arran. Juste au cas où. Mais, avant, on fait le tour des maisons qui sont là.

— Pas question que je mette les pieds dans un foutu hôpital, répéta Achille.

— Dans ce cas, qu'est-ce que tu dirais de la piscine ? demanda Freak.

— Quoi, la piscine ?

— Ça vaut le coup d'aller voir, non ?

— Pourquoi ? T'as envie de piquer une tête ? ironisa Achille.

— Vas-y, moque-toi, se défendit Freak. Tu riras moins quand j'aurai dévalisé le distributeur automatique qui se trouve forcément à l'intérieur.

— N'importe quoi. Ces trucs marchent jamais. Y sont bons qu'à te piquer ton pognon.

— Ça mérite quand même d'aller voir, argumenta Freak. Imagine… Des Mars, des chips, des chewing-gums…

— Rêve pas, rétorqua Achille. Après tout ce temps, y aura plus rien, dans ta machine.

— Écoutez, insista Freak. Pour autant qu'on sache, la bande du supermarché Morrisons et nous, on est les seuls gamins du coin. Et eux ne montent jamais jusqu'ici. Tout ce que je dis, c'est qu'on devrait au moins aller voir. Si on fait l'hôpital, pourquoi on ferait pas aussi la piscine. D'façon, on regarde partout, hein, Arran ?

— On peut le résumer comme ça, répondit ce dernier.

— C'est du temps perdu, déclara Olive. On n'a jamais trouvé quoi que ce soit dans un distributeur !

— Deke, t'es d'accord avec moi, hein ? demanda Freak en se tournant vers son compère.

— Pff ! Tu parles d'un avis objectif, ironisa Achille.

— Mais pas du tout, feignit de s'emporter Deke. Freak, essaie un peu, pour voir.

— La Terre est plate.

— Vrai.

— Les pingouins peuvent voler.

— Bien sûr.

— J'suis le mec le plus extraordinaire qui ait jamais existé.

— Absolument exact.

— Ha ha, très drôle, les coupa Achille.

— Ach' est une tanche, poursuivit Freak.

— La vérité vraie, répondit aussitôt Deke.

— Bon, bon, ça va, on a compris, les interrompit Arran en essayant de ne pas rire. On va y aller, dans cette foutue piscine.

Un bruyant soupir s'échappa de la bouche d'Olive. La piscine… Et puis quoi, encore ? Ce qu'il leur fallait, c'était de la nourriture, pas des friandises. Seulement Arran avait parlé. Et c'était lui qui commandait. Il fourra une main dans sa poche et fit rouler une bille d'acier entre ses doigts. Le contact du métal froid l'apaisa un peu.

Visiter cet endroit ne lui disait rien qui vaille. Ces missions n'étaient déjà pas une partie de plaisir, mais, à l'idée de se jeter ainsi dans l'inconnu, il sentait son cœur s'emballer.

— Allez, en route, ordonna Arran.

— Y a rien à dire, marmonna Freak, faire un tour à la piscine, ça c'est une idée de génie.

— J'te le fais pas dire ! acquiesça aussitôt Deke.

3

Les portes vitrées de la piscine étaient fêlées de partout et l'intérieur si maculé de poussière qu'il était impossible de voir quoi que ce soit au travers. Deke leva sa masse et l'abattit de toutes ses forces près des poignées. La vitre explosa littéralement et se désintégra en centaines de pépites étincelantes.

— Cool, commenta Freak.

— Plus que cool, renchérit Deke, qui n'aimait rien tant que casser quelque chose.

Les premiers jours du désastre, avant qu'il comprenne de quoi il retournait, Deke s'était baladé dans les rues avec bonheur, cassant, brûlant et broyant tout ce qui lui tombait sous la main, peinant à croire que personne ne l'arrête et qu'il puisse ainsi faire tout – mais alors, absolument tout – ce qu'il voulait.

Ce joyeux débordement avait tourné court lorsqu'il avait découvert que les adultes n'étaient pas tous morts et qu'il valait mille fois mieux se faire attraper par un parent, un professeur ou un policier que par ceux qui restaient. Un parent vous aurait privé de sorties, un prof vous aurait collé, un flic vous aurait arrêté, mais aucun n'aurait essayé de vous bouffer, comme le faisaient les croulants qui traînaient dans les rues ces temps-ci.

Ce qui ne l'empêchait pas d'avoir toujours autant de plaisir à démolir quelque chose. Aussi se portait-il régulièrement volontaire pour partir en maraude.

Sa masse à la main, il recula d'un pas pour permettre à Achille d'inspecter les lieux.

— On va avoir besoin des torches, déclara celui-ci après avoir passé la tête dans l'ouverture et embrassé le hall du regard.

Chaque maraudeur était équipé d'une lampe à LED fonctionnant non pas avec des piles, mais avec un remontoir qu'il suffisait d'actionner pour recharger la batterie. Comme un seul homme, tous les cinq s'échinèrent sur les petites manettes du mécanisme. Trente secondes, et autant de cric-cric plus tard, les torches étaient assez chargées pour offrir trois bonnes minutes d'autonomie.

Ils pénétrèrent dans le hall, promenant le faisceau de leurs lampes sur le sol crasseux et sur les murs. Juste devant eux se trouvait le comptoir d'accueil. Sur la droite, derrière une barrière percée d'un tourniquet, s'ouvrait une petite cafétéria donnant sur le bassin. De l'autre côté, un large couloir conduisait aux vestiaires.

Le comptoir était couvert de toiles d'araignée et les affiches jaunies qui se décollaient des murs semblaient tout droit sorties d'un autre monde. On y voyait des jeunes gens tout sourire vanter les mérites d'un esprit sain dans un corps sain ou recruter pour les activités de différentes associations sportives. Quelques empreintes d'animaux se dessinaient dans la poussière et les débris qui jonchaient le sol, mais aucun signe ne permettait d'affirmer que des humains étaient récemment passés là.

— Si je me souviens bien, les distributeurs étaient par là, dit Freak en levant le menton vers les tables et les chaises de la cafétéria.

— On check vite fait, dit Arran.

Sans qu'on ait besoin de le lui dire, Achille partit en éclaireur, grimpant d'un bond sur le tourniquet avant de se laisser tomber de l'autre côté, ramassé sur lui-même, la lance pointée.

— Rien à signaler.

Un à un, les autres lui emboîtèrent le pas, Olive fermant la marche, la torche dans une main, le lance-pierre dans l'autre.

Ils avancèrent prudemment, à pas comptés. Plus ils approchaient du bassin, plus une odeur nauséabonde leur chatouillait les narines. La puanteur infecte de l'eau croupie.

Achille, sur le qui-vive, prêt à répliquer à toute attaque, espérait presque qu'un adulte surgisse devant lui sans crier gare. Arran avançait en essayant de relever le menton et de bomber le torse, persuadé qu'une telle attitude entourait son petit groupe d'un rempart protecteur. Olive, quant à lui, jetait en permanence des regards inquiets derrière lui. Il était tellement habitué à surveiller les arrières, en queue de peloton, que marcher à reculons lui était presque devenu naturel.

— La vache, qu'est-ce que ça schlingue !

— La ferme, Freak ! coupa aussitôt Achille.

— Calme-toi, intervint Deke. S'il y avait quelqu'un là-dedans, ça fait longtemps qu'il nous aurait entendus, vu le boucan qu'on a fait en entrant, tu crois pas ?

— Boucle-la. Qu'on entende ce qui se passe.

— Oh, ça va…

Ils éclairèrent les murs de la cafétéria, là où auraient dû se trouver les distributeurs. Mais rien. Le vide.

— Ils n'y sont plus, constata simplement Arran.

— Sans déconner, répondit Achille d'un ton amer.

— Je vous avais dit que c'était une perte de temps, fit remarquer Olive. Alors, on peut y aller, maintenant ?

Pour toute réponse, Arran avança de quelques pas en direction du bassin. Une faible lueur verte pleuvait des hautes baies vitrées qui s'étiraient jusqu'au plafond. L'air était chaud et humide. Avant, en été, il venait là presque toutes les semaines. Il y avait un toboggan qui décrivait un virage à l'air libre, hors du bâtiment, ainsi qu'une machine à vagues et toutes sortes de fontaines, de pataugeoires et de jets d'eau dans lesquels les gamins s'ébattaient gaiement. Les hurlements des enfants lui revenaient en mémoire. C'était ça, cet endroit. Un lieu grouillant de monde où régnait une agitation frénétique. Ne restaient plus que le silence et une puanteur d'égout. Des herbes verdâtres pendaient du toboggan, posé sur son armature en métal rongée par la rouille.

Arran sentit son cœur cogner contre ses côtes. Ce lieu le mettait mal à l'aise.

Freak le rejoignit au bord de la piscine, le faisceau de sa torche dansant dans la fosse caverneuse du bassin.

— Pendant qu'on est là, je propose qu'on fouille un peu partout pour voir ce qu'on peut dénicher.

Il restait de l'eau dans la piscine ou, plus exactement, une bouillasse parfaitement opaque. Des algues flottaient un peu partout, au milieu d'éléments de mobilier, jetés là par quelque vandale. Arran reconnut des chaises, des tables, un classeur à tiroirs et, même, ce qui semblait bien être un tapis roulant, provenant sans doute de la salle de gym, à l'étage.

Algues et moisissures colonisaient également les murs, recouvrant peu à peu les baies vitrées. C'était ça qui donnait cette fantomatique lumière verdâtre.

Olive jetait des regards nerveux en direction de l'entrée.

— On devrait y aller, répéta-t-il.

— Pourquoi, t'as la trouille ? demanda Deke.

— Bien sûr que j'ai la trouille. J'ai toujours la trouille quand on va quelque part où on n'est jamais allés. C'est sain d'avoir peur. Ça permet de vivre plus longtemps.

— Eh, matez-moi ça, les interrompit Freak en promenant sa torche sur le bassin.

Un distributeur automatique dépassait de la surface de l'eau ; suffisamment pour qu'on voie qu'il était encore rempli de barres chocolatées, de bonbons et de chips.

— On a touché le jackpot, murmura Deke.

Comme aimantés par le trésor qu'ils venaient de découvrir, ils s'approchèrent du bord, qui descendait en pente douce dans l'eau stagnante pour créer un effet de plage. L'odeur prenait à la gorge. Le sol était de plus en plus glissant.

— Comment ce machin a-t-il pu se retrouver là ? demanda Achille.

— Qu'est-ce qu'on s'en fout ! répondirent Freak et Deke d'une même voix.

Arran éclaira un panneau, à peine lisible sous la gangue qui le recouvrait.

INTERDIT DE COURIR. INTERDIT DE PLONGER.

— Savez pas lire ou quoi ? railla-t-il. Interdit de plonger !

Les autres ricanèrent. L'idée de plonger dans ce cloaque avait beau les révulser, quelqu'un allait bien devoir se dévouer et rentrer dans l'eau s'ils voulaient atteindre l'eldorado.

— J'aime pas ça, dit Olive en jetant une fois encore un regard inquiet vers l'entrée, histoire de vérifier que rien ni personne ne leur barrait la route. Y a un truc qui cloche.

— Mais y a rien, ici, mecton, répondit Deke. Pas un rat. Le désert. Regarde toutes les saloperies dans l'eau. Ça doit faire un bail que ce machin est là, oublié de tous.

— Ouais, ben moi, j'me casse, affirma Olive.

Il sursauta en entendant Freak hurler soudain :

— Hé ho ! Y a quelqu'un ?

L'écho de sa voix se répercuta sur les murs.

— Tu vois ? demanda-t-il, pas peu fier de son mauvais tour. Rien.

— T'es vraiment qu'un crétin, l'accusa Achille.

— Oh, ça va, lâche-moi, Einstein.

— Commencez pas, intervint Arran d'une voix lasse.

— Écoutez, poursuivit Deke, ça fait déjà un moment qu'on est là. Si quelque chose devait arriver, ça serait déjà fait. Cet endroit est mort. Comme le reste de Londres. Et, de ce qu'on en sait, comme le reste du monde.

— Peut-être, mais *nous*, on l'est pas, répliqua Arran. Et j'aimerais autant que ça continue.

— Dans ce cas, allons immédiatement vider cette machine. Histoire de récupérer un peu de bouffe. Manger ? Ça vous dit quelque chose ?

— Euh, sur ce coup-là, ce sera sans moi.

— Oh, arrêtez de faire vos chochottes, lança Freak en se pinçant le nez et en s'avançant vers l'eau.

Deke laissa échapper un grognement dégoûté quand son copain s'enfonça dans le cloaque nauséabond. Rapidement, il en eut jusqu'aux genoux. Puis jusqu'à la taille. Après un petit signe de la main à ses compagnons, il se pencha sur la vitre et scruta l'intérieur du distributeur.

— Ouh, dégueu ! dit-il avec un sourire. Vous devriez voir ça.

Soudain, un cri s'échappa de la bouche de Deke :

— Freak ! Non !

Tout autour de lui, l'eau s'était brutalement soulevée, comme si une bête monstrueuse était tout à coup remontée des profondeurs. Avant que quiconque ait pu le retenir, Deke se rua dans l'eau en hurlant. Achille n'eut que le temps de lâcher un laconique « imbécile ».

Des formes émergeaient de partout, apparemment constituées de la même fange verdâtre que celle qui poissait l'eau du bassin. La fosse bouillonnait tandis que des dizaines de silhouettes crevaient la surface. Des pères. Des mères. Couverts de vase, qui tendaient les mains vers leur proie, un immonde varech s'accrochant comme des toiles d'araignée à leurs doigts crochus.

— Des croulants ! beugla Arran.

Olive attrapa une bille d'acier, la fourra dans son lance-pierre et banda l'élastique. Mais ils étaient trop nombreux. Pris de panique, il ne savait plus où viser.

Dans la piscine, Freak balançait des coups de hache à tout-va. Le premier adulte couvert d'algues qui eut le malheur de passer à portée eut le bras arraché. Armant un nouveau coup, il en cueillit un autre sur le côté du crâne. Mais, bientôt, il fut submergé par le nombre, cerné de toutes parts. En outre, plus ils le pressaient, moins il avait la place de manier son arme avec efficacité. Au coup suivant, la lame de sa hache se ficha profondément dans la cage thoracique d'un croulant et se coinça. Se tordant de douleur, battant l'eau, l'affreux arracha la hache des mains de Freak, qui se retrouva ainsi désarmé. Des mains visqueuses se refermèrent sur son cou. Il gesticula pour leur échapper, inondant ses assaillants d'une volée d'injures.

Olive ne pouvait plus tirer. Le risque de toucher Freak était trop important. Il se rabattit donc sur un des assaillants, à la marge du groupe. Une mère. Qu'il atteignit en pleine tempe. Celle-ci bascula à la renverse et disparut sous la surface. C'est alors qu'un bruit lui fit faire volte-face. D'autres adultes avaient investi la cafétéria, bloquant toute possibilité de retraite.

— On est encerclés, cria-t-il en pointant son arme vers cette nouvelle menace.

Face à la vague d'adultes qui sortaient en masse de la piscine, Arran n'eut d'autre choix que d'agripper son manche de pioche à deux mains et de foncer dans le tas. Un petit père grassouillet, peinant comme les autres à rester sur ses jambes en raison du sol glissant, émergea de l'eau, ramassé sur lui-même, telle une horrible grenouille dégénérée. Arran le cueillit au menton, par en dessous. Le daron fit un saut périlleux arrière et s'effondra dans l'infect marécage.

Pendant ce temps, tenant sa masse à l'envers pour utiliser le talon du manche contre tous ceux qui lui barraient le passage, Deke continuait d'avancer vers son ami.

Conscient que l'eau jouerait en sa défaveur, Achille suivait sa progression depuis le bord. Ça ne l'empêchait pas de taillader tous les crevards qui passaient à sa portée.

— Allez ! Vas-y ! Tu y es presque ! l'encouragea-t-il entre deux coups de lance.

Deke avait presque atteint son pote. Seulement, juste avant qu'il y parvienne, trois balèzes se jetèrent sur Freak et l'attirèrent par le fond.

— Tiens bon ! hurla Deke.

Il poussa de toutes ses forces sur ses jambes avant de plonger au secours de son ami, ce qui arracha une énième insulte à Achille.

Cette fois, il n'avait plus le choix. Il allait devoir se jeter à l'eau, au propre comme au figuré. Avec un terrible cri de guerre, il s'élança et bondit dans le bassin, agitant sa lance en tous sens et montrant les dents.

Conscients du danger, les adultes reculèrent. Freak et Deke restaient invisibles.

Du côté de la cafétéria, Olive, un genou à terre, avait déclenché un puissant tir de barrage contre les croulants qui bloquaient la sortie. Ne pouvant détourner le regard de ses cibles une seule seconde, il n'avait aucune idée de ce qui se passait dans son dos. Il pria pour que ses compagnons le rejoignent sans tarder car il ne pourrait pas tenir éternellement ces affreux à distance.

— À moi ! Quelqu'un !

Arran pivota et comprit aussitôt ce qui était en train de se jouer.

— Achille, cria-t-il, tu t'occupes de Freak et de Deke. Moi, je vais aider Olive.

Il ignorait si Achille l'avait entendu, mais il n'avait pas le loisir d'attendre pour le savoir. Il se précipita au secours d'Olive, qui ne pouvait plus recharger assez vite pour contenir le groupe d'adultes de la cafétéria. Arran se jeta tête baissée dans la mêlée, distribuant au passage une volée de furieux coups de matraque. Si fort que son gourdin se fendit sur le crâne d'un vieux, qui bascula de côté en poussant un horrible hurlement. Arran arma un nouveau coup, cette fois au niveau des genoux d'un de ses adversaires. L'os se fractura avec un craquement sec. Son propriétaire mordit la poussière, hors d'état de nuire.

— Il faut les repousser, cria-t-il en chargeant une nouvelle fois.

Déséquilibrés par les tables et les chaises qui se trouvaient derrière eux, les adultes chavirèrent comme autant de quilles de bowling.

De son côté, Achille avait enfin atteint le distributeur. Oublieux de la puanteur, il plongea la main dans l'eau, grosso modo là où il avait vu disparaître Deke. Palpant quelque chose, il l'empoigna et tira de toutes ses forces pour le remonter. Un croulant ! Il lui enfonça sa lance dans le corps, tourna un quart de tour, puis la retira. À peine en avait-il terminé que Deke jaillit du cloaque dans une gerbe d'eau. Il tenait Freak, à moitié inanimé, dans ses bras.

— Je l'ai ! crachota Deke.

Son visage blafard semblait presque phosphorescent dans la pénombre.

— OK, on y va, répondit simplement Achille.

Mais la partie était loin d'être gagnée, comme le leur fit brutalement comprendre un enragé qui les tamponna avec une telle violence que Deke valdingua contre le distributeur et éclata la vitre sous l'impact. Deke poussa un grognement de douleur, le souffle coupé.

Achille ne fit pas de détail : il répondit à l'assaillant par un rapide coup de massue en pleine bouche. Face à de tels arguments, les autres battirent prudemment en retraite. Achille et ses deux compagnons en profitèrent pour fendre l'eau en direction du bord, le premier ne se privant pas d'abreuver l'ennemi d'un chapelet d'insultes plus fleuries les unes que les autres et de le mettre au défi de se mesurer à lui.

— Approchez, bande de crevards ! Venez, je vous attends !

Pour toute réponse, les adultes se fondirent à nouveau dans la mélasse nauséabonde du bassin. Achille les regarda disparaître sous la surface avec un certain soulagement. Sa hargne relevait davantage de la bravade que d'une réelle volonté d'en découdre. Il était vidé. Freak et Deke avaient tous deux perdu leurs armes. Par conséquent, s'il était venu à l'idée des adultes d'attaquer en masse, ses copains et lui n'auraient eu aucune chance de s'en tirer. Il regarda derrière lui. Les deux autres avaient encore de l'eau jusqu'aux genoux. Ils se traînaient, vacillaient, repartaient péniblement. Deke semblait à bout de forces. Achille vint à leur secours. Passant un bras autour de la taille de Freak, il les tira tous deux jusqu'à ce que, haletant, crachant et trébuchant, ils émergent enfin du bassin.

— Qu'est-ce que vous fabriquiez ? demanda Arran lorsqu'ils l'eurent rejoint, à l'entrée de la cafétéria qu'Olive et lui avaient débarrassée de ses envahisseurs.

— J'ai dû repêcher le duo de comiques, répondit Achille.

— On n'allait quand même pas partir sans piquer une tête, ajouta Deke d'une voix enrouée.

Il toussa, plié en deux de douleur.

— Euh, t'es sûr qu'il va bien ? demanda Arran à Achille.

— Ben ouais, j'crois. Au fait, qu'est-ce qu'on attend pour se tirer d'ici ?

— Plus facile à dire qu'à faire, bougonna Olive en décochant un tir en direction d'une silhouette indistincte, derrière le comptoir de réception. Ces enfoirés bloquent la sortie.

— J'ai jamais rien vu de pareil, dit Achille après avoir laissé échapper un juron. Ces salopards sont plus malins que je pensais. Ils nous ont tendu un piège.

— C'est vrai qu'ils commencent à foutre la trouille, acquiesça Olive.

— T'inquiète, on va juste reprendre notre souffle, et tu vas voir ce qu'ils vont se prendre. Si y croient m'faire peur…

Deke fut secoué d'une nouvelle quinte de toux. Il frissonna et gémit, plus pâle que jamais. En revanche, Freak semblait sortir tout doucement de sa torpeur. Il secoua la tête et se frotta la tempe avec la paume de la main.

— Ma hache ?

— Perdue, Superman ! répondit Achille. T'en fais pas, on t'en trouvera une autre. Pour l'instant, ce qui compte, c'est sortir de ce trou. Tu peux marcher ?

— Et puis quoi, encore ?

— Hum, j'sais pas si on peut en dire autant de ton pote.

Freak pivota vers Deke.

— Au fait, merci de m'avoir sorti de là, frangin.

— Pas de souci, répondit ce dernier en dodelinant de la tête, mais il respirait difficilement et une bulle de sang était collée à ses lèvres.

— Ça va ?

Deke esquissa un sourire.

— J'crois que j'suis empoisonné.

— T'es resté sous l'eau un sacré bout de temps, mec, renchérit Achille. Ouais, un sacré bout de temps.

— Je me sens mal, balbutia Deke.

Et puis il vacilla. Freak le rattrapa juste à temps pour l'empêcher de s'effondrer.

Il posa la main sur le ventre de son pote, dont les vêtements étaient tachés d'un sang noirâtre.

— Tu saignes, dit-il.

Achille lui souleva délicatement le bras. Un tesson de verre lui sortait des côtes.

— Oh, non ! s'écria Freak avec épouvante.

— C'est rien, le rassura Deke. Je vais bien.

Une affirmation que vint aussitôt contredire une nouvelle quinte de toux qui lui arracha un crachat mêlé de sang.

— Le verre a entaillé le poumon, diagnostiqua Achille d'un air grave.

Les yeux du blessé se révulsèrent.

— Tiens bon, mon frère, geignit Freak.

— Je crois que je vais…

— Non, frangin ! Reste avec nous ! hurla Freak.

Il secoua son ami qui, sourd à son appel, sombrait lentement.

— Arran ! Il faut le sortir d'ici !

Il n'avait pas dit cela que les adultes lancèrent un nouvel assaut, une bonne dizaine d'entre eux émergeant ensemble de la piscine d'un pas lourd et menaçant.

Une rage aveugle s'empara d'Arran à l'idée qu'un des siens soit blessé. Ils n'avaient pas de médicaments à lui donner ; et l'eau de la piscine devait grouiller de tout ce que la nature pouvait compter de miasmes et de microbes. Rugissant comme une bête, il fonça dans le tas avec sa matraque. Il brisa des os, explosa des nez, éclata des yeux, fit voler des dents. Il avait à peine conscience de ce qui se passait autour de lui. Seule la vague présence d'Achille, qui progressait dans son sillage en finissant le travail, parvenait à percer la furieuse noirceur qui avait envahi son esprit.

Une daronne aux longs cheveux qui lui faisaient comme des serpents autour de la tête se posta devant lui. Il la saisit à la gorge et serra. Elle secoua violemment la tête de gauche à droite, les bras battant l'air à la manière de deux fléaux. Arran essuya une pluie de gifles. Elle avait les mains couvertes de croûtes. Ses cheveux volèrent. Durant un court instant, il distingua clairement son visage.

Elle n'avait pratiquement plus de nez, emporté par la nécrose. Sa peau n'était plus qu'un amas de boursouflures, et ses lèvres retroussées sur deux rangées de dents cassées laissaient entrevoir des gencives ratatinées et noirâtres.

Tout chez elle était repoussant, inhumain, hideux, fétide. Sauf ses yeux. Proprement magnifiques.

Arran y décela un furtif éclair d'intelligence.

Il se figea, et le temps avec lui. Il eut soudain l'impression saisissante que tout cela n'était qu'un mauvais rêve. Comme s'il avait tout imaginé. L'effondrement de la société, la peur, la confusion, ces mois terrés dans Waitrose. Finalement, rien de tout ça n'était possible. Le monde n'avait pas autant changé. Pas si vite. Il n'avait pas pu devenir ce barbare sanguinaire qui fracassait des crânes à coups de batte du jour au lendemain. Un tueur.

La mère essaya de parler. Ses lèvres se tordirent en un rictus immonde d'où s'échappa un borborygme.

— Mwoumph…

Arran sentit ses yeux se remplir de larmes. Il était à bout. Il lâcha prise.

La vieille se libéra d'un mouvement d'épaules avant de lui planter ses dents dans le cou. Ensuite, Achille dut lui mettre un coup de lance car un jet de sang écarlate jaillit de sa poitrine juste avant qu'elle ne disparaisse à jamais et qu'Olive ne le tire vers les tourniquets en hurlant :

— Allez, Arran ! On bouge !

Il passa maladroitement par-dessus la barrière, d'un geste gauche, sans même s'en rendre compte.

— Où est Freak ?

Freak affrontait l'ennemi à mains nues, repoussant les adultes à coups de poing, de pied, de coude et de genou, pour protéger Deke. Mais il perdait du terrain. Les croulants avaient senti que Deke était blessé. Abandonnant l'idée de bloquer la sortie, ils concentraient tous leurs efforts sur lui. Deux d'entre eux l'avaient attrapé par les jambes. Pris d'un accès de rage, Freak jeta ses dernières forces dans la bataille.

— Arrête ! hurla Olive. C'est trop tard !

— Jamais !

Un adulte le percuta de travers, l'obligeant à lâcher prise.

— Deke !

Son cri mourut en travers de sa gorge lorsqu'il vit la longue trace sanguinolente que Deke, face contre le carrelage, laissait derrière lui tandis que les adultes le traînaient rapidement à l'écart. Avec un hurlement de douleur, Freak se précipita à sa suite et beugla un chapelet d'insultes à ses bourreaux. En vain. Il ne pouvait plus rien faire.

Les croulants emmenèrent leur proie dans l'eau avant de l'attirer par le fond. La dernière image que Freak garda de son ami de toujours, celui avec qui il avait grandi, partagé six années d'école, fait les quatre cents coups, avec lequel il s'était parfois disputé, ce fut ses cheveux blonds comme les blés qui ondulaient lentement dans le cloaque.

— Maintenant, on y va ! hurla Achille. Parce que, ce coup-ci, compte pas sur moi pour venir te chercher.

Non…

Freak ne pouvait pas faire ça. Il devait se porter au secours de son poteau, même si c'était du suicide. Jamais il ne pourrait se regarder dans une glace s'il l'abandonnait aux mains de ces monstres.

Mais ceux qui étaient encore en vie ne l'étaient pas par hasard. Non. Eux avaient quelque chose en plus. Quelque chose qui les rendait plus forts que ceux qui étaient tombés. Contrairement à d'autres, incapables de supporter les horreurs de ce nouveau monde, qui s'étaient roulés en boule en attendant la fin, ils n'avaient jamais baissé les bras. Peut-être parce que leur instinct de survie l'emportait sur toute autre forme de considération.

Freak tourna les talons et détala à toutes jambes vers la sortie.

4

Callum était dans le nid d'aigle, son poste de prédilection, sur le toit. Il n'attendait qu'une chose : que les nuits soient assez douces pour y dormir. Il adorait cet endroit. De là-haut, on avait tout Holloway à ses pieds, comme sur Google Earth. C'étaient les mômes qui avaient construit de toutes pièces ce mirador, autour de la coupole qui s'élevait à l'angle de Waitrose. Ils avaient utilisé tout un fatras de tubes d'échafaudage, de planches, de cordes et de divers matériaux récupérés à droite à gauche. On y accédait depuis le patio, une cour intérieure de plain-pied avec le deuxième étage, où une échelle permettait de grimper sur le toit en pente du supermarché. Ensuite, il n'y avait plus qu'à crapahuter sur les tuiles pour atteindre le nid d'aigle ou une petite tour, légèrement en contrebas, qu'ils avaient érigée à la lisière de la terrasse.

Grâce à un système de tubes acoustiques similaire à ceux qu'utilisaient les marins d'antan pour répercuter les ordres de la timonerie à la salle des machines, les vigies pouvaient communiquer avec l'équipe en place au patio, qui, elle-même, était reliée à d'autres parties du supermarché. Dans les faits, il s'agissait d'un vulgaire réseau de tubes métalliques courant dans les gaines d'aération et les conduits électriques du bâtiment – ce qui n'empêchait pas le procédé, pour rudimentaire qu'il fût, d'être d'une étonnante efficacité.

Callum se sentait en sécurité là-haut. Avec Josh, il faisait partie des guetteurs attitrés. Cette position leur valait d'être les premiers avertis si des adultes venaient à rôder dans le coin. Du haut de ce mirador, le seul angle mort était le parking derrière le supermarché, là où P'tit Sam avait été enlevé. Jamais les petits n'auraient dû se trouver là sans quelqu'un pour les surveiller. Callum s'en voulait terriblement de ne pas avoir flairé l'approche des adultes, dans les jardins alentour. Aussi, depuis l'attaque, redoublait-il de vigilance. Et, de fait, il en avait repéré plein. Sur un présentoir conçu à cet effet, il gardait une pile de munitions prêtes à l'emploi – surtout des briques et des pierres destinées à être jetées du toit sur un éventuel assaillant. D'ailleurs, ça le démangeait d'en balancer quelques-unes à l'adulte qui aurait été assez stupide pour s'approcher un peu trop près.

Mais, présentement, s'il était de quart à la vigie, c'est qu'il guettait le retour d'Arran et de son peloton de maraude. Car ils avaient bien besoin de lui. Tout le monde était sur les dents depuis que P'tit Sam avait été enlevé. Or, seul Arran serait capable de ramener le calme dans le groupe, de rassurer les plus jeunes, de redonner espoir aux plus éplorés.

Ayant réussi à convaincre les autres qu'il leur serait dix fois plus utile sur le toit, Callum ne partait jamais en maraude. Du reste, cela faisait presque un an qu'il n'était pas sorti de Waitrose. C'est-à-dire depuis qu'ils avaient pris possession du lieu. C'était comme si une corde invisible l'enchaînait là, physiquement. Les rues, il ne les parcourait plus que dans son imagination, tel un personnage de jeu vidéo déambulant dans les différents niveaux d'un programme informatique. En revanche, dans la vraie vie, il était hors de question qu'il s'y aventure. Dedans, c'était sûr. Sans compter qu'ici, il avait tout à disposition. Il était heureux. Presque plus heureux qu'avant le désastre.

La seule chose qui lui manquait, c'était de pouvoir se retrouver seul, sans tous les gamins qui couraient partout en braillant. La paix. Le silence. Oui, ça, ça aurait été le bonheur suprême. Waitrose pour lui tout seul. Mais fallait pas rêver. Et puis, le nid d'aigle, c'était déjà pas si mal.

L'œil rivé à ses jumelles, il parcourut Holloway Road du regard.

— Amène-toi, Arran. On a besoin de toi, là…

5

Ils avançaient d'un pas traînant, la tête basse. Olive et Achille ouvraient la marche. Arran et Freak, perdus dans leurs pensées, suivaient quelques mètres plus loin. Olive savait qu'il était inutile d'insister. Si les deux autres ne voulaient pas parler de ce qui s'était passé, ce n'était sûrement pas lui qui allait mettre les pieds dans le plat. Freak avait perdu son meilleur ami. Arran avait été salement mordu. Néanmoins, Olive était surpris qu'il le prenne comme ça. Le chef était un dur, il en fallait pour l'atteindre. Non. Quelque chose s'était passé là-bas. À la piscine. Quelque chose qui l'avait totalement retourné. Comme s'il avait croisé le regard de la mort en personne.

Peut-être accusait-il le coup à cause de sa blessure, parce qu'il pressentait que celle-ci avait de grandes chances de s'infecter : les adultes étaient des pestilences sur pattes, porteurs de tout ce que la création pouvait compter de microbes. Encore heureux qu'il ne soit pas entré dans l'eau. Cela dit, la vieille qui l'avait mordu avait l'air plus que putride.

Mais pourquoi s'était-il glacé, subitement ? En un éclair, il avait perdu toute ardeur au combat, passant d'un furieux déchaînement de violence qui l'avait vu défoncer des crânes à coups de manche de pioche à une totale paralysie, comme s'il avait été changé en statue de sel. Avait-il perdu son courage ?

Ça ne pouvait pas non plus être ce qui l'attendait au camp puisque Arran savait bien que personne ne le tiendrait pour responsable de ce qui était arrivé à Deke. Après tout, c'était Freak qui avait eu cette idée stupide de la piscine. D'ailleurs, même à lui, on ne pouvait pas lui reprocher grand-chose. Comment aurait-il pu prévoir qu'ils allaient tomber dans une embuscade ? Ça ne ressemblait pas du tout aux adultes. Le plus souvent, ils étaient balourds, ramollis du bulbe et totalement vaseux ; pas davantage capables d'élaborer une stratégie que la meute de chiens à laquelle ils s'étaient heurtés un peu plus tôt dans la journée. Pourtant, ceux-là avaient agi ensemble, de manière ordonnée, en équipe.

Combien en avaient-ils descendus ? À lui seul, Olive en avait compté au moins sept. Mais cela ne signifiait pas qu'ils étaient morts. En traversant la réception, au moment de quitter les lieux, il en avait croisé deux qui gisaient sur le sol, parfaitement immobiles.

Il avait perdu une trentaine de billes dans l'opération, peut-être plus. Quant à essayer d'en récupérer certaines à l'issue du combat, ç'aurait été du suicide. Heureusement qu'il en avait tout un stock à Waitrose. Quoi qu'il en soit, ça faisait beaucoup en une journée. À ce rythme-là, il serait vite à court. Il lui faudrait donc en trouver d'autres, sinon il devrait commencer à récupérer des pierres.

Mince, ça lui ferait mal de devoir dire adieu à ses billes d'acier.

Sa cheville le lançait. Il se l'était tordue en sautant par-dessus les tourniquets. Décidément, il n'y en avait pas un pour rattraper l'autre. Ils devaient faire peine à voir. Freak en particulier, qui s'était fait salement secouer et qui était couvert de la tête aux pieds d'une épaisse couche d'immondices et de sang séché. Dieu merci, pour autant qu'on pouvait en juger dans son état, ce sang ne semblait pas être le sien. Le seul qui paraissait indemne, c'était Achille. À croire qu'il était en fer, celui-là.

Tous deux n'étaient pas en très bons termes. Achille le houspillait sans arrêt, le traitant de fils à papa, de premier de la classe et autres amabilités du même genre, quand il ne lui reprochait pas son mutisme, qu'il interprétait systématiquement comme un insupportable sentiment de supériorité. Olive laissait dire en évitant avec soin de jeter de l'huile sur le feu. En d'autres circonstances, ils ne se seraient jamais fréquentés, mais, au bout du compte, ils éprouvaient une sorte de respect l'un pour l'autre. Dans les coups durs, Olive appréciait les qualités de guerrier d'Achille et, inversement, celui-ci pouvait toujours compter sur ses talents de stratège. Le reste du temps, ils s'évitaient. Cela lui faisait d'autant plus bizarre de marcher à ses côtés, qui plus est en tête de peloton, une position inhabituelle pour lui.

Sans qu'il sache trop pourquoi, des souvenirs de voyages en voiture lui revinrent en mémoire et il se revit en compagnie de son père, de sa mère et de ses trois frères, à bord de la berline familiale, assis systématiquement à l'arrière (déjà...) près de la fenêtre, à travers laquelle il regardait défiler le paysage sans se mêler aux disputes de ses frères. Il se rappela aussi les rares fois où il prenait la voiture avec son père, seul, et qu'il s'asseyait devant, sur le siège passager. C'était fou à quel point ce léger changement de perspective pouvait tout bouleverser. Subitement, il avait l'impression d'être sur un pied d'égalité avec son père. Et comme c'était agréable de l'avoir pour lui tout seul ! Il ressemblait tant à Olive. Taciturne, distant, et l'air toujours préoccupé.

Ils étaient tous morts à présent. Les cinq.

À commencer par son père, qui avait été une des premières victimes de l'épidémie. La nouvelle avait fait la une des journaux : *Le mal mystérieux qui s'est abattu sur l'Europe fait une nouvelle victime. Un père de famille décède.* Et puis les morts s'étaient succédé, et pas seulement en Europe, mais dans le monde entier. D'ailleurs, très vite, les journaux avaient cessé de faire état des cas isolés pour ne plus annoncer que les quartiers, voire les villes entières, touchés. Tout était arrivé si vite que les gens n'avaient même pas eu le temps de paniquer, ils étaient en état de choc. À la suite de la disparition de son mari, sa mère était devenue totalement fébrile. Elle avait fait les cartons, fermé la maison et décidé de fuir à la campagne, chez tante Suzanne. Malheureusement, elle était tombée malade avant d'avoir pu partir. Les quatre frères s'étaient alors retrouvés seuls. Ensemble, ils avaient tenté de quitter Londres par leurs propres moyens, mais Dan, l'aîné, était tombé malade à son tour. Il avait dix-sept ans. Will, quinze ans, avait été le suivant.

Son plus jeune frère, Luke, n'était pas en âge d'attraper la maladie. Il avait été tué lors d'une émeute, près de Finsbury Park. Ça devait remonter à un an – même si un siècle ne lui aurait pas paru plus éloigné. Quand c'était arrivé, cela faisait déjà longtemps qu'Olive n'avait plus de larmes à verser. Terrassé par l'ampleur de la catastrophe, il avait simplement refoulé le tout dans un coin de son esprit pour se concentrer entièrement sur sa propre survie. Il le devait à sa famille dont il était l'unique rescapé.

— On n'aurait jamais dû mettre les pieds là-bas, maugréa Achille. Un point, c'est tout. Freak est un âne.

— Arrête, répondit Olive. Comment on aurait pu savoir ?

— Tout ça pour un foutu distributeur de bonbecs ! Merde, on n'est plus des gosses !

— N'empêche, ça aurait été cool. Tu te taperais pas un Mars ou une canette de Coca ?

— Mmm, tu m'étonnes, acquiesça Achille avec un sourire. Tu sais ce que c'étaient mes préférés ? Les Granola. Je pouvais en avaler un paquet entier. Mais c'est pas la peine de se faire du mal pour rien. Tout ce qu'on aura en rentrant, c'est du chien rôti.

— C'est toujours mieux que rien. Ça fait un bail qu'on n'a pas mangé de viande.

— Attends…

Achille leva le bras. Comme un seul homme, le quatuor s'arrêta. Ils étaient arrivés dans Holloway Road, là où ils avaient rencontré la meute de chiens. Des silhouettes se dessinaient plus loin, rassemblées autour de la carcasse du berger allemand.

— T'arrives à voir qui c'est ? demanda Achille en se tournant vers Olive, dont l'acuité visuelle était reconnue au sein du groupe.

La main à plat devant son front, celui-ci scruta longuement la rue avant de répondre :

— Des gamins.

— De chez nous ?

— Hum-hum. Morrisons, je dirais…

Quand tout s'était effondré, les gamins du quartier s'étaient séparés en deux groupes. Le premier avait trouvé refuge à Waitrose tandis que le second avait investi Morrisons, un supermarché moins chic, situé dans un centre commercial non loin de là. En fait, de façon spontanée, les enfants avaient atterri là où leurs parents avaient l'habitude de faire leurs courses. Enfin, pas tous. Olive aurait parié qu'Achille était plus un Morrisons qu'un Waitrose.

Dans leur lutte pour la survie, où chaque morceau de nourriture était âprement disputé, les deux groupes menaient des existences totalement séparées. À l'occasion, il arrivait même qu'une bagarre éclate lorsqu'ils se croisaient.

— Qu'est-ce qu'on fait ? demanda Achille en interrogeant son chef du regard. Ils sont plus nombreux que nous. On passe par-derrière ?

Arran regarda la bande adverse, puis ses pieds et, enfin, le ciel.

— J'sais pas.

— En tout cas, moi, j'suis crevé, avoua Achille. Je me sens vraiment pas de me taper une nouvelle baston. Pas plus de faire le grand tour, d'ailleurs, en me demandant à chaque pas si un croulant va pas me tomber dessus.

Arran soupira et le poussa hors de son chemin.

— Si c'est des noises qu'ils cherchent, grommela-t-il en avançant d'un air décidé, ils vont trouver à qui parler.

Achille le suivit un instant du regard, puis se tourna vers Olive.

— Allez, on y va.

Après un rapide coup d'œil derrière eux pour voir si Freak était toujours là, ils rattrapèrent leur chef au petit trot.

Les Morrisons ne tardèrent pas à les repérer. Ils prirent position au milieu de la rue, prêts au combat.

Arran continuait d'avancer tout droit d'une démarche têtue. De toute évidence, il n'avait aucune intention de s'arrêter. Achille le dépassa en courant.

— On veut pas de problèmes, cria-t-il à l'adresse de l'autre bande. On a eu une journée difficile. On veut juste rentrer à la base. D'façon, on a rien qui vous intéresse.

Les Morrisons campèrent sur leur position, les regardant approcher d'un œil noir. Ils étaient armés d'un assortiment de couteaux, de piques et de lances. Olive avisa leur chef, Blue, un jeune Black à la musculature proéminente et au cheveu ras. Il lui adressa un sourire presque amical, histoire de bien montrer qu'ils ne cherchaient pas d'embrouilles. Lorsqu'ils furent quasiment à leur hauteur, quelques-uns les saluèrent d'un imperceptible hochement de tête, le visage fermé. C'est alors que Blue remarqua le chien qu'Arran portait dans son dos. Ses yeux allèrent de la dépouille du staff à celle du berger allemand.

— C'est vous, ça ?

— Ouais. Y a un p'tit moment, répondit Arran en sortant brutalement de son état second, comme s'il avait compris que, là, on ne rigolait plus et qu'il n'avait d'autre choix que d'assumer son rôle de chef.

Ils ne possédaient rien qui pût attiser la convoitise des Morrisons. En revanche, il y avait toujours un risque de perdre quelques bons guerriers si ceux-ci venaient à penser que leur chef n'était plus à la hauteur et que, par conséquent, ils auraient une vie meilleure dans le supermarché rival.

— Vous êtes passés sous un train ou quoi ? demanda Blue en toisant d'un regard froid Arran, puis Freak. C'est les chiens ?

— Non. Les croulants. À la piscine. Un conseil, n'allez pas traîner par là-bas.

— Ça risque pas, répliqua un gros balèze un peu voûté qui, de loin, aurait facilement pu passer pour un adulte.

Gros Mick. L'équivalent d'Achille chez les Morrisons. Leur meilleur guerrier.

— On a eu un paquet d'attaques, ces derniers temps, dit Blue.

— Je te le fais pas dire, rétorqua Arran. Ils sont aux abois.

Blue le regarda quelques secondes sans rien dire avant de lâcher :

— Y a eu du grabuge chez vous.

Olive eut un coup au cœur. Il sentit sa bouche se remplir d'une bile acide. Qu'est-ce que ça allait être, ce coup-ci ?

— Quel genre de grabuge ? demanda Arran.

— Un raid, j'crois. Ça a grouillé de croulants toute la journée par ici.

— Oh ! merde, s'écria Arran.

Il démarra en trombe. Le reste du peloton le suivit à grand-peine.

En repensant à ce qui venait de se produire, Olive vit dans l'attitude étonnamment pacifiste des Morrisons la preuve que le niveau d'alerte était monté d'un cran : en cas de coup dur, les enfants se serraient d'instinct les coudes.

Car le véritable ennemi, c'étaient les adultes.

6

— Ils arrivent ! vociféra Josh en se précipitant vers Maxie.

Celle-ci sentit aussitôt son cœur s'emballer, partagée entre le besoin d'avoir Arran auprès d'elle et la crainte de sa réaction lorsqu'il apprendrait ce qui s'était passé en son absence – et que l'on pouvait résumer par : il lui avait laissé le commandement et elle avait salement foiré. Toutefois, elle ne voulait rien laisser paraître de cette appréhension devant les autres. Pas la peine d'en rajouter.

— Ouverture des portes, ordonna-t-elle, rassurée que sa voix sonnât encore fort et clair. Qui est au mirador ?

— Callum.

— Hum, en même temps, pourquoi je pose la question, hein ?

— C'est vrai qu'à ce stade c'est plus un perchoir, ironisa Josh. C'est un nid.

— Bon, fais sonner la cloche.

— J'y cours, j'y vole, répondit Josh en tournant les talons.

Quelques instants plus tard, alors qu'elle se dirigeait vers le tube acoustique, Maxie entendit le tintement de la cloche qui signalait à tous l'ouverture imminente des portes. Après avoir cogné quelques coups sur le bidule afin d'alerter son correspondant, elle appela dans le pavillon :

— Callum ?

— Ouais.

— Tu les as en vue ?

— Ils y sont presque.

— Tout va bien ? On peut ouvrir ?

— Ouais.

La cloche s'arrêta. Un puissant sifflet déchira l'air – rien à signaler –, aussitôt suivi du long craquement du rideau de fer, cette vieille barrière de sécurité qui condamnait l'entrée principale du magasin depuis la galerie marchande et que l'on actionnait en tournant une grosse roue d'acier, scellée au mur.

Les bras ballants, Maxie écoutait sans oser regarder. Dès que le rideau serait levé, une équipe traverserait la galerie pour aller ouvrir la barricade, le rempart le plus étanche du camp, qui donnait sur la rue.

C'étaient Bernie et Ben qui l'avaient construite, aux premières heures de leur installation ici. Bernie et Ben étaient deux émos qui se ressemblaient comme deux gouttes d'eau quand bien même Bernie était une fille. Les cheveux noir corbeau, raides, invariablement vêtus d'un pantalon de treillis noir, d'un tee-shirt noir et d'un pull noir, ils versaient tous deux dans la mécanique en particulier et dans tout ce qui avait trait à la technique en général. C'est à ce duo qu'on devait quantité de transformations et d'appareillages dans et autour du magasin, au premier rang desquels les tubes acoustiques. Auteurs de l'ouvrage, il leur revenait tout naturellement d'en assurer la mise en œuvre.

Bientôt, une pluie de lumière doucha la galerie, portant avec elle des éclats de voix venant du dehors. Maxie se raidit. Les deux dernières heures avaient été un enfer. Une éternité de frayeur et d'angoisse, qui lui avait laissé un horrible goût dans la bouche.

Tout allait enfin rentrer dans l'ordre. Il était là.

Malgré elle, sa mâchoire se décrocha lorsqu'elle le vit. Y avait eu de la casse. Il était en loques, et pas seulement à cause de la blessure qu'il avait au cou ou du sang coagulé sur ses vêtements. Non, il y avait surtout cette pâleur affligeante et ce voile dans le regard.

Sous le coup de la stupéfaction, il lui fallut un certain temps pour remarquer qu'ils n'étaient plus que quatre.

Oh, non.

Elle aurait voulu se jeter à son cou, le serrer très fort, le consoler, se consoler elle-même, se raccrocher à quelque chose.

Mais ça, il n'en était pas question. Il aurait détesté. Il n'avait aucune idée de ce qu'elle éprouvait pour lui ; et c'était très bien comme ça. Car, contrairement à d'autres filles du groupe, elle n'avait aucun atout à faire valoir. Le visage carré, quelconque, elle possédait en outre une impossible tignasse d'un châtain terne, si densément frisée qu'elle faisait des nœuds dont elle ne se débarrassait qu'en taillant dans la masse à coups de ciseaux. Pour Arran, elle n'était rien d'autre qu'un commandant en second. Point à la ligne. Elle était une dure, une battante, pas une de ces petites choses douces, fragiles, à qui le chef aurait pu s'intéresser. S'il avait su qu'elle avait toujours craqué pour lui, il aurait fui en courant.

Craquer pour lui ?

Quelle expression stupide ! Non, c'était beaucoup plus que ça. Elle l'aimait. Ah, encore un mot imbécile. Aimer.

Ça voulait dire quoi, au juste ? Pourtant, elle était bien placée pour savoir le genre de sentiments que ça provoquait. Du bon et du mauvais en même temps. Comme tous les souvenirs de ceux qui s'étaient perdus en route et qui avaient laissé un vide cruel derrière eux. Aujourd'hui, il n'y avait plus personne. Ni papa ni maman. Ni frères ni sœurs. Juste Arran.

Et il était blessé.

Ils parlèrent ensemble, prononçant les mêmes mots :

— Qu'est-ce qui s'est passé ?

Donc il était déjà au courant. Il l'avait lu sur ses traits. Elle avait merdé.

Bon, qui commençait ?

Arran renifla et fit la moue avant de lâcher de but en blanc :

— On a perdu Deke.

— Oh, non…

— Y en avait trop, ajouta-t-il dans un haussement d'épaules fataliste.

Maxie cherchait ses mots. Elle était soulagée qu'Arran ait pris les devants. La nouvelle qu'elle était sur le point de lui apprendre en paraîtrait moins grave. Sauf que *c'était* grave.

— On a croisé Blue et quelques Morrisons, dit Arran en la regardant droit dans les yeux. Z'ont dit qu'y avait eu du grabuge.

— Des adultes ont réussi à passer le mur de derrière.

— Combien ?

— J'sais pas trop. Quatre. Cinq…

— Z'ont embarqué quelqu'un ?

Maxie acquiesça d'un signe de tête. Arran jeta un regard autour de lui pour essayer de voir qui manquait à l'appel.

— P'tit Sam, lâcha finalement Maxie. Ils ont capturé P'tit Sam.

— Pauvre gosse, se lamenta Arran. Décidément, c'est pas le jour.

— Ça, tu peux le dire, répondit Maxie. Ça grouille de croulants depuis que vous êtes partis. Et je serais même pas surprise qu'ils reviennent à la charge d'ici peu.

Arran alla remiser son manche de pioche sur les étagères où ils rangeaient leurs armes.

— Jamais ils attaqueront Waitrose. C'est jamais arrivé.

— Y a un début à tout, intervint Achille, debout près du râtelier en compagnie de Freak et d'Olive. Ils sont en train de changer, mon pote. Ils s'enhardissent. Ils deviennent méchants.

— D'façon, on est foutus, commenta Freak avec une infinie tristesse.

Achille l'attrapa par les épaules et le plaqua contre l'étagère. Plusieurs armes tombèrent sur le sol.

— C'est toi qui as eu cette idée de génie, grogna-t-il d'un ton accusateur. Rien de tout ça ne serait arrivé si t'avais pas insisté comme un gros lourd. N'oublie jamais ça. Le sang de Deke, c'est toi qui l'as sur les mains !

Arran le repoussa sèchement.

— Sois pas con, Ach' !

Achille fit mine de se rebiffer avant de se détourner avec un soupir méprisant et de se murer dans le silence.

— Nous accuser les uns les autres ne nous avancera à rien, continua Arran. Quoi qu'il arrive, on est tous dans le même bateau. Alors, si on commence à se disputer, ce sera *vraiment* la fin, pigé ?

— Si tu le dis, répondit Achille d'un air maussade ; et il s'éloigna.

Arran se tourna vers Freak et le prit gentiment par l'épaule.

— Ça va ?

Freak fixait ses mains maculées de sang. Il les essuya sur son tee-shirt et regarda ailleurs.

Olive débarrassa Arran de la dépouille du chien. Visiblement, celui-ci avait totalement oublié qu'il l'avait sur le dos.

— Allez, viens, Freak, dit Olive en emportant le butin. Voyons ce qu'on peut faire de ça.

Maxie se retrouva seule face à Arran. L'envie de se justifier lui brûlait les lèvres.

— Ils sont arrivés par le parking. On avait dit aux petits de ne pas aller jouer dehors.

— T'en fais pas, t'y es pour rien, répondit Arran.

— Je pensais que tu m'en voudrais à mort.

— T'y es pour rien, je te dis.

— Je sais, mais…

— Écoute, au cas où tu l'aurais pas remarqué, j'ai pas assuré des masses non plus.

Maxie faillit fondre en larmes.

— Ça peut plus durer, se plaignit-elle. On ne peut pas continuer comme ça…

— Ah bon ? répliqua Arran en plantant ses yeux dans les siens – toujours ce voile dans son regard –, et qu'est-ce que tu veux qu'on fasse d'autre ?

Elle essaya de maîtriser les tremblements de sa voix.

— J'sais pas…

Arran soupira et se passa une main dans les cheveux.

— Excuse-moi, dit-il. La journée a été rude. En tant que chef, j'imagine que c'est à moi de dire ce qu'il faut faire, hein ?

— Tu ne peux pas avoir réponse à tout…, plaida Maxie avant de marquer une pause.

Ça ne servait à rien. Elle faisait fausse route. Il fallait trouver autre chose.

— On devrait tous se réunir, ajouta-t-elle. Pour en parler ensemble.

— Plus tard. Je suis claqué.

Arran ferma brièvement les yeux. Maxie en profita pour examiner sa blessure. C'était pas beau. Une rangée de trous noirs cernés d'ecchymoses hésitant entre le jaune et le violet.

— Ça fait mal ? demanda-t-elle en caressant doucement la plaie.

Arran tressaillit et grimaça avant d'acquiescer d'un hochement de tête.

— Il faut que tu fasses voir ça, dit Maxie. Allez, viens avec moi.

Ils montèrent à l'étage, un plateau nu essentiellement dévolu au stockage, mais qui accueillait également quelques bureaux, la cantine et le patio. Un de ces bureaux avait été transformé en infirmerie. C'est là qu'ils entreposaient leur stock de médicaments, soit quelques antiseptiques et analgésiques de base ainsi que du paracétamol et des bandages. Ils y trouvèrent Maeve, assise à une table, bayant aux corneilles. Maeve était l'infirmière du camp. Née de deux parents médecins, elle avait hérité non seulement de quelques ustensiles récupérés chez elle, mais aussi de vagues connaissances qui, pour lacunaires qu'elles soient, la faisaient passer pour une experte aux yeux des autres gamins.

Arran lui montra sa blessure. Elle se mit aussitôt à l'ouvrage, nettoyant consciencieusement la plaie qu'elle recouvrit ensuite d'un bandage stérile. Son pansement terminé, elle lui donna un cachet contre la douleur. Sans mot dire. Tous trois étaient conscients que l'affaire était sérieuse. L'angoisse n'allait cesser de monter au cours des heures qui venaient, dans l'attente de savoir si la morsure allait s'infecter ou pas. Depuis qu'ils étaient là, ils avaient déjà perdu trois des leurs à cause de ça. Perdre Arran dans les mêmes conditions serait une catastrophe.

Maxie ne savait vraiment pas ce qu'elle ferait sans lui.

7

Ce soir-là, les enfants tinrent conseil dans le patio. Avec le temps, ils avaient aménagé l'endroit du mieux possible, ajoutant à ce qui s'y trouvait déjà divers éléments chapardés dans les immeubles voisins. Il y avait des plantes en pot, des meubles de jardin pour s'asseoir, des tables ainsi que deux gros barbecues sur lesquels ils faisaient l'essentiel de leur cuisine.

Quelques lampes à énergie solaire et des bougies dans des verres assuraient l'éclairage. Ils avaient en outre allumé un feu dans le tambour de machine à laver que Ben et Bernie avaient converti en brasero.

Ella, la petite sœur de Sam, sanglotait en silence. Maeve la tenait par l'épaule pour la réconforter, mais la plupart des autres l'ignoraient. Ils avaient tous déjà perdu quelqu'un et ils ne tenaient pas à revivre ces mauvais souvenirs.

Maxie faisait ce qu'elle pouvait pour ne pas croiser le regard de la petite, pour ne pas compatir à sa douleur. Et s'il n'y avait eu qu'elle… Mais il y avait également Freak, retiré dans un coin sombre avec son propre chagrin. Il n'avait pas décroché un mot depuis qu'ils étaient rentrés.

— Comme vous le savez tous, déclara Arran, nous avons perdu deux des nôtres aujourd'hui. La situation empire de jour en jour. Je ne sais pas combien de temps nous allons pouvoir tenir ici.

Un concert de protestations chagrines lui répondit aussitôt.

— Mais… Où on va aller… ? demanda un petit.

— On est à l'abri ici, répondit un autre.

— Dehors c'est l'enfer, ajouta un troisième.

— Tu verras, on va s'en sortir. On trouvera de quoi manger…

— Oui, et Arran tuera tous les adultes !

— Non ! s'insurgea ce dernier d'une voix cassée.

Ce fut comme un électrochoc. L'assistance se mura dans le silence. On n'avait jamais vu le chef s'énerver comme ça.

— Non. C'est impossible ! Y en a trop. Jamais je ne pourrai les tuer tous. On ne peut pas continuer ainsi. Nos forces s'épuisent chaque jour un peu plus.

Un lourd silence s'installa. Les petits avaient l'air terrorisés. Ils n'étaient pas de taille à affronter la réalité d'une situation qu'ils avaient occultée jusque-là.

Un blondinet à grande bouche, qu'ils avaient surnommé le Macaque parce qu'il aimait grimper sur tout et n'importe quoi, fut le premier à rompre le silence.

— Écoute, Arran, pour l'instant, tout se passe bien ici. On ne crève pas de faim ni rien. Aujourd'hui, tu nous as même ramené un chien.

— Et après ? répondit ce dernier d'un ton amer. Combien de temps croyez-vous qu'on pourra tenir comme ça, à manger des chiens, en attendant que les adultes nous enlèvent un par un jusqu'au dernier ? Hein ? Combien de temps ? On est tombés sur Blue et les Morrisons tout à l'heure. Et ils sont du même avis. Les croulants sont de plus en plus mauvais. Ils nous harcèlent. Ils nous usent à petit feu.

Callum se leva et s'avança dans le halo vacillant du brasero.

— Arran, tu fais peur aux petits. On sait que la journée a été dure, que tu as été blessé, qu'on a perdu Deke et tout ça. Effectivement, il y a de quoi être en colère, tout le monde peut le comprendre, mais… c'est pas une raison pour en rajouter, d'accord ?

— Tu as raison. Pardon, répondit Arran en essuyant les gouttes de sueur qui perlaient à son front.

Callum resta debout.

— Je peux dire autre chose ?

Arran acquiesça en silence.

— Partir d'ici serait la dernière chose à faire.

— T'as pas entendu ce que je viens de dire ?

— Au contraire, j'ai très bien entendu, poursuivit Callum. Mais, ici, c'est chez nous. On a eu la poisse aujourd'hui. Ça arrive. À l'avenir, il faut simplement qu'on soit plus prudents. En attendant, c'est nous qui avons sécurisé cet endroit, nous qui l'avons fortifié. On apprend tous les jours. On a survécu jusque-là, pourquoi ça ne continuerait pas ? J'ai passé presque toute la journée sur le toit, je vois ce qui se passe autour et, crois-moi, ce n'est pas beau. Pas beau du tout…

Comme pour illustrer son propos, un gros bruit résonna dans la rue en contrebas, suivi d'un cri affreux.

C'est alors que, penché par-dessus la rambarde du nid d'aigle, Josh hurla :

— Y a kekchose en bas !

8

Arran balaya les petits du regard. La peur se lisait sur leurs visages. Callum avait raison. Tout ce qu'il avait réussi à faire, c'était les effrayer. Il aurait dû peser davantage ses mots, garder son sang-froid, ne pas attaquer comme ça, bille en tête. Les gamins le regardaient avec de grands yeux. C'étaient des certitudes qu'ils attendaient de lui, pas des doutes.

Mais le ver était dans le fruit. Il ne se sentait plus la force de faire semblant. Sans compter que lui aussi avait peur. Vingt-quatre heures sur vingt-quatre. Et ça le rendait malade d'être ainsi aux aguets en permanence, tel un animal traqué.

Et maintenant ça. Ce qu'il redoutait le plus. Une blessure. Déjà, les premiers picotements. Une furieuse envie de se gratter. Et cette chaleur malsaine qui semblait irradier de la plaie. Il porta une main à son pansement. Il avait le tournis, comme s'il avait souffert d'un mauvais rhume.

Pourtant ce n'était pas la blessure qui l'avait changé. Non, c'était l'adulte à la piscine. La mère. Dans son regard, il avait cru reconnaître quelque chose.

Il secoua la tête. Impossible. Il avait dû rêver.

Un cri le ramena à la réalité :

— Arran, c'est quoi, ça ?

C'était Callum. Il avait l'air totalement paniqué.

— Ils nous attaquent ? C'est ça ?

Tous ces gamins qui dépendaient de lui, qui attendaient qu'il leur dise quoi faire, le pressaient de toutes parts. Peu importe qu'il commette une erreur ou non, il devait leur donner l'impression de maîtriser la situation. Pour les sentiments, on verrait plus tard.

— Non, répondit-il en se redressant. Ils n'ont jamais attaqué le camp.

— Mais tu as dit toi-même qu'ils étaient en train de changer.

— Pas à ce point-là, coupa Arran.

Il franchit la porte coulissante en verre de la cantine. Un autre fracas résonna en bas. Un bruit sourd accompagné d'un horrible craquement, comme si quelque chose essayait de forcer l'entrée. Se pouvait-il que, déjouant tous les pronostics, les adultes attaquent bel et bien Waitrose ?

La cantine était située à l'angle du bâtiment, directement sous la coupole. Ses fenêtres ouvraient sur un balcon filant qui dominait d'un côté Holloway Road et de l'autre Tollington Road. Arran ouvrit une baie vitrée et sortit.

Une épaisse couche de nuages qu'aucune lune ni aucune étoile ne parvenait à percer obstruait le ciel. Quant à l'éclairage public, cela faisait plus d'un an qu'il était hors service. Tout ce qu'il distinguait en se penchant sur la rambarde, c'étaient des ombres mouvantes.

— Quelqu'un peut m'apporter une torche !

— Quoi ? Qu'est-ce qu'y a ? répondit une voix dans son dos. Qu'est-ce qui se passe dehors ?

— Rien. Taisez-vous.

Le Macaque se précipita pour lui apporter une lampe à dynamo. Un modèle beaucoup plus puissant que celui qu'Arran avait sur lui. Chargé à bloc. Il l'alluma et promena le faisceau sur la rue en contrebas jusqu'à ce qu'il voie.

Un père à la face cramoisie et boursouflée, les yeux suintants, grimaça d'un air mauvais en levant le regard dans le pinceau de lumière, révélant deux rangées de dents cassées.

— Des adultes !

— Mais t'avais dit que…

— Qu'importe ce que j'ai dit, coupa Arran.

Alors qu'il balayait à nouveau le sol avec sa torche, une autre silhouette apparut. Celle d'un garçon d'environ quatorze ans, vêtu d'un improbable manteau chamarré, composé d'un patchwork de vieux tissus de couleurs criardes, une vieille musette en cuir accrochée à son épaule.

— Ouvrez, je vous en prie !

— Non ! Laissez fermé ! Laissez fermé !

Un groupe d'adultes se précipita vers le garçon, qui disparut dans la nuit. Arran essaya désespérément de le retrouver. En vain.

Un attroupement s'était formé sur le balcon. Tout le monde voulait voir ce qui se passait. Un vent de panique s'empara des troupes. Des voix s'élevèrent.

— Arran, on fait quoi ?

— Qui c'est ?

— C'est une attaque ?

— Tu vois quelque chose ?

Arran ne savait plus quoi penser. Quelques heures plus tôt, ils étaient tombés dans un piège. Il n'allait sûrement pas laisser pareille situation se reproduire. Il fallait prendre une décision – et la bonne. Mais il avait la tête comme une Cocotte-Minute. Et tout ce bruit…

— La ferme ! rugit-il. Taisez-vous ! Tous !

Le silence se fit.

Arran confia la lampe à Maeve qui, en jouant des coudes, avait réussi à se frayer un chemin jusqu'à lui.

— Tiens, éclaire la rue !

— Et toi, qu'est-ce que tu… ?

Mais Arran n'était déjà plus là. Dans la cantine, il croisa Callum.

— Monte sur le toit, ordonna-t-il sans ralentir le pas. Je vais avoir besoin de lumière. Balance tout ce que t'as. Et reste bien en poste à la vigie pour voir ce qui se passe. Tu vas être mes yeux !

Un malheureux petit cri monta de la rue. Le gamin en guenilles.

— Au secours. Aidez-moi !

Maxie déboula en courant.

— Laisse-le entrer, implora-t-elle. C'est un gamin !

— Pas question, objecta fermement Callum. On laisse personne entrer. Ici, c'est chez nous.

— Il va se faire tuer… C'est qu'un môme !

Soudain, Arran se sentit partir. Il se prit la tête entre les mains, ferma les yeux et serra les dents. Le visage de la vieille à la piscine ne cessait de lui revenir en mémoire. Il se massa les tempes.

— Arran… ? dit Callum en lui tapotant doucement le bras.

— Je t'ai pas dit d'aller sur le toit ? éructa Arran en guise de réponse.

— Si, mais…

— Monte là-haut tout de suite ! Je vais tenter une sortie. Si ça tourne mal, largue une bombe.

— Une bombe ? Mais… c'est pour les urgences.

— Et à ton avis, c'est quoi, là ?

— OK, OK, acquiesça Callum, et il disparut.

— Olive, t'es où ? appela Arran. Olive ?

— Ici.

— Fais évacuer le balcon et mets-toi en position de tir. Dégomme tout ce qui passe à portée. J'ai besoin d'une couverture.

— Ça marche.

— Achille ?

— J'suis là.

— Monte un groupe de choc – nos cinq meilleurs guerriers – et prenez tout ce qu'on a comme armes. Maxie, j'ai besoin d'une équipe en renfort. Rassemble tous ceux qui peuvent se battre. Bernie et Ben, occupez-vous des portes.

— Non, objecta Ben aussitôt. On peut pas ouvrir. On sait pas combien ils sont dehors. Si jamais ils réussissaient à entrer…

— Si je vous dis qu'on ouvre, on ouvre. Point barre. Y a un gamin dehors !

— Tu peux pas le laisser entrer. On sait pas qui c'est. Tu crois pas qu'on a perdu assez de monde comme ça ?

— Tous les gamins de Londres sont de notre côté, d'accord ? Maintenant, arrête de discuter.

— Désolé.

Arran traversa à grands pas la cantine grouillante de marmots qui s'écartaient de son passage comme une volée d'oisillons apeurés, poussant des piaillements aigus dès que le chef ou l'un de ses lieutenants s'approchait d'eux.

— Bon sang, cria Arran, quelqu'un pourrait-il nous débarrasser de cette marmaille et l'emmener au dépôt ?

Le dépôt était l'endroit le plus sûr du supermarché et, de fait, là où la plupart des petits passaient la nuit.

Arran descendit un escalier de service débouchant près de l'entrée principale. Bernie et Ben étaient en position, prêts à relever le rideau de fer. Il leur adressa un léger signe de tête et se dirigea vers le rack où étaient entreposées les armes. Achille s'y trouvait déjà, en compagnie de cinq autres guerriers, parmi lesquels Josh. Leurs yeux brillaient dans la pénombre.

Une détonation retentit devant le magasin. Un craquement. Arran attrapa sa matraque et s'approcha des baies vitrées, tirant un meuble de rangement métallique collé au carreau par sécurité. Dans un premier temps, l'obscurité qui régnait au-dehors conjuguée à la saleté des vitres lui interdit de distinguer quoi que ce soit. Il s'approcha jusqu'à sentir la fraîcheur du verre sur son visage. Soudain, il recula d'un bond. Quelqu'un venait de se jeter violemment contre la vitrine.

Un adulte. Un père. Arran le regarda frotter son visage purulent sur la vitre, tel un grotesque masque de carnaval qui aurait laissé une traînée putride, avant de s'effondrer sur le sol. Apparemment, il était mort.

Le verre des baies vitrées avait beau être blindé, si quelqu'un le voulait vraiment, il pourrait sans doute le briser.

— Hé, t'es sûr de vouloir tenter une sortie ? demanda Achille après l'avoir rejoint.

— Ouais.

— J'espère que tu sais ce que tu fais.

Leurs regards se croisèrent. Ils n'en dirent pas davantage.

Quand il revint à l'entrée, le rideau de fer était pratiquement levé. Maxie était en liaison avec Callum, sur le toit, *via* le tube acoustique. Sans ménagement, Arran prit sa place et aboya dans le pavillon :

— Callum, t'as balancé les torches ou pas ?

— J'viens de les allumer.

— Tu vois quelque chose ?

— Vaguement. Y a un paquet d'adultes. Certains sont en train de prendre d'assaut le magasin pendant que les autres s'acharnent sur le gamin. Pour l'instant, il leur échappe. Il court comme un dingue. J'sais pas combien de temps il va tenir.

— Combien de croulants ?

— Impossible à dire. Mais ils ne semblent pas très organisés.

— Est-ce que le gamin est armé ?

— J'crois pas… Attends ! On dirait qu'ils l'ont eu. Ils l'ont encerclé.

Étouffant un juron, Arran se baissa pour passer le rideau de fer et s'engager dans la galerie.

Ce qu'ils appelaient « galerie » n'était autre qu'un passage couvert longeant le supermarché depuis la rue jusqu'au parking. Arran jeta un rapide coup d'œil à droite et à gauche. En dehors des palmiers crevés dans leurs pots, il n'y avait rien à signaler. Achille et son peloton lui emboîtèrent le pas.

— Bernie, Ben ! Les portes !

Les deux émos s'avancèrent dans la galerie, l'air terrifiés. Et pour cause, c'étaient des techniciens, pas des guerriers.

— Dis, tu pourrais pas l'ouvrir, *toi*, la barricade ? demanda Bernie en jetant des regards apeurés autour d'elle.

— Non, objecta fermement Arran. On a besoin que tous les combattants soient prêts à entrer en action en même temps. Maintenant, dépêche-toi.

— Mais y a des vieux dehors.

— Si y faut, on les butera, dit Arran.

— Ouais, allez, au boulot les lavettes, railla Josh. D'façon, vous craignez rien, j'suis là pour vous protéger. J'attends qu'une chose, c'est d'en avoir un ou deux en face de moi, ça va être un vrai massacre.

— C'est trop risqué, dit Bernie.

— Qui que soit ce gamin, il est en grand danger, répondit Arran.

— Et si c'était un des leurs ? avança Ben. Et si c'était un piège ?

— Alors, on le butera aussi.

Des troupes se déployèrent derrière eux : Maxie et ses renforts, armés de longues piques acérées destinées à repousser l'assaillant.

— Vous, vous restez en deuxième rideau, ordonna Arran. Vous tenez la galerie. Qu'un d'entre eux arrive à passer entre les mailles du filet et je compte sur vous pour l'empêcher d'entrer.

— T'es sûr que c'est la bonne solution ?

Arran se contint pour ne pas laisser exploser sa colère.

— Oui, affirma-t-il de guerre lasse.

C'est le moment que choisit Freak pour débarquer.

— Je viens avec vous, dit-il, plus pâle que jamais, les yeux fous, une courte lance de combat à la main.

Personne n'y vit quoi que ce soit à redire.

À contrecœur, Bernie et Ben avancèrent jusqu'à la barricade et s'apprêtèrent à l'ouvrir. La structure de l'ouvrage était aussi simple – deux grosses portes coulissantes sur roulettes – que sa fabrication avait été lente et compliquée. En effet, tout tenait grâce à un impressionnant assemblage de pièces de tôle, dont ils avaient récupéré la matière première sur des épaves de voitures et qu'ils avaient ensuite laborieusement usinées et boulonnées à la main.

Ils ouvrirent le cadenas, tirèrent les chaînes, puis firent coulisser les lourdes barres d'acier qui verrouillaient l'ensemble. Enfin, dans un concert de grincements, ils firent glisser les battants.

Dès que l'ouverture fut suffisante, Arran s'y précipita. Un daron qui se trouvait là le regarda d'un air hébété. Avant qu'il comprenne ce qui lui arrivait, Arran lui défonça le crâne d'un coup de manche de pioche. Le vieux s'effondra sur le sol dans un bruit d'os brisés.

Pressé d'en découdre, Freak suivit de près, emmenant les autres dans son sillage.

— En position, ordonna Achille.

L'escouade de choc se déploya sur la route. Ouvrant la voie, Arran et Freak se dirigèrent vers un groupe d'une bonne vingtaine d'adultes, rassemblés en un vague cercle.

Un cri en provenance du toit accompagna la longue chute d'une torche enflammée dans le ciel nocturne. Le flambeau tournoya un instant sur lui-même avant de heurter le sol dans une gerbe d'étincelles, près du groupe d'adultes, soudain pris d'une folle panique. Profitant de ce bref répit, Arran chargea et, entre coups d'épaule et coups de massue, ouvrit une voie vers le centre.

Achille avançait sur ses talons, empalant consciencieusement tous ceux qui menaçaient de refermer le sillon ainsi creusé par le chef.

Josh braillait :

— Allez ! Venez, bande d'affreux, j'ai un cadeau pour vous !

Le garçon au manteau de clown était à terre, agrippant maladroitement un pieu de bois.

— Dépêche, cria Arran en l'attrapant par le bras et en le forçant à se relever.

Puis il le poussa vers Achille et sa troupe, qui firent aussitôt rempart pour le protéger. Du cercle que les adultes avaient formé ne restait qu'une foule désemparée, sillonnant la chaussée dans tous les sens. Impossible de se replier vers le magasin dans ces conditions. C'est alors qu'un soudain déchaînement de violence provoqua un déplacement brutal de la foule. Elle se jeta précipitamment sur le côté, tel un banc de poissons effarouchés par quelque danger.

En fait de prédateur, c'était Freak, pris d'un furieux coup de sang. Il hurlait comme un damné, donnait des coups de lance à tire-larigot, quitte à se découvrir dangereusement.

— Magnez-vous pour le ramener à l'intérieur ! cria Arran.

Le peloton s'exécuta, escortant le gamin au manteau en patchwork jusqu'à la barricade, où les attendaient Maxie et son équipe.

— Faites-le rentrer, ordonna Achille. Et, surtout, le lâchez pas d'une semelle.

Dehors, Arran cherchait désespérément Freak du regard, avalé par la cohue.

Ah, là !

Il était tombé. Un adulte était sur lui et l'étranglait à deux mains.

— Achille ! Avec moi !

Arran courait à perdre haleine. Jamais il n'y serait à temps.

Un craquement sec se fit entendre. L'adulte bascula à la renverse, dégommé par un tir de lance-pierre. Olive. Deux secondes plus tard, Arran, Achille et les autres se portèrent à la hauteur de Freak qui, déjà, s'était relevé. La gorge trop douloureuse pour parler, il se contenta de tendre le bras vers le bout de la rue. Arran jeta un œil dans la direction indiquée. Déboulant du carrefour, une masse d'ombres mouvantes fonçait vers eux.

Arran planta ses talons dans le sol, prêt à défendre bec et ongles sa position. Tous ses doutes avaient disparu. Il n'était plus tendu que vers un seul but : sauver sa peau et celle de ses amis. Les guerriers d'Achille vinrent se placer à sa hauteur, lances dressées devant la horde d'adultes qui enflait comme une vague à l'approche du rivage. Pourtant, au dernier moment, ils se scindèrent et dépassèrent le petit noyau de gamins sans s'arrêter. Ils refusaient le combat. Arran comprit rapidement pourquoi. Ils n'attaquaient pas. Ils battaient en retraite.

Et pour cause : dans leur sillage apparurent bientôt Blue et une section des Morrisons, qui chargeaient dans Holloway Road en beuglant et en jetant des pierres.

Voyant le commandant en chef des Waitrose, Blue accourut aussitôt vers lui.

— Qu'est-ce qui se passe ?

— À toi de me le dire.

— Y avait un abruti, répondit Blue, le souffle court, les mains sur les cuisses. Il essayait de rentrer chez nous. On l'a coursé et on est tombés sur ceux-là. Jamais vu autant de croulants d'un coup.

Tandis qu'ils parlaient, les fuyards ralentirent avant de s'arrêter et de faire volte-face. D'autres de leurs congénères sortaient de l'ombre un peu partout, barrant toute possibilité de repli aux Morrisons.

— Venez avec nous, proposa Arran. J'vois pas d'autre moyen.

Sans échanger un mot de plus, les deux groupes détalèrent vers la barricade. Arran fut le dernier à passer. Hurlant à Bernie et à Ben de fermer les portes, il se glissa dans l'entrebâillement, un groupe d'adultes enragés sur les talons. Maxie et son équipe glissèrent leurs armes dans l'ouverture et les accueillirent à coups de pique. Après avoir récolté quelques entailles au niveau du visage, les assaillants reculèrent avec des couinements et les portes s'encastrèrent l'une dans l'autre. De rage, quelques acharnés se jetèrent sur les parois de métal. La galerie résonna du bruit sourd de leur corps cognant contre les battants.

Arran voulut dire quelque chose, mais ses mots se perdirent dans le bruit de l'explosion qui résonna dehors au moment où il ouvrait la bouche. Un vent de feu balaya la rue. Callum avait dû jeter une bombe depuis le toit. Ces engins incendiaires étaient, une fois encore, l'œuvre de Bernie et de Ben, qui les avaient bricolés à partir d'un stock de feux d'artifice.

À la détonation initiale succéda bientôt un vacarme de bangs et de sifflets stridents.

Le tintamarre ne dura pas plus de trente secondes, mais, lorsqu'il s'acheva, un lourd silence régnait sur Holloway Road. D'une main tremblante, Bernie et Ben verrouillèrent la barricade, glissant les barres d'acier dans leur logement, remettant les chaînes, fermant le cadenas. Malgré leur peur, ils agissaient avec précision et méthode et suivaient la procédure à la lettre. Arran et Achille restèrent auprès d'eux tout du long afin de s'assurer du bon déroulement de l'opération, puis ils escortèrent les deux émos jusqu'au magasin où ils les aidèrent à baisser le rideau de fer.

Enfin, ils rejoignirent Maxie et trois de ses équipiers qui tenaient en respect le gamin au manteau de clown, allongé par terre, un bras autour de sa sacoche en cuir.

Le souffle court, à bout de forces, Arran vint se placer près de lui, le dominant de toute sa hauteur. Mieux valait pour lui qu'il ne leur ait pas fait faire tout ça pour rien.

— Qui es-tu ?

Le garçon esquissa un sourire. Il avait une épaisse tignasse qui lui faisait comme un gros casque tellement elle était sale, et une large bouche qui fendait un visage fin et pétillant d'intelligence, altéré toutefois par un nez trop grand.

— Je suis heureux de vous avoir trouvés.

— J'ai dit : qui es-tu ?

— Peu importe comment je m'appelle.

Achille lui envoya aussitôt un coup de pied dans les côtes avant de répéter :

— T'es qui ?

— Laissez-moi me lever et je vous le dirai.

— Et pourquoi on ferait ça ? demanda Arran. Tu m'expliques ?

— Vous n'avez pas ménagé vos efforts pour me sortir de là. Vous ne voulez pas savoir ce que j'ai à dire ?

— Qu'est-ce que t'as à dire ?

— Laissez-moi me lever d'abord.

— Non. D'abord tu causes. On ne fait confiance à personne. On a déjà perdu deux des nôtres aujourd'hui.

— De toute façon, que voulez-vous que je fasse, hein ? demanda le garçon.

— J'sais pas, répondit Arran. Mais j'ai eu ma dose de surprises pour la journée.

— Donnez-moi au moins une chance.

D'un signe de tête, Arran ordonna à la garde de desserrer l'étreinte. Maxie et ses auxiliaires reculèrent d'un pas. Le garçon s'assit, un sourire aux lèvres. Puis il se gratta la tête.

— Je connais un endroit sûr, dit-il après un silence. Vous n'êtes pas condamnés à vivre comme ça.

— Sûr ? répéta Arran. Sûr comment ?

— Sûr comme : nourriture abondante, eau claire, lits propres, médicaments, et… hors d'atteinte des adultes. Ça vous va ?

— C'est où, ce paradis ?

Un immense sourire se dessina sur le visage du garçon.

— Un moment, j'ai cru que vous n'alliez jamais me demander.

9

— J'ai traversé la ville pour vous trouver.

— Conneries. Comment tu pouvais seulement savoir qu'on était là ?

— Je l'ignorais. Mais, précisément, c'était tout le sens de la démarche. Ma mission consistait à dénicher d'autres personnes, des enfants comme vous.

— Qu'est-ce que tu veux dire par *mission* ?

— J'ai été envoyé.

— Ah ouais ? Et par qui ? demanda Olive. Le bon Dieu ?

— Écoutez, si vous me laissiez vous raconter toute l'histoire ?

Ils retournèrent au patio. La petite cour intérieure contenait de justesse tout le monde. Sans se quitter d'une semelle, Blue et ses guerriers s'installèrent au fond. Dès qu'ils avaient vu que la voie était libre, deux d'entre eux étaient allés à Morrisons chercher une fille nommée Whitney, visiblement le sous-chef de Blue, exactement comme Maxie pour Arran. Whitney était plutôt grande pour son âge. Le visage fermé, l'air dur, elle attendait des révélations. Ses cheveux étaient nattés en fines tresses et elle portait un survêtement blanc, immaculé, qui devait être infernal à garder propre. Les guerriers de Blue semblaient se méfier d'elle. Ils faisaient preuve à son égard d'un singulier respect. Mais il suffisait de la regarder pour comprendre pourquoi : Whitney avait tout d'une fille à qui on ne la fait pas.

Achille et les siens étaient assis face aux Morrisons, chaque camp jouant à qui était le plus fier.

Arran avait pris place dans un gros fauteuil recouvert d'un film plastique, légèrement en retrait du feu. Son visage disparaissait dans l'ombre. Il avait délégué à Olive le soin de mener les débats. Non seulement celui-ci parlait bien, mais, en plus, il n'était pas du genre à se laisser embobiner par le premier venu.

Tous ceux qui avaient pris part à la bataille étaient épuisés. Aussi personne ne discuta la décision d'Arran. S'il voulait confier la parole à quelqu'un d'autre, libre à lui. Pourtant, ce n'était pas uniquement l'éloquence d'Olive qui l'avait incité à s'effacer. Non, il y avait autre chose. Il se sentait mal. Une chaleur malsaine irradiait de tout un côté de son crâne. Son oreille était bouchée et le lançait. Il serra les dents, baissa les paupières et essaya de se concentrer.

Sans grand succès.

Dès qu'il fermait les yeux, il revoyait la daronne de la piscine. Ses yeux. Cette lueur d'intelligence… Ce bruit. Se pouvait-il qu'elle ait essayé de parler ?

« Mwoumph… »

Et puis elle se jetait sur lui en montrant les dents. Il rouvrit brutalement les yeux.

Concentre-toi.

Patchwork était en train de parler.

— Il y a quatorze ans, un mal étrange s'est abattu sur la planète, dit-il en balayant l'assistance du regard. Pour autant qu'on sache, tout le monde fut touché, mais les symptômes mirent très longtemps à se manifester. La période d'incubation s'éternisa pendant… quatorze ans.

— Ou alors quelque chose a cessé d'agir, intervint Olive.

— Que veux-tu dire ?

— Soit quelque chose s'est produit, il y a quatorze ans, qui a rendu tout le monde malade, raisonna posément Olive, soit quelque chose a arrêté d'agir à ce moment-là, ce qui expliquerait que toutes les personnes nées après cette date se portent bien.

— Si tu veux, acquiesça le garçon au manteau de clown.

— Ça ne fait pas quatorze ans, coupa une voix. (Tous les regards se tournèrent vers Whitney.) Je n'ai pas compté les jours, mais ça fait au moins un an, un an et demi, que la maladie s'est déclarée.

— Oui, enfin, bon, je ne vois pas très bien ce que ça change, répondit Patchwork. Ce qui est sûr, c'est que les adultes sont morts ou malades, et que nous, les enfants, nous nous sommes retrouvés livrés à nous-mêmes.

— Ça, on n'en sait rien, objecta Ella, la sœur de P'tit Sam. Jusqu'à preuve du contraire, on ignore si c'est comme ça dans le monde entier.

— Elle a raison, approuva le Macaque. Y a forcément des adultes quelque part qui ne sont pas malades. Ils vont venir nous tirer de là.

— Comme dit Whitney, ça fait déjà plus d'un an, intervint Freak d'une voix d'outre-tombe. Si quelqu'un devait venir nous sauver, ça se saurait, vous croyez pas ? Mais, en fait de sauveur, tout ce qu'on a, c'est ce zozo-là et son manteau kaléidoscope.

— Personne ne va venir nous aider, confirma le garçon. Ça c'est certain. Tous les humains de plus de quatorze ans sont malades ou morts.

— Pas tous, riposta Whitney.

— C'est juste que certains mettent plus de temps que d'autres à développer la maladie, répondit Patchwork en haussant les épaules. Quoi qu'il en soit, ce sont des Étrangers.

— Qu'est-ce que c'est que cette histoire, encore ? gronda Blue.

— Ah, oui, j'imagine que vous nommez différemment ceux qui sont malades, mais pas encore morts, comme ceux qui étaient là tout à l'heure.

— On les appelle des *adultes*, répondit Blue. Parce que c'est exactement ce qu'ils sont.

— Pour nous ce sont des *Étrangers*. On nous a toujours dit : « Étranger égale danger » et, pour le coup, ceux-là sont vraiment dangereux. Dieu devait avoir une sale dent contre nous pour nous envoyer cette engeance.

— J'vois pas ce que Dieu vient faire là-dedans, dit Ella.

— Oui, enfin, Dieu ou autre chose, éluda Patchwork.

— Une météorite tombée du ciel, suggéra Ella.

— Moi, je crois plutôt que ça a un rapport avec le réchauffement climatique, fit valoir Bernie. Sûrement une catastrophe écologique.

— Je dirais plutôt un virus, soutint Maeve. Un peu comme le sida.

— Peut-être, supposa Patchwork. Notre théorie à nous, c'est que ça vient des Étrangers. Des terroristes. Ou quelque chose dans ce goût-là.

— Ouais, approuva Achille. Genre une bombe. Une bombe chimique. Ou une nouvelle arme biologique qui aurait eu des effets imprévus.

— Pas du tout, dit Blue, c'est encore un coup des scientifiques. Z'ont dû magouiller un truc qu'y fallait pas, genre OGM ou nanotechnologie, et ça leur a pété à la gueule.

— C'est parfaitement grotesque, rétorqua Bernie. Les scientifiques ont apporté quantité de bienfaits à l'humanité.

— Qui c'est que tu traites de grotesque, émo de mes deux ?

Une vague de protestations parcourut l'assemblée. Maxie dut élever la voix pour se faire entendre.

— On se calme ! Pas de bagarre, dit-elle sur le ton abattu du parent éreinté.

Arran esquissa un sourire. Maxie avait raison. Ils avaient assez de problèmes comme ça pour ne pas en rajouter en se chamaillant entre eux. Il aimait bien Maxie. Depuis le premier jour. C'était typiquement le genre de fille avec qui il avait l'habitude de sortir avant tout ce foutoir. Aujourd'hui, il vivait dans un tel stress qu'il n'avait plus l'énergie de penser à cette époque-là. De toute façon, ça se voyait comme le nez au milieu de la figure qu'il ne l'intéressait pas. À ses yeux, il était le boss. Point barre. Peut-être même qu'elle le jalousait, car, sans lui, c'est elle qui aurait été aux commandes.

Il ferma les yeux et refoula cette idée. En réalité, il ignorait tout de ce que Maxie pouvait penser ou ressentir. C'était le poison qui s'insinuait dans son organisme qui le faisait dérailler.

Tout à l'heure, quand Maxie lui avait effleuré le cou, un frisson lui avait parcouru l'échine. Ça faisait bien longtemps qu'on ne l'avait pas touché de la sorte. Doucement, affectueusement. Si ça se trouve, il avait rougi. Il pria pour qu'elle ne l'ait pas remarqué.

Il se prit alors à rêver à ce qui se serait passé s'il l'avait rencontrée avant le cataclysme. Il lui aurait proposé un rendez-vous. Il se serait mis sur son trente et un et ils seraient allés voir un film, ou un petit concert, ou peut-être l'aurait-il simplement emmenée se balader au Heath[1].

Il s'imagina en train de l'embrasser.

Arrête de te torturer, Arran. Tout ce que tu vas y gagner, c'est de la tristesse.

Le brouhaha reflua. Whitney prit la parole.

— Maintenant, écoutons ce que le perroquet a à nous dire, dit-elle en fusillant du regard le garçon aux fringues multicolores.

— Merci.

— Si j'ai bien compris, vous ne savez pas plus que nous la cause de cette maladie, c'est ça ? poursuivit Whitney.

Patchwork secoua la tête.

— En effet. D'ailleurs, personne ne sait. Et c'est le contraire qui serait étonnant. Après tout, on n'est que des gamins. C'étaient les adultes qui nous apprenaient les choses. Dans les journaux, à la télé, à l'école... Mais, aujourd'hui, il n'y en a plus un seul pour nous dire quoi que ce soit. Selon le point de vue d'où on se place, on peut s'en réjouir, ou à l'inverse le déplorer.

— C'est horrible, répondit Maxie.

— Peut-être, mais c'est notre monde, dorénavant.

— Pourritureland, commenta Callum, ce qui eut le don de faire rire quelques petits.

— Pas là d'où je viens, affirma Patchwork.

— Ben tiens, puisque t'en parles, dit Olive en saisissant la balle au bond, d'où tu viens ?

---

1. Célèbre parc du centre de Londres. *(N.d.T.)*

— De Buckingham Palace.

Un grand éclat de rire suivi de hurlements moqueurs fusa de l'assemblée. Patchwork se contenta d'y répondre par un sourire.

— C'est la stricte vérité, reprit-il quand l'agitation fut retombée. La reine, comme tous ceux qui étaient autour, est morte et enterrée. Fini les gardes à toques en peau d'ours. Fini les policiers, les touristes… Il n'y a plus un seul adulte pour nous dire quoi faire. Que des enfants. Et on peut faire tout ce qu'on veut.

10

— Attends un peu. T'es vraiment en train de nous dire que tu habites Buckingham Palace ? demanda Whitney d'une voix incrédule, ses impitoyables yeux noirs brillant d'un éclat amusé.

— Oui. Et je vous assure que c'est top ! Y a un lac. Un jardin entouré de hauts murs hérissés de piques. C'est protégé. On cultive des fruits et des légumes dans le jardin, on boit l'eau du lac, on dort dans les lits princiers. L'endroit est imprenable et on est suffisamment nombreux pour assurer notre sécurité. On a nos propres gardes, maintenant. On est vraiment bien organisés.

— Qu'est-ce que tu fais là, alors ? demanda Olive, logique.

— On s'est dit qu'il y avait forcément d'autres enfants comme nous quelque part. Des survivants. Et, plus on sera nombreux, mieux ce sera. La sécurité n'en sera que meilleure. On pourra planter plus. Travailler tous ensemble. Et, petit à petit, reconstruire la ville. À nous tous, on réussirait à faire de Londres une ville nouvelle. Juste à côté de Buckingham, il y a St James Park. C'est-à-dire assez d'espace pour cultiver des champs entiers. Mais, pour ça, il faut des bras. C'est pourquoi j'ai été envoyé à la recherche d'autres enfants, pour les informer de notre projet et les convaincre de se joindre à nous.

— Ouais, ben... désolé de te décevoir, mais on vient pas, répondit Callum. Pourquoi voudrais-tu qu'on parte d'ici ? Tu peux te le garder, ton Buckingham Palace. Très peu pour nous. On est bien à Waitrose. Maintenant, au revoir et merci bien.

— Arrête, Callum, le rembarra Achille. Laisse-le causer.

— Alors, comme ça, tu as traversé la ville tout seul ? dit Olive, dubitatif.

Le visage de Patchwork s'empourpra.

— Au départ, on était cinq. On pensait que tout Londres serait comme là d'où on vient : déblayé. On n'imaginait pas à quel point c'était risqué de s'aventurer dans la ville, et le nombre d'Étrangers qu'il pouvait y avoir dans les rues.

— Pourquoi ? l'interrompit Ella. C'est comment, d'où tu viens ?

— Je vous le répète, c'est tranquille. Au centre, il n'y a pratiquement plus aucun Étranger. On les a tous tués en masse au début et ceux qui restent se tiennent à l'écart. Ils nous évitent. Ils sont comme... apathiques. À la différence de ceux qu'on a croisés en venant ici. C'était de la folie. Ils nous ont eus les uns après les autres. J'ai perdu Alfie pas plus tard qu'aujourd'hui. C'était le dernier du groupe. Ne reste plus que moi.

Il avala sa salive. De toute évidence, il retenait ses larmes. Personne ne pipa mot durant un moment. Finalement, Olive rompit le silence.

— Combien de gamins avez-vous croisés en chemin ? demanda-t-il en s'agenouillant auprès de lui. Combien en avez-vous recrutés ?

Patchwork renifla bruyamment.

— Aucun. Vous êtes les premiers. Le plan de départ, c'était de quadriller la ville afin d'enrôler tous ceux qu'on pourrait trouver. Mais c'est beaucoup trop dangereux. (Il esquissa un sourire confus et leva les yeux vers Olive.) Cela dit, avec vous, ce serait différent. Ensemble, on pourrait facilement y aller. Vous savez vous défendre. Vous êtes des combattants hors pair. Les meilleurs qu'il m'ait été donné de voir. Je peux vous emmener. Je peux vous conduire en lieu sûr.

— J'ai une question, dit Arran d'une voix cassée.

Tous les regards se tournèrent vers lui. C'était la première fois qu'il intervenait depuis le début de la discussion.

— Oui, quoi ?

— Pourquoi n'irions-nous pas tout simplement ailleurs ? À la campagne ? Loin de Londres ? On aurait plus de chances de s'en tirer là-bas. C'est là que tous les adultes essayaient d'aller quand ils ont commencé à tomber comme des mouches.

— Précisément, répondit Patchwork, c'est là qu'ils sont tous. Comme je vous l'ai expliqué, au centre-ville, il n'y en a plus un seul. Mais, dès qu'on s'est écartés du centre, on en a croisé de plus en plus. Donc, selon toute vraisemblance, si on prenait le parti de quitter la ville, on en rencontrerait des milliers. Sans compter qu'il faut faire des kilomètres pour atteindre la vraie campagne, alors que, d'ici, le centre est à quoi ? Six kilomètres ? Huit grand maximum ? En imaginant qu'on ne soit pas trop retardés par les combats de rue avec les Étrangers, on pourrait le faire en deux, trois heures de marche. Et puis, Dieu sait sur quoi on tomberait si d'aventure on parvenait à quitter la ville... À l'inverse, le centre, je peux vous dire comment c'est, puisque j'en viens. Et c'est sûr.

— Comment savoir si tu ne nous racontes pas des salades ? argua Olive.

— Qu'est-ce que j'aurais à y gagner ?

— J'sais pas. Après tout, on te connaît pas.

— C'est vrai, ça, approuva Blue. D'ailleurs, c'est quoi, ton nom ?

— Certains m'appellent Jester, d'autres Magic-Man…

— Ouais, et n'oublie pas ceux qui t'appellent face de cul, coupa Achille, suscitant l'hilarité générale.

Jester accueillit la pique avec un hochement de tête magnanime.

— Oh, j'ai été appelé pire que ça, concéda-t-il quand le calme fut un tant soit peu revenu. Riez si ça vous chante, ou alors, vous pouvez écouter ce que j'ai à dire…

— On va sûrement pas abandonner comme ça tout ce qu'on a mis en place ici, dit Olive. Il nous faut des preuves de ce que t'avances avant qu'on commence à envisager une hasardeuse traversée de Londres.

— J'ai des preuves.

— Ah ouais ?

— Des images.

— Quel genre d'images ?

— Des photos. Prises avec un vieux Polaroïd.

— Fais voir.

Jester fourra la main dans sa sacoche. Il en sortit une petite enveloppe marron contenant une poignée d'épais tirages brillants, de format carré. Il les tendit à Olive, qui les regarda rapidement. Un sourire se dessina peu à peu sur son visage. Puis il les apporta à Arran qui dut se pencher à la lumière du feu pour mieux voir.

Les photos n'étaient pas trafiquées. On ne peut pas trafiquer un Polaroïd. Sans compter que ce n'était plus comme avant, quand on pouvait faire ce qu'on voulait avec un ordinateur. Sans électricité pour faire tourner les bouzins, fini Photoshop – encore un de ces trucs, qui semblait vital à l'époque et qui, aujourd'hui, était totalement insignifiant. Un rebut de plus dans la grande poubelle de l'histoire.

Non, ces images étaient réelles. On y voyait un groupe de jeunes gens souriants et en pleine santé posant dans la cour d'honneur de Buckingham Palace, déjeunant dans une salle à manger fastueuse, où trônait une table aux dimensions seigneuriales, jardinant, nageant dans le lac, jouant au foot. Ça faisait l'effet d'un paradis perdu, d'une fenêtre ouverte sur un autre monde.

Arran eut soudain la gorge nouée. D'une main tremblante, il rendit les photos à Olive, qui les tendit à Blue. Ainsi passèrent-elles de main en main, suscitant chaque fois le même émerveillement. Un concert de chuchotements approbateurs s'empara bientôt de l'assistance. Un seul ne partageait pas l'engouement général : Callum. Lorsque ce fut son tour, il regarda les images avec dédain et tira la langue aux personnages qu'on y voyait.

Arran sentit ses yeux s'embuer. Ce qu'il venait de voir dépassait l'imagination. C'était *l'espoir*. Si ce mec disait vrai, alors, à l'avenir, les choses allaient peut-être changer. Et Maxie et lui auraient éventuellement une chance. Quelques heures auparavant, tout paraissait bouché. Le groupe semblait voué à s'éteindre à petit feu, dans un pauvre supermarché abandonné, rongé par les enlèvements, les maladies, les combats de rue avec les adultes, les affrontements avec les chiens féroces ou, pourquoi pas, les luttes intestines qui les auraient conduits à s'entretuer.

Se pouvait-il que cette fatalité n'en soit pas une ?

C'est à peine s'il écouta Olive poursuivre l'interrogatoire.

Il revoyait la vie d'avant. Dans la grande maison parentale de Dartmouth Park. Les jeux au Heath avec ses copains. Les virées aux puces de Camden. Les balades dans les rues, sans but précis, à discuter de tout et de rien. Les déjeuners dominicaux avec papa et maman…

Papa et maman…

Il ne se rappelait plus vraiment à quoi ressemblait son père, dont le travail le tenait le plus souvent absent du foyer familial. En revanche, sa mère…

Jamais il n'oublierait son visage.

Le visage qu'il avait entrevu à la piscine.

Sa mère.

Non.

Ça ne se pouvait pas. Il avait rêvé. Impossible que cette… *chose* soit sa mère. C'était la lumière qui lui avait joué des tours.

Il prit soudain conscience que des larmes coulaient sur ses joues. Heureusement qu'il était dans l'ombre. Il avait l'impression d'être retombé en enfance. Tout ce qu'il voulait, c'était que sa mère le prenne dans ses bras, qu'elle lui parle doucement, qu'elle lui chante une berceuse.

Quoique la créature en question, si tant est que ce fût sa mère, ait tenté de le tuer.

« Mwoumph… »

Il essuya son visage, sécha ses larmes. Quand bien même il aurait les yeux rouges, tout le monde penserait que c'était à cause de sa morsure.

— On y va, annonça-t-il d'une voix ferme et claire, attirant une fois encore tous les regards. Je me fiche pas mal de savoir si le clown a tout inventé. Et tant pis s'y a rien au bout. D'façon, ici c'est cramé. Demain matin, on emballe tout et on décampe !

— Une minute, intervint Maeve qui, à la différence des autres, n'était pas originaire de Londres. (Elle était en visite chez des amis à Camden quand tout avait commencé et s'était ensuite retrouvée prise au piège.) Tu crois pas que ça mérite qu'on en discute ?

— Discuter de quoi ? demanda Arran.

— Eh bien, moi, je pense que c'est une folie.

— Peut-être. Mais je reste pas ici.

— Et ce que tu disais avant ? Partir à la campagne ? Si on doit aller quelque part, c'est là. La ville grouille d'adultes, et tout ce qu'on trouve à manger, ce sont des vieilles boîtes de conserve, des paquets de trucs desséchés et des machins à moitié pourris qu'on déniche en farfouillant dans les maisons abandonnées. Franchement, c'est pas une vie.

— Au risque de me répéter, dit Jester d'un ton un peu courroucé, on a des jardins au palais. Tout est prévu. Alors qu'ailleurs c'est le grand saut dans l'inconnu.

— J'ai grandi à la campagne, rétorqua Maeve. Je connais, merci. Et je continue à penser qu'il serait préférable de nous trouver un coin de terre où l'on pourrait cultiver et élever des animaux plutôt que de rester en ville. Ce qu'il nous faut, c'est de l'espace. De l'air pur. Et ça, c'est introuvable à Londres.

— Chaque chose en son temps, répondit Arran. Un jour, peut-être qu'on ira à la campagne. Mais, si ce que dit Jester est vrai, que le centre est sûr et qu'on peut établir notre camp à Buckingham, alors je propose qu'on y aille pour se refaire une santé. Ensuite, on verra. J'sais pas, on pourrait envoyer des éclaireurs, comme Jester

– en mieux armés, bien sûr –, pour tester les itinéraires, trouver la meilleure route…

— Pourquoi attendre ? objecta Maeve. Retourner au centre, c'est aller exactement à l'opposé de ce que tu proposes. Tu t'en rends compte ?

— Tu peux dire ce que tu veux, ma décision est prise, coupa Arran, épuisé par sa journée et las de toutes ces palabres.

— Maeve n'a pas totalement tort, fit néanmoins remarquer Maxie. Si on s'alliait aux Morrisons, on serait plus forts et on aurait de bonnes chances de quitter la ville. C'est une opportunité qui ne se représentera peut-être plus. L'occasion d'entamer une nouvelle vie, digne de ce nom.

— On devrait mettre ça au vote, proposa Maeve.

— Bon, bon, si vous y tenez, concéda Arran, dont le principal souci était de rejoindre son lit au plus vite. Mais sachez que les gamins que vous voyez là sont tous des citadins. Pour certains d'entre eux, la campagne, ils l'ont jamais vue qu'à la télé.

— Eh bien, ce n'est pas mon cas, répondit Maeve avec assurance. Et, croyez-moi, Londres n'est pas le centre du monde. Notre avenir est là-bas. C'est ce que je me tue à vous dire depuis qu'on s'est installés ici. Et voilà qu'enfin l'occasion se présente. Si on se dirige vers le nord en suivant l'A1, puis la M1, en deux ou trois jours on sera loin de toute zone urbaine.

— OK, je crois qu'on a tous bien compris où tu voulais en venir, dit Arran. Ceux qui sont pour aller à Buckingham avec Jester, levez la main.

Conscieusement, Olive fit le décompte des voix.

— Maintenant, ceux qui sont pour la proposition de Maeve.

Arran fut surpris de constater le nombre de mains qui se levaient en faveur de cette deuxième option. Une fois encore, Olive compta. Mais cela n'était pas suffisant. Le « peuple » avait tranché en faveur d'Arran.

Il se leva douloureusement de son fauteuil pour s'avancer jusqu'à Blue.

— Bon, le débat est clos. Qu'est-ce que t'en dis, toi ? Vous venez avec nous ou, vous aussi, il faut que vous organisiez une consultation populaire ?

— La démocratie est pas arrivée jusque chez nous, mec. Je suis le chef. Je décide. Point barre.

— Et ?

Blue se leva à son tour et regarda Arran droit dans les yeux.

— On vient.

Ils se serrèrent la main. Ça faisait du bien de se sentir soudés autour d'un but commun. Puis Blue pivota vers Jester et son regard retrouva sa dureté habituelle.

— Mais je te préviens, Magic-Man : si t'essaies de nous la jouer à l'envers, tu vas avoir besoin d'un sacré tour pour éviter de te retrouver six pieds sous terre.

11

Non, il n'était pas mort. Cette pensée, fermement ancrée dans un coin de son esprit, le taraudait. Définitivement, P'tit Sam n'était pas mort. Quand ils l'avaient fourré dans le sac, il s'était dit que ça y était, que tout était fini, et il s'était évanoui. Combien de temps était-il resté inconscient ? Difficile à dire. Toujours est-il qu'il avait repris connaissance, secoué par les cahots de l'adulte qui le portait sur ses épaules. L'homme puait, mais le sac encore plus. Un sale remugle de viande avariée. Sam était mal dans le sac. Il n'y voyait rien. Il ne put s'empêcher de mouiller son pantalon.

Ils l'emmenèrent quelque part et le laissèrent tomber par terre. Impossible de savoir où. Et pour cause, puisqu'il était toujours dans le sac. Ça leur avait pris environ dix minutes pour l'amener là où il était, au sommet d'un escalier. Un long escalier. Avec beaucoup de marches. Sans doute un étage élevé.

Au début, dès qu'il faisait mine de bouger, un adulte lui balançait un coup de tatane et, s'il pleurnichait, il en ramassait un autre. Ensuite, l'un d'eux s'était assis sur lui. Ça avait duré un moment et puis, quand il avait cessé de se débattre, l'homme s'était levé. Ensuite, Sam avait fait le mort et ils l'avaient laissé tranquille.

Alors, comme ça, il était toujours vivant. Pour l'instant, du moins. Mais, à moins d'un retournement du sort comme on n'en faisait plus, il ne verrait probablement pas le jour se lever car il ne faisait aucun doute que les adultes prévoyaient de le manger. N'était-ce pas ce qui arrivait aux jeunes qu'ils capturaient ? Si ce n'était déjà fait, c'est juste qu'ils étaient rassasiés… pour le moment.

Tandis qu'il était allongé là, muet comme une carpe et aussi immobile qu'un gisant sur une pierre tombale, il avait deviné qu'ils mangeaient. Ils avaient dû attraper un autre gamin avant lui. Heureusement, celui-ci était déjà mort. Sam n'aurait pas supporté de l'entendre parlementer, appeler à l'aide, hurler de peur…

Les entendre dévorer leur proie était déjà assez insupportable comme ça. Des bruits spongieux résonnaient dans la pièce, entrecoupés par le déchirement des chairs qu'on arrache et, de temps à autre, par le craquement sec d'un os qu'on brise. Sans parler des borborygmes de satisfaction qui accompagnaient la bruyante mastication des mandibules, les longues succions et les rots tonitruants. Parfois, ça craquait sous la dent, ou l'un des convives crachait. Il y eut même une sorte d'échauffourée.

De son côté, Sam hésitait entre la joie de se voir accorder un répit et la compassion pour l'autre gamin.

Comme il était content de ne rien voir ! L'odeur du sang était assez difficile à supporter comme ça. Ça lui donnait envie de vomir.

Il avait eu si peur. Peur comme jamais de sa courte vie, bien que les moments de terreur n'aient pas manqué. Comme lorsque son père et sa mère l'avaient abandonné. Ça s'était passé la nuit. Sa mère était entrée dans la chambre qu'il partageait avec sa petite sœur, Ella. Maman avait l'air d'aller très mal. Elle avait les traits tirés, le teint jaune. D'épaisses poches noirâtres soulignaient ses yeux et elle transpirait à grosses gouttes. Des pustules grisâtres avaient poussé autour de son nez, comme sur une adolescente ravagée par l'acné. Elle tremblait, claquait si fort des dents qu'un battement sans fin s'échappait de sa bouche. Elle l'avait réveillé et l'avait serré dans ses bras. Il avait senti ses larmes dans son cou. Elle lui avait dit que papa et maman devaient partir. Elle avait ajouté qu'il n'y avait plus rien qu'elle puisse faire pour sa sœur et lui, et que, si elle restait, elle risquait même de représenter un danger pour eux.

Il s'était alors remémoré comment Jeannette, une mère célibataire qui habitait au-dessus de chez eux, avait tué ses propres enfants avant de se jeter par la fenêtre. Ils connaissaient les petits, Jack et Kelsie, pour avoir plus d'une fois joué avec eux. Mais partout de terribles choses s'étaient produites. Pire que dans *Docteur Who*. Pire que dans n'importe quel film d'horreur.

Maman lui avait demandé de veiller sur Ella et il s'y était employé. Du mieux qu'il avait pu. Sauf que, bon, il ne pouvait pas non plus faire des miracles. Il n'était qu'un enfant. Et voilà que maintenant il n'était plus à ses côtés. Elle devait être terrorisée sans lui. Il espéra que ses parents comprendraient. Car, il fallait bien se rendre à l'évidence, il était trop petit pour s'occuper réellement de quelqu'un. Il n'avait que neuf ans.

Au moins ne les avait-il pas vus mourir. Parfois, quand il était triste, qu'il se sentait seul, il les imaginait vivants, heureux, sur une île ensoleillée, comme quand ils étaient allés aux Canaries. Il se disait alors qu'ils étaient simplement partis pour un long voyage, quelque part dans un endroit épargné par la maladie. En ce moment même, ils étaient sur une plage, en maillots de bain et lunettes de soleil, en train de boire des cocktails avec des parasols en papier dans leurs verres. Les imaginer ainsi, sains et saufs, hors de danger, lui redonnait toujours le moral. Peut-être même qu'ils avaient une pensée pour Ella et lui, qu'ils prévoyaient de revenir bientôt les chercher.

Pourtant, tout au fond de lui, il savait qu'ils ne reviendraient pas. Ils avaient dû mourir. Comme tous les autres adultes. D'ailleurs, si horrible que ça puisse être, c'était souhaitable. Parce que s'ils n'étaient pas morts… cela signifiait qu'ils étaient comme ceux qui l'avaient capturé : des rebuts de l'humanité, incapables de s'adresser les uns aux autres autrement que par des grognements ou des sifflements chuintants. Des horreurs. Obsédés par une seule chose : assouvir leur insatiable faim.

Oh ! maman, comme j'aimerais que tu sois là…

À la limite, il n'avait plus vraiment peur. Au début, oui. Peur à en avoir des crampes partout. Mais c'était éreintant d'avoir peur, tant et si bien que ça s'était peu à peu estompé. Maintenant, tout ce qu'il ressentait, c'était un engourdissement général. Et aussi un mortel ennui.

Depuis combien de temps était-il allongé là ? La faible lueur qui filtrait par les minuscules interstices du sac laissait penser que la nuit était tombée. Les adultes étaient trop arriérés pour allumer un feu, se servir de lampes photovoltaïques ou même, tout simplement, de torches électriques. Ils avaient tout oublié.

Sam pria pour qu'ils se soient assoupis ; comme ça, peut-être qu'il pourrait tenter de fuir. Il n'était ni attaché, ni bâillonné, ni rien. Il lui suffirait de se glisser hors du sac et de prendre ses jambes à son cou.

Une fois, il avait fait un séjour à la ferme, avec l'école. En voyant les moutons, les vaches, les cochons et les poules, il s'était demandé pourquoi ils n'essayaient pas de s'enfuir. Après tout, ça avait l'air facile. La raison lui en était apparue bien vite : à l'époque, les animaux étaient stupides et les humains malins.

Là, c'était différent. Les adultes étaient stupides et lui malin. D'accord, il était petit, mais il était plus intelligent qu'eux.

Un sourire se dessina sur ses lèvres.

Il allait s'échapper.

Enfin, pas tout de suite. Il allait attendre d'être sûr que c'était jouable.

Il se mit à compter, pas trop vite et pas trop lentement, se disant que, s'il arrivait à mille sans entendre un bruit, il sortirait la tête du sac et aviserait.

Un, deux, trois, quatre, cinq…

Vingt-cinq… trente… trente-cinq… quarante…

Compter jusqu'à mille prenait beaucoup plus de temps qu'il ne l'avait imaginé. À croire que ça n'en finirait jamais. À quatre cent vingt, il en eut assez et s'arrêta.

Ça faisait un temps fou qu'aucun adulte n'avait bougé. Ils devaient dormir. Ou alors, ils étaient repartis à la chasse et l'avaient laissé seul.

Prudemment, avec une lenteur exaspérante, il se tortilla pour sortir du sac, s'arrêtant toutes les dix secondes pour tendre l'oreille, écouter si tout allait bien, puis continuer.

Enfin, il passa la tête par l'ouverture, la joue collée à une moquette poisseuse et puante.

Il regarda autour de lui sans bouger d'un millimètre. Au début, il faisait trop noir pour distinguer quoi que ce soit. Il voyait seulement qu'il se trouvait dans une longue pièce rectangulaire, avec des fenêtres sur un seul côté, matérialisées par un pâle rai grisâtre contrastant avec le noir ambiant.

Il attendit. Sans faire un geste. Peu à peu, à mesure que ses yeux s'habituaient à la pénombre, des détails apparurent.

Il y avait six adultes à proximité. La mère et les trois qui l'avaient capturé ainsi que deux autres, un vieux père grassouillet au crâne chauve et un plus jeune, avec une barbe en désordre. Ils dormaient tous à poings fermés.

La pièce était d'une saleté repoussante. Des bouts d'os, des morceaux de viande et de peau traînaient un peu partout par terre. Quelques chaises maculées de gras pourrissaient dans les coins. Un tas de vieux chiffons s'élevait au centre de la pièce et un peu plus loin, à même la moquette : les toilettes !

Il eut un haut-le-cœur, en même temps qu'une irrépressible envie de jurer. Il chercha le gros mot qu'il trouvait le plus dégradant et le prononça dans sa tête.

Les raclures.

Les foutues raclures.

À Waitrose, ils avaient un système. Ils faisaient dans des seaux qu'à tour de rôle ils étaient chargés de vider dans les égouts, dehors.

Mais pas eux.

Oh ! comme il les haïssait.

Celui qui était le plus proche de lui, un daron, se retourna dans son sommeil. Un halo de lune illumina son visage. Sam l'observa. Il n'avait jamais eu l'occasion de voir un croulant de près. Chaque fois qu'il en avait croisé un, c'était à bonne distance, dans la rue, déambulant d'un pas lourd et gauche, comme une méchante créature de film japonais des années soixante.

Ce père était sale et particulièrement laid, ses cheveux si collés qu'ils ressemblaient à tout sauf à des cheveux. Sa peau jaunâtre, tirant vers l'orange, était couverte de plaques de boutons, de furoncles et de boursouflures. Au hasard des plis, elle pendait en amas flasques et graisseux. Par endroits, des plaies ouvertes laissaient entrevoir une matière visqueuse et noire. Il bâilla. Sam s'aperçut alors qu'il avait un gros trou dans la joue, au travers duquel on distinguait quelques dents cassées rongées par les caries.

Sam se ratatina sur lui-même et recula. Ses talons s'enfoncèrent dans quelque chose de mou. Il n'avait pas remarqué un septième larron, roulé en boule contre le mur, qui, au contact de ses pieds, s'agita dans son sommeil et se redressa brutalement. Sam retint son souffle. C'était une mère. Elle enroula ses bras autour de la jambe de Sam, frotta son nez contre son genou et se détendit.

Elle lui rappelait un peu Jeannette. Plus jeune que l'autre, celle qui lui avait sauté dessus sur le parking, elle avait une épaisse chevelure noire comme du jais tout emmêlée dans laquelle scintillait une épingle à cheveux ornée d'un papillon argenté. Sam se dit que ça lui ferait une bonne arme. Il la fit précautionneusement glisser et la serra dans son poing. Il s'agissait d'une longue épingle surmontée d'une stupide représentation de papillon. S'il prenait à l'un de ces fumiers l'envie de l'approcher d'un peu trop près, il le planterait. Oh oui, qu'il le ferait. Et de toutes ses forces encore.

Foutues raclures.

Raclures, raclures, raclures…

Ça faisait du bien de jurer. Même intérieurement.

Il tenta de retirer sa jambe, mais la mère le serrait trop fort. S'il bougeait davantage, il risquait de la réveiller.

Il la détailla. Elle était mignonne, même carrément jolie. Et puis elle tourna la tête et il vit son autre profil : une nichée de boutons. Toute sa joue, son cou, son oreille et même sa paupière en étaient infectés.

Sam eut soudain une terrible envie d'en percer un avec l'épingle. Mais il se retint. Il avança délicatement la main jusqu'à effleurer l'épiderme putride avec le bout de l'aile du papillon. Aussitôt, la mère eut un soubresaut et lâcha sa jambe pour se gratter. Il se libéra et poussa un ouf de soulagement.

Il allait devoir se montrer beaucoup plus prudent. Car plus il observait son environnement, plus il se rendait compte que les croulants étaient partout. Ils jonchaient littéralement le sol. Un seul pas inconsidéré et il en piétinerait un. Ça lui rappela le pavillon des reptiles, au zoo de Regent's Park, où son père l'avait emmené un jour. Il se revit en train d'essayer de repérer les lézards et les serpents au fond de leurs cages de verre. À première vue, on n'en distinguait aucun, mais, avec un peu de patience, on finissait par les entrevoir, repus, paresseux et bouffis, enroulés les uns sur les autres, lovés sous des rochers ou à moitié enterrés dans le sol.

Il fallait absolument qu'il parte d'ici.

Avec prudence, il s'avança jusqu'à la fenêtre pour tenter de se faire une idée de l'endroit où il se trouvait.

Dans un premier temps, il ne comprit pas ce qu'il voyait. Un immense espace bâtard. Ni fermé ni ouvert. Pourtant, ça lui rappelait quelque chose.

Oui, c'était ça : l'amphithéâtre d'un film de gladiateurs.

Bien sûr.

Le stade d'Arsenal. Une loge VIP. Avec vue sur les rangées de sièges qui descendaient jusqu'à la pelouse.

Il y avait d'autres adultes dehors, dormant ici ou là sur des sièges ou directement par terre, ou errant comme des âmes en peine dans les travées.

Peut-être qu'ils avaient été attirés ici par la familiarité des lieux, parce que ça leur rappelait quelque chose. Pourtant, il y avait fort à parier qu'aucun match de foot n'allait se dérouler dans cette enceinte avant un bail. Tout en bas, la pelouse avait beaucoup poussé. Un père se tenait là, debout, comme statufié, de l'herbe jusqu'aux genoux. Il était gros et, comme beaucoup de vieux, totalement chauve. Il portait un débardeur blanc frappé d'une croix de saint Georges rouge, comme sur le maillot de l'équipe de foot nationale. Sam eut la désagréable impression qu'il regardait dans sa direction.

Une bouffée de nostalgie s'empara de lui au souvenir du jour où son père l'avait emmené ici. Il se remémora l'explosion de vie, de couleurs et de bruits qu'il y avait ressentie. Au point qu'au début, ça lui avait fait peur. Tous ces gens qui hurlaient, chantaient et beuglaient des insanités en sautant sur place. Et puis il s'y était fait et, rapidement, il avait crié avec les autres, quand bien même il n'était pas fan de foot.

Et regardez ce que c'était devenu…

De la loge, on accédait aux terrasses par des baies vitrées coulissantes. Mais, même celles-ci n'étaient pas verrouillées, s'il tentait de les ouvrir il aurait toutes les chances d'éveiller l'attention. Sans compter qu'il y en avait d'autres dehors et que si ceux-là le repéraient, il n'aurait aucun espoir de leur échapper, ainsi à découvert. Non. Il y avait forcément une autre issue, une sortie de secours, des escaliers sous les tribunes.

Il rampa sur la moquette. La pièce était immense. Au fond, elle s'ouvrait sur une sorte de salle à manger où étaient éparpillées des tables et des chaises brisées. Un grand nombre de croulants y dormaient. Sam dut détourner les yeux lorsqu'il entrevit un petit corps à moitié dévoré, gisant sous une table.

Regarde pas. Regarde pas. Regarde pas.

Doué d'une imagination fertile, qui lui permettait de se perdre dans un jeu des heures durant, il prétendit se trouver dans un film. *Le Seigneur des anneaux*, pour être précis ; dans la peau d'un hobbit enfermé dans le château d'un orque. Avant de tomber malade, son père lui lisait chaque soir quelques pages du livre, pour l'aider à s'endormir. Sam ne lui en avait rien dit, mais, à ses yeux, le livre avait un peu vieilli. Il préférait de loin les films.

Dans sa rêverie, il n'était pas simplement un hobbit comme les autres. Il était Sam. Samwise Gamgee. Le plus courageux de tous les hobbits. Et l'épingle au papillon qu'il avait à la main n'était autre qu'une épée d'elfe.

Parfait. Continue comme ça. Pense à autre chose.

Au fond, loin des fenêtres, il faisait un noir d'encre et ça puait encore plus. Ça lui rappelait la fois où il avait perdu sa lunch-box. Il avait d'abord cru qu'il l'avait oubliée à l'école, avant de la retrouver, des semaines plus tard, coincée sous le siège de la voiture. Quand il l'avait ouverte, un horrible relent de moisi s'en était échappé. Les quelques morceaux de nourriture qui y restaient étaient entièrement colonisés par une infâme mousse verte qui envoyait des nuages de spores dans les airs dès qu'on s'avisait d'y toucher. L'odeur était si terrible qu'il en avait vomi.

Eh ben là, c'était pire. Ça piquait les yeux.

Foutues raclures…

Il se pinça le nez et avança de côté en tâtant prudemment le terrain du bout du pied pour s'assurer qu'il ne piétinait pas un adulte. Cet endroit devait regorger de bactéries et de miasmes qu'il imaginait presque se frayant un chemin jusqu'à ses poumons par sa bouche grande ouverte. Est-ce que c'était dangereux de les inhaler ?

À l'autre extrémité de la pièce, derrière un bar, il aperçut ce qui semblait bien être une porte. Il pressa le pas. À mi-chemin, une silhouette se dressa devant lui. Son cœur s'arrêta de battre.

Un des croulants s'était réveillé.

Sam plongea et s'aplatit sur le sol, la joue collée à l'immonde moquette pour se fondre dans la masse. Parfois, ça sert, d'être petit.

Traînant les pieds, l'homme passa à quelques centimètres de lui sans le voir. Dès qu'il le put, Sam fila s'accroupir derrière le bar.

Aïe ! L'adulte avait entendu quelque chose. Avec un gargouillis étranglé, il pivota dans la pénombre.

Sam serra l'épingle au creux de son poing. Il n'irait pas loin avec ça. Il devait se trouver autre chose. De sa main libre, il palpa les étagères du bar. Y aurait bien un truc ! Un tire-bouchon, un couteau… Sa main rencontra un objet en plastique dur. Il en palpa les contours pour comprendre de quoi il s'agissait.

Un briquet.

Mieux que rien. Ça lui permettrait au moins de voir où il mettait les pieds s'il arrivait enfin à sortir d'ici. Il le glissa dans sa poche et poursuivit la fouille, en vain.

Finalement, l'adulte cessa de bouger. Sam attendit autant que possible, partagé entre la prudence et sa hâte de quitter ce lieu de cauchemar.

Il jeta un œil à l'angle du bar. Rien. Aucun mouvement. Juste des formes sombres affalées par terre. Sur la pointe des pieds, il alla jusqu'à la porte, foulant au passage une flaque humide dont il préférait ignorer la nature. Mais ça collait sous la semelle avec un affreux bruit mouillé. Trop tard pour s'arrêter.

Continue, Sam. Tire-toi d'ici.

Dieu merci, la porte était ouverte.

Il avait réussi.

Adieu, foutues raclures.

De l'autre côté, il faisait si noir qu'il ne distinguait même pas ses mains lorsqu'il les tendait devant lui. Il se persuada que c'était tant mieux. Comme ça, rien ne viendrait lui sauter dessus, pour la simple et bonne raison qu'il était invisible.

Ce raisonnement ne lui fut pas d'un grand secours.

Il était pétrifié. Son cœur cognait si fort qu'il sentait tout son corps trembler à chaque battement, qui résonnait tel un coup de gong dans sa tête. Il avait toujours eu peur du noir. Pour le rassurer, sa mère répétait souvent : « Si tu ne peux pas voir les monstres, alors eux non plus ne peuvent pas te voir. »

Le problème, c'est qu'à l'époque les monstres n'existaient pas ailleurs que dans les dessins animés, en tout cas.

Alors qu'aujourd'hui…

Retenant sa respiration, il fit quelques minuscules pas en avant, les bras tendus devant lui, les pieds sondant prudemment le terrain.

Enfin, il rencontra une marche.

Un escalier.

Parfait. Ça allait le mener au rez-de-chaussée, loin de cet horrible endroit.

Une marche… Deux marches…

À cette allure-là, ça n'allait pas se faire tout seul, mais peut-être croiserait-il bientôt des fenêtres.

Après les marches vinrent d'autres marches ; elles semblaient ne jamais finir. À mesure qu'il reprenait confiance, il accélérait le pas, finissant par trouver son rythme.

Bientôt, il se retrouva devant un mur et eut un moment de doute, jusqu'à ce qu'il comprenne que l'escalier faisait un virage à quatre-vingt-dix degrés. Il tendit les bras, tâtonna dans le noir.

Ses paumes rencontrèrent quelque chose de mou et de tiède.

Qu'est-ce que c'est ?

Ça bougeait.

Oh non...

Il fit volte-face. Fuir à tout prix. Ça ne pouvait être qu'une seule chose : un adulte.

Il se mit à pleurer. Il ne pouvait pas courir, pas dans le noir. Il tomba à quatre pattes et rampa comme un chien, fermant vigoureusement les yeux. L'adulte le poursuivait, il entendait ses pieds racler le sol, sa respiration siffler dans sa gorge.

C'est alors qu'il sentit des mains puissantes se refermer sur sa cheville. Il rua, parvint à se libérer, détala.

Mais où pouvait-il aller ? À l'étage, il y en avait des dizaines d'autres.

S'il se plaquait contre le mur et demeurait immobile, peut-être que celui-là passerait sans le voir. Il tenta le coup. Mais il était déjà là, sur la même marche que lui.

Avec un hurlement de terreur, Sam déguerpit, grimpant les marches quatre à quatre. Bientôt, il se retrouva à son point de départ, devant la porte de la loge VIP. De l'autre côté du battant, des mouvements se faisaient entendre. Les croulants se réveillaient.

C'était la fin. Jamais il n'aurait dû crier.

Il entra dans la pièce. Après les ténèbres de l'escalier, le faible halo filtrant de l'extérieur lui parut éblouissant.

Un bruit de babines baveuses le fit se retourner. L'adulte, un père, emplissait totalement l'embrasure de la porte. Il était énorme. Presque deux mètres. Il portait un long manteau défraîchi et sa grosse barbe noire s'ouvrait sur une cavité édentée, comme s'il hurlait. Pourtant aucun cri ne s'échappa de sa gorge tandis qu'il agrippait Sam et le collait contre lui.

Un autre daron s'approcha gauchement et tenta de lui arracher sa prise. Le géant le repoussa d'une grande gifle.

D'autres, le dos voûté, les jambes arquées, trop faibles pour soutenir leur poids, prirent la relève.

Le géant devait être un maraudeur qui s'était introduit là pour voler de la nourriture, ce qui, de toute évidence, n'était pas du goût des occupants de la loge VIP. Ils l'encerclèrent, en nombre, le pressant de toutes parts. Mais l'intrus se défendait bec et ongles. Sam avait le sentiment qu'il allait lui rompre les os à le serrer comme ça contre son torse chaud et moite, aux dimensions de tronc d'arbre. La mère qui l'avait kidnappé à Waitrose parvint à lui saisir le bras et tira de toutes ses forces. Sam crut qu'il allait être littéralement écartelé, démembré.

— Lâchez-moi ! cria-t-il. Lâchez-moi !

Loin d'obéir, les adultes, redoublant de hargne, s'acharnèrent. Sam disparut sous une mêlée de corps fétides et puants. Des ongles le griffaient. Des visages de cauchemar se collaient au sien. Mais rien ne semblait devoir faire lâcher prise au géant, qui immobilisait fermement la main tenant l'épingle à cheveux dans le pli de son coude.

C'est alors que Sam se souvint du briquet. De celle qui était libre, il le sortit de sa poche, priant pour qu'il fonctionne.

Il appuya sur la platine. Rien. Il appuya encore. Toujours rien.

Il recommença… Clic-clic-clic…

Une étincelle.

Allez, allez !

Des points noirs dansaient devant ses yeux. Ses oreilles bourdonnaient. Il suffoquait. D'ici quelques secondes, il allait perdre connaissance.

Il pressa de nouveau et, cette fois, une petite flamme orange jaillit.

Il leva le bras sous la barbe du géant.

L'effet fut spectaculaire. Dans une salve de crépitements, les poils s'embrasèrent comme une torche. Glapissant de terreur, le colosse lâcha prise et se frappa frénétiquement le visage de ses deux grosses mains crasseuses dans l'espoir d'étouffer les flammes.

Sam n'était pas tiré d'affaire pour autant. Un autre péril le guettait. Celui d'être piétiné par le titan qui bondissait dans tous les sens en essayant d'éteindre l'incendie. Il recula pour échapper aux bras qui se tendaient vers lui, réalisant soudain qu'il tenait toujours le briquet allumé au creux de son poing. Il l'approcha de l'ourlet du manteau et attendit. Quelques secondes suffirent pour que des flammes se mettent à dévorer la pelure de l'ogre, qui vacilla dans la pièce. Certains des adultes restèrent prudemment à l'écart, tandis que d'autres lui sautaient sur le dos. Très vite, la situation vira au chaos total. Une bagarre générale éclata, à laquelle ne résistèrent pas les derniers éléments de mobilier, brisés sur le crâne d'un adversaire ou incendiés par la torche ambulante. Comme si ses vêtements avaient renfermé des gaz inflammables, une grosse femme parut littéralement exploser.

Des corps en flammes couraient dans tous les sens. Le géant n'était plus qu'une boule de feu. On y voyait comme en plein jour. La scène s'imposa alors à Sam dans toute son horreur. Une vision de l'enfer. À laquelle il ne s'attarda pas.

— Crevez tous, bande de fumiers ! beugla-t-il avant de disparaître dans l'escalier, le briquet à la main pour éclairer ses pas.

Le peu de gaz qui restait dans le réservoir ne tarda pas à s'épuiser. La faible flamme s'éteignit, mais qu'importe, il dévalait les marches quatre à quatre.

Un cri strident retentit derrière lui. Il leva la tête. Des formes incandescentes bondissaient dans la cage d'escalier. Des adultes en flammes lancés à ses trousses.

Cours, Sam, cours…

12

— J'viens pas.

— Comment ça, tu viens pas ?

— Je reste là. Je me sens chez moi ici, Arran. C'est ma maison. Et j'aime bien ma maison. Et puis c'est fortifié. Donc, je ne pars pas avec vous. D'ailleurs, jamais vous n'y arriverez.

— Callum, tu peux pas rester ici tout seul.

— Oh, mais je ne serai pas seul. D'autres voudront rester, j'en suis sûr.

— Mais… Callum… Ils sont déjà tous dehors à attendre… C'est fini. Le sujet est clos.

— Ah ouais, eh ben demande-leur à tous s'ils préfèrent partir ou rester ici avec moi.

— On a voté, répondit Arran d'un ton las.

— Non, on n'a pas voté. La question, c'était la campagne ou le centre-ville, pas partir ou rester. Alors, vas-y, demande-leur.

— Fais-le, toi.

— Non, refusa Callum d'un ton catégorique. J'sors pas d'ici. J'suis bien là.

Joignant le geste à la parole, il se laissa tomber dans

un vieux fauteuil et croisa ostensiblement les bras sur sa poitrine.

— Bon, et après, dit Arran. Quand bien même quelques irréductibles voudraient te tenir compagnie, comment vous feriez pour survivre ? Callum… C'est du délire.

— C'est moi qui suis seul juge de ce qui est du délire ou pas, rétorqua-t-il d'un ton courroucé. Vous autres, vous partez comme dans la fable, là. Le joueur de flûte, quand il emmène les petits pour qu'y se fassent bouffer ou j'sais plus quoi…

— C'est pas ça, l'histoire.

— Oui, ben, peu importe. Quoi qu'il en soit, ça finit mal. Mais pourquoi vous faites confiance à ce mytho, hein ? C'est clair qu'il fabule.

Arran balaya du regard ce lieu où il avait passé l'année écoulée. Une année de sa vie. Dans un supermarché. Ils étaient au rez-de-chaussée, au milieu de dizaines de rayons vides qui lui sortaient par les yeux.

— Callum, dit-il calmement, tout vaut mieux que rester ici et se faire dégommer un par un.

— En quoi ce serait une fatalité ? Et puis, de toute façon, tu fais ce que tu veux et moi aussi. Je reste.

— Impossible.

— Et pourquoi ça ?

Comment répondre quand, à la seule pensée de quitter cet endroit détesté, Arran se sentait pousser des ailes. Il avait passé une sale nuit. La douleur dans son cou avait empiré. Il doutait même d'avoir dormi. Résultat, il avait un épouvantable mal de crâne, les yeux secs et irrités, et il suait comme un bœuf. Donc tout, plutôt que s'éterniser ici à se biler sur l'état d'avancement de l'infection.

Il fixa Callum, obstinément enfoncé dans son fauteuil, comme si rien ne pouvait le faire changer d'avis.

— Et si les adultes réussissent à entrer ?

— Pourquoi voudrais-tu qu'ils viennent ici s'ils croient que c'est vide ?

— Ils essaieront sûrement, crois-moi. Et alors, tu feras quoi ?… Bon sang, Callum, redescends ! Qu'est-ce que tu vas manger ?

— Je peux marauder aussi bien que vous. Et, si on est moins nombreux, ça fera moins de bouches à nourrir. Si ça se trouve, on s'en sortira mieux que maintenant.

— Et à supposer qu'y ait que toi ? Qu'est-ce qu'on fait ?

— Tu parles, y en a plein d'autres qui vont vouloir rester. Y z'ont dit qu'y venaient parce que tu leur as forcé la main, mais si tu leur demandes ce qu'ils veulent vraiment, là, ce sera plus la même chose. Tu verras…

— Pff, ça va, j'ai compris.

Et il passa de l'ombre du supermarché au soleil du dehors où tous les gamins des deux clans – cinquante-sept en tout – l'attendaient avec leur paquetage : sacs à dos, duvets, nourriture, eau et, bien sûr, armes.

— Callum veut pas venir, annonça tout de go Arran.

Des ronchonnements accusateurs parcoururent l'assistance, bientôt suivis de commentaires assassins lancés à la cantonade :

— Pas étonnant.

— Il pense qu'à lui.

— On a qu'à le laisser. Après tout, c'est pas un guerrier, on s'en passera…

— On peut quand même pas le laisser ici tout seul ! plaida Maxie. Il va mourir.

— Et après ? répondit Achille. Allez, on y va.

— Y a-t-il quelqu'un d'autre qui préfère rester ici ? hurla Arran.

Pas de réponse.

— Sûr ? Vous savez, personne ne vous force à partir. Alors ? Qui veut rester avec Callum ?

Toujours rien.

Arran ferma les yeux et se passa la main sur le visage, désespéré. Il n'avait pas le choix : il devait persuader Callum de les accompagner. Il disparut à l'intérieur.

Bernie se tourna vers Ben. À la lumière du jour, ils paraissaient encore plus pâles qu'à l'accoutumée. Dieu sait depuis combien de temps ils n'avaient pas franchi le seuil de Waitrose.

— Ça fait quand même quelque chose, dit Bernie, de laisser tout ça. Toutes ces choses qu'on a fabriquées de nos mains.

— Bah, on en fabriquera d'autres, répondit Ben. Si Jester n'a pas menti, on pourra faire des tas de machins sympas au palais. Tiens, on va reconstruire tout Londres. On sera célèbres. On nous élèvera des statues.

— Ouais, mais… et les tubes acoustiques, la barricade, les cuisinières en série à la cantine, le système de signalisation sur lequel on travaillait ? Ça nous a pris des heures.

— Tu veux rester ? demanda Ben.

Bernie jeta un regard mélancolique vers le supermarché.

— Non, finit-elle par répondre. Je veux être à des années-lumière d'ici. Ça me rappelle trop tous ceux qu'on a perdus en route, tous les moments de galère.

— Exactement. On repart de zéro, et ce qu'on fera bientôt surpassera de loin ce qu'on laisse derrière nous.

— Tu crois ? dit Bernie, et, avec un sourire, elle passa son bras autour du cou de Ben.

Non loin, un groupe de petits étaient agglutinés autour d'un Morrisons, un gamin de six ans appelé Joël, qui portait dans ses bras un chiot emballé dans une vieille couverture.

— Qu'il est mignon…

— Regarde, il me lèche la main.

— Comment y s'appelle ?

— Godzilla, répondit Joël, et tous éclatèrent de rire.

Maxie les regarda en souriant. Au début, à Waitrose, eux aussi avaient essayé d'élever des chiens, pour la sécurité et pour la compagnie. Mais ç'avait été trop difficile de les nourrir, et ils étaient devenus à moitié sauvages, si bien que les enfants avaient été contraints de les abandonner. Ils étaient probablement morts à l'heure qu'il était, comme tant d'autres animaux.

Et, dans le lot, il n'y avait pas que des animaux domestiques. Même les rats avaient disparu. En l'absence de gens pour remplir les poubelles, la nourriture s'était vite révélée insuffisante pour entretenir leurs nuées. Ils étaient morts de faim, ils avaient émigré ailleurs, ou alors ils s'étaient fait manger par les chats qui eux-mêmes avaient été mangés par les chiens. De leur côté, les adultes avaient mangé tout ce qu'ils avaient pu trouver : rats, chats, chiens, enfants, congénères… Bref, tout le monde essayait de manger tout le monde.

Maxie remarqua un gamin tout seul, à l'écart du groupe, qui restait là à triturer un gros bout de pâte à modeler. Elle s'accroupit à sa hauteur.

— Comment tu t'appelles ?

Le garçonnet la regarda sans rien dire. Son unique réaction fut de rouler la pâte en un long spaghetti.

— Il est muet, dit Blue en s'approchant d'eux. Depuis qu'il a perdu ses parents.

— Pauvre petit gars.

— Il est pas sourd ni rien.

— Non ?

— On l'appelle Blu-Tack Bill, à cause de la marque de la pâte à modeler qu'il arrête pas de tripoter. Le seul truc qui le calme un peu.

Maxie lança un sourire à Bill avant de s'apercevoir qu'il avait dessiné une forme avec le rouleau de pâte. Un B. B comme Bill.

— Bah, avec le temps on va apprendre à se connaître, dit Maxie en se tournant vers Blue.

— Y a des chances.

— À ce propos, je suis Maxie.

— T'inquiète, je sais parfaitement qui tu es.

Ne sachant trop comment le prendre, Maxie eut un sourire gêné. Blue l'effrayait un peu. Il lui rappelait les garçons d'avant, ceux qui vous hélaient dans la rue en rigolant avec leurs potes si vous feigniez de les ignorer.

— Excuse-moi de demander ça, ajouta Blue, mais est-ce que t'es… disons… la meuf d'Arran ?

— Non, répondit Maxie avec un peu trop d'empressement et d'indignation à son goût. Qu'est-ce qui te fait dire ça ?

— J'sais pas… Le fait que tu sois son second, j'imagine.

— Pourquoi, Whitney, c'est ta meuf ?

— Elle ? Sûrement pas, répondit Blue, et il eut un rire narquois.

Maxie le regarda avec une grimace, genre : « Tu vois ? »

C'est alors qu'Arran apparut sur le seuil du magasin, le visage sombre. Maxie se précipita vers lui.

— Alors ?

— Il campe sur ses positions.

— On pourrait le forcer.

— À quoi bon ? S'il ne veut pas venir, qu'il reste.

— On ne peut pas le laisser.

— Je crains qu'on n'ait pas le choix.

— J'vais aller lui parler, dit Maxie d'un air décidé.

— Inutile, tu n'arriveras à rien, répondit Arran avant de se tourner vers Blue et de demander : Aucun des tiens ne veut rester ?

— Nan. On a eu notre dose de Holloway. On va au palais, dit-il avec un sourire auquel Arran ne put s'empêcher de répondre.

Il avait encore du mal à y croire. Ils allaient à Buckingham. Pour de vrai.

Un des lieutenants de Blue, grand et maigre, avec une énorme afro, approcha d'un pas nonchalant. Entre sa démarche paresseuse, son regard indolent et sa moue mollassonne, on aurait pu croire qu'il venait de tomber du lit.

— Z'êtes prêts ? demanda-t-il en se grattant l'aisselle.

— Ouais, répondit Blue avant de désigner Maxie d'un signe de tête. Lewis, voici Maxie. Maxie, Lewis. Il a l'air un peu fumé comme ça, mais faut pas s'y fier. C'est un vrai tueur.

Un sourire alangui se dessina sur le visage de Lewis. Il tendit le bras machinalement, tel un somnambule. Maxie lui serra la main.

— Bon, eh ben, si Callum ne vient pas, je crois qu'on peut y aller, déclara-t-elle.

Arran, Blue et Jester avaient passé la matinée à élaborer un plan d'action. Comme d'habitude, ils s'en tiendraient aux grands axes en progressant au milieu de la chaussée, bien à l'écart des façades. Tous trois ouvriraient la marche, accompagnés des meilleurs guerriers des deux clans. Maxie prendrait le flanc droit avec quelques gars, Lewis le gauche. Olive surveillerait leurs arrières aux côtés d'un hétéroclite bataillon de tirailleurs. Les grands qui restaient se mettraient au milieu, autour des petits, dont la garde avait été confiée à Whitney, à Maeve, ainsi qu'à quelques autres filles parmi les plus responsables. En outre, deux scrutateurs, un par clan, avaient été désignés. Josh pour les Waitrose. Whitney pour les Morrisons. Leur job consistait à tenir les comptes des présents afin de n'oublier personne en route.

Josh prit sa liste et biffa proprement le nom de Callum. Ça lui faisait mal. Un type avec qui il avait passé tellement de temps sur le toit. Un pote. Mais Callum était bizarre ces temps-ci et, dans un sens, il n'était pas mécontent de se débarrasser de lui.

Pour tout dire, ça le démangeait de partir.

En larmes, jouant des coudes entre les grands, Ella se fraya un chemin jusqu'à Arran.

— J'veux rester, dit-elle entre deux sanglots.

— Quoi ? Mais, Ella, tu ne peux pas ! répondit Arran en s'asseyant sur ses talons pour se mettre à sa hauteur.

— Il le faut. J'ai pas le choix.

— Comment ça, « il le faut » ? Qu'est-ce qu'y a, chérie ?

— C'est S… Ss… Sam, pleurnicha la petite. S'il revient et que j'suis pas là ?

Arran l'enlaça et la serra contre lui.

— Ella… J'ai bien peur qu'il ne revienne pas. Il est parti pour toujours. Il faut que tu l'admettes.

— Non ! objecta la petite avec colère. Il est pas mort ! Il va revenir me chercher, je le sais. C'est mon frère.

— Écoute, dit doucement Arran, si je pensais une seule seconde que Sam allait revenir, je l'attendrais ici avec toi. On l'attendrait tous. Mais c'est à nous qu'on doit penser, maintenant. À l'avenir… Sam aurait voulu que tu sois heureuse, non ?

— Oui.

— Il aurait voulu que tu sois en sécurité ?

— Oui.

— Donc, par égard pour lui, on doit partir.

Ella ravala un sanglot et opina du chef.

— Tu me protégeras, hein ?

— Évidemment que je te protégerai. Tiens, ce soir même, tu seras bien à l'abri dans un château, comme une princesse, dit-il en se redressant.

À peine debout, il grimaça, en proie à une nouvelle nausée. Ils auraient dû être partis depuis des heures. Le départ avait été fixé aux premières lueurs du jour. Mais organiser la troupe s'était révélé un cauchemar. Il avait l'impression d'être dans la peau d'un père préparant ses enfants à partir en vacances, apaisant les querelles, prêtant l'oreille aux plaintes et aux questions, les pressant de préparer leurs affaires, les sermonnant quand ils oubliaient l'essentiel. Et, pour couronner le tout, l'embrouille avec Callum.

Mais, cette fois-ci, ils semblaient prêts à partir.

Le plan prévoyait de suivre le grand boulevard menant à Camden, puis de couper Regent's Park pour prendre la rue Marylebone, la remonter jusqu'à Portland Place, d'où il leur serait facile de rejoindre Oxford Circus et de descendre ensuite Regent's Street jusqu'à Piccadilly avant de s'engager enfin dans St James Park. De là, il n'y avait plus qu'à descendre le Mall tout droit pour atteindre le palais. En marchant bien, c'était faisable en trois heures.

Mais les petits allaient les ralentir – sans oublier les adultes qu'ils croiseraient forcément en chemin. Malgré tout, ça restait envisageable dans la journée, donc pas de quoi paniquer. Quant à évaluer précisément le temps que ça prendrait, il ne fallait pas y compter puisque Jester et ses acolytes avaient commis l'erreur d'emprunter les petites rues et les chemins de traverse en pensant qu'ils y seraient plus en sécurité. De ce fait, ils avaient perdu énormément de temps à jouer à cache-cache avec les adultes, à les esquiver, à les fuir ou à les affronter.

En secret, Arran espérait que leur nombre découragerait les croulants d'attaquer. Mais s'ils attaquaient… eux seraient prêts à les recevoir.

Car c'était bel et bien une armée qui s'engageait dans Holloway.

Il observa les gamins qui se mettaient en formation dans une atmosphère légèrement étourdissante, comme lors du départ d'un voyage en classe de nature. Les petits étaient particulièrement déchaînés. Ne détestant rien tant que d'être coincés à l'intérieur toute la journée, ils étaient ravis de pouvoir lier connaissance avec d'autres gamins de leur âge.

— Prêts ? héla-t-il, main levée, en jetant rapidement un dernier regard vers Waitrose.

En l'absence d'objection, il ajouta :

— Alors, en route !

Et il abaissa son bras en direction du centre-ville.

Une acclamation lui répondit. Arran se mit en marche. Le reste de la troupe lui emboîta le pas.

En route vers une nouvelle vie.

13

P’tit Sam s’était fait aussi petit que possible, roulé en boule dans sa citerne vide, sur le toit d’une maison abandonnée près de Finsbury Park, où il partageait le logis avec quelques pigeons en état de décomposition avancée. Ils exhalaient une puanteur qui le prenait à la gorge. Mais c’était un mal pour un bien : avec un peu de chance, non seulement cette odeur masquerait la sienne, mais, en plus, elle éloignerait les adultes. D’ailleurs, jusqu’ici, ça avait plutôt bien marché. Il avait attendu. Aux aguets. Presque toute une nuit qu’il était là, un peu comme s’il était retourné dans le sac.

Les dernières heures avaient passé dans une sorte de brouillard. Il était épuisé. Au stade, il avait été pourchassé dans l’escalier par trois adultes, dont deux en feu qui n’avaient jamais atteint le bas des marches. Quant au troisième, il avait réussi à le semer dans le dédale de coursives et de couloirs qui s’étendait sous les tribunes. Hélas, il avait si bien réussi son coup qu’il s’était perdu lui-même. À un certain moment, il s’était retrouvé sur la pelouse, sous l’œil médusé des quelques adultes présents dans les gradins.

À force de persévérance, il était néanmoins parvenu à trouver une sortie. Tandis qu'il courait loin de ce lieu maudit, il avait jeté un œil derrière lui et constaté avec plaisir que tout le sommet de l'édifice était en proie aux flammes. Il s'était alors demandé combien de croulants en moins ça faisait et cette pensée l'avait réjoui. Toutefois, sa joie avait été de courte durée, car il n'avait aucune idée de l'endroit où il était, encore moins de la direction qu'il fallait prendre pour retourner à Holloway Road. Il avait donc erré sans fin dans les rues avant de se retrouver, sans trop savoir comment, à Finsbury Park. Il se souvenait d'avoir entendu les grands parler de cet endroit. Jamais ils ne venaient dans le coin. Trop dangereux. Bourré d'adultes et, qui plus est, plein de baraques détruites par des incendies. Certes, il avait vaguement idée que Seven Sisters Road croisait à un moment Holloway. Le problème, c'est qu'il ignorait dans quel sens il fallait la prendre.

Il en était là de ses réflexions quand une autre bande d'adultes lui était tombée dessus. Par chance, il les avait entendus arriver : leurs pas traînants étaient reconnaissables entre mille dans la nuit. Il avait pris la fuite, courant, sautant et bondissant à couvert dans une succession de jardins à l'abandon. Malgré tout, l'un d'eux avait réussi à lui mettre le grappin dessus. Mais Sam lui avait transpercé la main avec l'épingle au papillon et le croulant l'avait relâché avec la même précipitation que s'il avait empoigné un charbon de bois incandescent. Finalement, fatigué de courir, Sam s'était introduit dans une maison vide, avait grimpé jusqu'au grenier, où il avait découvert le réservoir d'eau.

Durant ces longues heures dans le noir, il avait trompé

l'ennui et l'angoisse en s'imaginant ce que les autres allaient dire quand il rentrerait à Waitrose.

— Sam ! T'es vivant !

— Y a qu'à toi que ça peut arriver, un truc pareil !

— T'es un héros !

— Raconte !

— T'en as buté combien ?

Il se les était figurés réunis autour de lui, posant mille questions, lui tapotant admirativement le dos, un grand sourire aux lèvres. Les mômes du supermarché étaient sa nouvelle famille. La plus grande et la plus turbulente dont un jeune garçon puisse rêver. Peut-être même que, pour l'occasion, ils sortiraient les réserves secrètes de bonbecs – ce qui lui manquait le plus dans ce nouveau monde.

Ainsi avait-il longtemps oscillé entre rêve et réalité, dans un demi-sommeil, pelotonné au fond de sa cuve aux côtés des pigeons morts.

Tant et si bien qu'entre-temps le jour s'était levé. Et bien levé avec ça, car cela faisait déjà un moment qu'il avait vu, à travers les tuiles qui manquaient au toit, le soleil poindre et embraser le ciel. Quelque part, non loin, un pigeon – vivant celui-là – roucoulait. Ce son le réconforta.

Mais il avait faim et soif. Il se languissait d'être de retour à la maison, à Waitrose.

Il s'étira et s'accroupit, jambes tremblantes, des picotements dans les genoux, le dos raide.

Prudemment, il jeta un œil par-dessus le rebord de la citerne en se demandant ce qu'il allait découvrir.

Rien qu'un grenier. Plein de poussière et de toiles d'araignée avec ici et là des cartons avachis, imbibés d'humidité.

En tout cas, pas d'adulte.

Il pouvait partir. Mais, à partir de maintenant, il allait devoir être sur ses gardes à chaque pas. Il ne pouvait pas se permettre de commettre de nouvelles erreurs. Il avait déjà eu de la chance deux fois et, contrairement au dicton, on pouvait penser que cela ne se reproduirait pas. Il avait épuisé son crédit. Sans compter que ce serait plus difficile de jour, avec davantage d'adultes dans les rues.

Il imagina ça comme un jeu. Une partie de cache-cache. Un domaine où il était loin d'être le plus mauvais ou le moins expérimenté pour y avoir joué maintes et maintes fois avec son père. D'ailleurs, il arrivait que ça fasse sacrément peur avec lui, car il était immense et faisait des bruits effrayants.

Ben c'était pareil avec ceux-là. Il n'avait qu'à les embrouiller comme il embrouillait son père.

Il avança jusqu'à la trappe qu'il avait franchie en arrivant, s'allongea sur le ventre et tendit le cou jusqu'à ce qu'il regarde en dessous.

Pas un bruit.

Il glissa au bas de l'échelle et, plié en deux, cavala jusqu'à la fenêtre qui se trouvait au bout de la pièce. Celle-ci ouvrait sur un petit toit plat. À première vue, la rue semblait déserte. Il entrebâilla la fenêtre et se faufila discrètement dehors, tâchant de se faire tout petit.

De là-haut, il avait une bonne vue sur la rue. Il regarda attentivement des deux côtés. Images fixes. Pas un souffle de vent dans les arbres, pas un vol d'oiseau dans l'azur, pas un animal arpentant le sol.

A fortiori, aucun adulte non plus.

Il descendit du toit et posa le pied à terre.

C'est là qu'il avisa le vélo, posé contre une rangée de poubelles en fer-blanc, à l'entrée du jardin. Il se précipita vers l'engin. Il avait l'air en état de marche. La chaîne était toujours en place. En revanche, les pneus étaient presque à plat. Par chance, il restait encore un tout petit peu d'air, au moins de quoi l'emmener à Waitrose.

Il poussa ce don du ciel hors du jardin et l'engagea dans la rue. Toujours personne en vue. Il sauta en selle et se mit à pédaler. C'était dur. Les vitesses étaient bloquées sur le petit pignon. Malgré tout, il avançait. Sourd aux grincements et aux couinements plaintifs de l'engin, il appuya plus fort sur les pédales et prit de la vitesse, zigzaguant d'un bord à l'autre de la rue tel un ivrogne.

Il avait pour ainsi dire touché le fond la nuit passée, mais le fait de trouver cette bicyclette lui avait remis du baume au cœur. Ne lui restait plus qu'à suivre les panneaux indicateurs jusqu'à Holloway Road et il serait tiré d'affaire.

Il prit à gauche dans Seven Sisters et moulina de plus belle. Les pneus dégonflés avaient beau rendre la bécane instable et difficile à manœuvrer, il allait toujours plus vite qu'à pied.

Pour la première fois en vingt-quatre heures, il sourit. La journée était ensoleillée. Sur son nouveau vélo, il filait comme une flèche dans les rues vides. Enfin, peut-être plus proche d'un bateau ivre que d'une flèche, à dire vrai, mais qu'importe, il rentrait au bercail.

Une fois de plus, il se représenta les mines stupéfaites de ses amis.

— Sam, t'as trouvé un vélo ?

— Y a pas à dire, t'es le meilleur.

— Le roi du tiékar !

Des pas retentirent derrière lui.

Il jeta un œil. Un adulte l'avait pris en chasse. Un père solitaire, vacillant sur ses jambes roides, haletant sous l'effort. Sous les yeux de Sam, un deuxième le rejoignit, une daronne, les cheveux grossièrement attachés sur le haut du crâne.

Et puis un autre et encore un autre. Ils arrivaient des deux côtés de la rue. Sam n'arrêtait pas de regarder derrière lui, ce qui, à vélo, n'est guère recommandé. D'autant moins que des voitures abandonnées jalonnaient la chaussée et que, par conséquent, il fallait anticiper un tant soit peu sa trajectoire pour éviter de s'en emplafonner une.

De plus en plus d'adultes se répandaient sur la route, courant à moitié. Après un dérapage, Sam frôla une camionnette et en découvrit deux devant lui, un à gauche, un à droite, prêts à le prendre en tenaille. Il accéléra brusquement et leur échappa de justesse. Déséquilibré, il traversa la rue en diagonale avant de reprendre le contrôle et de réaccélérer de toutes ses forces.

Jamais il ne s'était autant démené sur un vélo. Il avait les poumons en feu, son cœur tambourinait contre ses côtes comme s'il voulait sortir de sa poitrine. Deux minutes plus tôt, il avait le sentiment de voler au-dessus de la route. Maintenant, il se voyait avancer au ralenti.

Allez, allez.

Bientôt, il sentit des larmes couler sur ses joues. Son rêve d'être accueilli en héros à son retour avait fait long feu. Personne ne saurait jamais ce qu'il avait vécu la nuit précédente. Personne n'entendrait parler de l'aventure au stade, du géant à la barbe en feu, de son échappée par la pelouse, de la nuit dans la cuve vide. Tout ça pour rien.

Pour rien ?

Et puis quoi encore. Qu'ils aillent tous pourrir en enfer. Jamais il ne se laisserait rattraper. Il était Sam le tueur géant. Il allait leur échapper.

Ensuite, comme en réponse à une prière secrète, la rue se mit à descendre gentiment, lui redonnant de la vitesse. Il pédala avec une hardiesse retrouvée. Quand il se retourna de nouveau, les adultes étaient hors de portée. Ouais ! Il les avait semés.

Hé, salut, bande de losers !

Il poursuivit son effort jusqu'à en avoir les cuisses en feu. Chaque fois qu'il regardait derrière lui, les adultes rapetissaient.

Il poussa un cri triomphal, hurla, vociféra.

Sam le héros était de retour.

Le temps d'arriver sur Holloway Road, il était seul au monde, définitivement débarrassé des lourdauds qui lui filaient le train. Oh, ils le suivaient peut-être encore, mais ils mettraient des heures à arriver jusqu'ici, ce qui lui laissait plus qu'assez de temps pour entrer.

Voilà, ça y était. Waitrose. Les vigies du toit l'avaient probablement déjà repéré. Il agita la main. Aucune ne lui répondit – sans doute trop occupées à faire passer la nouvelle dans le tube acoustique.

— Vous allez jamais le croire ! C'est Sam ! Qui pédale comme un malade sur un vélo pourri !

Oui, les portes allaient s'ouvrir à son approche, comme par enchantement.

Il fonça jusqu'au seuil du magasin et sauta précipitamment de selle. Un silence de mort semblait régner à l'intérieur.

— Hé ! cria-t-il en tirant sur la chaîne qui actionnait une grosse cloche au premier étage.

Et il tira, tira et tira encore.

— Ouvrez, mugit-il. C'est moi, Sam ! Je suis revenu !

Rien. Mais pourquoi mettaient-ils autant de temps ?

— Oh, les gars ! C'est moi. Laissez-moi entrer...

Il arrêta de crier et tendit l'oreille. Pas le moindre bruit. Il tira la chaîne de nouveau. Peut-être était-elle cassée ? Non, il était certain de l'entendre tinter dans le magasin. Alors pourquoi personne ne venait ?

Il fit quelques pas de côté pour essayer de voir à travers la vitrine. Mais les barricades ainsi que les rideaux de fer étaient baissés. Il cogna à la vitre, pestant tant et plus.

Ce n'était pas du tout comme ça qu'il avait imaginé son retour.

Quelque chose attira son regard. Il fit volte-face. Des silhouettes bougeaient au loin. L'espoir revint. Sûrement un peloton qui revenait de maraude. Ils allaient le faire entrer.

Mais quelque chose ne collait pas. Ils étaient trop gros, trop lents et, surtout, beaucoup trop nombreux.

Des larmes inondèrent ses yeux.

Pourquoi se faisait-il des idées ?

C'étaient les adultes qui, lentement mais sûrement, avaient continué sur leur lancée et remonté de leur pas gauche tout Seven Sisters Road.

Il courut à la cloche et sonna comme un fou en hurlant à pleins poumons.

— Ouvrez, ouvrez, ouvrez !

Son cri alerta les adultes qui pressèrent l'allure, au petit trot, sans pour autant se précipiter. À quoi bon ? Puisque, au bout du bout, ils finiraient par l'avoir.

14

Callum entendit du bruit : la cloche qui sonnait, quelqu'un qui cognait à la vitrine, des cris, sans qu'à aucun moment il ressente l'envie de se lever de son fauteuil. S'il attendait assez longtemps, ils s'en iraient. Pour la première fois depuis un an, il était seul. Réellement seul. Et il était convaincu que s'il restait très prudent et discret, les adultes ignoreraient le magasin et lui ficheraient la paix. Sans le dire à personne, Arran lui avait laissé des vivres. Sympa. Ce que le chef ignorait, c'est qu'il avait déjà un paquet de trucs planqués. Pour tout dire, il mettait de côté depuis qu'ils étaient arrivés ici. Dans le faux plafond, dans certains trous des murs, derrière des armoires, dans les recoins oubliés des aires de stockage. Ça s'était imposé à lui dès le début : s'il ne s'occupait pas de sa survie, il mourrait. Aux autres le partage, le rationnement général, les parts que l'on daigne vous accorder. Quand tout serait épuisé, le naturel reviendrait au galop et ils s'entretueraient.

Mais, dorénavant, il était seul en son royaume. Comme s'il était en même temps Arran, Achille, Freak et Olive. Cela dit, il avait sincèrement cru que certains voudraient rester avec lui. Le choc, quand il s'était entendu dire que ça n'intéressait personne. Mais il s'était vite consolé en se disant que c'était aussi bien comme ça. Au moins, personne ne lui taperait sur les nerfs. Il n'y aurait que lui et sa réserve. Lui tout seul. La paix. Le bonheur. Fini les prises de bec, les querelles mesquines. Plus personne pour le surveiller, l'asticoter ou le brimer, à la différence d'avant où il avait trop souvent l'impression d'être dans *Big Brother*, le *Loft* ou Dieu sait quelle émission de télé-réalité, où tout le monde vit les uns sur les autres, dans une insupportable promiscuité, rythmée par les éternelles altercations, jérémiades et lamentations. À l'occasion, une section de maraude rapportait bien des livres, des puzzles ou des jeux, çà et là, qui permettaient momentanément de tromper l'ennui. Mais ça n'avait qu'un temps.

Enfin, à partir de maintenant, plus personne ne lui dirait ce qu'il avait à faire. Quel intérêt, si les adultes étaient tous morts, de se retrouver sous la coupe d'un tyran de bac à sable ? Oh, certes, il aimait bien Arran, mais il ne se souvenait pas qu'on l'ait jamais consulté pour savoir s'il acceptait qu'il soit son *chef*.

Tout ça allait changer dorénavant. Callum ferait ce que bon lui chanterait. En parlant de chanter, il disposait même d'un lecteur de CD portable, caché dans la planque la plus secrète de toutes, en compagnie de quelques CD et, plus important que tout, de piles. Dans ce monde-ci, les piles avaient une valeur inestimable. Ils en avaient trouvé des tonnes en arrivant et, bêtement, ils avaient cru que leur réserve était inépuisable. Il avait été le premier à prendre conscience que ce n'était pas le cas et même qu'à ce rythme-là ils seraient vite à court. C'est ainsi qu'il avait commencé à en mettre de côté. Aujourd'hui, plus besoin de les cacher…

Il se languissait de pouvoir mettre de la musique. Six mois qu'il n'en avait pas écouté. Oh, bien sûr, nombre de gamins avaient leur iPod ou autre MP3 dans la poche, sauf que faute d'électricité pour les charger, aucun de ces bidules n'était utilisable. Un jour, dans un magasin, Deke avait dégoté un chargeur fonctionnant à l'énergie solaire, mais, visiblement, le machin marchait quand il voulait et, bien vite, il avait fini cassé. Et ça s'était arrêté là.

Jusqu'à aujourd'hui.

Génial.

Il avait tout.

Et voilà qu'un importun venait gâcher son plaisir en faisant un raffut pas possible à la porte, de quoi alerter tous les croulants du coin.

Bah, il pouvait faire autant de barouf qu'il voulait, il ne fallait pas compter sur lui pour ouvrir. C'était chez lui, dorénavant. Et il ne se sentait absolument pas l'âme hospitalière.

Il ferma les paupières. Bientôt, quelle que soit l'identité du fâcheux à la porte, il finirait par s'en aller. Et il goûterait enfin aux délices du calme et du silence retrouvés.

15

Les adultes descendirent la rue en masse, clopin-clopant, pliés en deux, ramassés sur eux-mêmes. Certains émettaient des sortes de claquements de mâchoires tandis que d'autres bourdonnaient comme des frelons autour d'un pot de miel. Ils se grattaient de partout, ravivant leurs pustules et leurs boutons. Ils tremblaient de tout leur long en agitant la tête de côté. L'un d'eux avait une main en moins. Son avant-bras n'était plus qu'une nécrose verdâtre. Tous étaient affamés et rendus fous par la perspective de la curée. C'était tout ce qui comptait pour eux.

Sam évalua qu'il lui restait environ trente secondes avant qu'ils soient sur lui.

Éperdu, il étudia les barrières. Il savait bien qu'elles étaient inviolables, mais elles étaient conçues pour repousser les adultes et lui était petit… Alors peut-être qu'il avait une chance.

Il fronça les sourcils en découvrant un petit espace en haut. Les barricades n'avaient pas été fermées correctement. S'il parvenait à grimper jusque là-haut, il pourrait sans doute se faufiler dans l'ouverture. Il bondit dans les airs et attrapa le sommet de la plaque de tôle, s'entaillant les mains sur le rebord.

Il jeta un rapide coup d'œil à la rue. Ils étaient tout proches.

Il battit des jambes contre la tôle, faisant couiner ses semelles jusqu'à sentir une légère bosse sous son pied. Il poussa, se tortilla et se hissa tant et si bien qu'il prit bientôt appui sur l'arête. Il avait raison. L'ouverture était suffisante pour passer. Juste – il s'érafla copieusement sur la bordure et agita les pieds derrière lui comme quelque grenouille furibonde –, mais ça passait.

Il les entendait. Ils avaient fini par arriver. Des mains tentèrent de se refermer sur ses chevilles. Il rua de toutes ses forces et, au prix d'un ultime effort, extirpa sa taille du piège avant de glisser le long de la paroi et de s'affaler telle une poupée de chiffon dans la galerie commerciale.

Dehors, les adultes geignaient, râlaient et gémissaient. Il pria pour qu'ils ne trouvent pas le moyen d'entrer. D'ordinaire, la barricade était hermétiquement close, mais là, les barres de sécurité n'étaient pas mises et la chaîne non plus. Pourquoi autant de laisser-aller ?

De terribles pensées lui vinrent. Et s'ils s'étaient fait attaquer pendant qu'il n'était pas là ? Et si tout le monde était mort ?

Il courut jusqu'au rideau de fer et le trouva fermé. Comme précédemment, l'interstice entre le bas du rideau et le sol ne laissait aucune chance à un adulte de passer. Mais on ne l'appelait pas P'tit Sam pour rien.

Se tortillant comme un ver, il franchit la barrière, se redressa, puis s'avança avec prudence dans le magasin, ne sachant pas à quoi s'attendre.

Tout était comme il l'avait laissé – sauf que c'était parfaitement désert.

— Hé ho ! Y a quelqu'un ? appela-t-il, incrédule.

Il s'enfonça plus avant.

Dans le coin tout au fond, là où ils avaient installé quelques meubles pour faire un semblant de salon, il aperçut quelqu'un effondré dans un fauteuil. Il restait assis là. Sans rien faire. Il n'était pas mort, pourtant. Il clignait des yeux.

Il reconnut bientôt Callum.

— Salut ! dit Sam en s'approchant. Ça va ou quoi ?

Callum opina mollement du bonnet, une quasi-méfiance dans le regard.

— Comment t'es rentré ? demanda-t-il d'un ton froid, sans le plus petit signe de joie de voir ainsi Sam revenir d'entre les morts.

— Les barricades n'étaient pas bien fermées.

— J'ai dû mal les refermer quand ils sont partis.

— Partis ? Comment ça ? Qui est parti ?

Callum lui raconta toute l'histoire.

— Z'ont pas pu me faire ça, bredouilla Sam en se laissant lourdement tomber sur un canapé, accablé.

— C'est pourtant ce qui s'est passé. Envolés. Tous.

— Sauf toi.

— Ouais. Sauf moi.

— Pourquoi t'es pas allé avec eux ?

Callum haussa les épaules.

— J'suis bien ici.

— Dis, au fait, tu m'as pas entendu, là, dehors ? Je me suis acharné une heure sur la sonnette !

— Comment je pouvais savoir que c'était toi ? Je pensais que c'était encore un de ces croulants.

— Non, c'était moi, bredouilla Sam, et il fondit en larmes.

Trop de fatigue. Trop d'émotions. Tout ce qu'il voulait, c'était s'allonger sur le sofa et dormir trois jours. Mais Callum le regardait bizarrement. Sam ne savait plus sur quel pied danser. Il n'était même plus sûr de croire ce que Callum disait. Faut dire que c'était dur à avaler. Alors, comme ça, un type avec un manteau de clown s'était pointé et il avait emmené tout le monde ?

— Ma petite sœur, se lamenta Sam à mi-voix. Ella. J'avais promis de veiller sur elle. Comment je vais faire maintenant ?

— Y a pas si longtemps que ça qu'y sont partis, répondit Callum. Si tu traînes pas, tu les rattraperas vite fait.

— Tu veux dire, ressortir d'ici ?

— Ouais, acquiesça Callum en hochant doucement la tête.

Ses yeux noirs lançaient des éclairs.

Oubliant sa fatigue, Sam se leva d'un bond.

— Tu sais s'y a une pompe à vélo, ici ?

16

Arran avait des vertiges. Marcher en plein soleil faisait fumer son cerveau fiévreux. Il se sentait faible et avait de plus en plus de mal à respirer. Même s'il s'efforçait de ne rien laisser paraître, régulièrement, il trébuchait et vacillait. Il prit une nouvelle gorgée d'eau. La centième depuis qu'ils étaient partis, lui sembla-t-il. À ce rythme-là, il aurait épuisé sa réserve avant d'avoir atteint Camden.

La vérité, c'est qu'il était au plus mal. Et qu'il savait très bien que c'était sérieux. Des microbes s'étaient infiltrés dans la plaie ouverte et commençaient à sérieusement secouer son système immunitaire.

Il en aurait pleuré. Si seulement Jester avait débarqué quelques heures plus tôt. Jamais Arran ne serait allé à la piscine avec la section de maraude. Deke serait encore en vie. P'tit Sam aussi, sans doute. Et lui n'aurait pas reçu cette sale morsure au cou. Quelle cruelle ironie du sort que de se voir ainsi proposer une issue, une promesse de vie meilleure, pour se la voir ensuite arracher de la sorte !

C'était trop injuste ! Si ça se trouvait, il allait succomber au seuil du palais.

En attendant, il ferait tout ce qui était en son pouvoir pour que tout le monde y arrive entier. Quand bien même ce serait le dernier acte de son séjour sur terre. Il fallait se concentrer là-dessus et éviter de ruminer. Oui, ce troupeau était le sien et, en bon berger qu'il était, il allait le mener jusqu'à la bergerie.

Ce qu'il fallait, c'était penser à autre chose. Il avisa Freak, qui marchait d'un pas lourd, le regard bas, la capuche relevée pour dissimuler son visage.

— Ça va, mon pote ? demanda Arran.

Freak grogna. Ça aurait aussi bien pu être oui que non.

— T'es triste de quitter Waitrose ?

Freak haussa les épaules. Depuis le drame d'hier soir, il était plongé dans un sombre mutisme.

— T'as fait tout ce que tu pouvais, dit gentiment Arran. Même si on avait sorti Deke de là, il avait un tesson de verre dans le ventre. Le poumon était touché.

— Je sais, répondit Freak. Ça n'empêche qu'y me manque. C'est tout. On se marrait bien tous les deux. Personne me faisait marrer comme lui. Avec lui, je pouvais oublier tout ça.

— Attends, je vais chercher une blague.

— Oublie, mon pote. T'es nul en blagues.

— Je sais, admit Arran. Et depuis toujours, en plus. Heureusement que j'étais bon en foot, ça compensait. En fait, tu sais, c'est ça qui me manque le plus : jouer au foot. Dès qu'on sera arrivés, j'organiserai un match. T'en es ?

— Si on arrive…

— Bah, arrête ! Bien sûr qu'on va arriver.

— J'aimerais partager ton optimisme, rétorqua Freak d'un ton amer.

Arran se garda de répondre. Il pouvait à la limite berner Freak, en aucun cas se berner lui-même. Jusqu'à présent, ils n'avaient croisé aucun signe de vie, mais l'on pouvait légitimement douter qu'il en soit ainsi tout du long. Tôt ou tard, en chemin, ils devraient affronter des adultes. L'indésirable image de la mère à la piscine – la sienne ? – lui revint en mémoire.

— C'était pas ma mère, dit-il tout haut sans le vouloir.

— Pas ta quoi ? demanda Freak, ahuri.

— Rien, répondit Arran en portant une paume à sa tempe. Écoute, Freak, t'as raison. C'est pas gagné. Donc, si on veut réussir, il faut que tout le monde y mette du sien. Et, franchement, à te voir marcher comme ça en broyant du noir, la tête basse sous ta capuche, les petits vont commencer à flipper, alors sois vaillant pour eux, OK ? Essaie de faire bonne figure.

Freak se redressa et regarda Arran droit dans les yeux.

— Comment on a pu en arriver là, hein ? demanda-t-il. Alors que nous-mêmes, on est que des mômes ?

— C'est comme ça, répondit Arran d'un ton résigné.

Il s'arrêta pour défaire son sac à dos.

— Au fait ! J'ai quelque chose pour toi. J'attendais le bon moment… Celui-là en vaut un autre, j'imagine.

Et, triomphalement, il sortit une bombe de peinture de son sac.

— Où est-ce que t'as dégoté ça ? demanda Freak en ouvrant de grands yeux.

— Je les ai trouvées en faisant le ménage à Waitrose, avant de partir. Planquées au fond d'un placard. J'sais pas qui les a mises là.

— Parce que t'en as d'autres ?

— Cinq, mon pote. Noir, blanc, rouge, jaune… et argenté.

Il en tendit une à Freak qui la secoua aussitôt.

— Encore à moitié pleine. J'y crois pas…

Arran lui offrit les quatre autres aérosols. Freak les rangea cérémonieusement dans son sac.

— J'pensais, poursuivit Arran, si tu bombais votre tag – Freaky-Deaky – quelque part, ça serait un peu comme faire revivre Deke, tu crois pas ? Vas-y, lâche-toi, écris en énorme : « Deke Lives[1] » ou un truc du genre. Laisse pas les adultes remporter la mise.

Freak rabattit sa capuche sur ses épaules et avança soudain d'un pas décidé, en relevant le menton.

— Arran ?

— Ouais ?

— Cherche pas, mon pote. J'suis avec toi de bout en bout.

— Merci.

C'est alors que Jester remonta à leur hauteur, souriant de toutes ses dents.

— Ça va être autrement plus facile que pour venir, dit-il.

— Faut l'espérer, répondit Arran.

— Tout va bien se passer, j'en suis sûr. Vous autres, vous savez vous débrouiller.

Brutalement, le ventre d'Arran se noua et il sentit son estomac lui remonter au bord des lèvres. Quelques instants durant, il fut incapable de parler. Jester se chargea de combler le vide.

— Un truc que j'aimerais savoir, dit-il. Comment vous avez atterri à Waitrose ?

1. « Deke vit. » *(N.d.T.)*

— J'sais plus, ça s'est fait tout seul. Y en a un qui a eu l'idée, et on a tous suivi. On cherchait à manger.

— Et vous avez trouvé ?

— Si incroyable que ça puisse paraître, oui. Y devait y avoir des stocks d'urgence ou quoi, toujours est-il qu'on a trouvé des tas de trucs dans des congélateurs à l'écart et aussi dans les dépôts, à l'étage. Évidemment, il a fallu faire sauter quelques serrures, mais, au bout du compte, on a mis la main sur tout ce qu'il y avait. Même chose chez les Morrisons. Bien sûr, il n'y avait rien de frais. Ni fruits, ni légumes, ni viande. Juste des boîtes. Par contre, on a aussi trouvé plein de machins utiles comme des bougies, de la ficelle, des couteaux, des piles, enfin tu vois le genre…

— Pas de savon ? demanda Jester.

— Si, aussi.

— Dommage que vous ne l'ayez pas utilisé.

Arran le fusilla du regard.

— Qu'est-ce que t'as dit ?

— Surtout, le prends pas mal, répondit Jester en exhibant sa denture chevaline. Mais vous schlinguez. Vous ne vous en rendez sans doute plus compte, à force de baigner dedans toute la journée, mais, dans le magasin, pardon…

Il se pinça le nez d'un air théâtral en faisant la grimace.

— On se lave quand on a le temps, répondit Arran d'un ton coupant. Pour ta gouverne, y avait des douches et tout, à Waitrose. Bernie et Ben avaient même installé un système pour chauffer l'eau de pluie. Seulement, on ne voulait pas gâcher, voilà tout. Et puis, t'as raison, au bout d'un moment, on s'y fait.

— Et vos vêtements ?

— On les lave de temps en temps ou alors quand, vraiment, on peut pas faire autrement. Mais, le plus souvent, on se sert dans les magasins, c'est quand même plus facile.

— En fait, vous aviez tout combiné pour vous faire une petite vie pépère, hein ? poursuivit Jester d'un ton admiratif. J'veux dire, ce supermarché, c'était un vrai camp retranché.

— C'est vrai qu'on l'a fortifié autant qu'on a pu. Logique. Une fois qu'on y était, où voulais-tu qu'on aille ? Mais pour la petite vie pépère, tu repasseras. On survivait sur les rapines qu'on pouvait faire dans les maisons alentour. Mais ça devenait de plus en plus dur. Si tu t'étais pas pointé, on aurait pas tardé à crever de faim.

— En tout cas, affirma Jester, avec vous, on va faire un pas de géant. Et commencer à réellement arranger le palais.

— Le palais de Babylone !

— Quoi ? Qu'est-ce que tu racontes ?

— Désolé, répondit Arran en riant, je pensais à autre chose. Les mots sont sortis tout seuls.

— T'es sûr que ça va ? répliqua Jester. T'as l'air fiévreux. Tu transpires.

— C'est rien, mentit Arran. Juste une réaction à la morsure. Rien de sérieux.

— À Buckingham, on a des manuels de médecine et des tonnes de médocs. C'est Rose, une fille de chez nous, qui s'en occupe. On va te soigner, tu vas voir. On a même des antibiotiques.

— J'crois que c'est ça qu'y me faut.

— Ouais.

Arran but de nouveau. L'eau dévala dans son œsophage. Il se la représenta en torrent de mercure cascadant dans son ventre. Arrivée au niveau de l'estomac, elle éveilla une autre nausée. Les reflets du soleil sur les carrosseries des voitures lui parurent soudain insupportables, telles des échardes de couleurs aveuglantes qui lui transperçaient le crâne. Il ferma les yeux et les rouvrit aussitôt.

Le visage. Chaque fois. Le visage de sa mère. Impossible de s'en défaire.

— T'endors pas, conseilla Jester.

— Quoi ? Ah, non...

— En tout cas, pas en marchant. Tu veux qu'on fasse une pause ?

— Pas question, protesta Arran. Faut qu'on continue.

Achille et Gros Mick revenaient de reconnaissance au petit trot.

— Dégagé jusqu'à la station de métro, annonça Achille. *A priori*, y a pas un rat dehors.

— T'as bien regardé dans les placards ? demanda Arran.

— Quoi ? Quels placards ?

— Laisse, dit Jester en faisant la grimace et en tournant son index sur sa tempe. Il déraille.

Une fois encore, Arran tenta de minimiser.

— Oh, ça va ! La fatigue, c'est tout... J'ai pas dormi hier soir. Vous allez pas me la faire ? Ça arrive à tout le monde de penser un truc et que ça sorte involontairement.

— Mouais, acquiesça mollement Achille.

Guère convaincu, il laissa Arran prendre un peu d'avance et alla trouver Maxie, sur le flanc droit.

Elle surveillait. Le visage fermé. Tous les sens en alerte. Elle l'accueillit par un bref signe de tête.

— Je me fais du souci pour Arran.

— Qu'est-ce qu'il a ? demanda Maxie d'une voix inquiète.

— Il a pas l'air bien. Y dit des trucs bizarres.

Maxie poussa un soupir.

— Tu peux me remplacer un moment ? Je vais aller lui parler.

— Pas de problème.

Au pas de course, elle remonta en tête du peloton, où se trouvait Arran. Il était pâle. Il avait les yeux rouges. Son cœur s'emballa. Il *fallait* qu'il aille bien. Il le *fallait*. Jamais ils ne s'en sortiraient sans lui.

Comme si de rien n'était, elle le prit par le bras. Il pivota légèrement. Durant un court instant, il la regarda d'un air vague et crispé, comme s'il ne la reconnaissait pas. Puis ses traits se détendirent.

— Ah ! Maxie.

— Achille dit que t'es pas dans ton assiette.

— Pff ! Mais non, je vais bien. T'inquiète.

— Euh... Pourtant t'as pas l'air.

— J'ai chaud, c'est tout, répondit Arran en portant une main à son front.

Et il tituba. Maxie dut le retenir pour éviter qu'il tombe.

— Blue ! cria-t-elle. Attends !

Aussitôt, celui-ci leva la main pour donner l'ordre au reste de la troupe de s'arrêter. Maxie transporta Arran à l'écart et l'assit sur le bord du trottoir. Il s'effondra littéralement, la tête entre les genoux, avant de vomir sur le bitume.

— C'est ça que t'appelles aller bien ? demanda Maxie.

— Justement. Ça va aller mieux maintenant.

— On va s'arrêter un moment.

— Pas question. On a de la route à faire.

— Tu ne peux pas marcher dans cet état.

— Mais si ! Fallait juste que je gerbe. Ça va aller maintenant, dit Arran en se redressant. Je t'assure.

Il n'était pas debout qu'il chancela à nouveau. Se rattrapant contre une voiture, il murmura quelque chose d'inintelligible.

— Quoi ? demanda Maxie.

— Faut que je range mes Playmobil.

Levant des yeux inquiets vers Blue et Jester, qui l'avaient rejointe, elle déclara :

— Là, c'est grave.

17

— Quand je vais partir, t'auras intérêt à bien fermer les portes, dit Sam.

— Oui, oui, t'inquiète, je ferai attention, répondit Callum. C'est juste que je savais pas trop comment m'y prendre. J'aurais dû mieux regarder comment faisaient les émos.

Ils avaient trouvé une pompe ainsi que deux autres vélos au fond d'une aire de chargement. Sam se souvenait vaguement d'avoir vu des grands en faire, avant que ça ne devienne trop dangereux de se trimballer dans les rues. Mais ces engins étaient trop hauts pour lui. Il allait donc devoir s'en tenir à celui qui lui était tombé du ciel.

Ils étaient ensuite montés sur le balcon pour voir ce que les adultes faisaient en bas. L'essentiel de leur activité se résumait à taper sur le portail sans trop y croire et à y balancer divers objets. Un croulant plus entreprenant que les autres essayait d'ouvrir en faisant levier avec un long bâton. Une querelle avait éclaté. Une mère s'était effondrée. Inconsciente ou morte. Et les adultes s'étaient dispersés. Le vélo de Sam était là où il l'avait laissé. Intact.

Callum avait gardé la porte afin de permettre à Sam de le ramener à l'intérieur. Ensuite, celui-ci avait regonflé les pneus, collé quelques rustines et même redressé une roue voilée. De toute évidence, il n'allait pas rester. Maintenant qu'il le savait, Callum se comportait de manière moins étrange – même si l'entrain qu'il montrait à l'aider pouvait paraître suspect. Comme s'il était pressé de le voir partir.

Sam semblait éteint. Pourtant, au fond de lui, il avait parfaitement conscience qu'il devait se mettre en route au plus vite s'il voulait espérer retrouver un jour les autres. En effet, jamais il ne serait capable de rejoindre Buckingham Palace par ses propres moyens.

Il avala rapidement quelques biscuits rassis, but beaucoup d'eau, puis poussa le vélo à l'extérieur. Callum faisait les cent pas dans l'embrasure de la porte, jetant des regards inquiets de part et d'autre de la rue. À l'évidence, il ne voulait pas mettre un pied dehors.

Sam sauta en selle, vérifia nerveusement que la voie était libre, et démarra.

Enfin, le vélo filait droit. Il gaza jusqu'au carrefour, où il s'engouffra dans Camden Road. Rapidement, il se retrouva au pied de la côte qui longeait la prison. Un sacré raidillon, au milieu duquel il ressentit le besoin de s'arrêter pour pousser – sans cesser de guetter la présence éventuelle d'adultes dans les parages. Une fois au sommet de la bosse, ça descendait jusqu'à Camden.

Il remonta en selle et jeta un dernier regard derrière lui.

Adieu.

Quelques secondes plus tard, il volait au-dessus du bitume, slalomant entre les épaves de voitures qui jalonnaient la chaussée. Voilà longtemps qu'ils avaient renoncé à inspecter les voitures. La plupart étaient à sec, sans compter que personne ne savait comment les faire démarrer sans les clés et encore moins comment débloquer le Neiman. En outre, à quoi bon une voiture quand presque toutes les routes étaient bloquées par des carcasses calcinées ?

Soudain, Sam repéra un groupe de gens devant lui. Serpentant entre les voitures, ils descendaient la pente comme lui. Les nombreuses déconvenues de la journée l'incitèrent à rester prudent et à ne pas crier précipitamment victoire. Grand bien lui en prit car, en approchant, il s'aperçut qu'il s'agissait d'adultes qui marchaient vers Camden de leur pas gauche et mal assuré.

Il allait devoir les contourner. Il bifurqua et prit une rue à droite, dans un quartier qu'il ne connaissait pas – et pour cause puisque ses parents lui interdisaient de faire du vélo dans la rue. « Trop dangereux », disaient-ils. Moralité, jusqu'ici, il ne s'était jamais aventuré hors du parc, sinon à l'occasion de rares virées dans la forêt d'Epping.

Il se persuada qu'il retrouverait sans problème son chemin. Tant qu'il se cantonnait à descendre, il finirait forcément par atteindre Camden à un moment ou un autre.

Malgré tout, il avait un mauvais pressentiment.

Quelque chose clochait. Mais quoi ?

Quelque chose qui concernait les adultes.

Non, il n'allait quand même pas se soucier d'eux ! Ils ne l'avaient pas vu. Il allait les éviter.

Ils n'étaient pas à ses trousses…

Mais après quoi ils couraient, alors ?

18

Maxie était assise avec Arran sous le pont peint en bleu de la station de métro Camden Road. Elle l'avait transporté là pour qu'il soit à l'abri du soleil. Il grelottait, mais, à l'évidence, pas à cause du froid.

— Faut que tu les gardes soudés, murmura-t-il.

— T'inquiète pas pour ça, répondit Maxie.

— J'aimerais bien.

— Quoi ?

— Ne pas m'en faire.

— Tu dois pas, Arran. T'as été mordu, t'es malade.

Il lui agrippa le bras.

— Quelle différence ça fait ? demanda-t-il. C'est comme je disais à Freak. (Il s'interrompit, perdu.) Je lui ai dit ou pas ? J'me souviens plus.

— Quoi ? Qu'est-ce que tu dis ?

— On devrait pas avoir à se taper toute cette merde, Maxie. On est que des gosses. J'ai jamais eu conscience de ça avant. Parce que c'étaient nos parents qui se coltinaient les problèmes à notre place. Ils s'occupaient de tout. Ils réglaient les choses difficiles. Pour qu'on puisse continuer à être des gosses. On se moquait d'eux et on les traitait de nazes, mais c'étaient eux qui nous protégeaient en faisant de ce monde un endroit assez sûr pour qu'on puisse y jouer sans se soucier du reste. J'veux pas être un adulte, Maxie. J'veux retourner à mon état d'enfant. Mais c'est pas possible. Je sais. Au contraire, il faut que je sois le père de tous ces gamins. Et toi la mère. Ils ont besoin de nous. J'aimerais bien te dire autre chose, mais je peux pas. Regarde autour de toi : je m'assieds cinq minutes pour me reposer et tout part en sucette.

Maxie se redressa. Arran avait raison. L'excitation d'être dehors rendait tout le monde insouciant. Un air de fête flottait sur le cortège. Des gamins discutaient, perchés sur des voitures, tandis que d'autres prenaient le soleil sur le trottoir.

Maxie appela Blue. Il s'approcha de sa démarche souple et nonchalante.

— Qu'est-ce qu'y a ?

— On ne va pas pique-niquer au parc ! répondit Maxie. Faut qu'on reste sur nos gardes. En formation. Parés à toute éventualité.

— On est parés, répondit mollement Blue en haussant les épaules.

— Non, on ne l'est pas !

Blue la regarda d'un air perplexe.

— Euh, la seule qui n'est pas à son poste, c'est toi, ma fille.

— Je m'occupe d'Arran.

— C'est pas à quelqu'un d'autre de le faire ?

— Si, t'as raison, répondit Maxie.

Et elle alla chercher Maeve.

À l'arrière du peloton, Olive jetait des coups d'œil nerveux sur la route qu'ils venaient de parcourir. Les autres artilleurs, armés de javelots, de lance-pierres et de cailloux, étaient accroupis à l'ombre d'une camionnette et discutaient foot. Olive aurait aimé qu'ils prennent leur mission plus à cœur.

— Y a un souci, dit-il en essayant d'attirer leur attention.

— Calme-toi, le rembarra un des Morrisons. Y a pas un rat.

— C'est bien ça qui m'inquiète, répondit Olive.

Il plissa les paupières et lorgna vers le sommet de la côte qu'ils venaient de descendre.

— Il devrait y en avoir. Je vous rappelle que ça fait des siècles qu'on ne vient plus par ici parce que ça grouille de croulants. Alors ? Y sont où, maintenant ?

— Y se cachent, mec, dit le garçon en souriant. D'façon, le premier qui se pointe, on l'étripe.

Olive pivota et balaya du regard le reste de la troupe, éparpillée un peu partout.

— Trop de laisser-aller, commenta-t-il.

— Sauf toi, lança le garçon.

Les autres éclatèrent de rire.

— Silence ! ordonna Olive en posant l'index sur sa bouche.

— Quoi ?

— T'as pas entendu ?

— Non… Euh… Attends voir. Si… Maintenant que tu le dis, j'entends un truc.

Une sorte de bruissement résonnait dans le lointain, comme le ressac de la mer sur une plage de galets, accompagné d'une rumeur évoquant le bruit du vent dans les arbres.

— Vous me croyez, maintenant ?

Josh remonta le détachement, suscitant une volée de ronchonnements réprobateurs dans son sillage. Arrivé à la hauteur des Morrisons censés assurer la protection du flanc gauche, il constata qu'ils étaient tous à moitié assoupis. Josh chercha fébrilement à se rappeler le nom du grand maigre à l'afro et à l'air endormi qui était supposé commander le groupe. Lewis. Oui, c'était ça. Il était affalé devant la vitrine d'un magasin, les yeux clos.

— On est en état d'alerte, fit remarquer Josh, regrettant aussitôt d'avoir parlé sur le ton du prof en charge d'un voyage scolaire.

— J'économise mon énergie, répondit Lewis avant de bâiller.

— Vous devriez surveiller le flanc, au cas où des adultes nous prendraient à revers.

— J'écoute, dit Lewis. J'ai des oreilles de chauve-souris.

— J'voudrais pas faire mon emmerdeur ; tu crois peut-être que tout ça n'est qu'une plaisanterie, mais…

— C'est cool, mec.

— Qu'est-ce qui est cool ?

— Tout, cousin. Toi… Moi… Tout est cool…

— Si on perd des petits…

— Tu vas pas perdre un seul petit à cause de moi, cousin. J'suis cool. T'as rien à craindre. Lewis est aux platines.

— Tu crois que j'ai peur ? s'énerva Josh, piqué au vif. Mais rien ne me fait peur, mec.

— Si tu le dis, cousin.

— En attendant, préviens-moi si tes oreilles de chauve-souris captent quelque chose.

Lewis ouvrit lentement un œil.

— Maintenant que tu le dis, oui, j'entends kekchose.

Et, avec une surprenante vivacité, il se redressa, tendu comme une corde de violon.

— Debout, debout ! beugla-t-il à ses gars.

Deux secondes plus tard, ils étaient tous en ordre de combat.

Arran entendit vaguement des cris. Venant de l'arrière. Ça allait un peu mieux maintenant qu'il s'était reposé. Ils allaient enfin pouvoir repartir.

— Qu'est-ce qui se passe ? demanda-t-il.

— J'sais pas, répondit Maeve, assise à son côté, sans autre remède à lui prodiguer que son attention.

— Aide-moi à me lever.

— Arran…

— J'ai dit : aide-moi à me lever !

Maeve s'exécuta.

— Ma batte ?

Maeve ramassa le manche de pioche et le lui tendit.

Amorphe. Il était resté amorphe. Alors même qu'il occupait le fauteuil de chef. Jouant des coudes parmi les gamins qui tournaient en rond, il se fraya un passage vers l'arrière, là d'où provenait l'agitation. Il aperçut Olive. Lui saurait ce qui se passait. C'était un gars sensé.

— On a entendu kekchose, dit Olive.

Avant qu'Arran ait eu le temps de dire quoi que ce soit, un cri retentit :

— Regardez !

Des silhouettes apparaissaient au sommet de la butte. Un rang serré d'adultes. Traînant les pieds sur le bitume. Un bourdonnement sourd accompagnait l'avancée de la harde.

Tiens, pour un peu, on se croirait au bord de la mer, se dit Arran en fermant un instant les yeux. Il se revit au Portugal, avec ses parents, allongé sur le dos, lézardant au soleil.

— T'as mis de l'écran total ?

— Oui, m'man…

Elle se penche au-dessus de lui, tout sourire. Arran aime la voir heureuse. Puis son sourire s'élargit exagérément jusqu'à devenir un gouffre noir débordant de dents acérées. Elle lui saute dessus…

— J'en ai mis ! crie-t-il. J'ai mis de l'écran total !

— Quoi ?

— Rien, rien, répondit Arran en essuyant la sueur qui poissait son visage.

— La vache ! s'écria Olive. Y sont combien comme ça ?

— En position ! brailla le chef au moment où Blue, Jester et le reste des artilleurs arrivaient à sa hauteur.

Arran fut heureux de voir à quelle vitesse ses troupes se mettaient en ordre de bataille.

Le front d'adultes brisa son élan à une centaine de mètres d'eux. Les deux groupes se regardèrent en chiens de faïence.

— Qu'est-ce qu'y fabriquent ? demanda Blue.

— Va savoir.

— Fiouuu ! siffla Jester. Y en a une foutue armée. Vous pensez être de taille ?

— Difficile à dire, répondit Blue. J'en ai jamais vu autant d'un coup. En général, ils sont moins organisés que ça.

Une poignée d'adultes remontèrent de l'arrière et se détachèrent du groupe. Comme s'ils prenaient la tête des opérations. À l'avant-garde de cette escouade se tenait un gros père d'une taille impressionnante dont le cou semblait peiner à porter le boulet de canon qui lui tenait lieu de tête et qui dodelinait mollement au-dessus de ses épaules. Des touffes de cheveux éparses hérissaient son crâne par ailleurs entièrement chauve. Il portait un short et un débardeur frappé de la croix de saint Georges. Une paire de lunettes en métal, sans verres, était perchée sur son pif éclaté, en état avancé de putréfaction. Il balança la tête en arrière puis fixa Arran du regard. Pour un peu, on aurait pu croire qu'il riait.

— Ils ont dû nous suivre, dit Arran en retrouvant ses esprits à mesure que l'adrénaline se répandait dans son organisme. Le plus sage serait d'éviter la confrontation directe.

— Mais comment ? demanda aussitôt Blue. Tu les as vus ? Z'ont pas l'air de vouloir lâcher le morceau.

— On va se replier, répondit Arran. Et voir ce que ça donne. Avec un peu de chance, on croisera un endroit plus facile à défendre. Où est Olive ?

— Ici !

— Reste avec nous. On va avoir besoin de ta puissance de feu.

Arran et Blue hurlèrent quelques ordres. Les petits se mirent à reculer tandis qu'Arran et le reste des commandos tenaient la position, face à l'ennemi. La rue au-devant d'eux était dégagée. Ils refluèrent tel un troupeau de brebis affolées, flanqués de Maxie, Lewis et de leurs équipes respectives. Les mioches étaient si bien collés les uns aux autres que c'était difficile de les faire avancer. Ils n'arrêtaient pas de se bousculer, de jeter des regards apeurés derrière eux. Maeve et Whitney les aiguillonnèrent d'une main ferme en leur assurant que tout se passerait bien. En dépit de leurs efforts, un vent de panique soufflait sur la marmaille.

À rester cloîtrés la majorité du temps, les petits avaient toujours été protégés des pires combats. Ils n'étaient pas habitués à aller au feu. Certains grands non plus, d'ailleurs, qui n'étaient pas des combattants.

Les adultes suivirent le mouvement, descendant la colline, le gros père toujours à leur tête.

— Restez groupés, ordonna Arran.

C'est alors que trois croulants émaciés, maigres comme des squelettes, bondirent d'une rue adjacente. Ils se précipitèrent sur les petits, essayant d'en séparer quelques-uns du groupe. Ils furent rapidement mis hors d'état de nuire par Lewis et les Morrisons qui occupaient ce flanc. Maxie, qui suivait la scène du coin de l'œil, fut fort impressionnée par leurs qualités au combat. Blue avait raison. Lewis le crépu paraissait peut-être engourdi, mais, quand il s'agissait de se battre, il savait se montrer totalement impitoyable.

Il n'empêche, l'attaque surprise avait épouvanté les plus jeunes. Une partie du troupeau se disloqua et partit en courant.

— Arrêtez-les ! cria Maxie.

Mais qu'auraient pu faire Maeve, Whitney et les autres face à tous ces petits – et même quelques grands – qui détalaient dans tous les sens ? Une bande passa devant Maxie en la bousculant. Elle leur hurla de s'arrêter. En pure perte.

— On y va ! ordonna Lewis.

Aussitôt, son équipe et lui emboîtèrent le pas aux fuyards.

— On te les ramène, lança-t-il à Maxie avant de disparaître.

Le chaos général qui s'était emparé du groupe sembla galvaniser les adultes. Le gros père au débardeur leva les bras au ciel en mugissant et, enfin, ils chargèrent, dévalant la colline aussi vite que pouvaient les porter leurs jambes ankylosées.

— Maintenez vos positions, brailla Arran.

Les guerriers se mirent en garde, lances pointées.

Rien n'arrêterait cet assaut mené au pas déglingué, boiteux et vacillant des phénomènes qui le conduisaient. Les enfants les regardèrent approcher. Un front de faces hideuses, rongées par le mal.

Arran planta ses talons dans le sol, flanqué d'Achille et de Blue, tandis que d'autres membres des commandos barraient le reste de la rue. Derrière eux, Olive et le deuxième rideau d'artilleurs se tenaient prêts. Un lourd silence plana. Le calme avant la tempête.

19

Enfin, l'ordre tomba de la bouche d'Arran :

— Feu !

Une pluie de billes de plomb, de cailloux et de javelots s'abattit sur les adultes. Tandis qu'ils mordaient la poussière, Arran avançait avec les troupes de choc. La première vague d'assaut fut presque aussitôt anéantie, ce qui incita les autres à rester prudemment à distance.

Arran vit le chef qui rampait par-dessus un corps. Il lui décocha un coup de manche de pioche, que le gros père esquiva juste à temps.

— Maxie ! On a besoin de renforts !

Ce disant, il pivota et vit arriver Maxie et sa section. Leurs regards se croisèrent. C'était comme s'ils avaient simultanément pensé la même chose. Ils étaient sur la même longueur d'onde. Durant un instant, rien d'autre ne sembla exister. Arran était fier d'elle. Elle était brave, forte et intelligente. Elle lui adressa un sourire auquel il répondit aussitôt. Enfin, il savait. Il savait que les sentiments qu'il avait pour elle étaient réciproques. Il le savait. Qu'est-ce qui le rendait aussi affirmatif ? Impossible à dire. Mais c'était sûr. Et elle avait compris. Une vague de bonheur déferla dans ses entrailles. Elle faisait trois mètres cinquante de haut. Quel réconfort plus grand que celui de se sentir aimé ? Il pouvait affronter n'importe quel péril, dorénavant.

Il se retourna et explosa le crâne d'un daron qui avait réussi à se frayer un chemin par-dessus les corps qui jonchaient le sol.

Épaulée par Whitney et Maeve, l'équipe de Lewis avait finalement repris en main la colonie des petits, les parquant à l'écart, dans une voie pavée qui courait en surplomb de Regent's Canal. La position semblait facile à tenir, bordée qu'elle était par de hautes façades d'une part et, d'autre part, par une rambarde au-delà de laquelle s'ouvrait un vide de quatre mètres au-dessus du chemin de halage. Les plus grands secouèrent les petits pour les ramener à la raison et les empêcher de fuir à nouveau. Au centre, les dominant de vingt bons centimètres, Whitney ne savait plus où donner de la tête pour calmer tout son monde.

Tandis que l'essentiel des adultes attendait, regroupés au milieu de la chaussée, une fraction dissidente avait entamé une approche de revers, visant principalement les petits. Ainsi une phalange traversa-t-elle la rue en direction de la voie pavée. Un père chargea. Réussissant à passer le barrage des grands, il s'empara d'une petite fille qui hurla à tue-tête. Il faut dire que son agresseur avait de quoi faire peur. Un visage très enflé, couvert de furoncles, le faisait ressembler à une improbable version de tétrodon, ce poisson qui se gonfle en cas de danger.

— Tu te crois où ? beugla Whitney en lui assénant un puissant direct.

Les bubons explosèrent. La moitié du visage se désagrégea sous l'impact. Il lâcha la fillette et recula en faisant brutalement volte-face. Maeve, Ben et Whitney en profitèrent pour le pousser par-dessus la rambarde. Il s'écrasa avec un bruit sourd sur le sol de l'allée en contrebas. Pendant ce temps, Lewis fendit la foule des petits et s'avança dans la rue.

— Restez en arrière ! ordonna-t-il aux autres adultes du groupe.

Voyant le sort réservé à leur congénère, ceux-ci s'immobilisèrent.

Lewis allait les retenir aussi longtemps qu'il le pourrait – en priant pour que le gros des troupes tienne bon, sans quoi leurs chances d'arriver entiers au palais seraient plus que minces.

Maxie était au côté d'Arran maintenant. Ils combattaient presque dos à dos. Les commandos s'étaient regroupés en cercle serré, rendant presque impossible aux adultes, pour la plupart désarmés, de les approcher. En dépit de ce barrage, certains réussissaient à passer. Arran vit ainsi deux de ses guerriers mordre la poussière, submergés par le nombre. Puis un des Morrisons poussa un effroyable cri. Trois grosses daronnes venaient de le décoller du sol pour le sortir du rang. Les adultes les grappillaient un à un. À cette allure-là, ils n'allaient pas tarder à être dépassés.

Arran regarda autour de lui. Pas de Jester. Et où diable était Blue ? Dès le début de l'assaut, il s'était évaporé.

Avait-il pris la fuite ou s'était-il fait prendre ?

Qu'importe, cela ne faisait que renforcer la haine qui montait en lui peu à peu.

La douleur dans son cou était là pour lui rappeler ce qu'ils lui avaient fait. Il sentit presque physiquement la colère le submerger. Un truc chaud qui se réveillait en gigotant au creux de son ventre, luttant pour sortir.

Le sang battait à ses tempes, bouillait dans ses artères. Non, il n'allait pas laisser mourir un seul autre gamin.

Agrippant vigoureusement son manche de pioche, il fit gicler hors de son chemin une mère qui se trouvait là, et avança d'un pas.

— Percez leur ligne, cria-t-il. À eux de reculer !

— J'suis avec toi, chef, répondit Josh. Y me font pas peur !

Un à un, les autres commandos les imitèrent, ouvrant des brèches sanglantes dans le front serré des assaillants.

En retrait des troupes de choc, Olive lâchait des tirs sporadiques, dès que l'occasion se présentait. Il avait perdu trace des autres artilleurs qui, quand ils n'avaient pas ramassé une arme de poing tombée à terre et rejoint les fantassins, s'étaient retirés à l'arrière. Le seul qui restait, c'était le petit Morrisons qui l'avait chambré tout à l'heure. Olive ignorait son nom. Toujours est-il qu'à eux deux, ils alimentaient un feu nourri, tirant à tour de rôle. Mais l'autre gamin commençait à manquer de munitions.

Après avoir repris un peu de terrain, Arran et les autres s'étaient enlisés. Olive comprit aussitôt qu'ils risquaient d'être rapidement encerclés. Hélas, il ne pouvait pas faire grand-chose pour l'empêcher. Il faisait déjà de son mieux, mais c'était comme jeter des galets dans une rivière en crue.

Il se demanda si c'était la fin. S'ils allaient tous mourir ici.

C'est alors qu'une BMW ronflante déboula de Royal College et fonça dans le tas d'adultes, les envoyant valser dans tous les coins.

Au volant, Olive reconnut Blue, un sourire fou aux lèvres. Il avait dû démarrer avec les fils. Une soudaine cavalcade s'ensuivit, les adultes descendant la rue pour fuir le danger.

— Laisse-les passer ! cria Olive.

Mais le petit Morrisons voulait en découdre. Il ramassa une lance abandonnée et se rua vers la cohue, piquant tout ce qui passait à sa portée. Malheureusement pour lui, un petit père borgne et râblé, qui avait apparemment lui aussi envie de se battre, le cogna avec un parpaing. Olive vit le gamin tomber et se faire piétiner par la meute. Il glissa une bille d'acier dans son lance-pierre et mit le vieux en joue. Choisissant son moment, il l'atteignit à la nuque. Lui aussi tomba. Et lui aussi fut piétiné.

Entre-temps, Jester et le reste des tirailleurs s'étaient repliés autour de Lewis. Le premier s'était fondu aussitôt dans la masse des petits regroupés dans l'allée. Lewis se dit que c'était sans doute le genre d'attitude qui lui valait d'être encore en vie quand tous ceux qui l'accompagnaient étaient morts en chemin.

Lewis ne lui jetait pas la pierre. Tous les gamins n'étaient pas des guerriers. En outre, il arrivait fréquemment qu'il soit plus avisé de se cacher que de combattre. Les tirailleurs étaient équipés d'un éventail d'armes hétéroclites suffisantes pour maintenir les adultes à distance. Ne restait à Lewis qu'à tenir bon en attendant que l'avant-garde se replie et lui prête main-forte.

En revanche, si celle-ci venait à perdre la bataille, les petits et lui n'auraient plus qu'à prendre leurs jambes à leur cou.

Un flot de croulants quitta la ligne de front en courant. Peut-être le vent avait-il tourné. Lewis tira le reste de ses combattants dans le passage. Pour l'heure, il était plus important de rester en vie que d'abattre quelque ennemi que ce soit.

Il s'autorisa un petit sourire satisfait.

Il n'avait pas perdu un seul gamin.

Blue restait obstinément en première, le pied au plancher, tamponnant autant d'adultes qu'il pouvait en faisant bien attention de ne pas renverser d'enfants.

Soudain, il vit la fille, Maxie, qui se démenait avec sa lance. Elle faisait penser à une sorte de reine des Amazones. Il tourna le volant dans sa direction, nettoyant son chemin à coups de calandre. Arran était là aussi. Bon sang, ce type en avait. Même salement touché, rien ne pouvait l'arrêter. Blue esquissa un sourire. Pourquoi diable ne s'étaient-ils pas alliés plus tôt ?

Arran était à peu près dans le même état que Freak la veille au soir, quand il avait pété un câble. La rage se consumait en lui comme un combustible dans un réacteur de fusée. Ivre de colère, il pourfendait la foule d'adultes paniqués en envoyant de farouches coups de batte qui décrivaient de longues paraboles dans les airs avant de s'abattre sur leur cible. Il n'était plus ni fatigué ni malade. D'ailleurs, il ne sentait plus rien. Il était comme dissocié de son enveloppe corporelle, la regardant faire, façon film ou jeu vidéo. Oui, c'était ça. Un jeu de massacre en solitaire, le doigt tétanisé sur la touche X, dans lequel il voyait voler le manche de pioche, briser une nuque en laissant une longue traînée floue derrière lui. Et, quand une tête explosait, il n'y avait pas de sang, seulement une explosion de couleurs éclatantes.

Ils l'ont paramétré en mode « moins de douze ans ». C'est pour ça qu'il n'y a pas de sang.

Mais ce jeu était trop facile. L'intelligence artificielle des ennemis était réglée trop bas. Ils étaient définitivement trop stupides, trop lents, trop faciles à tuer.

Bam !

Regardez-les tomber comme des mouches.

Bing !

Il éclata de rire. Les gamins allaient l'emporter.

Crac !

Pour sûr, les adultes battaient en retraite, fuyaient comme des dératés. Il vit le gros croisé avec la face tuméfiée, debout au milieu des siens, qui semblait mesurer l'étendue du carnage. Il secoua la tête, qui sembla rouler autour de la chaîne en or qu'il avait au cou, puis il tourna les talons et capitula.

Ouais ! Allez ! Courez, bande de lavettes !

Mais Arran ne pouvait pas les laisser s'en tirer à si bon compte. Pas après ce qu'ils lui avaient fait. Il leur courut après.

Des voix s'élevèrent derrière lui :

— Laisse tomber. Y sont cramés.

— Lâche l'affaire !

— Non ! rugit-il.

Il était le lion dans le troupeau pris de panique. Un chasseur. Un prédateur. Il accéléra. Il allait les poursuivre jusqu'au dernier et leur défoncer le crâne.

Autour de lui, les adultes basculaient comme des quilles. Il les accula dans une perpendiculaire, bordée par deux rangées d'arbres, après une station de lavage de voitures. Ils détalaient gauchement, terrorisés, hébétés. Et ils tombaient. Des éclairs argentés jaillissaient de leurs yeux et ils tombaient. Il poussa un cri de joie. Il n'avait même plus besoin de batte. Il la balança. Ça ne faisait que le ralentir.

Il avait laissé les autres gamins derrière. Il n'y avait plus que lui et les adultes. Il les voyait chavirer, des éclairs blancs explosant de leurs horribles corps nécrosés.

Et puis, soudain, ce fut comme s'il recevait un grand coup de poing en pleine poitrine. Il cessa de courir et baissa les yeux. Cette fois, c'était de lui qu'émanait l'éclair blanc. Non, ce n'était pas possible. Il ne pouvait pas s'être éliminé lui-même. Il essaya de rire. Mais ça faisait trop mal. Que se passait-il ? Il était assis par terre, les jambes tendues devant lui, entouré de macchabées d'adultes.

Plus rien ne bougeait.

Il ne respirait plus. Ses poumons étaient noyés de liquide.

Il leva les yeux au ciel. La lumière vacilla.

Dans le lointain, il entendit résonner un cri interminable :

— Arraaaan !

20

P'tit Sam pédalait comme un dératé. Les adultes étaient partout. Les rues en étaient pleines. Mais d'où sortaient-ils, tous ces affreux ? Y avait un truc, là. Chaque fois qu'il tentait de prendre la direction de Camden, il tombait sur une bande qui l'obligeait à faire précipitamment demi-tour et à filer dans l'autre sens. Résultat, il avait tant tourné, bifurqué et louvoyé dans de petites rues qu'il ne savait plus très bien où il était. Sa seule certitude, maintenant, c'est qu'il descendait une large avenue bordée de constructions basses crasseuses qui n'avaient jamais eu leur heure de gloire, pas même avant le désastre. C'est alors qu'il remarqua quelque chose de familier. Une enseigne Pizza Express. Par conséquent, selon toute vraisemblance, il se trouvait à Kentish Town. Il se souvenait d'avoir entendu ses parents discuter des mérites respectifs des Pizza Express. « Allons à celui de Kentish Town », disaient-ils souvent. L'endroit était grand, avec un plafond très haut. Une étrange sculpture en fil de fer, représentant un homme, s'élevait dans un coin. Même qu'elle lui faisait peur quand il était petit.

Ce qu'il fallait être nunuche pour avoir peur d'une statue.

En attendant, pour autant qu'il sache, Kentish Town était limitrophe de Camden. Donc, au bout du compte, peut-être qu'il ne s'était pas perdu tant que ça. Il suffisait de continuer à descendre.

Une épaisse fumée noire obscurcissait la chaussée devant lui. Un magasin était en flammes. Il bloqua sa respiration et s'y engouffra en grimaçant. Par chance, la rue était déserte de l'autre côté du nuage. Les adultes n'aimaient pas le feu. Ils resteraient à l'écart.

Bientôt, il reconnut l'arrière du Sainsbury's, sur le canal, un étrange bâtiment de métal tout droit sorti de *Star Wars*. Ça y était. Il avait réussi. Il était à Camden. Mais avec autant de croulants dehors, il se demandait où pouvaient bien être les siens. Et Ella. Il espérait qu'elle n'était pas trop affolée sans lui.

Il se remémora la première fois qu'il avait vu une horde d'adultes, comme une armée en marche, descendre Camden Road. Précisément ce qu'il craignait maintenant. Que les adultes soient en phase de regroupement pour attaquer ses amis. Mais peut-être aussi qu'ils avaient pris une autre route plus sûre ?

Il appuya de plus belle sur les pédales et atteignit bientôt un grand carrefour près d'une station de métro. Il s'arrêta sur la file du milieu. À l'époque, il aurait été cerné de voitures, de camions et de bus qui l'auraient frôlé de tous côtés ; les trottoirs auraient été noirs de gamins se rendant au marché. Mais, aujourd'hui, ce n'était plus du tout une ville. Les immeubles auraient aussi bien pu être des affleurements rocheux, des falaises. Les voitures abandonnées, des rochers. La chaussée, le lit d'une rivière à sec.

D'ailleurs, il y avait même le son, un bruit tourbillonnant, semblable à celui de l'eau. Il avait déjà entendu ça.

Pas plus tard que ce matin : le bruit d'une horde d'adultes, qui respiraient, soufflaient et crachaient en traînant les pieds sur le bitume. Ça venait d'où, exactement ?

Il regarda autour de lui.

Là, en direction de Holloway, au bout de la rue qui passait devant le Sainsbury's : une nuée de croulants avançaient vers lui. Même à cette distance, il les sentait.

Il allait devoir bouger.

Mais dans quelle direction ? Quelle route avaient pu prendre les autres ?

Tant de choix possibles. Et, plus il attendait, plus les rues se remplissaient d'ennemis. Peut-être qu'ils voulaient voir ce qui se passait ? La seule voie dégagée était celle qu'il avait prise en venant, vers Kentish Town. Mais, par là, une purée de pois violacée barrait l'horizon, conséquence de l'incendie qu'il avait croisé et qui, visiblement, s'étendait.

Allez. Le centre-ville, c'est par où ? Les panneaux indicateurs ne lui furent pas d'un grand secours. Ils pointaient tous vers des endroits dont il ignorait le nom.

La solution qui semblait s'imposer d'elle-même, c'était de continuer sur la grand-rue. D'abord parce que c'était la voie la plus large, ensuite parce que même si quelques adultes y erraient, en allant un peu vite, il pourrait facilement les éviter. Il tourna le guidon, appuya de tout son poids sur une pédale, puis sur l'autre, et, bientôt, ses pieds moulinèrent à toute allure tandis que la chaîne faisait chanter les dents des pignons. Il dépassa sans problème une grappe de croulants qui esquissèrent un vague geste dans sa direction. Hélas, lorsqu'il se retourna pour les voir, sa roue avant heurta un profond nid-de-poule. La fourche cogna sèchement. Il passa par-dessus le guidon, et son vol plané s'acheva par un douloureux roulé-boulé sur le bitume. Durant quelques secondes, il fut trop sonné pour réagir. Son pantalon était déchiré. Ses coudes et ses genoux saignaient. Finalement, sentant quelqu'un approcher, il tressaillit et ouvrit les yeux. Juste à temps pour voir une jeune mère décharnée, un filet de bave au menton, tendre le bras vers lui. Il se déroba en roulant de côté avant de répondre par une ruade qui la cueillit au niveau des genoux. Elle bascula tête la première.

Sam se releva et jeta un œil à sa bicyclette. La roue avant était atrocement voilée. Le pneu éclaté. Tout ça pour ça… Pour se retrouver à pied… À devoir marcher. Si ça se trouve, jamais il ne rattraperait les autres.

En fait de marche, il s'agissait plutôt de course, car de nombreux adultes convergeaient dans sa direction.

Il trébucha et sentit ses jambes se dérober sous lui. Il avait des vertiges. Il boitait. Il se força néanmoins à avancer, les yeux baissés sur ses baskets en ruine qui claquaient pitoyablement sur le goudron à chacun de ses pas. Il lui fallait un endroit où se cacher. Il croisa un escalier descendant vers des toilettes publiques. Non. Surtout éviter de se retrouver piégé. Il songea à la station de métro. Peut-être que s'il trouvait un moyen d'entrer, il pourrait se fondre dans l'obscurité et attendre tranquillement que ça se tasse. Il démarra à toutes jambes et passa sous une rambarde. Deux pères le suivirent en se trémoussant et s'emmêlèrent dans le garde-corps.

Une voiture avait embouti la station, créant un trou béant dans le rideau de fer. Un squelette était assis au volant. D'ordinaire, on ne voyait aucun squelette nulle part.

Sam se faufila à l'intérieur et crapahuta par-dessus les tourniquets. Il tâta ses poches à la recherche de la torche qu'il avait récupérée à Waitrose. Après avoir tourné la manivelle, il l'alluma. Un faisceau d'un blanc bleuté dansa sur les murs. Une seule solution : descendre sur les quais. Le hurlement perçant qui résonna dehors eut raison de ses dernières hésitations. Deux secondes plus tard, il dévalait les marches de l'escalier mécanique inanimé. De vieilles affiches déchirées vantant les mérites de destinations ensoleillées, de téléviseurs, de marques de vêtements et d'autres choses futiles dans ce genre apparaissaient par intermittence dans les soubresauts chaotiques de sa lampe.

En bas, c'était un vrai foutoir. Des briques traînaient par terre, à côté de tas de fils électriques emmêlés, de flaques d'une eau jaunâtre… et d'un cadavre grouillant de vers. Un relent de cendre froide laissait supposer que l'on avait récemment fait du feu.

Les adultes étaient toujours accrochés à ses basques. L'écho de leur pas lourd et hésitant envahissait le goulet de l'escalator, se répercutait sur les murs carrelés, se fondant avec leurs grognements, leurs souffles rauques et leurs borborygmes. Sam jeta un rapide regard à droite et à gauche.

S'engouffrant dans les couloirs sur sa droite, il courut jusqu'à atteindre un quai et promena un instant le pinceau de lumière sur les rails rouillés. Toutes sortes d'immondices jonchaient la voie entre les mares d'eau stagnante. Il sauta du quai, se recroquevilla contre la paroi et éteignit sa lampe.

Il faisait un noir d'encre. Des ténèbres comme il n'en avait jamais rencontré avant la catastrophe. Aucune source de lumière nulle part. Aucun halo blafard d'un quelconque bloc de sécurité scellé quelque part. Aucun voyant électrique. Le monde avait cessé d'exister. Sam se concentra sur ses autres sens dont la sensibilité lui paraissait soudain exacerbée. Les douleurs de son corps meurtri se rappelèrent à son bon souvenir, ainsi que la traverse derrière lui et un bout de métal qui lui rentrait dans les côtes. Puis ce fut au tour de l'odeur : un vague relent de poussière, d'huile, de moisi et de pourri s'empara de ses narines. Enfin, l'ouïe. Le clapotis d'un goutte-à-goutte, tout proche ; la course d'un petit animal, une souris ou un rat. Plus loin, mais venant dans sa direction, les adultes. À leur pas irrégulier, Sam les devinait mal à l'aise dans l'obscurité. L'un d'eux se raclait la gorge, l'autre reniflait, un troisième claquait des dents. De longs ongles crissaient sur le carrelage tandis qu'ils cherchaient leur chemin à tâtons.

Sam pria pour qu'ils abandonnent la partie et qu'ils remontent à la lumière. Trop petit. Il n'en valait pas la peine. Et puis, jamais ils ne le retrouveraient dans le noir.

Partez, partez, partez.

Ils arrivèrent sur le quai. L'un d'eux s'approcha. Si près que Sam l'entendait respirer, dans l'horrible odeur de toilettes bouchées qu'il exhalait. Un froissement de tissu. Il s'était accroupi au-dessus de la voie, passait la main le long de la bordure du quai, sa peau desséchée grattant le béton comme du papier de verre.

Partez… Je vous en prie, partez.

Un autre. Que Sam entendit sauter sur les rails et qui commençait à avancer lentement vers lui.

Mais quand allaient-ils abandonner ?

Devait-il tenter de fuir en courant ou était-il plus sage de ne pas bouger ?

S'il courait, il serait obligé d'allumer sa torche et, par là, de trahir sa position.

Et puis celui qui était au-dessus de lui sauta du quai. Pour un peu, il lui serait tombé dessus directement, car, à entendre les éclaboussures de ses pieds dans une flaque, il était tout près.

Maintenant, ils étaient deux à avancer sur la voie, et nul doute que d'autres n'allaient pas tarder à suivre. Ils savaient qu'il était là. Ils allaient quadriller la zone, sonder partout, et ils finiraient par le dénicher.

Le cœur de Sam battait à tout rompre. Il tremblait comme une feuille. Ils allaient le sentir. Il serra les dents sur son tee-shirt pour ne pas éclater en sanglots. C'était intenable. Il pointa la torche vers celui qui lui paraissait le plus proche et alluma durant une demi-seconde.

Le pinceau de lumière révéla brutalement son visage. Le père hoqueta et leva aussitôt les mains devant ses yeux pour faire écran ; pas assez vite toutefois pour empêcher Sam de le voir distinctement. Son nez, ouvert en deux, n'était plus qu'un trou noir. Sa mâchoire inférieure pendait lamentablement. Sam balaya les voies avec sa lampe, juste assez longtemps pour prendre ses repères. Puis il roula sur le côté et se laissa tomber dans la petite tranchée qui courait entre les rails et où stagnaient dix centimètres d'eau croupie. Tantôt moitié plié en deux, tantôt à quatre pattes, il rampa vers l'embouchure du tunnel, les bras écartés pour sentir les rails et, au besoin, s'y appuyer. Les adultes lui emboîtèrent le pas, grognant et haletant. Il en avait aperçu au moins six quand il avait allumé.

Il fit jaillir de sa torche une fugace giclée de lumière. Juste à temps. Encore une seconde et il se cognait à l'extrémité du goulet. Il escalada le parapet et s'enfonça dans le tunnel. Ça allait être plus dur maintenant, car il devrait éviter de se tordre les chevilles en marchant sur les traverses. Certes, la difficulté serait la même pour les adultes, mais eux pourraient le suivre à l'oreille.

Il avança en titubant, éclairant brièvement son chemin toutes les trois secondes. Bientôt, il parvint à une fourche. À gauche, décida-t-il sans hésiter. Un peu plus loin, un train à l'arrêt bouchait si bien le passage que Sam n'eut d'autre solution que de se faufiler en dessous.

Il s'allongea sur le ventre et rampa sous le wagon en se tortillant comme un ver. La tâche n'était pas aisée, encore moins s'il voulait progresser en silence. Les adultes suivaient-ils toujours ? Il éclaira derrière lui. Trois visages penchés sous le châssis apparurent dans le halo de lumière, les yeux rouges et gonflés, les langues pendantes. L'un des croulants se glissa dans l'ouverture et se traîna vers lui.

Sam éteignit la torche.

À nouveau les ténèbres.

Il continua à ramper. Les genoux à vif. Ses poursuivants sur les talons. Si proches.

Celui de tête approchait dangereusement, comme le laissaient supposer les halètements rauques et rances que Sam entendait s'échapper de sa bouche fétide. Une main se refermant sur sa cheville confirma ses craintes. Sam rua de toutes ses forces, jusqu'à sentir sous sa semelle quelque chose se briser comme une brindille. Il espéra que c'était au moins un doigt. Malheureusement, il avait beau cogner, l'adulte tenait bon. C'est alors qu'il se souvint de l'épingle au papillon, piquée dans un pli de son pull, sur sa poitrine. Il la retira, se ramassa en boule sur lui-même et frappa – pic, pic, pic, pic, pic –, comme s'il lardait une pastèque, exactement là où il pensait que se trouvait la trogne de l'adulte. Dans un horrible cri de douleur, celui-ci lâcha prise, frétillant comme un animal blessé.

Ça retarderait sans doute les autres. Sam avança, se risquant à un nouvel éclair de lumière. Le châssis du train semblait s'étirer à l'infini devant lui. En revanche, sur le côté, un trou noir se dessinait dans la paroi du tunnel. Une échappatoire ?

Il fourra la lampe dans sa poche, s'allongea de tout son long et, aussi silencieusement que possible, se glissa pardessus le rail, là où un vide entre deux wagons permettait de passer plus facilement. Utiliser la torche maintenant revenait à trahir sa manœuvre, aussi tâta-t-il le mur jusqu'à trouver l'enfoncement, puis il s'y engagea tête la première. Bientôt, il entendit les adultes qui le dépassaient. Ils ne mettraient pas longtemps à s'apercevoir qu'il n'était plus devant eux. Seraient-ils pour autant capables de trouver cette ouverture ? Sam s'enfonça plus profondément dans la cavité dont le sol descendait en pente douce avant de disparaître sous quelques centimètres d'eau. Très vite, il se heurta à un mur. Tendant les bras, il se repéra une fois encore au toucher. Il ne tarda pas à découvrir qu'il se trouvait au fond d'une sorte de puits. Une issue s'ouvrait au-dessus de sa tête ; qui plus est, il y avait des barreaux de métal le long de la paroi. Il se hissa sur le premier et s'éleva dans les ténèbres.

21

— J'savais pas. J'suis désolée. J'savais pas… Comment j'aurais pu savoir ?…

Arran gisait là où il était tombé, encerclé de cadavres d'adultes, sous le regard pétrifié de Maxie, de Blue et des autres gamins de Holloway, qui n'en croyaient pas leurs yeux. La fille était agenouillée près de lui, son arc posé par terre, la main sur sa poitrine, d'où saillait la tige en acier d'une flèche.

Maxie ignorait son nom – et elle ne voulait pas le savoir. Elle était grande, élancée, avec quelque chose de noble et d'altier qui lui déplut dès le premier regard. Le genre de pimbêche qu'elle aurait tout de suite eu envie de claquer. Ses longs cheveux bruns tombaient en cascade sur ses épaules. Sa peau diaphane était aussi lisse que dans une pub pour cosmétiques. Elle portait un blouson de cuir noir élimé par endroits et des bottes de moto qui lui arrivaient aux genoux.

Debout derrière elle, serrés les uns contre les autres, observant la scène avec méfiance, se tenait le reste de sa bande : cinq filles et sept garçons, tous minces et secs, la peau tannée par la vie au grand air. Leurs yeux possédaient quelque chose d'animal. Ardents, vigilants, perpétuellement inquiets.

En nombre, le groupe des Holloway les surpassait largement.

Ils avaient abattu Arran.

— On suivait le troupeau d'adultes, se défendit la fille. On était sur les dents parce que c'était la première fois qu'on les voyait se comporter comme ça. On sait rester discrets, se fondre dans le paysage, mais quand on les a vus avancer vers nous au pas de charge, en pleine rue, on a pris peur, on s'est dit que c'était pour nous. Alors on a tiré… Jamais on n'aurait cru qu'il y avait un jeune parmi eux. (Elle marqua une pause, posa tristement la main sur l'empennage de la flèche.) C'est une des miennes. Je suis désolée.

— C'est pas ça qui le ramènera, répliqua Maxie d'un ton hargneux. Être désolée n'a jamais rien changé à rien.

— C'est un accident, plaida Olive.

Maxie le fusilla du regard. C'est alors que Maeve s'avança et s'agenouilla au chevet d'Arran.

— Il est pas mort, dit-elle après avoir posé l'oreille sur sa poitrine et palpé l'artère à son cou.

— Dieu soit loué ! s'exclama Maxie en s'effondrant au côté de Maeve.

Les joues mouillées de larmes, indifférente à ce que les autres pourraient penser, elle colla son visage à celui du blessé et murmura à son oreille :

— Arran. Ne meurs pas.

Les lèvres du garçon s'entrouvrirent. Il balbutia un mot, dans le plus minuscule filet de voix qu'il leur ait été donné d'entendre. Toutefois, le silence qui planait sur la scène était tel que personne n'eut la moindre peine à comprendre ce qu'il disait.

— Non.

Entre ses larmes, Maxie esquissa un sourire.

— Non, il ne va pas mourir, s'exclama-t-elle. Parce qu'il est vaillant et fort. Parce que c'est notre chef. Il va nous conduire au palais…

— Au palais ? répéta la fille.

— Oui, intervint Jester. Je les emmène à Buckingham Palace. C'est sûr, là-bas.

— C'est sûr nulle part, dit la fille. On le sait, on a été partout.

— Vous êtes allés au centre-ville ? demanda Jester.

— Euh… Là, non…

— Donc comment vous pouvez dire que vous êtes allés partout ?

— De toute façon, elle ne vient pas avec nous, dit Maxie en se relevant. Pas après ce qu'elle a fait à Arran.

— Je ne voulais pas.

— Ouais, acquiesça Blue. C'était un accident. S'ils veulent venir avec nous, c'est bon. Le soutien de quelques archers ne serait pas de trop. On a perdu sept des nôtres dans la bataille.

— Elle ne vient pas ! hurla Maxie.

— Si je dis qu'elle vient, elle vient, rétorqua Blue.

— Pourquoi ? Parce qu'elle est mignonne ?

— Excuse-moi, mais j'vois pas le rapport, ironisa Blue avec dédain. Je te dis, ce sont de bons guerriers et on a besoin de rassembler autant de forces que possible.

— Mais qui t'es, toi, pour nous donner des ordres tout à coup ? grogna Maxie.

— Tu viens de dire qu'Arran était le chef, répondit calmement Blue, insensible au coup de sang de sa sœur d'armes. En fait, c'est pas exactement ça. Et t'es bien placée pour le savoir. On était chefs tous les deux. Mais voilà, un de nous est salement blessé, donc à partir de maintenant, c'est moi qui commande.

Maxie lui jeta un regard noir, teinté de défi.

— Chez nous, je suis numéro deux, répondit-elle. Par conséquent, en attendant qu'il aille mieux, c'est moi qui le remplace.

— C'est moi le boss, fillette.

— Oh là, oh là, inutile de monter sur vos grands chevaux, dit Olive en s'interposant. Tout ce qui compte pour l'heure, c'est de le soigner. Ensuite, on pourra discuter autant que vous voudrez de qui commande ou pas. Maeve, tu peux faire quelque chose ?

— J'sais pas, répondit cette dernière en secouant la tête avec impuissance. La flèche est profondément enfoncée. Si on essaie de la retirer, on risque d'aggraver l'hémorragie.

— Elle a touché le cœur ?

— Dans ce cas, il serait déjà mort.

— Le poumon ?

— Peut-être, répondit Maeve avant de se tourner vers la responsable, toujours agenouillée à côté d'elle. Qu'est-ce t'en penses, toi ? Tu dois t'y connaître en flèches.

— Je pense que tu as raison. Si tu essaies de l'enlever, tu ne feras qu'empirer les choses.

— On ne peut pas le laisser comme ça, cria Maxie. On ne peut pas !

Avec un petit haussement de menton vers la fille, Olive demanda :

— Toi ? Comment tu t'appelles ?

— Sophie.

— Dis-moi, Sophie, poursuivit Olive en s'accroupissant pour inspecter la plaie. Ta pointe de flèche, elle est lisse ?

— Oui, répondit Sophie. Pointe réglementaire. Tir sportif. Elle a dû le transpercer entièrement. On était à courte portée.

Maxie poussa un hurlement plaintif et tomba à genoux au côté d'Arran. Elle lui prit la tête entre les mains.

— Il était déjà faible à cause de la morsure. Qu'est-ce qu'on va faire ? se lamenta-t-elle.

— Eh bien, voilà comment je vois les choses, dit Jester. Il ne peut pas marcher, ce qui sous-entend qu'il va falloir le porter. Donc, dans un premier temps, soit on fabrique une civière, soit on trouve un caddie ou autre chose pour le rouler.

— On peut pas le trimballer comme ça avec une flèche qui lui sort du bide, objecta Blue.

— Je sais, répondit Jester. C'est pour ça que le risque de l'enlever, il va falloir le prendre. On n'a pas le choix. On va bien le bander et prier pour qu'on arrive à stopper l'hémorragie.

— À l'extérieur, le saignement s'arrêtera peut-être, dit Maeve. Mais pas à l'intérieur. Il mourra.

— Bon, dans ce cas, que suggères-tu ? demanda Jester. Qu'on l'opère ?

— C'est la seule façon de le sauver, déclara Sophie.

— Sois pas débile, coupa Maxie. On peut pas… l'*opérer*.

— Hum, je sais, concéda tristement Sophie.

— Si on pouvait au moins l'emmener au palais, peut-être qu'il aurait une chance, dit Jester. En revanche, si on reste là, c'est sûr qu'il n'en a aucune. Et, à la limite, nous non plus. On doit se remettre en marche. Donc on retire la flèche et on voit ce qui se passe.

— Non, répondit fermement Maxie.

— On va pas se tâter pendant cent sept ans, dit Achille.

Il s'avança vers Arran et, d'un geste décidé, il attrapa la flèche et la fit glisser hors du corps. Maxie poussa un gémissement. Un filet de sang grumeleux s'épancha de la plaie. Arran grogna et toussa. Puis un spasme secoua son corps et, enfin, il s'immobilisa.

— Tu l'as tué, hurla Maxie.

— Non, répondit une petite voix.

Celle d'Arran.

22

Sam attendit, perché sur les barreaux de métal. Il n'y avait pas d'issue. Le sommet du puits était muré. Il se demanda combien de temps il pourrait tenir, ainsi appuyé à la paroi, en suspension au-dessus du vide. Ses muscles tétanisés tremblaient de manière incontrôlée. Son dos lui faisait un mal de chien.

Il se cramponna de toutes ses forces, concentré sur ses appuis pour s'empêcher d'imaginer ce que les adultes étaient en train de faire. Chaque fois qu'il les croyait partis, il les entendait à nouveau, qui le pistaient. *Fais-toi tout petit*, se disait-il sans cesse. Petit et parfaitement immobile. *Et pense à des choses réjouissantes*. Une belle journée à la plage. Jouer aux Playmobil. Tout sauf être coincé sous terre, dans un minuscule réduit, traqué par des adultes qui fouinaient partout autour.

Il en entendit un non loin. Grognant comme un porc. Ses doigts raclant la maçonnerie. Un liquide tiède coula le long de ses jambes. Sam comprit qu'une fois de plus il avait mouillé son pantalon. Il pria pour qu'ils n'aient pas l'odorat assez fin pour flairer l'urine. Ensuite, l'un d'eux lapa l'eau d'une flaque. Dix secondes plus tard, il vomissait ses tripes. Une bagarre éclata. Ils grognaient, crachaient, se balançaient des torgnoles.

Mais pourquoi n'allaient-ils pas tout simplement voir ailleurs ?

Il n'en pouvait plus.

Eh ! Il n'avait que neuf ans.

Une épouvantable pensée lui traversa l'esprit. Lâcher le barreau. Laisser tomber. Mettre un terme à tout ça.

Plus de peur. Plus de souffrance.

Mais une force supérieure le fit aussitôt serrer plus fort, tendre les jambes, prêtes à cogner si nécessaire. N'était-il pas Sam le tueur géant ? Sam à l'épingle d'argent ?

Il se rappela l'histoire de la boîte de Pandore qu'il avait lue à l'école. Après que toutes les mauvaises choses sont sorties de la boîte, ne reste que l'Espérance, plus lente à réagir, sur laquelle Pandore referme le couvercle.

Garder espoir.

Les croulants allaient finir par partir. Il pourrait redescendre, retrouver sa petite sœur, ses amis, et ils iraient tous se mettre en lieu sûr.

Callum appuya sur la touche « lecture » et s'assit tranquillement dans son fauteuil. Un sourire illumina son visage tandis que les premiers accords de « Dancing Queen », d'Abba, envahissaient le magasin. Abba. Le groupe fétiche de sa mère. Au point qu'elle avait tenu à l'emmener voir *Mamma Mia* sur scène et, bien que la perspective ne l'ait guère enchanté, en secret, il avait apprécié. Ils avaient également regardé ensemble le DVD un nombre incalculable de fois. Au fond, il y avait pas mal de trucs ringards qu'il aimait bien, mais qu'il devait faire semblant de détester pour ne pas passer pour un bouffon aux yeux des copains, comme *Nos Années lycée*, *Harry Potter*.

Ou Abba…

Eh bien, maintenant, il pouvait écouter ce qui lui chantait, lire ce qui lui plaisait, faire tout ce qu'il voulait sans que quiconque se moque de lui. Il ouvrit une boîte de pêches au sirop et avala une lampée de liquide. Le goût explosa à ses papilles. Il ferma les yeux. Un des plus beaux jours de sa vie.

Arran avait la bouche sèche. Il avait faim. Dieu ! ce qu'il avait faim ! Faim et soif. Mais aucune douleur. Il ne sentait plus rien. Il flottait dans une mer tiède, luttant pour garder les yeux ouverts. Le ciel paraissait tantôt noir, tantôt d'un blanc aveuglant.

Et parfois aussi rouge sang.

Il s'assoupit un moment et rêva qu'il était devant sa Xbox.

Quand il s'éveilla, sa mère était là, qui le berçait dans ses bras. Un bonheur immense le submergea. Il aurait voulu le crier sur les toits, le dire à tout le monde. Le cauchemar était fini. Sa mère penche sa tête au-dessus de lui en lui adressant le plus beau sourire qui soit. Tout va forcément bien pour qu'elle lui sourie de la sorte. Plus de monstres. D'un geste tendre, elle écarte les cheveux qui lui tombent sur le front et y appose la main. Comme elle fait toujours quand il est malade. Pour voir s'il a chaud. « Je t'aime, bébé. » Il lui sourit. Il ouvre la bouche pour parler. Il veut dire quelque chose. Mais les mots ont du mal à sortir. Il a la gorge trop sèche.

Ils avaient pansé la blessure et lui avaient entièrement bandé le buste. Le tissu blanc n'avait toutefois pas tardé à se couvrir d'une tache sombre sous l'effet du sang qui sourdait de la plaie en continu. Une suite de regards fuyants accompagnait chaque geste de Maxie. Ils savaient tous que l'irrémédiable était en train de se produire : Arran allait mourir. Seulement, Maxie n'était pas prête à l'admettre. Ils se détestaient eux-mêmes de le penser, mais ils voulaient partir, abandonner Arran, tourner le dos à ce funeste sort. C'était pas sûr ici. Les adultes avaient attaqué une fois. Tout laissait à penser qu'ils recommenceraient. Plus longtemps ils resteraient là, plus les risques seraient grands.

Assise au chevet du mourant, Maxie ne semblait pas pour autant disposée à bouger. Il se faisait tard. Une éternité qu'elle le couvait, en lui susurrant des mots doux, en essayant de lui faire boire quelques gouttes d'eau.

Elle entendait les autres palabrer. Ils complotaient. Elle savait ce qu'ils avaient en tête. Elle baissa les yeux sur son beau visage, si pâle, si exténué. Ça faisait des heures qu'il n'avait pas esquissé le moindre mouvement.

Et puis, tout à coup, ses lèvres s'entrouvrirent. Maxie sentit son cœur s'emballer.

— Approchez, cria-t-elle. Vite ! Il va parler !

Olive, Maeve et Blue se précipitèrent.

— Écoutez, dit Maxie. Je suis sûre qu'il essaie de dire quelque chose. Il faut juste qu'il se repose. S'il peut parler, ça va aller.

Arran ouvrit les paupières. Deux yeux gris, limpides et brillants, éclairèrent son visage.

— Je t'aime, maman, murmura-t-il avec un sourire à Maxie.

Et il mourut dans ses bras.

23

Ils avaient fait une razzia dans les immeubles et les jardins environnants à la recherche de tout ce qui pouvait brûler – bois mort, tables, chaises, portes, palettes, planchers d'échafaudage, pneus... – et l'avaient entassé autour de la BMW, qui ne leur était plus d'aucune utilité. À son volant, à l'issue de la bataille, Blue avait poursuivi les derniers adultes jusqu'à ce que, faute d'essence, le moteur s'arrête.

Quand ils eurent constitué un bûcher de bonne taille, ils emballèrent Arran et les autres gamins tombés au champ d'honneur dans des draps et s'assurèrent que leurs visages étaient bien cachés. Puis ils hissèrent les corps au sommet du tas.

Maxie n'en avait pas démordu. Pas question de les laisser là se faire bouffer. Arran et les autres méritaient des funérailles de héros.

Les cadavres d'adultes, ils les abandonnèrent là où ils étaient.

Sur un mur, non loin, Freak bomba un message :

ICI EST TOMBÉ ARRAN HARPER. JOUR ET DATE INCONNUS, MAIS SON SOUVENIR NOUS ACCOMPAGNERA TOUJOURS. IL ÉTAIT LE PLUS BRAVE D'ENTRE NOUS.

Puis Whitney et Josh lui donnèrent les noms des autres défunts et il les ajouta à son épitaphe, signée du fameux tag : Freaky-Deaky.

Quand ils furent prêts, Maxie craqua une allumette et s'approcha de la voiture.

Soudain, Freak l'arrêta.

— J'peux dire kekchose ? Avant de partir ?

— OK, répondit Blue, mais fais-la courte.

— T'inquiète.

Et il prit une profonde inspiration avant de dévisager un instant son auditoire.

— Arran m'a causé ce matin. Pour m'aider à avancer. Maintenant, c'est mon tour. On a tous perdu quelqu'un qu'on aimait aujourd'hui. Mais, au bout du compte, c'est nous qui avons gagné. On les a battus. J'allais écrire un autre truc là-bas. J'allais écrire : « Arran est là. » Car il y est. Par sa volonté de tout faire pour accéder à une vie meilleure. L'autre enseignement que je veux garder de lui, c'est que nous autres gamins, on est tous dans le même bateau, tous du même bord. L'ennemi, c'est les adultes. Ce qui est arrivé à Arran était un accident. Je ne veux voir personne accuser Sophie de ce qui s'est passé. On marche ensemble, on survit ensemble.

— Ouais, super speech, le félicita Achille, non sans une pointe de sarcasme. Maintenant, vas-y, allume !

Maxie fit quelques pas en avant et, très vite, des flammes de plusieurs mètres de haut s'élevèrent dans les airs. Quelque chose par terre attira son regard. La batte d'Arran. Elle se baissa pour la ramasser et la sentit peser au creux de sa main. C'était tout ce qui restait de lui.

Dorénavant, elle était à elle.

Une fois que les gamins furent certains que le feu ne s'éteindrait pas, ils se mirent en route. Ils ne voulaient pas assister à la crémation. Ils firent leurs adieux et s'éloignèrent au pas, en ordre de bataille, laissant le bûcher derrière eux.

Le programme n'avait pas changé. L'idée était toujours d'essayer de rallier le palais ce soir, même s'il était tard et que le ciel s'assombrissait. Ils n'avaient guère le choix. Non seulement il y avait l'insoluble question du refuge (aucun endroit à Camden n'était susceptible d'accueillir autant de monde), mais, en plus, il y avait la menace de cet immense incendie qui se propageait rapidement depuis Kentish Town, réduisant en cendres tout ce qui osait se dresser sur son passage et augmentant d'autant l'opacité du ciel.

Sophie et les archers menaient le détachement aux côtés de Blue et de Jester. Ensuite venaient les commandos, Gros Mick, Achille, Freak et les autres. Comme toujours, Olive et les tirailleurs fermaient la marche. Lewis avait repris sa position sur le flanc gauche. Seule Maxie avait dérogé à la règle, confiant le commandement de son groupe à Josh pour se joindre aux petits, au centre de la colonne. Elle cherchait auprès d'eux un peu de réconfort, voulait profiter de l'affection et des attentions dont ils étaient capables. Contrairement aux grands, eux ne craignaient pas d'exprimer leurs émotions. Ils la serrèrent dans leurs bras, lui prirent la main, lui glissèrent des mots gentils, lui confièrent à quel point Arran allait leur manquer. Puis, spontanément, ils échangèrent des histoires à son propos, énumérèrent ses exploits. Maxie faillit fondre en larmes quand le petit Joël lui confia son chiot, Godzilla, pour qu'elle le porte. La petite boule de poils douce et chaude somnolait. Il trouva néanmoins la force de lui lécher le visage avant de se pelotonner dans ses bras.

Tandis qu'elle marchait, Joël ne cessait de la couver du regard.

Whitney vint à sa hauteur.

— Qu'il est mignon, dit-elle en caressant le chiot derrière l'oreille.

Maxie esquissa un sourire.

— Écoute, poursuivit Whitney. Je suis navrée pour Arran. On l'est tous.

— C'est bon.

— Je le connaissais pas vraiment, mais ça se voyait que c'était un type bien. Tu le kiffais, hein ?

— J'sais pas. On n'en a jamais parlé.

— Parfois, ce genre de trucs se passe de mots.

— Ça semble inadmissible, grogna Maxie avec un brin de colère. Tu te lèves le matin, t'as la vie devant toi, le monde entier qui te tend les bras et puis… bing ! T'es mort. Plus rien. J'arrive pas à me retirer ça de la tête. Comment la vie d'Arran s'est arrêtée net, comme ça ; comment le fil s'est rompu. Jamais on ne verra Arran adulte, jamais il ne connaîtra la joie d'avoir des enfants, jamais il ne vieillira.

— Pense à lui comme ça, répondit Whitney. Il sera éternellement le bel Arran que tu as connu.

— Éternellement mort, tu veux dire.

— Arrête ! coupa Whitney. Positive. C'est un ordre.

— Positive ? répéta Maxie avec un petit rire nerveux. Mais regarde-nous, Whitney. Regarde où on en est. Tu trouves sincèrement qu'il y a matière à positiver ?

— Ben, au moins, y a plus *Koh Lanta* à la télé.

— C'est vrai, pouffa Maxie, entre rire et sanglots.

— Tu vois, tu peux encore rigoler.

— À l'intérieur, je me sens morte.

— Ça passera. On a tous perdu quelqu'un de cher.

— Je sais. Je suis désolée. C'est un jour noir.

— Trop de copains sont tombés, balbutia Whitney. Trop...

— Je te le fais pas dire. Arran n'est pas le premier et, malheureusement, pas le dernier non plus. Mais, chaque fois que quelqu'un meurt, j'ai l'impression que je vais m'écrouler.

— Et pourtant tu tiens. Tu continues.

— Ouais, acquiesça Maxie en essuyant une larme.

— Écoute, quand tout ça sera fini, qu'on sera bien à l'abri et qu'on pourra se reposer, peut-être qu'alors il sera temps de pleurer. En attendant, comme l'a dit votre gars, on doit rester soudés et se serrer les coudes.

— Tu as raison. Merci, Whitney.

— Ah, et puis, j'voulais te dire, ajouta-t-elle en posant une main sur le bras de Maxie. Blue... c'est un type bien. Il peut sembler dur comme ça, faire un peu le coq, mais il ne fait que jouer son rôle de meneur de troupes. Au fond, il est loin d'être stupide. Le prends pas en grippe.

— J'essaierai.

Pour jouer, Whitney immobilisa la tête de Maxie par une clé au cou.

— T'es forte. Je le sais. Et, ensemble, on est encore plus forts.

C'était une nuit sans lune. Aucune étoile ne brillait. Une épaisse couche de nuages bouchait le ciel. Quelques gamins avaient improvisé des flambeaux, qui avaient vite fait de s'éteindre. Ceux qui en possédaient une utilisaient leur torche à friction. La première des priorités était de rester ensemble, d'éviter que le troupeau ne se scinde en petits groupes, par définition plus vulnérables.

Freak avançait d'un pas lent, perdu dans ses pensées. Soudain, il sentit quelqu'un le pousser du coude.

— Hé, t'as l'intention d'aller aux Oscars ? demanda Achille d'un ton railleur. Tu t'entraînes aux discours à la noix ?

Freak soupira et détourna le regard.

— Pourquoi faut toujours que tu joues les cyniques, Ach' ?

— Je joue pas.

— Ça t'est égal, ce qui est arrivé à Arran ?

— Bien sûr que non. Ça me touche. Mais, à moi, tu vas pas me la faire. Je sais bien à quoi ton sermon faisait allusion.

— Ah ouais ? À quoi ?

— « Je ne veux voir personne accuser Sophie », répondit Achille avec une petite voix mielleuse. « C'était un accident. On est tous dans le même bateau… » et bla-bla-bla. En réalité, c'est juste que tu te sens coupable de ce que tu as fait à Arran et que tu veux surtout pas que ça te retombe dessus.

— Qu'est-ce que tu racontes ? J'ai rien fait à Arran.

— C'est à cause de toi qu'il est mort, Freaky-Deaky.

— Euh… Au cas où tu l'aurais pas remarqué, c'est pas moi qui ai tiré la flèche.

— Pff, pas besoin. Il était déjà à moitié mort quand Sophie l'a eu. Et je parle même pas de Deke. Tout ça parce que t'as flippé sur une saloperie de distributeur automatique.

Freak accusa le coup. Il sentit sa gorge se nouer et dut lutter pour éviter de pleurer.

— Dis pas ça.

— C'est la vérité, Freaky-Deaky. Et tu le sais comme moi. Mais fais-moi confiance, j'oublierai pas. À cause de tes conneries, on a tous failli y passer. Franchement, tu crois que sans sa morsure Arran aurait disjoncté comme il l'a fait ? Bien sûr que non. Et, par conséquent, il n'aurait pas écopé d'une flèche dans le buffet. Conclusion : tout est ta faute.

Freak l'injuria. Pour toute réponse, Achille cracha par terre et s'approcha de Mick pour lui glisser quelque chose à l'oreille. Le gros Morrisons regarda Freak par en dessous et éclata de rire.

En tête du convoi, Jester et Blue avançaient en balayant régulièrement le sol avec le faisceau de leurs torches.

— On devrait essayer d'aller plus vite, dit Jester. Il était prévu qu'on arrive avant la nuit.

— C'est plus *secure* de nuit, répondit Blue. Moins de croulants dehors.

— Eh ben, moi, je ne me sens pas *secure*. Encore moins avec ce qui s'est passé tout à l'heure.

— Ouais, c'était cheulou. Généralement, les adultes se comportent pas comme ça. Ensemble. Là, on aurait dit une armée. Première fois que je vois ça.

— Tu crois toujours que le parc est le meilleur chemin ? demanda Jester.

— Ouais. C'est bien dégagé. On peut tout voir arriver de loin. Les croulants n'aiment pas les grands espaces. Je pensais même qu'on pourrait y monter le camp pour la nuit. Poster des sentinelles. Que les petits se reposent.

— Ils se sont assez reposés comme ça. On a attendu des heures à Camden qu'Arran trépasse.

— Waouh, t'es rude, toi ! Tu voulais quoi ? Qu'on l'achève ?

— Non, bien sûr, se défendit Jester. Mais c'était évident qu'il allait mourir.

— On a fait ce qu'y avait à faire, mec. On pouvait pas y couper.

— Je sais. D'ailleurs, j'ai trouvé cool la façon dont tu as pris le contrôle de la situation. À mon sens, c'est toi qui devrais assurer le commandement général.

— Comment ça ? demanda Blue en pivotant vers son interlocuteur, dont les traits se perdaient dans l'obscurité.

— On n'a pas besoin de deux chefs, répondit Jester. Maxie peut s'occuper des petits. C'est une fille. Et puis, la mort d'Arran l'a totalement retournée.

— Ça, on verra plus tard. Et puis, les Waitrose ne vont sûrement pas accepter comme ça que je devienne leur chef. On a besoin de Maxie.

— Si tu le dis.

— Tiens, d'ailleurs, puisque t'en parles, comment ça va se passer une fois qu'on y sera ?

— Qu'est-ce que tu veux dire ?

— Ben, vous avez bien un chef…

— Ouais…

— Donc, on s'arrange comment ? Je fais gentiment coucouche panier en attendant qu'on me dise ce que j'ai à faire ?

— T'inquiète pas pour ça, répondit Jester. On trouvera une solution.

— Ouais, y a intérêt.

24

Ils traversèrent la rue et pénétrèrent dans Regent's Park par Gloucester Gate.

Le parc avait changé. Les parterres de fleurs étaient envahis par la végétation. La pelouse naguère si bien entretenue montait jusqu'à la taille, dans un fouillis de mauvaises herbes, de fleurs sauvages et de pousses de jeunes arbres qui, pour l'heure, ne mesuraient que quelques centimètres, mais qui, à moyen terme, allaient sans nul doute transformer l'endroit en véritable forêt.

Une aire de jeux, relique d'une époque révolue, s'élevait toujours non loin de l'entrée. Les petits la regardèrent avec émerveillement en la dépassant. Maxie rendit Godzilla à Joël et prit position sur le flanc droit, relevant Josh qui remonta aussitôt en tête de cortège. Jester et les autres discutaient de la route à prendre.

— J'crois qu'on devrait rester sur le chemin, dit Blue. Ce sera dégagé et on aura une bonne vue. Qui sait ce qui peut se cacher dans les hautes herbes.

— Comme les raptors dans *Jurassic Park*, plaisanta Josh.

— Euh… Y a pas mal de trucs en liberté, à Londres, ces jours-ci, répondit Blue en riant. Mais des dinosaures, j'crois pas.

— Va savoir, dit Josh. Le monde a basculé. À la limite, ça m'étonnerait même pas.

— Te bile pas pour les dinosaures, va, répliqua Blue.

— Qui a dit que je me bilais ? Tu sais comment y m'appellent dans le clan ? JSP. Josh Sans Peur. Tu vas voir, j'vais m'en buter un, moi, de dinosaure.

— T'as vraiment peur de rien ? demanda Blue en essayant de ne pas rire.

— Bah... De quoi ? Des adultes ? Y sont stupides et lents. Z'ont pas d'armes non plus. Les chiens ? Crétins pareil. Non, rien me fait peur. Un truc me fait peur ? Je le dézingue, mec.

— Ben, tu sais quoi ? dit Blue. J'suis vachement content de pas être en face. Maintenant, en avant.

L'allée n'étant pas aussi large que les rues qu'ils avaient arpentées jusqu'alors, il leur fallut s'étirer en file indienne. Sur les ailes, les pelotons de défense collaient à la troupe en progressant dans les hautes herbes.

Les émos, Ben et Bernie, assistaient les petits en écoutant leurs bavardages.

— Regardez là-bas, c'est le zoo, dit le Macaque, et il montra du doigt l'orée d'un bois au-delà duquel les silhouettes des bâtiments se dessinaient vaguement dans la pénombre.

— J'aimais bien le zoo, dit Ella. Une fois, même, j'y ai fait mon anniversaire. Mes préférés c'étaient les lions et les tigres.

— Qu'est-ce qui est arrivé aux animaux ? demanda Joël en serrant Godzilla dans ses bras. J'veux dire, quand les gardiens sont tombés malades ?

— Ils sont tous morts de faim ? dit Ella, au bord des larmes.

— Mais non, répondit Bernie d'un air rassurant. Je suis sûre que les gardiens les ont emmenés à l'abri quelque part.

— Jamais z'auraient eu le temps, intervint Sam le Frisé, un de ces horripilants mouflets qui croient toujours tout savoir sur tout.

— Mais si, les gardiens ont eu tout le temps de les mettre en lieu sûr, affirma Bernie.

— Tu crois qu'ils les ont laissés partir ? rétorqua Ella.

— Tu m'étonnes, intervint Ben avec un sourire à l'adresse de Bernie. Ils les ont trop libérés.

— Mais alors, y sont peut-être dans le parc, répondit Ella avec une soudaine angoisse dans la voix.

Ben regretta aussitôt de s'en être mêlé.

— Eh, mais je croyais que tu aimais les lions et les tigres, embraya aussitôt Bernie.

— En cage, oui, pas en liberté.

— Les lions, c'est redoutable, commenta le Macaque.

— On va se faire manger ? demanda Joël. Comme les chrétiens ?

— Les chrétiens ? Quels chrétiens ?

— Ceux du Colisée, à Rome. Quand on les livrait aux lions.

— Écoutez, répondit Bernie, en admettant que des lions soient un jour sortis d'ici, à l'heure qu'il est, ils doivent être à des kilomètres de Londres, à la campagne, là où ils peuvent trouver genre des vaches, des chevreuils…

— J'veux pas aller à la campagne, se cabra Ella. J'veux pas être mangée comme une chrétienne.

— Mais où t'as vu que t'allais te faire manger par un lion ? contre-attaqua Bernie.

— Ouais, acquiesça Sam le Frisé. Parce que le seul truc qui va te bouffer, c'est un adulte.

— T'as pas autre chose à dire, toi ? rétorqua Bernie.

— Ben quoi ? C'est la vérité. Ils mangent les enfants.

— C'était quoi, ça ? souffla Ella, sa petite voix s'égarant dans les aigus.

— C'était quoi quoi ?

— J'ai entendu bouger dans l'herbe.

— C'est un grand du peloton de défense, affirma Bernie en essayant de se montrer convaincante, mais elle-même croyait avoir entendu du bruit.

— Non, c'était pas un grand.

— Peut-être un lapin, alors, ou un chat.

— Ou un lion…

— Écoute, dit Ben en se retenant d'élever le ton. Y a rien ici. Rien ne va venir te manger. On a gagné la bataille, tu te souviens ? On est forts. Rien ne peut nous faire de mal.

— On est protégés ? demanda Joël.

— Je veux, répondit Ben. On a Godzilla avec nous !

— Godzilla peut pas se battre, contesta Joël. Il est trop jeune.

— Je plaisantais, soupira Ben. Dites, vous avez toujours le dernier mot, vous, hein !

Ils étaient arrivés à Broadwalk, une allée bien plus large que les autres, menant au centre du parc et bordée de deux rangées de grands arbres. Ce gain de place leur permit de s'étaler un peu en largeur. Bernie appela Lewis. Il s'approcha en traînant les pieds.

— T'as pas vu quelque chose ? demanda Bernie.

Lewis enfonça un doigt dans son afro en désordre pour se gratter le crâne.

— Vu quoi ? Où ça ?

— Dans l'herbe ?

— Non.

— T'as rien entendu non plus ?

— Y a rien dans l'herbe. Si y avait eu kekchose, on l'aurait vu.

— Dans le noir, ça m'étonnerait.

— On a des torches.

— Oui, eh ben, nous, on a entendu quelque chose, affirma Ella. Peut-être bien un lion.

Josh descendit des premières lignes. Voyant la grappe de petits affolés, il déclara :

— Tu peux pas les faire taire ? Ils sont en train de se monter le bourrichon.

— C'est plus fort qu'eux, répondit Bernie. Ils ont une imagination débordante.

— Là ! s'exclama Ella. J'ai vu quelque chose.

— Non, t'as rien vu, coupa Bernie.

C'est alors que le feuillage se mit à bruire au-dessus de leurs têtes. Un lourd silence s'abattit sur la colonne qui se figea sur place.

Une brindille craqua.

Quelque chose bougeait dans les arbres.

— C'est quoi ?

— Des adultes, peut-être.

— Les adultes savent pas grimper aux arbres, objecta Lewis.

— Qu'est-ce t'en sais, d'abord ? argua Josh. Notre problème, c'est qu'on est trop longtemps restés enfermés dans nos stupides supermarchés en croyant savoir ce qui se passait dans le monde. Quand j'étais sur le toit avec Callum, j'avais l'impression que je voyais tout ce qu'il y avait à voir, alors qu'en réalité je ne voyais rien. Rien qu'un petit bout de Holloway Road. Si ça se trouve, il est poussé des ailes aux adultes et ils ont appris à voler sans qu'on soit au courant.

— Ils volent pas, hein ? demanda Ella.

— Arrête, Josh, intervint Bernie. Tu débarques là en nous demandant de rassurer les petits et, toi, tu les terrorises. Tu crois pas qu'on a d'autres choses à craindre que des adultes volants ?

— Hé, rassurez-moi. Ils volent pas ? répéta Ella.

— Bien sûr que non, ils volent pas, explosa Bernie. Y savent à peine marcher.

— N'empêche qu'y a kekchose dans les arbres, dit Lewis en levant la tête.

— Sûrement des écureuils.

— Trop gros pour des écureuils, jugea Maxie.

— En tout cas, comptez pas sur moi pour aller voir là-haut, affirma Lewis.

— Attention, on est en train de se disloquer, dit Ben en pointant l'avant de la troupe, emmené par les commandos qui marchaient d'un pas régulier.

Maxie étouffa un juron et courut à leur poursuite. Elle hurla à Blue de s'arrêter.

— Qu'est-ce qu'y a ?

— Faut attendre les autres.

— Pourquoi y sont arrêtés ?

— Les petits ont peur. Y a kekchose dans les arbres.

— Ouais, on a entendu. C'est pour ça qu'on avance.

— T'as pu voir ce que c'était ?

— Non. Trop de feuilles. En plus, quel que soit ce truc, c'est genre furtif.

— Faudrait pas au moins dire à tout le monde d'être sur ses gardes ?

— Si on se met à beugler des ordres, les petits vont être encore plus terrorisés qu'ils ne le sont déjà, répondit Blue. Fais passer le mot et dis-leur de se magner.

Achille les aborda.

— Pourquoi on s'arrête ?

— Gaffe aux arbres, Ach', répondit doucement Maxie. Y a kekchose.

— Euh, c'est pas de gaieté de cœur que je dis ça, répondit Achille en scrutant le sol, mais y a aussi kekchose dans les herbes.

— Quoi ?

— Un truc qui rampe, par là. Pas assez gros pour être un adulte, mais…

— Mais alors c'est quoi ? D'autres mômes, tu penses ?

— J'sais pas…, répondit Achille.

Avant que Maxie ait eu le temps de l'en empêcher, il mit une main en cornet autour de sa bouche et cria :

— Hé ! Qui va là ? Montrez-vous !

Rien. Pas une herbe ne bougea.

— Je propose qu'on avance, dit Blue en se remettant en marche.

— Attends, dit Maxie.

Mais, déjà, Blue s'éloignait. Le cœur battant la chamade, elle retourna vers le troupeau informe des petits.

— Faut se dépêcher, dit-elle quand elle les eut rejoints, pas mécontente, au fond, d'être investie d'une mission qui la détournait momentanément de la disparition d'Arran.

— J'aime pas sous les arbres, ronchonna Ella.

— Va pas dans l'herbe, intervint aussitôt Maxie. Surtout, va pas dans l'herbe !

— Pourquoi ?

— Parce que.

— Pourquoi ? Y a kekchose ? Y a kekchose dans l'herbe ?

— Non. C'est juste qu'il faut qu'on reste ensemble, répondit Maxie, qui sentait un vent de panique souffler sur ses protégés.

Whitney, qui faisait le tour des uns et des autres en essayant de rassurer tout le monde, l'avait flairé elle aussi. Maxie jeta un œil à l'avant. Blue, Jester et les autres s'étaient détachés du groupe. Elle eut le désagréable sentiment de voir la situation lui échapper.

— Allez, on avance, ordonna-t-elle, et elle tira quelques petits par le paletot.

La moitié du troupeau s'ébranla tandis que l'autre tournait en rond. Certains, même, rebroussaient chemin.

— Arrêtez ! brailla Maxie.

Au même moment, quelque chose bondit d'un arbre, provoquant le même effet qu'une bombe parmi les mouflets. Instantanément, ils se mirent à courir dans tous les sens avec des hurlements.

Avant que Maxie comprenne ce qui se passait, un autre corps heurta le sol, puis un autre, et un autre. Des formes grisâtres qui poussaient des cris perçants en se laissant tomber. Elle agrippa la batte d'Arran.

Décidément, chaque pas dans la ville serait une épreuve.

25

C'était le chaos total. Les mômes détalaient comme des lapins tandis que de plus en plus de… *choses* leur tombaient dessus depuis les arbres. Dans le noir, impossible de dire avec précision à quoi elles ressemblaient. Ce n'était que des traînées grises qui voltigeaient dans les airs avec de drôles de cris. Sûrement des sortes d'animaux. Trop petits en tout cas pour qu'il puisse s'agir d'adultes. Jouant des coudes dans la foule, Maxie se fraya un chemin vers l'endroit où elle en avait vu une bondir sur le dos d'une fillette et la faire tomber à plat ventre. La chose était glabre, avec une peau marbrée hésitant entre le gris et le rose, grêlée de furoncles et de plaies. Elle avait de longs bras et deux moignons à la place des jambes qui lui faisaient comme des souches d'arbre. Maxie accourut et lui flanqua un grand coup de batte dans les reins. À peine si elle bougea. C'était pas de la chair. C'était du bois. Dense, solide.

En guise de réponse, la chose poussa un horrible cri haut perché et se jeta sur Maxie, qui para d'un *high kick*. La créature lui attrapa la jambe. Maxie prit alors conscience de l'incroyable force qu'elle avait dans les bras. Avant qu'elle ait eu le temps de la mordre, Maxie lui enfonça l'extrémité de la batte dans le haut du crâne. La chose grogna pitoyablement, puis s'effondra sur le côté en laissant échapper un râle pathétique. Après un dernier coup de massue sur la caboche, elle s'écrasa définitivement sur le sol, inanimée. Au moins, ça voulait dire qu'on pouvait les tuer. Maxie aida la fillette à se relever. Lacérés, son dos et sa nuque saignaient abondamment. Elle était secouée de sanglots nerveux, tremblait de tout son petit corps. Whitney la prit dans ses bras et la berça avec douceur.

— Je m'occupe des gamins, dit-elle. Toi, rassemble les commandos.

Maxie avala une grande bouffée d'air et beugla à tue-tête :

— Ils attaquent les petits ! Au secours ! Tous !

Elle n'avait pas fini de dire ça qu'elle vit deux bêtes qui disparaissaient dans les hautes herbes en tirant Sam le Frisé par les cheveux. Elle démarra en trombe et arriva en même temps que Lewis et son peloton. Les animaux furent rapidement éliminés et Sam le Frisé rendu aux siens.

Lewis promena le faisceau de sa torche sur les dépouilles des créatures.

— Qu'est-ce que c'est que ça ?

Elles avaient d'immenses yeux noirs, de grandes oreilles déchiquetées ainsi que de longues mandibules jaunes perlées de bave et mouchetées de sang. Comme celle des adultes, leur peau était grêlée de furoncles purulents et d'affreuses grosseurs.

— Dégueu, grommela Lewis avec une moue écœurée. On dirait des genres d'enfants mutants.

Maxie ne savait que penser. Tout existait donc. Ils n'eurent pas l'opportunité de poursuivre leurs investigations. Les bêtes étaient partout, grouillant entre les jambes des gamins, les renversant, enlevant les plus petits. Les commandos essayaient bien de circonscrire les dégâts, mais, dans le noir, avec tous ces gamins qui gênaient le passage, la manœuvre n'était pas aisée.

Maxie alluma sa torche juste à temps pour voir une poignée de mioches quitter l'allée, un peu plus bas.

— Arrêtez-les ! cria-t-elle.

Trop tard. Ils s'enfoncèrent dans les hautes herbes, qui leur arrivaient pratiquement à l'épaule, et, un à un, ils disparurent.

Par chance, Blue et les autres ne furent pas longs à comprendre ce qui était en train de se passer. Ils firent demi-tour et chargèrent, armes en avant, dispersant une troupe de bêtes en maraude. Le bruit surtout était cauchemardesque. Les bestioles hurlaient, vagissaient, meuglaient, bramaient – ce qui ne faisait qu'ajouter à la terreur des petits.

Maxie vit un guerrier passer au pas de course. Agrippée à son dos, une de ces choses essayait de lui enfoncer les doigts dans les yeux. Elle lui envoya un puissant coup de batte sur l'épine dorsale. Tous deux tombèrent. L'animal fut rapide à se relever. Pire, il se rua vers elle, courant sur les poings en montrant férocement les dents. Maxie lui fit ravaler son rictus avec un méchant coup de batte en pleine face. Hélas, celui-ci ne réussit qu'à sonner quelques instants la bête et à la rendre folle de rage. Décidément, le crâne de ces choses semblait taillé dans la fonte. Elle repartit à l'assaut. N'ayant pas le temps d'armer un nouveau coup, Maxie dut se contenter de parer. La créature en profita pour attraper la batte et, avec une force surhumaine, l'arracher des mains de sa propriétaire. Maxie se refusa à courir, terrifiée à l'idée que la chose puisse lui grimper sur le dos.

La bête jeta la batte sur le côté et leva les deux poings au-dessus de sa tête. Maxie fit un pas en arrière, se préparant à l'estocade. Soudain, quelqu'un s'interposa. Une furieuse lutte s'engagea, les deux corps tourbillonnèrent sans qu'il soit possible de distinguer qui était qui, jusqu'à ce qu'un coup de lance vienne mettre un terme à la frénésie, embrochant la bestiole de part en part.

Josh.

— Y m'font pas peur, dit-il tandis que le monstre détalait en laissant un filet de sang derrière lui.

Maxie aperçut Joël, assis par terre, Godzilla dans les bras. Elle était contente qu'il n'ait rien. Son soulagement fut de courte durée, car un des guerriers tamponna malencontreusement le gamin et le fit tomber. Le chiot lui échappa des mains et fila dans les hautes herbes en jappant.

— Laisse-le ! hurla Maxie.

Bien entendu, Joël ignora son appel et disparut dans le tumulte. C'est alors que Freak et Blue débarquèrent.

— Rassemblement ! aboya Blue. On se replie. En vitesse ! Éloignez-vous des arbres. Dehors ! Vite !

— OK, mais y a des petits dans les herbes, dit Maxie, qui cherchait Joël des yeux.

— Eh ben, retrouve-les, coupa Blue.

— D'acc.

Maxie se tourna vers Josh.

— Toi, prends l'autre côté, et assure-toi de ramener tous les fuyards.

— Tu peux compter sur moi, répondit-il avec un sourire presque inquiétant. Au fait, t'auras peut-être besoin de ça !

Et il lui lança la batte d'Arran.

— Merci.

Josh démarra en trombe.

Freak rejoignit Maxie.

— Je viens avec toi.

Ils coururent dans les hautes herbes. Ils croisèrent bientôt Lewis et son peloton qui, déjà, ramenaient un groupe de fugueurs.

— C'est tout ce qu'y a ? demanda Maxie.

— Je crois bien.

— Et Joël ? Le petit avec le chiot ? Tu l'as pas vu ?

— Nan, répondit Lewis en secouant la tête.

Un petit cri haut perché retentit au loin.

— On y va !

Écartant les hautes herbes avec sa batte, Maxie avança vers le bruit, Freak à son côté. Ils n'avaient pas fait dix mètres que deux bêtes armées de pierres leur barrèrent le passage.

— Je m'en occupe, dit Freak. Toi, va chercher le petit.

Maxie courut. Priant pour avancer dans la bonne direction.

— Joël ! Joël, où es-tu ?

Un nouveau sanglot lui répondit.

Maxie accéléra.

L'immense ciel noir au-dessus de sa tête lui procurait un sentiment d'espace comme elle n'en avait pas éprouvé depuis des mois. Jadis, ce carré avait été un court de cricket. Il semblait s'étirer à l'infini. Si une sourde peur n'avait pas tordu son estomac, elle se serait sans doute laissé griser par cette course folle dans la prairie.

Enfin, elle repéra quelque chose dans l'obscurité : deux petites silhouettes qui couraient à toutes jambes en terrain découvert. Elle leur hurla de s'arrêter. Mais les petits étaient trop apeurés pour faire autre chose que courir. Maxie sprinta et finit par les rattraper. Elle agrippa un des mioches. Ella.

— Arrêtez, c'est moi, Maxie. Il faut rentrer.

L'autre gamin, le Macaque, s'arrêta lui aussi. Maxie s'agenouilla et les prit tous deux dans ses bras, les laissant sangloter et s'étrangler en ânonnant des choses incohérentes à propos des monstres. Mais Maxie n'écoutait pas. Elle avait vu quelque chose dans le dos des petits qu'eux n'avaient pas remarqué. Plus imposant que les autres, l'animal avançait furtivement dans l'herbe. Il se dressait sur ses courtes pattes et écartait les bras à la manière d'un catcheur. La bête était borgne, la gueule ravagée par des cicatrices et des grosseurs immondes. Elle dévisagea Maxie de son unique œil noir qui lançait des éclairs dans la nuit.

Sans la quitter un seul instant des yeux, Maxie se releva, la batte prête à frapper.

La créature secoua la tête et se cogna la poitrine des deux poings. Maxie comprit enfin de quoi il s'agissait. Un grand mâle chimpanzé. Chauve, malade, forcené, comme les adultes. Il se mit à crier. D'autres singes lui répondirent. Maxie était convaincue qu'il allait frapper, quand, subitement, une expression de tristesse passa sur ses traits. L'animal parut soudain épuisé, rompu, ruiné. Il soupira, poussa un dernier hurlement, puis tourna les talons et s'en alla.

— Ce ne sont que des singes, dit Maxie.

Elle prit Ella dans ses bras pour s'en retourner auprès du groupe.

En chemin, ils en croisèrent d'autres, qui filaient dans les hautes herbes.

Freak était là où elle l'avait laissé. Il offrit au Macaque de le porter, ce qu'il accepta de bonne grâce. Quelques mètres plus loin, entendant quelque chose bouger dans l'herbe, ils s'immobilisèrent et reposèrent lentement les enfants.

— C'est rien, finit par dire Maxie avec un sourire. C'est Godzilla.

S'approchant plus près, elle s'aperçut que le chiot essayait de pousser quelque chose avec son museau. Il pleurait doucement.

— Ramène les petits, ordonna-t-elle d'un ton froid sans un regard pour Freak.

Quelque chose dans sa voix l'incita à s'exécuter sans poser de questions.

— Venez, dit-il, et ils s'éloignèrent.

Victime d'un jet de pierre, Joël était étendu dans l'herbe, un trou rouge à la tête. Il avait les yeux ouverts, mais il ne respirait plus.

Maxie ramassa Godzilla. Le chiot protesta, se débattit en couinant. Il voulait rester avec Joël.

— Chéri… Je suis désolée, murmura Maxie en fermant les yeux du petit.

Elle renifla, la gorge serrée, mais aucune larme ne vint.

26

P'tit Sam se réveilla en sursaut, sans savoir où il était. Flottant dans un océan de ténèbres impénétrables, il ne sentait plus du tout son corps. Durant un instant, il crut même qu'il était mort. Curieusement, cette pensée le soulagea. Plus de souci à se faire. Et puis la cruelle injustice de ce sort lui apparut au grand jour. Il n'était encore qu'un enfant. Il ne méritait pas de mourir. Qu'avait-il fait de mal ? Oh, certes, un jour, il avait ébréché la tasse préférée de sa mère et l'avait rangée au fond du placard sans rien dire. Il y avait aussi eu la fois où Ella était revenue d'un anniversaire, le visage magnifiquement maquillé en jaguar. C'était splendide. Il en était malade de jalousie. Il n'avait rien dit, mais, dès qu'il s'était retrouvé seul avec elle, il lui avait jeté un verre d'eau à la figure pour saccager le maquillage.

Oui, bon, en y réfléchissant un peu, c'est vrai qu'il y avait pas mal de trucs répréhensibles. Mais que des petites choses de rien du tout, pas graves, qu'il avait regrettées aussitôt après les avoir commises. La preuve, rien que de repenser au visage d'Ella dégoulinant de peinture et de larmes, il se sentait atrocement coupable.

Sincèrement, ça ne méritait pas la mort, hein ?

Et puis il sentit d'affreuses fourmis dans ses jambes et c'est là que ça lui revint. Il n'était pas mort. Juste coincé au sommet d'un puits muré, dans un tunnel du métro. La dernière chose qu'il se rappelait, c'était s'être attaché aux barreaux de l'échelle avec sa ceinture. Et il y était toujours, moitié pendu, moitié coincé, moitié mort.

Il retint son souffle et tendit l'oreille.

Rien. Les adultes avaient fini par partir.

Quelle heure était-il ? Aucune idée. Il n'avait pas de montre. Et, là où il était, il n'avait pas même le moyen de savoir s'il faisait jour ou nuit. Il roula les épaules pour faire à nouveau circuler le sang. Les doigts engourdis, il se massa les jambes. Elles étaient totalement ankylosées, tétanisées, paralysées. Inutile d'essayer de bouger avant d'avoir retrouvé un peu de sensations. Il attendit donc que les picotements, tels les pétillements d'un cachet effervescent dans un verre d'eau, atteignent ses terminaisons nerveuses. Par moments, il ne ressentait qu'un léger guiliguili, presque agréable, et, d'une seconde à l'autre, celui-ci se changeait en affreuse douleur qui le faisait cogner du pied contre la paroi en geignant. Après ce qui lui sembla une éternité, il retrouva enfin assez d'assurance pour se risquer à dénouer la ceinture. Mais, dès qu'il essaya de descendre les barreaux, ses jambes ployèrent et il dégringola au pied du puits, s'effondrant douloureusement dans une flaque d'eau.

Toutes ses éraflures et tous ses bleus de la veille s'étaient réveillés. Son corps n'était plus qu'un amas de chairs qui le piquait, le grattait et le lançait de partout.

Bon, l'heure n'était pas aux apitoiements. Il fallait se lever, sortir d'ici, retrouver la lumière. Il alluma sa torche et émergea prudemment du trou, à plat ventre, avant de balayer le dessous du train avec sa lampe. Aucun mouvement nulle part. En tendant l'oreille, il percevait néanmoins des échos de bruits étouffés par la distance, dans la direction d'où il était venu. Probablement des adultes à la station Camden.

Qu'importe, il pouvait toujours sortir à la suivante.

Il rampa sous le train et actionna la dynamo de sa torche, s'arrêtant de temps à autre pour écouter, dans le noir, les étranges bruits souterrains qui peuplaient ce réseau de galeries : grincements lugubres, craquements sourds, petits animaux qui cavalaient, clapotis d'eau... Mais aucun bruit humain.

Enfin, il atteignit le bout du dernier wagon, ce qui lui permit de se lever et d'avancer plus vite. Au petit trot. Par endroits, une eau noire et nauséabonde lui montait jusqu'au-dessus du genou. Au moins était-elle trop souillée pour abriter quelque forme de vie que ce soit.

Il suivit les courbes du tunnel. Enfin, il entrevit une faible lueur. Reprenant espoir, il accéléra instinctivement l'allure. Pourtant, à l'approche du halo, il ralentit. Que signifiait cette lumière ? Ça ne pouvait pas être la lueur du jour puisqu'il était sous terre. Ça ne pouvait pas non plus provenir d'une ampoule puisqu'il n'y avait plus d'électricité. Il n'y avait qu'une solution : un feu. P'tit Sam éteignit sa torche et étudia le rayonnement : il ne tarda pas à reconnaître la danse caractéristique des flammes.

De ce qu'il en savait, les adultes ne faisaient pas de feu. Peut-être un camp de gamins, alors ? Peut-être que des gamins vivaient là ? Ou alors un feu accidentel ?

Il avança lentement. Une odeur de fumée emplissait l'air, comme lors d'un barbecue. Ça lui rappela les grillades qu'on pouvait sentir des centaines de mètres à la ronde, durant l'été, dès que le soleil permettait de manger dehors.

Ça, c'était l'ancien temps.

Plus il marchait, mieux il voyait ce qui s'étendait devant lui. Il devina des faisceaux de fils électriques courant sur les murs, des boîtiers de dérivation, un panneau de stop à l'usage des machinistes du métro, et puis une sorte de feu de signalisation et, enfin, les premiers contours de la station, le quai.

Peu à peu, il prit conscience de la petitesse du feu. Au début, il lui avait semblé énorme, mais c'était juste par contraste avec l'impénétrable obscurité du tunnel. Certes, le vacillement des flammes projetait des ombres démesurées et hésitantes sur les parois, mais il ne s'agissait pas d'un gros brasier.

À la lisière du tunnel, il embrassa le quai du regard et lut les panneaux. Euston. Quelque chose lui dit qu'il était dans la bonne direction.

Et puis le feu, une pile d'ordures brûlant juste à côté de l'embouchure du couloir et d'où émergeaient… les jambes d'un homme. Assis par terre sur le quai, aussi malingres et décharnés que des personnages bâtons, cinq ou six adultes fixaient des yeux le feu, les jambes de l'homme qui brûlaient, sans esquisser le moindre geste.

Sam étouffa un juron. S'il y avait des adultes sur le quai, cela voulait probablement dire qu'ils avaient infesté tout le reste de la station, ne lui laissant d'autre choix que de trouver un moyen de les dépasser et de continuer jusqu'à la prochaine.

Il calcula que s'il restait sur les rails, collé à la bordure du quai, ils ne le verraient pas. Cherchant son souffle, il avala plusieurs grandes goulées d'air. Il n'y avait pas beaucoup d'oxygène là-dessous, d'autant moins que, si une partie de la fumée s'évacuait par l'embouchure du couloir, le plus gros s'amoncelait sur le quai. Pas étonnant que les adultes aient l'air à moitié morts – d'ailleurs, s'ils s'attardaient encore un peu, ils n'allaient pas tarder à franchir l'autre moitié du chemin.

Bon débarras.

Plié en deux, haletant, tapi contre le muret, Sam sortit du tunnel en priant pour qu'un des personnages bâtons ne soit pas pris d'une subite envie de se lever et de regarder les rails. En passant sous le feu, il l'entendit crépiter. Une braise vola dans les airs et tomba de l'autre côté de la voie. Il poursuivit son chemin sans s'en préoccuper davantage.

Soudain, son ventre gargouilla. Il s'immobilisa. L'avaient-ils entendu ? On aurait dit un grognement d'ours. Il faut dire qu'il était affamé. Au fait, ça faisait combien de temps qu'il n'avait pas mangé ? Aucune idée. Il lui restait une bouteille d'eau dans son sac à dos, mais, durant son séjour dans le puits, il avait fini les derniers biscuits ramollis et la boîte de fruits au sirop collectés à Waitrose.

De toute façon, le moment n'était pas venu de penser à manger. D'ailleurs, s'il ne faisait pas attention, c'est lui qui allait servir de petit déjeuner à quelqu'un.

Il rampa de plus belle. Malgré tout, il lui fallut un bon quart d'heure de patience pour parvenir sans encombre à l'extrémité du quai. Dès que ce fut fait, il fila dans la noirceur rassurante du tunnel. Il jeta un œil derrière lui. Les adultes n'avaient pas bougé d'un pouce. Peut-être étaient-ils déjà morts ?

Sans s'attarder sur la question, il pressa le pas vers la station suivante.

Mais, plus il progressait, plus l'eau qui noyait les voies était profonde. Parfois, il en avait jusqu'à la taille. Ni chaud ni froid, ce bain forcé n'en était pas moins détestable. Le bouillon dans lequel il pataugeait était aussi noir que de l'huile de vidange et recouvert d'une mousse fétide. Il marchait les mains levées bien haut afin de s'assurer de garder au sec sa précieuse torche. Sans lumière, il aurait toutes les chances de se perdre et d'errer éternellement dans ces galeries.

Non. Pas éternellement. Seulement jusqu'à ce qu'il meure de faim. Comme pour confirmer l'hypothèse, son estomac gronda, encore plus fort que la première fois. De vives douleurs lui tordaient les entrailles. Il fallait qu'il continue d'avancer et, d'une manière ou d'une autre, qu'il se débrouille pour trouver quelque chose à manger.

Le trajet jusqu'à la station suivante fut une répétition de celui qui l'avait mené de Camden à Euston, exception faite de la fourche qu'il aborda à un certain moment. Après s'être engagé au hasard dans l'une des galeries, il poursuivit sa route en espérant avoir fait le bon choix.

Malheureusement, au bout de quelques centaines de mètres, il se retrouva bloqué par ce qui lui apparut d'abord comme des branchages. Pourtant, en étudiant l'obstacle à la lueur de sa torche, il comprit bien vite qu'en fait de branches, c'étaient des os. Des ossements humains. Pour certains encore habillés. Rien à voir avec les squelettes d'un blanc immaculé qu'on peut voir au cinéma. Non, ceux-là étaient d'un sale gris jaunâtre, entremêlés les uns aux autres dans un impossible fatras de bras, de mains, de jambes, de côtes et de crânes. Il n'y avait que deux explications : soit quelqu'un avait décidé d'entreposer ici des cadavres pour les mettre à l'abri, soit les adultes étaient venus y mourir pour une raison inconnue. Quoi qu'il en soit, il lui était impossible de poursuivre dans cette direction, aussi revint-il sur ses pas avant de s'engager dans l'autre goulet.

Il s'était parfois demandé où étaient passées les dépouilles des adultes. Au début, la puanteur qui régnait dans les rues de Londres prenait à la gorge, vous obligeant à vous boucher le nez et la bouche avec votre chemise. Pourtant, peu à peu, cette pestilence avait disparu.

Un frisson lui parcourut l'échine. Quel autre secret renfermaient ces galeries ?

Il persévéra malgré tout, aussi vite qu'il pouvait. Car l'heure tournait et, avec elle, la fatigue et la faim se faisaient plus insistantes encore. Il avala quelques gorgées d'eau, ce qui lui fit du bien. Mais, bientôt, il n'en aurait plus une goutte.

Il s'aperçut à peine qu'il avait atteint son but. Il avançait dans une sorte de brouillard, trébuchant sans cesse, quand, soudain, au hasard d'un reflet de sa torche, il découvrit un quai, aussi ténébreux que le tunnel qu'il venait, à son insu, de quitter.

Bien. S'il faisait noir, ça signifiait qu'il n'y avait personne dans les environs. Il grimpa sur le quai et se laissa tomber sur un des bancs de métal adossés au mur. Il allait attendre là le temps de reprendre des forces.

Où était-il ?

Il éclaira un panneau.

King's Cross.

C'était bon, ça ? Ou avait-il pris le mauvais embranchement après Euston ? Il avait un doute. Si seulement il avait pu remonter à la surface. À la lueur du jour, il retrouverait son chemin sans problème. En même temps, il était presque certain que King's Cross était aussi une gare normale, à l'air libre, ce qui impliquait qu'il pourrait trouver des cartes.

Mais oui ! Il s'en souvenait maintenant. N'était-ce pas d'ici que partait l'Eurostar pour Paris ?

Et s'il y allait ? S'il quittait Londres ? Après tout, peut-être que c'était encore normal, là-bas, en France. Et puis, comme ça, il pourrait aller à EuroDisney.

Il éclata de rire.

Imaginez un peu, EuroDisney pour soi tout seul.

Non. Il fallait qu'il retrouve sa petite sœur, ses amis. Il ne voulait pas être tout seul. Ce qu'il voulait, c'était être avec eux. Eh bien, pas plus tard que bientôt, à n'en pas douter, ça allait se faire. Il avait bien tenu jusque-là, non ?

Ragaillardi par ces promesses de lumière et d'évasion, il se leva et s'engagea dans le couloir menant vers la sortie. Faiblissant à chacun de ses pas, la torche finit par s'éteindre totalement.

Il s'arrêta et enfonça le levier. Au creux de sa main, il sentit les vibrations des rouages de la dynamo.

Il poussa, poussa et poussa encore, jusqu'à être certain de disposer d'une bonne autonomie, puis il alluma.

Les visages blafards d'un groupe d'adultes apparurent dans le halo. Ils étaient là, debout, sur toute la largeur du couloir, leurs chicots crénelés d'autant plus jaunes sur leurs mines de papier mâché.

Le choc fut si violent que Sam faillit en vomir. Son cerveau se vida d'un seul coup d'un seul de tout son sang, le laissant hagard, vacillant d'un pied sur l'autre, à la limite de la perte de connaissance. Soudain, une mère bondit vers lui. Il pivota et déguerpit à toutes jambes. Il se précipita sur le quai, où le faisceau de sa torche dansait follement. Voulant sauter sur les rails, il chuta lourdement et se fit mal à la jambe – ce qui ne l'empêcha pas de se relever aussitôt et de continuer en boitant. Dans son dos, il entendait les adultes sauter également du quai.

Alors qu'il s'engouffrait dans le tunnel, quelque chose jaillit de côté et l'arrêta. Sam poussa un cri et se débattit, mais un bras puissant, sous un épais manteau de laine, se referma sur lui et l'empêcha de bouger. Une grosse main vint se plaquer sur sa bouche.

— Reste tranquille !

Un gamin, alors ? Les adultes ne parlaient pas.

Oui, mais voilà, le corps auquel se rattachait le bras paraissait bien trop massif et musculeux pour qu'il s'agisse de celui d'un enfant.

Toujours aussi fermement maintenu, Sam se retrouva face à la station.

— Éclaire par là !

Sam s'exécuta, découvrant une horde d'adultes avançant clopin-clopant sur les rails.

L'armoire à glace leva l'autre bras, au bout duquel Sam entrevit un fusil à canon scié, exactement comme dans GTA.

Une puissante détonation secoua les parois du tunnel en même temps qu'un éclair aveuglant jaillissait de la bouche du canon. Puis une seconde.

Les adultes du premier rang s'affaissèrent. Les autres tournèrent les talons et s'enfuirent.

— Allez, mon petit bonhomme, dit la voix. Il est temps de mettre les bouts.

27

Les mômes se réveillèrent aux premières lueurs du jour. Enfin, pour ceux qui avaient fermé l'œil, car la plupart d'entre eux étaient restés étendus dans l'herbe ou assis en petits groupes, collés les uns contre les autres, trop effrayés pour dormir. Ils avaient passé la nuit dans un square clos par une grille au bout de la place Portland. Le jardin était semi-circulaire et entouré de rues, tel un rond-point géant coupé en deux. Il y avait de l'herbe, des buissons et de grands arbres, mais rien ne pouvait approcher sans être vu de loin, sans compter que l'endroit était clos d'une grille en fer forgé hérissée de pointes de lance. Trop terrorisés, fatigués et abattus pour continuer leur périple après la débâcle du parc, les gamins y avaient vu un bon endroit pour passer le reste de la nuit. Qui pouvait dire quelles horreurs les attendaient encore, tapies dans l'obscurité ? Aussi avaient-ils escaladé la grille, allumé un feu et posté des sentinelles sur les toits des petites baraques, sortes d'abris de jardin améliorés, qui s'élevaient à chaque angle. C'était ce qu'ils pouvaient faire de mieux. Par chance, le reste de la nuit fut calme.

Maintenant, le soleil se levait sur Londres, embrasant le ciel d'une lueur violacée, qui virait rapidement au gris rosé. Bientôt, il serait d'un bleu éclatant. Une belle journée s'annonçait. Les gamins s'étirèrent, bâillèrent et se serrèrent mutuellement dans les bras, trop contents d'être encore en vie.

Maxie avait assuré le premier quart. Quand Olive était venu la relever, elle s'était pelotonnée dans son sac de couchage, sous un buisson, et avait immédiatement sombré dans un profond sommeil sans rêves, presque un coma.

Résultat, au réveil, elle eut le plus grand mal à retrouver ses esprits. Luttant contre la léthargie qui l'envahissait, elle se hissa sur les coudes et s'assit, tous les muscles ankylosés. Passant une main dans ses cheveux frisés – qu'elle portait assez courts –, elle essaya machinalement de défaire quelques nœuds. Peine perdue. Elle avala une grande bouffée d'air pur. Ça faisait partie des petits plaisirs de la vie post-catastrophe : plus une voiture pour cracher ses gaz d'échappement dans les rues, plus d'usines pour polluer l'atmosphère. Londres n'avait pas dû sentir aussi bon depuis au moins deux siècles.

Assis à côté du feu mourant, elle vit Blue qui discutait tranquillement avec Jester. Elle se leva et alla les rejoindre en se frottant les yeux.

— 'Jour.

— Bonjour, dit Jester. T'as pu dormir ?

— On dirait, maugréa Maxie.

— Tant mieux. La bonne nouvelle, c'est qu'aujourd'hui ça devrait être plus facile.

Maxie balaya du regard la foule de gamins éparpillés un peu partout dans le parc.

— Bon, va falloir s'organiser.

Suite au chaos de la nuit, une cohue indescriptible s'était emparée des troupes, qui avaient investi le square dans le plus grand désordre. Maxie ne savait même pas combien de gamins ils avaient perdus en route.

— Whitney a fait l'appel des nôtres, dit Blue.

— OK, répondit Maxie, je vais aller trouver Josh pour voir ce que ça donne de notre côté. Je suis sûre qu'il a déjà fait les comptes. C'est toujours lui qui se lève en premier.

— Maxie...

Elle se retourna et croisa le regard de Blue. Il voulait dire quelque chose, les yeux pas encore en face des trous, elle refusait de chercher quoi.

— Oui ?

— Josh n'est plus là.

— Comment ça, Josh n'est plus là ? Qu'est-ce que tu racontes ?

— Il était en train d'aider des petits quand quatre singes l'ont attaqué. Il est tombé les armes à la main. C'était un type courageux. Il n'avait peur de rien.

Maxie secoua la tête.

— Non. Tu dois faire erreur. Il est là... Quelque part... J'en suis sûre.

— Désolé... Le pire, c'est qu'y a pas que lui.

Brutalement, la réalité s'imposa à elle. Terrassée, elle s'effondra sur le sol.

— Et t'attendais quoi pour me mettre au courant ? demanda Maxie.

— Ben... Je fais quoi, là ? se défendit Blue.

— T'aurais pu me le dire hier soir.

— Hé, calme-toi. J'ai attendu le bon moment, voilà tout.

— Ah, parce que ça existe, le bon moment, pour annoncer ce genre de choses ?

Une expression de profonde exaspération passa sur le visage de Blue. Il leva les yeux au ciel, prit sur lui, et, revenu à de meilleures dispositions, se tourna à nouveau vers Maxie.

— T'étais à bout. Et puis y avait déjà eu Arran… et Joël… Je me suis dit que t'allais pas t'en remettre si je te l'annonçais à ce moment-là. On a tous payé un lourd tribut hier, d'accord ? J'aimais bien Joël. Il était super gentil. Sans parler des deux autres petits de mon clan qui ont disparu.

— Désolée, s'excusa Maxie.

— C'est rien.

Olive les rejoignit, tenant à la main un morceau de papier. Il avait de lourds cernes noirs autour des yeux et ses cheveux roux étaient en pétard. Il avait l'air de ne pas avoir fermé l'œil de la nuit.

— C'est moi qui reprends la liste, apprit-il à Maxie. J'ai fait les comptes. T'es au courant pour Josh ?

— Ouais… Qui d'autre ?

— Katey, Louise et Sam le Frisé.

— Mais… Sam, on l'avait récupéré…

— Je sais. Ils sont revenus pour lui. Josh a fait ce qu'il a pu, mais…

Maxie jura.

— Y sont pas forcément morts, poursuivit Olive. On est partis en quatrième vitesse. On n'a pas eu le temps de fouiller partout.

— Dans ce cas, il faut qu'on retourne les chercher, cria Maxie. On ne peut pas les abandonner !

— Pas question qu'on y retourne, objecta Jester en se redressant. On peut déjà s'estimer heureux d'être arrivés jusqu'ici.

— On t'a causé, à toi ? grogna Maxie, et elle le poussa violemment.

— Il a raison, s'interposa Blue. On en a discuté. Si on y retourne, on pourrait être attaqués à nouveau et subir d'autres pertes.

— Donc, si je comprends bien, tu proposes qu'on les laisse là où ils sont, c'est ça ?

— Exact. On part du principe qu'ils sont morts.

— Et s'ils sont encore vivants ? Mets-toi cinq minutes à leur place – à errer tout seuls là-bas, perdus.

— Peut-être, mais mets-toi un peu à la place des gamins que tu vois ici, répliqua Jester avec un geste du bras en direction des enfants éparpillés dans le square. Eux, on est sûrs qu'ils sont vivants. Tu penses vraiment qu'ils ont envie d'y retourner ?

— Tu peux organiser un vote si tu y tiens, ajouta Blue, mais je te garantis que la plupart veulent poursuivre.

— Comment peux-tu être aussi cruel ?

— Parce que je veux survivre. Pas toi ?

— À quel prix ?

— À n'importe quel prix.

Maxie se tourna vers Olive, cherchant un soutien.

— Blue a raison, dit ce dernier. Ça serait de la folie de rebrousser chemin. C'est pas qu'on s'en fiche, mais on est cinquante-trois dans le groupe, maintenant. Et ces cinquante-trois-là ne méritent pas qu'on risque leur peau pour les quelques-uns qu'on a laissés derrière et qui sont très certainement morts à l'heure qu'il est.

L'argument laissa Maxie sans voix. Elle craignit de fondre en larmes devant les garçons, aussi tourna-t-elle les talons pour se retirer dans un coin plus tranquille. Après avoir échangé un regard avec Blue et Jester, Olive lui emboîta le pas.

— Maxie…

— Va-t'en. J'ai besoin d'être seule.

— Je comprends, mais, avant, tu dois m'écouter.

— D'façon, y a rien à ajouter.

— Ça c'est toi qui le dis.

Maxie fit brusquement volte-face.

— Fiche le camp !

— Allez, on a l'air de quoi ? dit calmement Olive.

— Qu'est-ce que tu veux que ça me fasse ?

— Arrête, Maxie. C'est toi qui tiens les rênes, maintenant qu'Arran n'est plus là. Tu dois être forte, assumer. C'est ça que les gamins attendent de toi. Ils veulent que tu leur dises quoi faire. Ils ont besoin de toi.

— Mais, Olive, que veux-tu que je leur dise, alors que moi-même je sais pas où j'en suis ?

— Ils pensent tous comme toi, répondit Olive en s'asseyant par terre. Ils pensent que la meilleure chose à faire, c'est d'y retourner et de faire une battue pour les retrouver.

— Alors, pourquoi est-ce q… ?

D'un geste de la main, il l'arrêta.

— Ça, c'est ce qu'ils te diront si tu leur demandes. Sauf que, au fond, tout ce qu'ils veulent, c'est oublier, avancer, tourner la page. Crois-moi, aucun d'entre eux ne veut risquer sa vie. En tant que chef, c'est à toi d'endosser cette terrible décision à leur place, à toi de leur interdire formellement de rebrousser chemin… pour les soulager.

— Tu veux dire : leur faire croire que je suis inflexible, dure, quasiment sans cœur ?

— C'est ça. Tu sais, Maxie, il n'y a que deux types de leaders dans le monde. Les chefs de guerre et les autres. Les deux n'ont rien à voir. Chacun requiert des qualités différentes. Un chef de guerre ne doit faire preuve d'aucune faiblesse, montrer en permanence que l'individu ne pèse rien face à la survie du groupe, que seule compte la victoire, quels que soient les moyens de l'obtenir. Ce que je veux te dire par là, c'est que, le plus important, c'est de gagner. De rejoindre le palais. Et tant pis pour le reste.

— Et si je ne voulais pas assumer cette responsabilité, tu y as pensé ?

— Qui d'autre, alors ?

— Et pourquoi pas toi, Olive ? T'es intelligent. Les gamins ont confiance en toi, ils t'écoutent. Arran luimême te demandait conseil sans arrêt.

— Oh ça, pour m'écouter, ils m'écoutent, répondit Olive. Mais ils ne m'admirent pas. J'suis pas une star, comme toi. Toi, ils te vénèrent.

— Ah bon ? Première nouvelle. Et, à ton avis, qu'est-ce qu'ils pensent de moi ?

— Fais-leur penser ce que toi tu veux qu'ils pensent. Tu as tout ce qu'il faut pour ça. Tu es la mieux placée d'entre nous pour assumer cette charge.

— Eh ben, tu vois, moi, c'est pas du tout comme ça que je vois les choses.

— Écoute, dit Olive en se penchant à son oreille et en baissant la voix. Blue et Jester commencent à être un peu trop proches à mon goût. Il peut très bien leur venir l'envie de te squizzer, et, avec toi, tout le clan Waitrose. Pour faire de nous des citoyens de seconde zone. On doit défendre notre bout de gras. Et je sais que tu peux le faire, Maxie. Arran avait foi en toi. Et moi aussi j'ai foi en toi.

— Alors, dans ce cas…

28

— Écoutez tous. La nuit dernière a été très dure, mais ça ne se reproduira plus. On va continuer notre marche et rejoindre le palais ce matin même. À partir d'ici, la route est sûre. D'accord ?

— Mais… on n'est pas tous là !

— Si ! Malheureusement, certains d'entre nous sont tombés hier soir. Ils sont morts. Il ne servirait à rien de faire demi-tour pour aller les chercher.

— Mais Katey était mon amie.

— Arran aussi était mon ami. Ça ne l'a pas empêché de mourir. On l'a même brûlé. Dorénavant, c'est moi qui suis en charge du groupe. Et je vous le dis tout net : on continue. Quiconque n'est pas de cet avis est libre de rebrousser chemin et d'entamer des recherches… seul. À compter d'aujourd'hui, on est cinquante-trois et on sera cinquante-trois à arriver au palais. Alors en route !

Ainsi la cohorte quitta-t-elle la demi-lune du square avant de descendre la place Portland, Maxie, Jester et Blue à sa tête. Quelques minutes plus tard, ils atteignaient Oxford Circus, le cœur du West End, jadis l'endroit le plus animé de la ville, aujourd'hui totalement désert et à l'abandon, comme si, du jour au lendemain, tout s'était effondré, ne laissant place qu'à un immense silence.

Au milieu du croisement entre Oxford Street et Regent Street, ils ne purent s'empêcher de s'arrêter et de laisser leurs regards vagabonder le long des avenues vides.

— Avant, le samedi, je venais ici faire les magasins, dit Blue.

— Moi aussi, répondit Jester.

— Topshop, soupira Maxie.

— L'apple store, ajouta Jester d'un ton rêveur.

— Nike Town, renchérit Blue.

Si la plupart des vitrines étaient éventrées, quelques-unes tenaient encore debout. Ici ou là, restaient même quelques articles dépareillés.

— Tout n'a pas été pillé, dit Whitney avec envie. Et regardez ! Pas un seul croulant à l'horizon.

— Je vous l'avais dit, se justifia Jester. C'est calme ici. Il y a bien quelques Étrangers qui traînent, mais rien de comparable avec ce qui se passe par chez vous.

Whitney se mit à rire.

— Si on faisait un peu de shopping ?

Ce fut au tour de Maxie de s'esclaffer.

— Je suis sérieuse, poursuivit Whitney. Matez un peu les guenilles qu'on a sur le dos.

Maxie la regarda de la tête aux pieds, toujours aussi impeccable dans son aveuglant survêtement blanc. Mais comment faisait-elle pour le garder propre ? L'énigme restait entière.

— On ressemble à une bande de clochards, insista Whitney. Avant que tout ça ne commence, je me souciais de mon apparence. Bientôt, on va arriver à Buckingham Palace : ça mériterait quand même des baskets neuves, des vêtements propres.

— Hé, on va pas à un rendez-vous avec la reine ! railla Maxie.

— Peut-être, mais on entame une nouvelle vie. Et je tiens à la commencer de la meilleure des manières, en faisant bonne figure.

— Sur ce point, je ne peux qu'être d'accord, dit Jester. C'est vrai que vous faites un peu pouilleux.

— Non mais je rêve, s'exclama Maxie. On n'avait pas une heure à perdre pour retourner en arrière chercher les nôtres, par contre on a tout le temps de faire les boutiques ?

— C'était hyper risqué dans le parc, argua Blue. Là, c'est différent.

— Et qu'est-ce qui te dit que c'est sûr ici ? C'est pas parce qu'on n'en voit aucun qu'il n'y a pas d'adultes dans le coin.

— Généralement, ces rues sont calmes, avança Jester.

— Et combien de fois t'es venu ici, au juste ? demanda Maxie.

— Une fois ou deux.

— Une fois ou deux ?

— Écoute, dit Blue, c'est pas la peine d'en faire toute une histoire. On fait juste un petit détour par Oxford Street, OK ? Ça rallonge à peine. Et puis, qu'on arrive au palais par le nord au lieu de l'est, je ne vois pas ce que ça change.

— Arran a calculé le meilleur itinéraire, rétorqua Maxie.

— Arran est mort.

— Merci de me le rappeler.

— Si t'es chef, dit Blue, t'as tout pouvoir pour changer l'itinéraire. Rien ne t'oblige à suivre le plan d'Arran.

— De toute façon, les deux se valent, affirma Jester.

Ensuite, il suffira de couper par Bond Street ou par Grosvenor Square. En plus, Oxford Street est une rue bien large, ce qui, comme vous me l'avez appris, est un avantage pour nous. Et si on voit quoi que ce soit dans les magasins... on aura qu'à se servir.

— Allez, dit Blue avec un sourire. Qu'est-ce que ça coûte ? Et puis, ça redonnera la pêche à tout le monde ! Me dis pas que, toi-même, t'irais cracher sur des fringues propres, flambant neuves, encore dans la boîte ?

— Très bien, concéda Maxie. Mais au premier signe d'embrouille, on dégage.

— Vendu, répondit Blue.

Et ils s'engagèrent dans Oxford Street, cap à l'ouest, en direction de Marble Arch.

Maxie était contente. Elle avait cédé à Blue et Jester, mais non sans combattre. Ils avaient écouté ce qu'elle avait à dire ; ils en avaient discuté de façon raisonnable, d'égal à égal ; et elle était convaincue que si elle s'était résolument opposée à ce détour, ils se seraient rangés de son côté. Olive avait raison. Elle avait défendu ses intérêts et, par là, ceux du clan Waitrose.

Et puis...

Et puis elle mourait d'envie de changer d'habits.

Au bout de quelques minutes, Freak se porta à sa hauteur, sur le flanc.

— J'aime pas ça, dit-il.

— Attends, on va pas débouler au palais comme des malpropres.

— On aurait dû s'en tenir au plan. Point barre. Ça me rappelle trop ce qui s'est passé l'autre jour, quand on est allés à la piscine. On a été gourmands et on l'a payé le prix fort.

— Allons, Freak, on pourrait aussi bien être attaqués

en prenant l'autre route. Le truc, c'est qu'on ne sait pas d'où viendra le prochain danger. Sans compter que… (Elle huma l'air avec une moue dégoûtée.) Tu schlingues.

— C'est l'hôpital qui se fout de la charité, répondit Freak avec un sourire.

Certains magasins étaient pillés, d'autres incendiés, d'autres enfin purement et simplement vidés, comme si tout le stock avait été mis à l'abri quelque part avant l'effondrement général. Dans une boutique, ils découvrirent des dizaines de chaussures alignées avec soin sur des étagères. Mais elles étaient toutes orphelines, les deuxièmes étant remisées dans l'obscurité d'une arrière-boutique où personne n'osa s'aventurer.

Ils croisèrent aussi une solderie où restaient quelques tee-shirts et quelques survêtements pendus à des portants. Ils se querellèrent pour savoir qui devait avoir quoi. Blue dénicha une casquette dans une boutique pour touristes, mais, dans l'ensemble, la récolte fut maigre. Bientôt, ils arrivèrent en vue de Selfridges, naguère un des grands magasins les mieux achalandés de Londres. Miraculeusement, l'établissement semblait avoir été épargné par la tourmente. Seules les portes d'entrée étaient défoncées, les vitrines vidées.

— Qu'est-ce que vous en dites ? demanda Blue, sa voix résonnant à la fois de crainte et d'excitation. On trouve tout chez Selfridges. On y va ou quoi ?

— Minute, temporisa Maxie. D'abord, on envoie une équipe en repérage. Ensuite, si la voie est libre et que ça vaut le coup, d'accord. Mais on check d'abord.

— J'en suis, dit aussitôt Lewis, bientôt rejoint par Achille, Sophie et Gros Mick, le guerrier des Morrisons qui, de loin, aurait pu passer pour un adulte.

— Soyez là dans dix minutes, ordonna Maxie. Ne traînez pas. Si vous voyez quelque chose qui vous plaît, laissez-le pour l'instant. Assurez-vous juste que l'endroit est dégagé, c'est tout ce qui compte.

— À dans dix minutes, répondit Achille avec un petit sourire en coin, et tous les quatre disparurent dans la pénombre.

Les autres restèrent au milieu de la rue, bouche bée devant les dimensions monumentales du bâtiment.

Maxie alla trouver Olive.

— Va avec eux. J'ai besoin de quelqu'un avec la tête sur les épaules là-dedans.

— Entendu, acquiesça-t-il en emboîtant le pas aux autres, tandis que Maxie tapait dans ses mains en passant dans les rangs.

— Allez, allez, c'est pas le moment de mollir, cria-t-elle. En formation de combat. Les petits au centre, les plus grands en cordon autour. Blue, tu prends le flanc gauche. Moi l'autre. Exécution !

Olive esquissa un sourire. Ça c'était parler. Maxie savait y faire. Restait à espérer qu'elle n'aurait pas à se mordre les doigts d'avoir envoyé ce peloton d'éclaireurs à l'intérieur du magasin. En effet, il y avait là leurs meilleurs guerriers. Perdre un seul d'entre eux serait terrible.

Eux ? Il aurait dû dire *nous* puisqu'il était de la partie. C'est fou, pensa-t-il en s'enfonçant dans l'obscurité, comme on a toujours tendance à penser que la mort c'est pour les autres.

Aucune fenêtre n'ouvrait sur l'extérieur. Il faisait un noir d'encre dans le grand magasin. Les pinceaux de lumière des torches crevèrent l'obscurité de ce qui avait un jour été le rayon parfumerie-cosmétique, révélant des vitrines brisées et des présentoirs envahis de toiles d'araignée. Les quelques placards publicitaires et autres logos encore entiers ne dissipaient en rien la désespérante atmosphère de fin du monde qui planait sur ces stands et ces allées au sol jonché de verre brisé.

D'écœurants relents de parfum flottaient dans l'air. Aucun signe d'activité humaine récente n'était visible. Tout était parfaitement immobile et silencieux.

— Si on trouve pas de fringues, on pourra toujours pécho quelques bouteilles de parfum, ironisa Achille. Ça masquera l'odeur.

— Pas con, répondit Lewis en enfonçant nonchalamment un ongle dans son afro. Comme ça on arrivera au palais en sentant la princesse.

— Ouh, ma chère, s'esclaffa Achille.

Gros Mick éclaira le sol et inspecta les débris.

Il se baissa pour ramasser quelque chose.

— Hé, regardez ! Çui-là est pas cassé.

— Fais voir ! lança aussitôt Lewis.

Gros Mick lui passa le pot.

— « Crème hydratante », lut Lewis d'une voix moqueuse. J'en ai croisé quelques-uns qui en auraient eu sacrément besoin. Y a du laisser-aller dans les soins de peau ces temps-ci, chez les adultes.

— On devrait continuer de fouiller, dit Sophie. On n'a que dix minutes. Le prêt-à-porter est à l'étage, je crois.

— T'as raison.

Sophie marchait sur des œufs. Elle ne pouvait ignorer que la moitié des mômes au moins lui en voulait pour ce qui était arrivé à Arran, même s'il s'agissait d'un funeste accident. Il fallait regagner leurs faveurs.

Les tessons de verre craquant sous leurs semelles, ils

s'enfoncèrent dans le magasin jusqu'aux escalators. Lewis aperçut un plan du magasin et l'éclaira avec sa torche.

— Rayon homme, premier étage. Rayon femme, deuxième étage.

— Montons vite fait tout en haut, proposa Achille. Ensuite, on redescend en quadrillant tout.

Ils grimpèrent au pas de charge le premier escalier mécanique et déboulèrent au rayon mode masculine. Il y eut un instant de panique quand les silhouettes d'un groupe d'adultes, pâles et nus comme des vers, apparurent dans le halo de leurs torches. Un effroi rapidement balayé par un éclat de rire général quand ils comprirent qu'il ne s'agissait que de mannequins – ce qui ne les empêcha pas de tressaillir chaque fois qu'ils en croisèrent d'autres.

Un rapide survol de l'étage leur apprit qu'il restait encore des vêtements.

— Mmm, ça sent bon, dit Lewis tandis qu'ils tournaient sur eux-mêmes pour attaquer le second escalier mécanique.

En montant, Olive aborda Sophie.

— Écoute, je sais que tu n'avais pas l'intention de tuer Arran. Et il aurait pu mourir à n'importe quel moment. En plus, pour tout te dire, il était déjà dans un sale état. Il s'était fait mordre. Il commençait à dérailler. Même sans cet accident, j'pense pas qu'il aurait tenu jusqu'au palais. Dans un sens, peut-être que tu lui as épargné beaucoup de souffrances.

— Merci, répondit Sophie. Mais, il n'empêche, je m'en veux terriblement.

— Faut pas.

L'étage suivant était semblable au précédent. À première vue, il y avait même davantage de choses ici qu'en dessous. Après un rapide coup d'œil, ils poussèrent jusqu'au troisième. Une fois encore, Olive gravit les marches au côté de Sophie.

— Vous avez vécu où pendant tout ce temps ? demanda-t-il. Vous vous êtes cachés où ?

— Partout, répondit Sophie. On trouvait une maison où y avait de la bouffe et on restait jusqu'à ce que ça commence à craindre. On bougeait sans cesse d'un coin à un autre. D'abord Highgate, ensuite on est descendus par le parc de Dartmouth et on a tenté Hampstead Heath. Mais c'était trop dangereux et, en plus, y avait rien à manger, alors on est remontés vers Kentish Town et puis, finalement, Camden. Mais partout c'était la même histoire. Il fallait vraiment lutter pour survivre. Au début, on était assez nombreux. On pensait qu'on serait en sécurité… protégés par le groupe, tu vois. Mais ils nous ont eus un par un. Depuis, j'essaie de ne plus penser à rien et de me concentrer sur la survie, au jour le jour. C'est pour ça que je m'en veux pour Arran. C'est déjà assez dur que les adultes nous massacrent…

Sophie se mura dans le silence. Olive posa une main sur son bras.

Un immense patio central leur permit, depuis le dernier étage, de voir jusqu'au sous-sol où les faisceaux de leurs torches faisaient comme des têtes d'épingle sur les tables et les chaises du restaurant.

Ils inspectèrent à droite et à gauche. *A priori*, personne n'était venu ici depuis un bail. Tout était couvert de poussière. Au rayon salle de bains du dernier étage, beaucoup de trucs étaient intacts. Il faut dire que, par ces temps de crise, personne n'allait monter jusqu'ici pour faire main basse sur des savons aux huiles essentielles.

— Alors, qu'est-ce que vous en dites ? demanda Lewis d'une voix plus faible et plus traînante que jamais.

— J'en dis que s'y avait quelqu'un embusqué ici, ça fait longtemps qu'y nous aurait sauté dessus, répondit Achille. D'façon, je le sens quand y en a. L'odeur du croulant, ça trompe pas, mec.

— Tu l'as dit, acquiesça paresseusement Lewis.

— L'heure tourne, fit valoir Olive. On devrait redescendre voir les autres.

— T'as raison, acquiesça Lewis. Ensuite, ce sera : « Soldes à tous les étages ! »

29

P'tit Sam n'aurait su dire depuis combien de temps le type le trimballait dans le dédale de tunnels. Car il s'agissait bien d'un homme. De cela, au moins, il était sûr – même si celui-ci était bien différent de tous ceux qu'il avait pu croiser depuis le désastre. Il était rasé de près et, bien qu'il ne fût pas noir, de longues dreadlocks à la propreté douteuse pendouillaient sur ses épaules. Sous un épais pardessus, il portait un jean et un pull tricoté main qui bâillait aux manches.

Et il ne puait pas.

Autre incongruité, il avait une lampe torche. Pas une petite loupiote à poussoir comme en possédaient les gamins. Non, un gros machin à piles d'où jaillissait un large pinceau de lumière qui crevait la nuit sur plusieurs dizaines de mètres.

Juste avant de partir, il avait demandé à Sam comment il s'appelait. Et s'il était seul. Après quoi il n'avait plus décroché un mot.

Sam n'en était pas revenu. D'où il parlait çui-là ? Quand tous les autres adultes, le cerveau rongé par le miasme, étaient incapables d'aligner deux syllabes à la suite, lui, non seulement il articulait parfaitement, mais, en plus, il se servait d'outils et d'armes. Comment il avait fait pour échapper à l'épidémie ? Et puis, qu'est-ce qu'il trafiquait là-dessous ? Où l'emmenait-il ?

Autant de questions qui tournaient dans la tête de Sam, mais l'homme qui avançait d'un pas rapide et décidé dans les galeries ne paraissait pas disposé à y apporter de réponses. Au moins donnait-il l'impression de savoir où il allait.

Jusqu'ici, ils avaient passé deux stations, Angel et Old Street, sans qu'à aucun moment le type, tenant toujours aussi fermement le petit sous son bras, ne montre le moindre signe de fatigue. Sam commençait à avoir mal partout.

— Ça va, finit-il par protester, craignant que ses dents ne se déchaussent à être ainsi ballotté. Je peux marcher, vous savez. Pas la peine de me porter !

— Plus rapide comme ça. D'façon, on y est presque.

— Presque où ?

— Tu verras, répondit l'homme dont la voix se perdit dans le tempo de ses pieds martelant les flaques, de plus en plus profondes depuis qu'ils avaient quitté Angel.

Ils abordèrent bientôt une portion où l'eau lui montait jusqu'à la taille. Plus loin, le fond remontait un peu. Malgré tout, quand ils parvinrent à la station suivante, les rails disparaissaient encore sous trente centimètres d'eau. Moorgate. Ça aurait pu être Pékin que ça ne lui en aurait pas dit davantage.

Enfin, le type s'arrêta et assit Sam sur la bordure du quai. Sûrement pour se reposer un peu.

— Avant, y avait des pompes, dit-il après un silence.

Surpris de s'entendre ainsi adresser la parole, Sam mit un instant à réagir.

— Quoi ?

— Des pompes, répéta le type.

Il n'avait pas l'accent londonien. Non, ses intonations douces trahissaient plutôt quelqu'un de la campagne, sans que Sam parvienne à déterminer laquelle.

— Tous les tunnels étaient équipés de pompes, reprit le bonhomme. Ceux du métro comme ceux des égouts. Pour drainer l'eau. Mais, maintenant qu'y a plus personne pour les entretenir, elle se répand partout. Moi, ce que j'en dis, c'est que toute la ville va finir sous la flotte.

— Où m'emmenez-vous ?

— Tu verras, répondit l'homme en esquissant un sourire.

Et puis il attrapa le gamin et redémarra.

Ce n'était pas loin jusqu'à la station suivante. Mais c'était déjà trop pour Sam, qui en avait plus qu'assez d'être ainsi trimballé comme un vulgaire sac de patates. Contre toute attente, lorsqu'ils arrivèrent en bordure du quai, le type le déposa sur la plate-forme et grimpa à sa suite.

— Reste avec moi, titi, dit-il en lui prenant la main. Faudrait pas que tu te perdes !

Impossible de rater le nom de la station qui s'étalait en caractères blancs sur fond bleu au centre du célèbre logo du métro de Londres, lui-même flanqué de deux dragons stylisés d'un mètre de haut dont le léger relief blanc se fondait dans le carrelage du même ton : Bank. Tous les couloirs donnant sur le quai étaient barrés par des grilles fermées à clé. Pourtant, devant la dernière, l'homme s'arrêta et déverrouilla la serrure. Non sans avoir soigneusement refermé derrière eux, ils débouchèrent sur un quai semblable au précédent. À ceci près qu'un métro y était stationné. Des photophores contenant de petites bougies étaient posés sur le sol et projetaient une douce lumière tamisée autour du train. Le ronron d'un groupe électrogène et des odeurs d'essence flottaient dans l'air. Au bout à gauche, un couloir grossièrement obstrué par un vieux lit en fer forgé menait à la sortie.

— *Home sweet home*, dit l'homme en s'approchant d'un wagon.

Il cogna à la paroi. Aussitôt, une porte coulissa et une femme ronde, à l'air jovial, apparut dans l'encadrement. Au-dessus d'une jupe longue, large et informe, elle portait un pull trop grand qui avait un air de famille avec celui de l'homme. Une touffe de cheveux hésitant entre le rougeâtre et le grisonnant encadrait son visage qui s'illumina d'un sourire radieux dès qu'elle posa les yeux sur Sam.

— Mais... Qui est-ce que nous avons là ? demanda-t-elle d'une voix guillerette.

— Il s'appelle Sam, répondit l'homme. Je l'ai récupéré à King's Cross. Et son petit estomac crierait famine que ça m'étonnerait pas.

— Et comment donc ! Allez, viens, mon petit, entre, dit la femme, et elle disparut à l'intérieur d'un air affairé.

Sam la suivit sans se faire prier et découvrit, à la lueur rassurante des chandelles qui brûlaient un peu partout, que le wagon était aménagé en appartement. Il y avait des rideaux aux fenêtres, le sol était couvert de tapis et de coussins, les sièges de métro recouverts de tissus. L'ensemble paraissait étonnamment confortable et accueillant. Un vieux lit double occupait le fond de la voiture. Au milieu de ce qui tenait lieu de pièce à vivre, le couple s'était même débrouillé pour installer un poêle dont l'évacuation était branchée sur les conduits de ventilation qui couraient au plafond de la station – exactement comme ce que Ben et Bernie avaient bricolé à Waitrose.

— Je t'en prie, mon petit, assieds-toi, dit la femme. Je vais te servir un bon bol de soupe, d'accord ? Attends, je vais te débarrasser d'Orion.

Sam baissa les yeux. Un gros chat roux était couché sur un des fauteuils. La femme le prit dans ses bras et le caressa. L'animal se mit à ronronner gaiement. Sam n'en revenait pas.

— Vous avez un chat ? s'extasia-t-il en s'asseyant à table.

— Oui, acquiesça la femme. Et avec tout ce qui traîne dans ces tunnels, on n'a même pas besoin de s'occuper de sa gamelle. Il se nourrit tout seul. Au fait, moi, c'est Rachel. Et ce vieux ronchon, là-bas, c'est Nick. Pas un bavard, le Nick. Je parie qu'il s'est même pas présenté.

— Non, en effet, confirma Sam.

— Hé, la mère, tu sais ce qu'y te dit, le vieux ronchon ?

— Te fâche pas, je sais bien qu'au fond t'es pas un mauvais bougre. Simplement, tu pourrais faire quelques efforts, parfois. Mets-toi cinq minutes à la place du petit. Tu imagines ? Pauvre gosse. Il doit être terrorisé…

— Y a pas de mal, dit Sam. Bavard ou pas, je suis très heureux qu'il m'ait récupéré.

— Et moi donc, mon biquet, rétorqua Rachel en s'affairant à ses fourneaux, et moi donc.

Armée d'une grande cuiller en bois, elle touillait consciencieusement le contenu d'une casserole d'où s'échappait un délicieux fumet. Sam salivait. De bruyants gargouillis montaient de son ventre.

— Ça sera prêt dans une minute.

Engourdi par la chaleur, enveloppé d'un sentiment de sécurité dont il n'avait plus fait l'expérience depuis belle lurette, Sam était si ému qu'il sentit ses yeux se remplir de larmes. Il regardait autour de lui et croisa le regard de Nick qui, assis au bord du lit, lui fit un clin d'œil en souriant. Sam lui rendit son sourire.

— Alors, dis-moi, qu'est-ce que tu faisais tout seul là-dessous ? demanda Nick.

Il tira de sa poche une blague de tabac pour se rouler une cigarette.

— Je m'étais réfugié dans la station pour échapper à des adultes, répondit Sam en bâillant à s'en décrocher la mâchoire. Et puis, je me suis retrouvé coincé. Chaque fois que je tentais une sortie, il y en avait plus que la fois d'avant.

— Pff... De vrais rats puants, ceux-là, dit Nick avec une grimace. Quelle saloperie tout de même ! Heureusement qu'ici on est préservés. Ils ont appris à nous laisser tranquilles.

— Et comment ça se fait que vous ne soyez pas tombés malades, vous deux ? demanda Sam. On pensait que tous ceux qui avaient plus de quatorze ans avaient été touchés ?

Nick haussa les épaules.

— Va savoir. Mais on n'est sûrement pas les seuls. Doit y en avoir d'autres comme nous dans le pays. Quand on sera prêts, j'imagine qu'on essaiera de trouver des réponses. Mais, pour l'heure, on est surtout contents d'être vivants et en bonne santé. Je touche du bois.

Joignant le geste à la parole, il se tapota le crâne du bout de l'index.

— Alors, comme ça, t'es tout seul, mon p'tit biquet ? demanda Rachel.

— On a été séparés, répondit Sam. J'allais retrouver mes copains. Ils étaient en route pour Buckingham Palace.

— Et pour quoi faire, grands dieux ?

— C'est sûr, là-bas.

— Ah ouais ? s'étonna Nick. Figure-toi que je n'ai pas traîné mes guêtres dans le coin depuis que tout ce cirque a commencé.

— Et combien sont-ils, ces copains ? s'enquit Rachel.

— Une cinquantaine. À peu près.

— Une cinquantaine ! s'égosilla Nick. Tu plaisantes, dis ? On n'a jamais trouvé autant de gosses d'un coup nulle part.

— Vous voulez dire que vous avez trouvé d'autres enfants ? J'veux dire… vivants ?

— Pour sûr, répondit Rachel en déposant un bol de soupe devant Sam. On les a soignés. On les a nourris. Bref, on s'est occupés d'eux.

— Ils sont où maintenant ?

— Au chaud. Allez, mange.

— Pourquoi vous restez ici ?

— Bah, c'est comme ça. Au début, on a trouvé que c'était une bonne planque et puis, finalement, on s'y est faits. Mais, bon, assez posé de questions. Mange, mon petit, mange !

Sam porta une cuiller pleine de bouillon brunâtre jusqu'à sa bouche et souffla dessus pour la refroidir. Ça sentait bon.

— Rien que des légumes, j'en ai peur, dit Rachel en ébouriffant gentiment les cheveux du petit. Enfin, tout ce qu'on peut trouver en boîte.

Sam goûta la soupe. Liquide, mais délicieuse. Instantanément, une douce chaleur irradia de son estomac, propageant des frissons de plaisir dans tout son corps.

Nick le regardait manger.

— T'as pas l'air trop mal en point. Comment t'as fait pour t'en sortir si bien ?

Tout en mangeant, Sam leur raconta ce qui s'était passé depuis qu'il avait été capturé.

— C'est pas de chance d'avoir été ainsi séparé des autres, commenta Rachel.

Elle s'assit à côté de Nick et glissa une main dans la sienne.

— Buckingham Palace, c'est loin d'ici ? demanda Sam en avalant les dernières cuillerées de soupe.

— Un sacré bout, répondit la femme. Y a tout Londres à traverser.

— Quand je me serai reposé, vous voudrez bien me montrer le chemin ?

— Qu'est-ce que tu racontes ? s'exclama Rachel avec un rire moqueur. Un p'tit gars comme toi ne peut pas traîner tout seul dans Londres, voyons !

— Dans ce cas, pourquoi vous ne viendriez pas avec moi ? Au palais ?

— Hum, j'sais pas trop, répondit Nick. On est bien, ici.

— Ils ont des plantations, là-bas, et tout et tout. Des grandes personnes comme vous nous seraient sûrement d'une aide précieuse.

— C'est un dangereux périple. On est bien mieux ici, crois-moi. À ta place, je resterais.

— Impossible, objecta Sam. J'peux pas. Je vous remercie pour la nourriture, pour votre hospitalité, c'est très gentil de votre part, mais je ne peux vraiment pas rester. Ma sœur…

— Écoute, t'inquiète pas pour ça, l'interrompit Rachel. On verra plus tard. Pour l'heure, finis ta soupe et, ensuite, quelque chose me dit que tu aurais bien besoin d'un petit somme...

— J'ai les paupières lourdes, répondit le gamin, mais il faut à tout prix que je retrouve ma sœur.

— Chaque chose en son temps, répliqua Nick en se levant pour débarrasser le bol dont Sam avait léché jusqu'à la dernière goutte.

Son estomac gargouillait d'aise. Ses yeux se fermèrent.

— C'est vrai que je suis drôlement fatigué, dit-il en papillonnant des cils.

— Pourquoi tu t'allongerais pas sur le lit ?

— Ben... Je dis pas non.

Rachel le conduisit jusqu'au coin chambre, l'installa confortablement, puis, assise au bord du lit, lui caressa les cheveux d'un geste tendre. Debout derrière elle, Nick le regardait, tout comme le chat de la maison, Orion, dont les yeux noirs lançaient des éclairs dans la pénombre.

— Quand tu seras réveillé, dit Nick, on fera un brin de causette et on avisera, d'accord ?

— Mmh...

— Brave petit bonhomme, marmonna Rachel.

Mais Sam ne l'entendait plus. Il dormait déjà à poings fermés.

30

Maxie flippa carrément en voyant ces foutus mannequins. Il faut dire qu'elle était à cran. Garder le contrôle des troupes à l'intérieur du magasin constituait un sacré défi. On avait dit de rester groupés, bon sang ! Tu parles. Dès que la patrouille d'éclaireurs était revenue de sa ronde en prétendant que la voie était libre, tout le monde s'était éparpillé là-dedans comme une volée de moineaux. Mais, elle, elle était inquiète. Les événements de ces deux derniers jours n'avaient rien pour la rassurer. Avec une telle piqûre de rappel, elle n'était pas près d'oublier la leçon : se méfier de tout. Partout. Tout le temps. Parce que c'est toujours au moment où l'on baisse la garde que…

À l'étage du dessous, la razzia sur le rayon homme s'était faite sans histoire. En revanche, dès qu'ils étaient arrivés au rayon femme, un vent de folie s'était emparé des filles. Elles poussaient des hurlements hystériques en courant d'un stand à l'autre. Blue avait raison. Rien de tel qu'un peu de shopping pour remonter le moral des troupes. En attendant, il suffirait qu'ils soient attaqués maintenant, en état de faiblesse, pour que tout le monde ravale à jamais ses cris d'allégresse. Et, au bout du compte, c'est elle qu'on tiendrait pour responsable. Car c'était sous son commandement que le groupe s'était introduit dans le magasin.

La plupart des articles avaient beau être trop grands pour eux, les marmots prenaient tout ce qu'ils pouvaient, à tour de bras, avidement. À chaque nouveau stand, l'excitation montait d'un cran. Les gamines se ruaient sur les vêtements, se les disputaient en criant, couraient d'un portant à l'autre. De son côté, Maxie essayait de garder la tête froide – ce qui ne l'empêchait pas de faire discrètement la liste des habits qu'elle aurait bien aimé porter. Au moins les garçons s'étaient-ils calmés. Vu que les fringues de filles ne les intéressaient pas, ils avançaient en regardant autour d'eux. Le problème, c'est qu'ils n'arrêtaient pas de se cacher derrière les présentoirs et les comptoirs pour se changer à l'abri des regards et abandonner leurs vieilles frusques. Donc, comme couverture, on faisait mieux.

Maxie dénicha un petit haut Agnès B et un pantalon qui semblaient à sa taille. Elle fourra le tout dans son sac à dos. Elle se changerait plus tard, quand elle serait certaine d'être hors de danger. Pour l'heure, elle était bien trop nerveuse pour un essayage. L'idée de tomber dans une embuscade alors qu'elle était à moitié nue lui fit froid dans le dos. Elle s'imagina poursuivie dans les allées de Selfridges avec son pantalon sur les genoux.

C'est alors qu'un blouson de cuir lui tapa dans l'œil. Comme aimantée, elle s'avança et regarda l'étiquette. Belstaff. Du costaud. Bien fini. Avec de nombreuses poches qui pouvaient se révéler utiles. Et puis, en cas de coup dur, ça lui apporterait une certaine protection. Autant d'arguments qui, au fond, ne servaient qu'à masquer une réalité beaucoup plus basique : elle le trouvait super. Après l'avoir enfilé, elle se regarda dans un miroir brisé. Difficile de juger dans la pénombre. Un petit peu grand, peut-être ? Mais, *a priori*, c'était pas mal.

— Super ! résonna une voix dans son dos. Exactement comme le mien.

Maxie fit volte-face. Sophie était plantée là, son arc à la main.

— Tu crois que c'est pour ça que je le prends ? Pour te ressembler ?

— C'est pas ce que je voulais dire. Simplement… il me plaît bien.

— Et qu'est-ce que tu veux que ça me fasse, que tu aimes ou non ?

— Pas la peine de s'énerver. Je disais ça comme ça.

— Tu crois que je ne vois pas clair dans ton petit jeu ? Tu veux te racheter, c'est tout. Tu nous caresses dans le sens du poil pour qu'on devienne tes amis. Mais pas la peine d'y compter, Sophie. On ne sera jamais tes amis, OK ? Pas après ce que tu as fait.

— Je sais ce que tu ressens, Maxie.

— Ça, ça m'étonnerait.

— Bon, oublie. Je suis désolée.

— Tu te prends pour qui, hein, avec ton blouson de cuir, ton arc et tes flèches ? Eh bien, tu vois, pour moi, t'es rien. Que dalle ! Parce que la seule personne que t'as jamais tuée avec ton truc, c'est Arran. Alors, ouais. Bravo ! Bien joué !

— Écoute, Maxie, répondit Sophie d'une voix tremblante, comme si elle allait soudain se mettre à pleurer, je sais qu'il y a peu de chances qu'on devienne les meilleures amies du monde. Mais il va falloir faire avec, et trouver un moyen de ne pas s'embrouiller à tout bout de champ.

— Ah bon ? Et pourquoi ça ? Tu m'expliques ? De toute façon, si ça n'avait tenu qu'à moi, jamais on ne t'aurait admise dans le groupe.

— Si tu le prends sur ce ton, très bien. Je croyais seulement que tu étais plus fine que ça, voilà.

— Quoi ? Qu'est-ce que tu dis ? demanda Maxie en faisant un pas en avant, l'air hargneux. Ne m'insulte pas, d'accord ?

— Ben voyons ! répondit Sophie d'une voix rageuse. C'est toi qui m'insultes et tu voudrais que je reste là sans rien dire ? Écoute, je comprends ce que tu ressens, pour Arran. C'était ton petit copain et…

— C'était *pas* mon petit copain, coupa Maxie. S'il avait vécu, peut-être qu'il le serait devenu. Mais ça, on le saura jamais, hein ?

Sophie ouvrit la bouche, prête à répliquer, avant de se raviser et de tourner les talons.

Maxie ressentit un bref sentiment de triomphe, bien vite balayé par un profond abattement. Pourquoi était-elle aussi agressive ?

Il n'y avait pas à chercher très loin la réponse. La fatigue, la peur, la déprime, et puis la disparition d'Arran qui, quoi qu'elle dise, continuait de la tourmenter.

Rien à voir avec Sophie. Elle le savait pertinemment. Mais quand elle l'avait vue, avec sa gueule d'ange et son assurance, elle avait aussitôt eu envie de la baffer.

Pestant et maugréant, elle s'éloigna du groupe en direction de l'immense patio. Elle avait besoin d'être seule pendant un instant. C'était plus calme par ici. Personne autour de la balustrade – et personne pour monter la garde non plus. Jetant un œil distrait par-dessus le parapet, elle promena le faisceau de sa lampe sur les étages inférieurs.

Elle retint son souffle.

Quelque chose avait bougé.

— Hé ho ! Y a quelqu'un ? Hé ! On doit rester groupés !

Rien. Pas un bruit. Pas un mouvement. Avait-elle rêvé ? Nerveuse comme elle était, ça n'aurait pas été étonnant. Elle balaya la zone avec sa torche. Tout était parfaitement immobile.

Avec un grand soupir, elle se détourna et fit quelques pas le long du balcon.

Sophie était là, à environ quatre mètres, l'arc bandé, la pointe de sa flèche scintillant dans l'obscurité, le visage aussi tendu que la corde de son arc, les yeux fixes.

Maxie avala sa salive. Le sang battait à ses tempes. Au fond, que savait-elle de cette fille ? Si ça se trouve, elle était capable de tout.

— Surtout pas un geste, lança froidement Sophie.

Quand bien même elle l'aurait voulu, Maxie en eût été incapable. Elle était clouée sur place. Ses jambes lui donnaient l'impression d'être en plomb.

Un éclair de regret traversa son esprit. Pourquoi avait-elle bêtement provoqué Sophie ? Tout était différent, maintenant. Les règles du monde d'antan n'avaient plus cours.

Qu'est-ce qu'elle allait faire ?

Maxie souffla :

— Sophie. Je…

Pour toute réponse, celle-ci relâcha la corde de son arc. La flèche siffla dans les airs et passa à moins d'un centimètre de son bras droit.

Manqué.

Un bruit sourd résonna derrière elle. Maxie pivota.

Un adulte se tenait là, la flèche plantée dans la poitrine. Il tituba en émettant un long sifflement chuintant, moulina des mains de manière désordonnée pour tenter de retirer la flèche. Et puis il heurta le parapet et bascula par-dessus. Maxie tendit le cou pour le voir tomber. Il s'abîma d'un trait, tournoyant lentement dans les airs avant de s'écraser sur une table dans un fracas énorme.

À ce raffut succéda un lourd silence. Les gamins s'étaient figés sur place comme un seul homme, tous les sens aux aguets.

Achille se précipita vers Maxie. Dans un premier temps, elle eut du mal à le reconnaître. Il portait une veste de costume gris anthracite, en tissu lustré, sur un tee-shirt bleu foncé.

— Que se passe-t-il ?

— Les croulants, répondit Maxie d'une voix éraillée, les mots peinant à se frayer un chemin hors de sa bouche cotonneuse.

31

P'tit Sam dormait profondément. Sa poitrine se gonflait et se dégonflait au rythme lent et régulier de sa respiration. Assise à côté de lui, Rachel lui caressait le front avec douceur en fredonnant.

— Ce qu'il a l'air paisible…, murmura-t-elle.

En guise de réponse, Nick grogna et s'approcha d'une commode. D'un des tiroirs, il sortit une paire de menottes et retourna près du lit. Délicatement, il souleva la main gauche de Sam et referma la menotte sur son poignet.

— Ça ferait presque de la peine, dit Rachel. Il est si mignon.

— Faut pas s'attacher, ma chérie. Rappelle-toi ce qui s'est passé avec les cochons. Tu n'aurais jamais dû leur donner un nom.

— T'en fais pas, répondit Rachel en écartant une mèche du visage du petit. Je m'attacherai pas.

32

Les gamins avaient sonné le rassemblement et un peloton de choc s'était aussitôt constitué autour d'Achille. Mais, apparemment, il n'y avait aucun adulte nulle part.

— Peut-être qu'y en avait qu'un, supposa Lewis, méconnaissable dans un pull en cachemire bleu pétrole, avec un impeccable col en V.

— Et ça ? répondit Freak en tendant le bras.

— Oh, la vache !

Martelant les marches de l'escalier mécanique, une quinzaine d'adultes descendaient de l'étage supérieur. Et le moins que l'on puisse dire, c'est qu'ils n'y étaient pas allés de main morte dans les rayons. Ils portaient un bric-à-brac de vêtements aussi flambant neufs que chamarrés, rehaussés de moult bijoux, chapeaux, ceintures et écharpes. À leurs bras pendaient de luxueux bagages en cuir. On aurait dit une bande de gosses qui auraient pillé la garde-robe de leurs parents. Ils avaient mis n'importe quoi n'importe comment. Ainsi un homme arborait-il deux blousons mais pas de pantalon, un autre était en robe, certaines femmes avaient mis leurs vêtements devant derrière et s'étaient barbouillé le visage de maquillage. L'une d'elles avait enfilé des sous-vêtements par-dessus le reste. Elle évoquait une sorte de super-héros grotesque, ce qu'accentuait encore l'abat-jour qu'elle avait sur la tête en guise de couvre-chef. Une vieille femme atrocement maigre portait un survêtement Nike de couleur criarde, un manteau de fourrure, une longue perruque blonde et plusieurs rangs de perles. Un appareil photo lui pendait à l'épaule. Le fait qu'elle n'avait qu'une chaussure – qui plus est à talon – n'arrangeait en rien sa démarche, déjà chaotique à la base.

Le spectacle de cette meute descendant l'escalator inerte, tel un troupeau de touristes échappés de quelque asile d'aliénés, avait quelque chose de proprement surréaliste.

— Tuez-les ! cria Achille en brandissant sa lance.

— Non, attendez, ordonna Maxie. Je pense pas qu'ils nous attaquent.

— Et après ? répondit Achille. C'est des adultes. On les dézingue.

— Mais regarde-les. Ils sont pitoyables. Ils ne nous feront aucun mal.

— Ça, c'est toi qui le dis, répliqua Achille.

Il s'avança vers le groupe qui s'était figé au pied de l'escalier mécanique. Ils s'enfuirent en courant. Un père qui, bien que ne portant pas de chemise, avait plusieurs cravates nouées autour du cou, leva pathétiquement la main pour se protéger. Achille lui planta sa lance dans la poitrine et il s'effondra. Les autres se ratatinèrent dans un coin. Achille les poursuivit. Totalement hébétés, ils réagissaient comme une portée de canetons apeurés.

— Matez-moi cette bande de nazes, railla Achille. Sont vraiment trop cons.

Sur ce, il attrapa une vieille femme et la secoua comme un prunier jusqu'à ce que sa perruque tombe.

— De quoi vous avez l'air, hein, bande d'affreux ? dit-il, et il repoussa la vieille parmi les autres. On dirait des monstres. Abrutis, va.

Se prenant au jeu, il arracha le chapeau d'un des pères et se le fourra sur le crâne.

— Yep, yep, bande de moutons. Montrez-nous ce que vous savez faire.

Les autres gamins se gondolaient devant la scène. Quatre grands se joignirent à Achille et poursuivirent les adultes en hurlant, leur faisant des croche-pieds, jusqu'à ce qu'ils se retrouvent tous coincés dans un coin, tremblants et bafouillants.

Les grands les piquaient avec leurs armes, les poussaient. Et puis Achille et Gros Mick en attrapèrent un et le traînèrent sur le sol.

— Viens par là, ricana Achille. Voyons si t'aimes prendre de la hauteur.

Puis, se marrant toujours comme des bossus, ils l'approchèrent du balcon et, avant que Maxie ait eu le temps de les en empêcher, ils le firent basculer par-dessus la rambarde en le retenant par les chevilles. Le bonhomme, suspendu dans le vide, agitait ridiculement les bras.

— Matez-moi ça, s'esclaffa Achille. Ce con essaie de voler.

— Arrêtez ! cria Maxie.

— Arrêter ? Mais pourquoi ? Ces salopards ont fait de notre vie un enfer. Ils nous tuent. Ils nous bouffent… Eh ben, maintenant, c'est leur tour.

— Pas ceux-là, plaida Maxie. Ils t'ont rien fait. Regarde-les, ils sont parfaitement inoffensifs.

— C'est tous les mêmes, rétorqua Achille. Tous coupables. S'il n'y avait pas eu d'adultes, on n'en serait pas là aujourd'hui. Z'ont bousillé la planète. C'est eux qui ont provoqué la catastrophe. Aucun n'est innocent. On devrait tous les éliminer de la surface de la Terre.

— On ignore la cause du désastre, corrigea Maxie.

— Ah ouais, j'oubliais, c'est un coup de Dieu, c'est ça ?

— Ou des petits hommes verts, ajouta Gros Mick en riant.

— On ne sait pas, dit Maxie. Quoi qu'il en soit, c'est pas une raison pour se comporter comme des sauvages. On n'est pas comme eux.

— Non, on n'est pas comme eux. Nous, on est les boss. On va tous les chasser et les massacrer.

— Tu me déçois, Achille.

Maxie chercha autour d'elle un soutien.

La moitié des gamins rigolaient, d'autres se repliaient sur eux-mêmes, d'autres pleuraient. Blue était comme hypnotisé par Achille.

— Blue, dis-lui !

— Lâche-le.

— Comme tu voudras.

Achille et Mick lâchèrent le père qui, avec un petit hoquet, chuta vers le sol.

— Ben, finalement, y savait pas voler, commenta Achille.

— T'es dégueulasse, dit Maxie avec tout le fiel dont elle était capable.

Achille afficha ostensiblement son dédain, mais, au fond de ses yeux, elle crut voir briller quelque chose s'apparentant à du repentir.

— À qui le tour ?

Achille marcha d'un pas décidé vers les autres.

Blue s'interposa.

— Calmos, mec, dit-il avec un signe de tête en direction des petits. Y a eu assez de morts comme ça. J'crois pas qu'ils veulent en voir d'autres, OK ?

— Donc on les laisse partir ?

— On ne s'en occupe pas. À l'évidence, ils ne sont pas dangereux. Y sont juste venus ici comme nous, pour se payer de nouvelles fringues. Va savoir, c'est peut-être d'anciens accros de la mode. Allez… Viens, on est attendus à Buckingham Palace.

Quelques gamins gratifièrent Achille et Gros Mick d'une tape dans le dos, mais la plupart les ignorèrent. Maxie était écœurée. Elle croisa le regard de Sophie, qui détourna les yeux.

C'était pas l'heure des remerciements.

Quelqu'un lui posa la main sur l'épaule. Blue.

— Tu as bien parlé. Fais gaffe à toi. On a besoin de gens dans ton genre.

— Merci. Et merci de m'avoir soutenue.

33

Callum les observait à la jumelle, du haut du nid d'aigle. Ils avaient commencé à affluer dès le matin, par groupes de deux ou tout seuls, comme portés par un courant venant de Camden. Au début, ils restaient debout sans rien faire, se contentant d'aller inspecter le magasin de temps à autre. Et puis ils s'étaient enhardis. Ils cognaient comme des forcenés sur les barricades ou sur les vitrines avant de s'éloigner et de se bagarrer entre eux.

Abrutis.

Lui, de son côté, avait passé une matinée délicieuse. Il s'était levé sans se soucier le moins du monde de l'heure. Tout ce qu'il pouvait dire, c'est qu'il y avait de la lumière dehors. Dorénavant, il se lèverait quand bon lui semblerait et mangerait quand il aurait faim. Pas question cependant de céder à la paresse. Ainsi avait-il consciencieusement fait son lit, nettoyé et rangé son antre. De plus, quand il était allé aux toilettes, il avait pris la peine de sortir le seau et d'aller jusqu'au bout du parking pour le vider par-dessus le mur, dans un jardin voisin. Ça sentait un peu, mais ça se décomposerait – y aurait même probablement des trucs qui pousseraient là.

Il était résolu à ne pas se négliger. Les assiettes seraient débarrassées dès qu'il aurait fini, il se laverait et se changerait régulièrement. Il ferait ses lessives. *On n'est pas des sauvages, non plus.* C'était d'ailleurs ce que sa mère avait coutume de dire. « Callum, fais tourner le lave-vaisselle. On n'est pas des sauvages. »

Il se voyait en Robinson échoué sur une île déserte. Ou comme dans *Lost*. S'il ne se laissait pas dépasser par la situation, il survivrait. D'après ses calculs, en se montrant économe, il avait assez de nourriture pour tenir un an. Et pour ce qui était des économies, on pouvait lui faire confiance. Après le petit déjeuner, il avait fait ses exercices : une série de petits sauts en écartant simultanément les bras et les jambes, des pompes, des abdos, des étirements, ainsi qu'un peu de gonflette avec de vieux haltères qu'Achille avait rapportés un jour. Après quoi, il avait fait vingt fois le tour du magasin au pas de course. Il allait être plus affûté qu'il ne l'avait jamais été.

L'essentiel de son temps, il avait prévu de le passer ici, sur le toit, là où, finalement, il se sentait le plus chez lui. Bien sûr, ce serait une autre affaire quand il se mettrait à pleuvoir et à faire froid, mais, pour l'heure, c'était génial d'être assis là, dans le nid d'aigle, avec Holloway à ses pieds. Aujourd'hui, il pourrait y rester aussi longtemps qu'il voudrait car le ciel était bleu et presque entièrement dégagé. Il y avait bien encore un petit nuage de fumée au-dessus de Camden, mais tout semblait indiquer que l'incendie avait cessé de s'étendre.

Le pied. Il avait tout ce qu'il fallait, jusqu'à la distraction que lui procuraient ces crétins d'adultes, en bas. Ça l'amusait de les voir se battre. Mentalement, il prenait des paris sur celui qui allait gagner.

Il se demanda où en étaient Arran et les autres. Sûrement au palais maintenant.

Il ne put s'empêcher de sourire. Buckingham Palace... le dernier endroit où il aurait voulu être. Grouillant de tous ces gamins. Aucune tranquillité. Du bruit tout le temps. Toujours quelqu'un pour te dire quoi faire. Attendre son tour pour être servi, faire la queue pour les toilettes. Des discussions sans arrêt pour tout. Jamais de la vie. Ils pouvaient se le garder, leur palais. Lui au moins était roi en son royaume et il comptait bien le rester.

Il sentit quelque chose lui chatouiller la joue. Une mouche, sans doute. D'un geste de la main, il la chassa et sentit quelque chose de mouillé sous ses doigts.

Une larme. Il pleurait.

Mais... Pourquoi pleurait-il ? Il n'avait aucune raison de pleurer. En même temps qu'il se le disait, son corps tout entier fut secoué d'un sanglot et, aussitôt après, un torrent de larmes inonda son visage, des vagissements de bébé montèrent de sa gorge.

Il n'aurait pas dû penser aux autres. Non, il n'aurait pas dû. Car sa solitude n'en paraissait que plus absolue.

Seul.

Tout seul.

34

Les gamins se rassemblèrent sur le trottoir. Maxie les regarda se masser les uns contre les autres, dans leurs vêtements incongrus, à la taille plus qu'approximative. Elle n'était pas loin de penser qu'ils ressemblaient beaucoup aux tristes sires qu'ils avaient croisés à l'intérieur. Toutefois, force était d'admettre qu'ils faisaient plus propres que lorsqu'ils étaient arrivés. Ils évoquaient moins un bataillon de clochards, même si certains, comme elle, avaient choisi d'empaqueter leur butin pour plus tard. Et tant pis pour l'odeur. De toute façon, c'était leur corps qui puait et aucun vêtement, fût-il neuf, n'aurait pu y changer quelque chose. Une puanteur à laquelle, à force de baigner dedans à longueur de journée, on finissait par s'habituer. En revanche, si vous aviez le malheur de vous y arrêter un seul instant – iiirk. Avec un peu de chance, si ce que leur avait dit Jester était vrai, ils pourraient prendre des douches, voire des bains, une fois au palais.

Le palais… Rien que le nom semblait ridicule. D'ailleurs, au fond, elle n'y croyait pas encore vraiment, se contentant de prendre les choses comme elles venaient, en essayant de ne pas trop penser à l'avenir. De ne pas espérer.

Blue faisait le tour de ses troupes, vérifiant avec Whitney que tout le monde était bien là. Maxie regarda Olive qui faisait de même pour l'autre clan. Quelques secondes plus tard, un petit signe de tête mit fin à ses angoisses. Personne ne manquait à l'appel.

D'un bond elle se jucha sur un banc public et déclara :

— OK. Maintenant on est parés. On s'arrête plus jusqu'au palais. C'est pas loin. Une demi-heure tout au plus. Vous êtes prêts ?

Une immense clameur lui répondit, et c'est le cœur un peu plus léger qu'elle alla trouver Blue.

— On y va ?

— Ouais, répondit Blue en levant le bras, comme Arran la veille.

Puis il le baissa en direction de Grosvenor Square et, en parfaite formation de marche, ils traversèrent Oxford Street.

Godzilla avait vite été adopté par un trio de petits – le Macaque, Ella et Blu-Tack Bill –, qui y avaient aussitôt vu un moyen de détourner leurs pensées d'eux-mêmes. Ils le tenaient à tour de rôle, le cajolant tel un bébé, partageant à l'occasion avec lui une boîte de pâtée pour chiens, à la petite cuiller.

C'était au tour de Blu-Tack Bill de l'avoir. Silencieusement, la conversation entre le gamin et l'animal allait bon train.

— *T'es comme moi, Godzilla. Tu peux pas parler.*

— *C'est pas pour ça que j'suis une buse.*

— *Moi non plus. Parler n'a jamais rien arrangé à rien. Finalement, peut-être que je devrais faire comme toi : aboyer...*

— *Je te le déconseille. Les gens penseraient que tu es zinzin.*

— *Bah, je m'en fiche ; ils le pensent déjà. Plus jamais je parlerai.*

— *Vraiment plus jamais ?*

— *Oui, j'crois bien. Je suis heureux comme ça. À l'abri. Si personne ne peut entendre tes pensées, personne ne peut te faire de mal. T'es le seul qui me comprend, Godzilla, et réciproquement. On restera toujours amis, hein ?*

— *Sûr. Dis, tu les aimes bien, les nouveaux ?*

— *J'aime bien Maxie, elle est sympa. Maeve aussi, elle est gentille. Mais Achille me fait peur.*

— *T'as hâte d'être au palais ?*

— *Ouais. C'est la première fois que j'y vais. Pour tout dire, c'est quasiment la première fois que je quitte Holloway. J'aurais trop aimé venir ici avant que tout se détraque.*

— Je peux le prendre ?

Bill leva les yeux. Ella. Il serra Godzilla plus fort contre lui. C'était pas son tour. Il ne l'avait eu qu'un petit moment.

— Laisse-la le prendre, dit le Macaque. Elle a du chagrin. Elle pense à son frère.

Pour toute réponse, Bill étouffa pratiquement le chiot. Comme celui-ci se débattait en pleurant, Bill relâcha un peu son étreinte.

— *T'inquiète. On pourra toujours se parler même si c'est elle qui me porte.*

Bill secoua la tête.

Sur ces entrefaites, Whitney arriva – elle avait beau n'avoir que treize ans, à côté des petits, elle faisait presque l'effet d'une adulte – et demanda :

— C'est quoi, le problème ?

— Ella veut le tenir, répondit le Macaque, parce qu'elle est triste pour son frère. Mais c'est au tour de Bill de l'avoir.

— Et toi, Bill, qu'est-ce que t'en dis, hein ? Tu veux bien ?

Une fois de plus, Bill secoua la tête. Il ne céderait pas, même si Whitney l'effrayait un peu.

— Bon, allez, dit Whitney en prenant Ella dans ses bras. Quand Bill l'aura eu un petit peu, ce sera à toi de porter le chiot, d'accord ? C'est pas chouette, ça ?

La petite ravala ses larmes et opina mollement du chef. Si Whitney disait, alors Ella faisait. Elle baissa tristement les yeux sur Godzilla. Sam l'aurait aimé. Sam adorait les chiens. Il avait toujours voulu en avoir un.

Ella se demanda s'il y aurait d'autres chiens au palais. Jester avait dit qu'ils avaient tout bien organisé. Comme une ferme. Peut-être qu'ils avaient des poules ou même des agneaux. Ça lui plairait de voir des agneaux.

Et si Godzilla leur courait après ?

Non. Ils le tiendraient en laisse.

— Ça va ? demanda Whitney en serrant brièvement la cuisse d'Ella.

— Hum, je crois.

Ayant quitté pour quelques minutes son poste sur le flanc, Maxie fit le tour des petits pour s'assurer que tout allait bien. Elle croisa la solide charpente de Whitney, légèrement engoncée dans son nouveau survêtement blanc choisi un peu trop juste.

Dans ses bras, Ella avait l'air d'avoir pleuré. Maxie demanda ce qui arrivait.

— Rien, répondit Whitney. Elle pensait à son frère. Sam. Je lui ai dit qu'il était au paradis, avec les bienheureux.

— C'est vrai, confirma Maxie en pinçant affectueusement la jambe de la petite, sois certaine que, pour lui, tout va bien. Là où il est, personne peut plus lui faire de mal.

— Il me manque.

— Il nous manque à tous, chérie. Mais, quand on sera au palais, on pourra se faire de nouveaux amis. Bien sûr, ils ne remplaceront jamais P'tit Sam, mais ce sera tout de même un nouveau départ pour nous.

— Y aura une princesse au palais ?

— J'ai bien peur que non, mon ange, répondit Maxie en riant. Uniquement des enfants comme nous. Mais c'est pas une raison pour pleurer, hein ? Pense à de jolies choses.

— Et toi ? demanda Whitney en la fixant du regard. Tu penses à de jolies choses ?

— J'essaie. Je me tiens occupée.

— Donc ça va ?

— Oui, oui, ça va.

— Tu sais, si tu mens, je le verrai, dit Whitney après un silence.

— Je t'assure, on a connu bien pire.

— Ouais, on en est tous là. Et avec Blue, ça roule ?

— Je crois. Les choses commencent à s'aplanir.

— Tant mieux. Il est cool. Tu sais, c'est lui qui a le plus assuré quand y a eu des coups durs à Morrisons. Il a réagi en chef…

— Justement, l'interrompit Maxie. Je me demandais… L'autre soir, pendant la réunion, à Waitrose, c'est vers toi que tout le monde semblait se tourner.

— Blue court toujours à droite à gauche, pousse des gueulantes et joue avec sa lance, mais, au bercail, ce sont nous, les filles, qui faisons la loi. Cela dit, pour les petits, c'est mieux que ce soit un garçon qui commande. Un guerrier, un commando de choc… Ça les rassure. Faut dire que les combats, c'est pas ça qui a manqué.

— Un chef de guerre, quoi.

— Exactement, acquiesça Whitney. En parlant de guerre, tu devrais retourner à ton poste. Je peux très bien m'occuper des petits toute seule.

— T'as raison, répondit Maxie et, avec un sourire, elle rejoignit son peloton.

Sur le flanc opposé, Lewis amusait ses troupes en leur contant l'interminable histoire d'un match de foot auquel il avait participé et au cours duquel trois gamins s'étaient brisé la jambe. Tout le monde riait sans toutefois relâcher la surveillance attentive des alentours.

— À la fin du match, tout le monde était genre... pétrifié, dit Lewis, animé pour une fois d'une singulière énergie. Les mecs déambulaient sur le terrain. En marchant. Plus personne ne faisait le moindre tacle. À peine si les gars osaient encore taper dans la balle. Moi, je m'en foutais, j'étais goal. Ben, finalement, z'ont dû annuler la partie. Vous imaginez ça ? Trois mecs à l'hosto ! C'était un carnage.

Cette partie de Londres n'aurait pu être plus différente de celle qu'ils avaient quittée, à Holloway. Les immeubles étaient cossus, les commerces essentiellement des antiquaires, des galeries d'art. Ils croisèrent même une concession Porsche où il restait encore quelques modèles.

— Tu crois que les zombis sont plus classe par ici ? demanda Olive qui marchait au côté de Sophie.

De tous les Holloway, Olive était celui qui lui avait témoigné le plus de sympathie. En passant un peu de temps avec lui, elle avait compris que c'était un solitaire, qui n'entretenait aucune relation privilégiée avec tel ou tel membre du groupe. Il paraissait souvent calme et pensif, un peu comme un observateur étranger. Peut-être même que c'était ce qu'il voyait en elle, car, au fond, ils se ressemblaient.

— Techniquement, ce ne sont pas des zombis, si ? demanda Sophie.

— Non, répondit Olive en se retournant machinalement pour voir ce qui se passait dans son dos. À proprement parler, ce ne sont pas des morts vivants. Dieu merci, ils ne reviennent pas à la vie une fois qu'on les a zigouillés.

Sophie le regarda marcher à reculons.

— Tu me rends nerveuse.

— C'est bon d'être nerveux, dit Olive, si on veut pas que nos belles fringues toutes neuves se transforment en linceul.

— Bah, tu les as vus comme moi, à Selfridges. Si ça se trouve, c'est toi qui as raison. Ceux d'ici sont différents.

— En attendant, je te parie qu'on va se taper une nouvelle échauffourée avant d'arriver à Buck.

— Tenu. Combien tu paries ?

— Un demi-million.

— Un demi-million ? Ben voyons… T'as de la maille, toi ?

— Et après ? Si je les avais, à quoi y me serviraient ? À que dalle vu qu'y a rien à acheter. L'argent n'a plus aucune valeur. Même si on cassait une de ces banques de richards et qu'on piquait tout le cash des coffres, à quoi ça nous servirait ? À allumer le feu ?

— D'façon, je ne suis pas persuadée que les billets de banque brûlent si bien que ça, répondit Sophie. Un point pour toi en tout cas. Alors, qu'est-ce qu'on parie ? Mon arc contre ton lance-pierre ?

— Sérieux ?

— Bien sûr que non. Mon arc est ce que j'ai de plus précieux en ce monde.

— Même chose pour mon lance-pierre.

— Donc on oublie le pari ?

— J'ai un paquet de biscuits, répondit Olive. Toi, t'as kekchose à béqueter ?

— Boîte de carottes.

— Parfait. Je parie mes biscuits contre tes carottes.

— Tes biscuits ? demanda Sophie après un court silence. Ils sont périmés de combien ?

— À ton avis ?

Sophie s'arrêta un instant pour réfléchir.

— Tope là. Pari tenu.

Ils se serrèrent la main.

35

Olive remporta son pari encore plus tôt qu'il ne l'imaginait. En effet, le gros de la troupe n'avait pas traversé Berkeley Square qu'Achille et Gros Mick, partis en éclaireurs, déboulèrent ventre à terre.

— Des adultes, haleta Achille. Juste devant.

— Moyen de les contourner ? demanda Maxie.

— Ils sont en train de s'acharner sur une poignée de gamins, répondit Mick. Z'ont l'air de prendre cher.

— Les adultes, y sont combien ? s'enquit Blue.

— J'sais pas, une quinzaine, peut-être vingt.

— On se les fait ?

— Allez, insista Achille, une flamme dans les yeux. On se les fait !

— OK, dit Maxie. Moi, je reste ici avec mon équipe. Faut quelqu'un pour garder les petits et les non-combattants. Blue, tu prends tous les autres et vous y allez. Dès que c'est dégagé, tu envoies quelqu'un pour nous le dire.

— C'est comme si c'était fait.

Moins d'une minute plus tard, Maxie avait parqué les petits en sécurité au centre de la place tandis que Blue, Jester et les commandos s'éloignaient au pas de course.

Ils ne tardèrent pas à disparaître au coin d'une rue menant à Green Park.

— Ennemi à midi, cria Achille.

Blue ralentit l'allure et beugla :

— Lewis, flanc gauche. Olive et Sophie, à droite. Feu à volonté dès que vous le pouvez. Les autres, on attend que le déluge s'arrête et on fonce dans le tas pour finir le travail.

La rue ouvrait sur le haut de Piccadilly. Devant eux s'étirait une large avenue à quatre voies, avec les arbres de Green Park qui se dessinaient dans le fond. À gauche se trouvaient la station de métro Green Park et le Ritz.

Au milieu de la rue, une bataille sanglante faisait rage entre cinq gamins et un groupe d'adultes beaucoup plus nombreux qu'eux. Et cette meute-là avait l'air farouche ; rien à voir avec les pitoyables loques croisées à Selfridges. À peine vêtues, leurs silhouettes paraissaient fines et sèches, endurcies par les combats : douze pères torse nu et cinq mères en débardeur qui faisaient immanquablement penser à des habitués d'un club de gym d'avant le désastre et qui, d'une manière ou d'une autre, avaient réussi à s'entretenir depuis. Entretenus, mais atteints. Leur peau était couverte de plaies et de plaques purulentes. Ils massacraient les jeunes – trois étaient déjà tombés à terre, l'un d'eux quasiment en charpie. Quatre croulants s'acharnaient sur un petit qui devait déjà être mort. Ne restaient que deux enfants debout, une fille et un garçon. Le visage en sang, la fille encourageait le garçon qui, une épée à la main, semblait jeter ses toutes dernières forces dans la bataille. Un rang d'adultes se refermait sur eux. La fin semblait proche.

Personne n'avait encore remarqué l'arrivée des Holloway.

— Évitez ceux du cercle, dit Olive en armant un tir de lance-pierre. On pourrait toucher les mômes. Visez d'abord ceux qui sont autour.

Il n'avait pas terminé sa phrase que les adultes prirent soudain conscience qu'ils avaient de la compagnie. Ils firent volte-face ensemble. Une folie meurtrière brillait au fond de leurs yeux. Sans crier gare, dans un même élan, ils chargèrent.

S'ils pensaient pouvoir s'en tirer comme ça, ils se fourraient salement le doigt dans l'œil. La bataille s'acheva pour ainsi dire avant même d'avoir commencé.

À la première salve décochée par Olive et ses artilleurs, six d'entre eux allèrent au tapis. Ensuite Blue, Achille et les autres se chargèrent de suppléer les artilleurs. En effet, trop stupides pour interrompre la charge, les adultes survivants poursuivaient leur assaut. Le contact avec les commandos, toutes armes en avant, leur fut fatal. Décimés, ils s'effondrèrent sur le bitume. Seuls trois d'entre eux parvinrent à passer au travers et à fuir sur le côté. Le peloton de Lewis en dégomma aussitôt deux, Olive et Sophie firent mouche ensemble sur le dernier, la flèche de l'une se plantant entre les omoplates au moment exact où le plomb de l'autre faisait voler l'occiput en éclats.

Méthodiquement, Achille et Mick achevèrent les blessés.

L'accrochage n'avait duré que quelques secondes. Tous les adultes gisaient sur l'asphalte, morts et bien morts.

— Fchh ! siffla Jester avec admiration. Vous avez pas traîné sur ce coup-là ! Du beau boulot, ma foi.

— Tu peux dire adieu à tes carottes, dit Olive en se tournant vers Sophie.

Mais il n'y avait aucune gaieté dans sa voix. La vue des gamins morts était bien trop affligeante. Blue appela le peloton de Lewis.

— Allez vite chercher Maeve. J'crois qu'on va avoir besoin d'elle. Dis-leur que tout est dégagé, mais retenez les petits le temps qu'on se débarrasse des corps. J'veux pas qu'y voient ça.

Pendant qu'Achille et Mick balançaient les dépouilles des adultes dans les escaliers du métro, Blue alla s'enquérir de l'état des enfants.

On ne pouvait plus rien pour les trois qui étaient étendus par terre. Ils étaient bel et bien morts, leurs corps si mutilés qu'ils en étaient méconnaissables.

— On ferait bien de se débarrasser de ceux-là aussi, dit Blue. On n'a pas le temps pour de nouvelles funérailles.

Assise par terre, la tête du garçon posée sur les genoux, la fille le berçait doucement, le regard perdu au loin, les yeux vides, et sourde à ce que lui disait Blue. Elle avait une énorme entaille sur le visage.

— Tout va bien se passer, c'est fini maintenant, répétait Blue.

L'ombre de Jester se dessina au-dessus de lui. Il leva les yeux.

— J'croyais que t'avais dit qu'y avait pas d'adultes dans le coin, dit-il en plissant les paupières dans le soleil.

— C'est pas comme ça d'habitude, répondit Jester, un peu embarrassé.

— Si tu nous as menti…

— C'est pas comme ça d'habitude, répéta Jester avant de se baisser pour ramasser l'épée tombée des mains du môme.

Maeve arriva, la trousse de secours déjà ouverte. Elle s'agenouilla et examina la fille.

— Faut que je désinfecte et que je panse, dit-elle en dévissant le bouchon d'une fiole en verre. Et lui ?

Blue posa les yeux sur le garçon, étendu de tout son long dans une inquiétante immobilité. Il tâta son pouls et secoua la tête. Puis il dénoua gentiment les doigts de la fille accrochés au revers de son blouson et emporta le corps.

Sophie et Olive avaient fracturé une boutique de prêt-à-porter toute proche et confectionné un brancard de fortune à l'aide de deux barres de penderie et d'un rideau. Ils se précipitèrent au chevet de la fille blessée et l'allongèrent dessus. Quand le reste des troupes déboucha dans l'avenue, il était difficile de croire qu'une bataille s'était déroulée là quelques minutes plus tôt. Tout était calme et silencieux, à l'exception de l'essaim de mouches qui, déjà, bourdonnait au-dessus des escaliers du métro.

Maxie fit traverser les petits et les conduisit dans Green Park où, malgré le soleil qui jouait dans les branchages et le chant des oiseaux, tout le monde avança prudemment en se remémorant l'attaque de Regent's Park. Aussi, lorsque, quelques mètres plus loin, cessant enfin de jeter des œillades inquiètes autour d'eux, ils découvrirent Canada Gate, là, juste au bout du parc, avec, en arrière-plan, la masse titanesque de Buckingham Palace, ce fut un choc.

36

Ils approchèrent de l'édifice à pas comptés, peinant à croire qu'ils étaient arrivés à bon port. Sous leurs yeux se dessinait un des monuments les plus célèbres au monde qu'ils voyaient, certains pour la première fois, comme un possible lieu de vie et non comme un des hauts lieux du tourisme londonien. Devant la grille se trouvait un vaste rond-point de couleur rose au centre duquel, au sommet d'une volée de marches solennelles, s'élevait le monument en marbre blanc dédié à la reine Victoria, représentée au centre, assise sur son trône, le regard éternellement tourné vers le Mall. Au sommet, l'allégorie de la Victoire ailée, dorée à la feuille, scintillait au soleil.

Protégeant le palais, d'immenses grilles noires lourdement ouvragées, surmontées de pointes dorées, ceinturaient la cour d'honneur, là où, en d'autres temps, se tenait la fameuse relève de la garde. Et puis, derrière, le bâtiment lui-même. Pas vraiment le genre château de conte de fées, plutôt un gros cube austère et gris. Massif. Qui, bien que haut d'au moins cinq étages, aurait presque paru trapu, tant sa base était gigantesque. La façade se composait de trois immenses blocs rectangulaires, reliés entre eux par de longs alignements de pierre, d'une rigoureuse platitude. Des rangées de fenêtres ordonnancées avec un sens de la fantaisie toute militaire couraient d'un bout à l'autre. Une arche se dessinait au centre du bloc médian, au-dessus de laquelle saillait le célèbre balcon d'où la famille royale saluait la foule les jours de cérémonie. Partant du balcon, quatre colonnes supportaient un immense triangle qui aurait aussi bien pu provenir d'un temple grec.

Au milieu du toit, un mât auquel pendait un drapeau britannique défraîchi, en berne faute de vent, s'élançait fièrement vers les cieux.

Les mômes constatèrent bientôt que des sentinelles étaient en faction dans les guérites. Ils ne s'y attendaient pas. Bien sûr, ils avaient imaginé que des enfants monteraient la garde, mais pas dans les postes existants, là où les célèbres soldats à la coiffe en peau d'ours s'étaient un jour tenus. D'ailleurs, ces juvéniles sentinelles portaient un uniforme : blazer d'écolier rouge sur pantalon noir et casquette de base-ball noire. Ils avaient des fusils et une pose martiale. Voyant approcher la troupe, ils furent les premiers à s'animer. Deux d'entre eux s'engouffrèrent sous l'arche au pas de course tandis que les autres avançaient vers les grilles, fusil à l'épaule. Quelqu'un cria quelques mots depuis le balcon et, soudain, des visages apparurent aux fenêtres. Rapidement, des gamins passèrent la grande porte voûtée pour envahir la cour d'honneur et se presser aux grilles, exactement comme les touristes avant, mais dans l'autre sens.

Ils observaient en silence, les mains accrochées aux barreaux, à la fois curieux et hésitants. Ils devaient être à peu près une vingtaine, enfants de tous âges, propres et bien habillés.

Jester agita le bras et appela.

— Hé ! C'est moi, Magic-Man. Je suis revenu. Et regardez ce que je ramène !

De l'autre côté de la grille, des visages s'illuminèrent. Les gamins accompagnèrent le groupe qui avançait vers les volutes de métal du haut portail aux allures solennelles.

— Ouvrez ! cria Jester.

Un petit gamin surgi de l'arcade traversa la cour en courant, tenant dans ses mains un lourd trousseau de clés. Après quelques hésitations et autant de bruits de serrure, les portes finirent par s'ouvrir et ils passèrent l'imposante grille. Les soldats se rassemblèrent pour faire front. Deux rangs de gamins silencieux s'alignèrent autour d'eux.

Lewis dévisagea ce cercle d'yeux fixes. Ça lui rappelait les matchs de foot dans une autre école. Tout le monde essayait de se jauger. La suspicion régnait. Qui donc étaient ces pitres ? Duquel fallait-il se méfier en priorité ? Qui pouvait-on ignorer sans risque ? Qui pourrait être un ami ? Qui un ennemi ?

Dernière question, la plus importante sans doute : y avait-il de jolies filles ?

Un cri retentit sur le balcon. Tout le monde leva les yeux et découvrit un garçon qui paraissait avoir une quinzaine d'années, flanqué de six gamins en uniforme. Grand, le teint très pâle, un nuage de taches de son sur le visage, des cheveux bruns, bouclés et soignés, il arborait un costume cravate et ouvrait grand les bras en souriant à pleines dents.

— Magic-Man ! Bien joué, mon ami. On commençait à se demander si on te reverrait un jour.

— Aurais-tu douté de moi, David ?

— Jamais ! Où sont les autres ?

— Morts, répondit Jester. (Des hoquets épouvantés et des grognements abattus parcoururent l'assistance. Jester reprit aussitôt la main pour essayer de réchauffer l'atmosphère.) Mais cette clique-là... Vous devriez les voir en action. Des guerriers de premier ordre. Hors pair. Je te le dis, David, avec eux, ça va plus être la même limonade...

David se fendit d'un sourire encore plus large.

— Bien, bien ! Venez !

Ils passèrent sous l'arche et débouchèrent dans une vaste cour carrée. Les gamins s'extasièrent en prenant conscience des dimensions de ce qui les entourait. Jamais ils n'auraient cru que le palais pouvait être aussi grand. La cour semblait s'étirer à l'infini.

Jester les conduisit jusqu'à une porte, de l'autre côté du quadrilatère. Ils traversèrent d'abord une immense salle d'apparat puis empruntèrent un large corridor au plafond de verre et aux murs ornés de vieux tableaux avant d'aboutir dans une autre pièce faramineuse, percée de fenêtres donnant sur le jardin, où des gamins travaillaient au potager. Tout était exactement comme sur les photos qu'il leur avait montrées, la notion d'échelle en moins. D'ailleurs ce n'était pas un jardin, mais un véritable petit parc.

Maeve glissa quelques mots à Jester, qui rameuta aussitôt deux jeunes garçons. Ceux-ci s'emparèrent de la civière sur laquelle était étendue la blessée et s'éloignèrent, Maeve dans leur sillage.

Quelques minutes plus tard, David apparut, flanqué de son escorte. Un sourire radieux aux lèvres, il accueillit les nouveaux venus par de chaleureuses poignées de main. Jouissant visiblement d'une grande confiance en soi, le personnage ne parvenait pas à effacer la distance que l'on sentait derrière la sympathie qu'il se donnait tant de mal à inspirer. À l'évidence, il avait étudié dans une bonne école privée. Les présentations terminées, il les emmena tous dehors pour leur montrer les jardins. Ils y cultivaient des carottes, des choux, des haricots, des oignons, des courges… Tout ce que l'on pouvait imaginer, ils l'avaient planté ; en rangs soignés, alignés au cordeau. Deux enclos, un pour les porcs, l'autre pour les volailles, complétaient le tableau.

Ils abordèrent une fille à lunettes, penchée sur un carré d'épinards dont elle extrayait consciencieusement les mauvaises herbes.

— Je vous présente Franny, dit David. Notre jardinière en chef. Si vous avez une question à poser, c'est la personne idéale.

Franny se redressa, essuya ses mains sur son tablier et salua. Un peu timide et apparemment mal à l'aise face à David.

Tandis que les autres s'entretenaient avec Franny, Maxie s'éloigna du groupe, rayonnante de bonheur, tournoyant sur elle-même au milieu de la pelouse pour intégrer tout ça. Déjà, les petits couraient partout pour jouer, tous leurs soucis oubliés. Godzilla gambadait dans l'herbe, son trio de maîtres sautillant à sa suite avec des cris joyeux.

Maxie ferma les yeux et avala une grande bouffée d'air. Quand elle les rouvrit, David retournait à grands pas à l'intérieur, un groupe de nouveaux venus à ses basques.

— Les cuisines sont conçues pour assurer la subsistance d'un grand nombre de convives, expliqua-t-il. On a transformé certaines cuisinières pour les faire fonctionner au bois. Nous préparons des plats chauds et, même, du pain ! D'ailleurs, en votre honneur, nous allons organiser un banquet de bienvenue. Nos réserves sont pleines.

Maxie s'émerveilla de voir comme tout était organisé. Et l'air serein qu'ils avaient tous... Rien à voir avec ce qu'ils avaient vécu, eux, coincés dans Waitrose, cernés par les adultes. Difficile d'imaginer que ces gamins se l'étaient coulée douce quand, pour eux, chaque jour était une bataille.

Arran aurait été très impressionné.

Arran...

Un goût amer envahit sa bouche, tel un petit nuage masquant le soleil par un bel après-midi d'été. Quelque part dans Londres, de terribles tragédies se déroulaient. Des enfants enduraient le martyre. Elle n'était pas sûre de mériter une telle accumulation de paix et de joie. Elle regardait autour d'elle et constata que d'autres éprouvaient les mêmes sentiments. Nombre d'enfants évacuaient la tension et les peurs de ces deux derniers jours en se prenant dans les bras ou en s'asseyant seuls, brisés par tant d'émotions. Comme elle, beaucoup pleuraient.

Elle remarqua également des mômes du palais rassemblés en petits groupes affligés. Eux aussi avaient perdu des amis avec la mission de reconnaissance de Jester.

Maeve émergea du bâtiment. Apercevant Maxie, elle vint s'asseoir à côté d'elle et la prit par l'épaule.

— Dis-moi pas que je rêve, murmura-t-elle.

— Faut espérer, répondit Maxie, le rire le disputant aux larmes.

— À l'étage, j'ai vu une fille prénommée Rose. Ils ont une vraie infirmerie, presque une petite clinique. Elle m'a fait l'inventaire de leur pharmacie... Tu me crois si je te dis qu'elle était en blouse blanche ? T'aurais dû voir comment ils se sont occupés de la pauvre fille qu'on a ramenée. Oh, Maxie, c'était incroyable. Jamais j'aurais pensé revoir ça un jour. Pour la première fois depuis la cata, j'ai le sentiment qu'un avenir est possible, qu'on peut s'en sortir.

— J'vois ce que tu veux dire, acquiesça Maxie. D'autant qu'après ce qu'on a traversé, on peut surmonter n'importe quoi. On est sauvés, Maeve.

Pour sa part, Olive marchait seul près de l'étang. Il y avait des canards sur l'eau, et sans doute des poissons qui nageaient en dessous. Il ne se sentait ni triste ni gai. Seulement pensif. Ça avait l'air si parfait… en surface.

Franny lui avait donné une laitue pour qu'il y goûte. Elle était délicieuse, mais, quand il avait ouvert une des feuilles, il y avait trouvé une petite limace.

Il y avait toujours une limace dans la laitue.

C'était trop beau pour être vrai.

Il n'avait jamais eu confiance en Jester. Et David ne lui faisait pas meilleure impression.

Autant attendre encore un peu pour baisser la garde.

Jusqu'ici, c'était la prudence qui lui avait permis de rester en vie.

Il n'y avait aucune raison pour que ça change.

37

David tint parole. Ce soir-là, un dîner de gala fut servi dans la salle à manger officielle, au faste quasi déstabilisant pour les nouveaux arrivants. Décontenancés par cet étalage de luxe et d'opulence, ils se seraient crus dans un film historique. Peinte d'un rouge profond, la pièce était éclairée par une myriade de bougies supportées par des chandeliers en argent. Elle surplombait le jardin, que l'on voyait se dessiner derrière de hautes portes-fenêtres. Sur le mur en face des ouvertures trônaient des portraits des monarques britanniques. Les gamins prirent place autour d'une majestueuse table en bois verni débordante de victuailles. Au bout de la salle, trois énormes miroirs renvoyaient aux convives le reflet de cette scène ubuesque.

Les gamins s'attendaient à voir débarquer d'un instant à l'autre un adulte fou de rage qui leur dirait qu'ils n'avaient rien à faire ici et qu'ils devaient décamper sur-le-champ.

La nourriture était simple, mais bonne, avec suffisamment de choix pour satisfaire les goûts de chacun : spaghettis bolognaise, légumes vapeur, pommes de terre au four, omelettes, sans oublier des tranches d'un délicieux pain tiède et croustillant ainsi que des carafes d'une eau pure et fraîche. Le pain avait beau être un peu bourratif, c'était le premier que les Holloway mangeaient depuis plus d'un an.

Peu à peu, l'ambiance se détendit et l'on commença à lier connaissance. Un puissant brouhaha s'empara de la salle à manger.

Maxie se retrouva assise à côté de Franny, la jardinière, une fille très mince, au caractère enjoué, qui s'exprimait très bien et qui n'hésitait pas à en faire la démonstration entre chaque bouchée.

— En toute honnêteté, je suis plus heureuse aujourd'hui que je ne l'ai jamais été. Bien sûr, ma famille me manque, mais, comme j'étais en pension, je ne les voyais pas tant que ça... Ouh, c'est horrible de dire ça. Non, en fait, je les aimais profondément et ils me manquent énormément. Mais David contrôle si bien tout, ici. Un vrai génie. Vénéré comme tel.

— Vénéré ?

— Oh, c'est juste une façon de parler. Va pas croire qu'on se prosterne devant lui les bras chargés d'offrandes... même si, en y réfléchissant bien, ça ne déplairait pas à certains petits. Non, mais il est très intelligent et, dans l'ensemble, la vie est bien meilleure maintenant qu'avant.

— Dis, Franny, tu plaisantes, là ? Hein ? Le monde est à l'agonie.

— D'accord, répondit la jardinière. Mais essaie de voir les choses autrement, Maxine.

— Maxie.

— Ah, oui, désolée ! glousse Franny. C'est que j'avais une copine d'école qui s'appelait Maxine. J'ai le nom dans la tête. Elle adorait le cheval. À un point... Elle est probablement morte à l'heure qu'il est. Pauvre chérie, mais où j'en étais ? Ah oui. Le monde. Penses-y deux secondes. Les océans ne sont plus pollués, les poissons ne sont plus surexploités, au contraire, les populations se reconstituent à vitesse grand V. D'ici seulement quelques années, il y aura davantage d'organismes vivants dans la mer que depuis plusieurs siècles. Et ce qui vaut pour les poissons vaut aussi pour les baleines, les dauphins, les tortues et tous les animaux sauvages. Pense aux forêts qui s'étendent, aux arbres qu'on n'abat plus. Le monde revient à son état naturel, celui qu'il n'aurait jamais dû quitter.

— Très bien, répondit Maxie, mais et moi là-dedans ? Je verrai jamais la queue de ces poissons, de ces baleines, pas plus que de ces lions ou de ces tigres d'ailleurs. Tu crois quoi ? Que je vais aller faire un safari photo dans la jungle alors que je peux même pas regarder mes vieux DVD, vu qu'y a pas d'électricité ? L'avenir que tu me décris, c'est le retour au Moyen Âge, quand personne ne savait ce qui se passait au-delà de la place de son village. Tout ce que je connaîtrai jamais, c'est ce petit bout de Londres.

— Et alors ? répondit Franny. Du moment que tu es heureuse. Si le monde est heureux, nous aussi on peut l'être. La nature va panser ses plaies. Les dommages que l'homme a causés vont s'effacer et les générations futures en prendront meilleur soin que celles qui les ont précédées.

— Les générations futures ?

— Bien sûr.

— Et qu'est-ce qui te dit qu'en vieillissant on va pas tous attraper la maladie ? demanda Olive en se penchant vers Franny pour se mêler à la conversation.

Après une grimace, celle-ci répondit dans un haussement d'épaules :

— David trouvera bien quelque chose.

— Tu crois ?

— Écoutez, poursuivit Franny, essayons de ne pas penser à des choses aussi déprimantes. Surtout pas ce soir.

— D'accord, concéda Olive.

Il balaya la pièce du regard.

C'est alors qu'il remarqua des membres de la garde, en uniforme, assis près de la porte, la main sur leur fusil. Visiblement, tout le monde ne participait pas au festin. Olive n'aimait pas l'ambiance que ça créait, comme si David et les siens essayaient de ressusciter le protocole de la monarchie. C'est dehors que se trouvait l'ennemi, pas ici. Qu'essayaient-ils de prouver par cette mise en scène ?

Qu'ils patrouillent autour du palais, ça pouvait se comprendre – d'ailleurs, aux yeux d'Olive il ne faisait aucun doute, compte tenu du degré d'organisation de David, que des rondes de sentinelles tournaient dehors en ce moment même. C'était comme ces gardes à l'entrée, dans la cour d'honneur. *A priori* ça paraissait normal, mais, à bien y réfléchir, ça aussi c'était un peu *too much*. Ils auraient été bien plus efficaces sur le toit. Quoi qu'il en soit, ils n'avaient certainement aucun besoin de manger sous le regard inexpressif de ces zigotos en uniforme. Leur comportement avait quelque chose de militaire. Ils ne parlaient pas. Ils restaient immobiles. À la limite, ils fichaient la trouille.

Olive se leva de table et se glissa discrètement dehors. Des enfants allaient et venaient sans arrêt, qui pour se rendre aux toilettes, qui pour apporter des plats ou débarrasser. Personne ne le vit s'éclipser.

Arrivé devant la porte des toilettes, au bout du couloir, il vérifia qu'il n'y avait personne et continua d'avancer.

L'heure était venue de gratter un peu le vernis.

Assis en bout de table, aux côtés de Jester et de David, Blue bombardait ce dernier de questions, pressé d'apprendre comment tout marchait au palais. Entre deux grosses bouchées de nourriture, il demanda :

— Donc, si je comprends bien, c'est toi le boss ici, Dave ?

— Il n'aime pas qu'on l'appelle *Dave*, lui glissa discrètement Jester. Il préfère *David*.

— OK, David, s'excusa Blue. David comment, au fait ?

— Pour tout dire, mon nom est King. David King.

— T'es pas sérieux, mec ?

— Si.

— Bon ben, écoute. C'est pas parce que tu vis dans un palais et que tu t'appelles King que ça fait de toi un vrai roi, OK ?

— Ah bon ? dit David avec un sourire.

— Non, mec. Nous, on vivait tous dans un magasin et ça fait pas pour autant de nous des épiciers, tu vois ?

— Mais je n'ai jamais dit que j'étais roi, que je sache. Un simple nom, voilà tout.

— Enfin, visiblement, ça ne t'empêche pas de te la ramener sévère quand même.

— Lorsque l'on est arrivés ici, intervint Jester, c'était le chaos total. Tout le monde faisait n'importe quoi. Mais, pour survivre, il faut être organisé. Si tu veux récolter de quoi manger, boire de l'eau claire, avoir chaud l'hiver ou te défendre, un minimum d'organisation est indispensable. David est arrivé un peu plus tard que nous. Il nous a soudés. Il nous a organisés.

Blue regarda Jester droit dans les yeux.

— Ben, va falloir réorganiser, mes p'tits pères.

— Comment ça ? intervint David.

— Primo, je sais très bien m'organiser tout seul, répondit Blue. Donc tu repasseras. Personne m'organise, moi. Mets-toi bien ça dans le crâne. J'ai jamais voté que tu sois mon roi.

— On n'élit pas les rois.

— Ouais, ça va…

— Écoute, on en parlera plus tard, coupa David en lui souriant aimablement. T'en fais pas. On va bien trouver une solution qui satisfasse tout le monde.

— Et pourquoi on n'aborderait pas le sujet maintenant ?

— Profitons plutôt du repas, tu ne crois pas ? Vous avez besoin de prendre vos marques, de vous habituer. Au matin, tout est toujours plus clair.

Les pas d'Olive le menèrent aux cuisines. L'essentiel du palais étant plongé dans une obscurité lugubre, il avait pu facilement se fondre dans l'ombre et s'assurer qu'il n'était pas suivi. Non loin de la salle à manger d'apparat, il avait emprunté un escalier qui descendait aux offices, d'où montaient de grands bruits. Olive s'approcha prudemment. Dans le couloir, il dépassa une grosse poubelle en plastique, montée sur roulettes. À l'intérieur, des boîtes vides de pâtée pour chiens.

Ça expliquait la sauce bolognaise.

Bah, il avait mangé pire.

Il poussa un peu et découvrit un endroit d'où il pouvait observer la cuisine sans être vu. La pièce était bondée. Un groupe de gamins s'échinait aux fourneaux, suant sang et eau, tandis qu'un autre faisait valser les casseroles et les assiettes au-dessus des éviers, perdu dans un nuage de vapeur et de fumée. Une brigade encore plus nombreuse avait pris place autour de la table, un grand plateau de bois brut. Ils devaient être une vingtaine, certains en uniforme, d'autres encore crottés de leur travail au jardin ; et ils ne mangeaient pas du tout ce qu'on servait à l'étage. Non, eux, ce qu'ils avaient, c'étaient des bols de bouillon. Sous les yeux d'Olive, un ado se leva et hurla aux cuistots :

— Hé ! Y a pas de pain pour aller avec ?

— Tu te fous de nous, j'espère ? brailla un des cuisiniers pour se faire entendre par-dessus le barouf ambiant. On en est aux réserves du mois prochain avec ce qu'ils bâfrent là-haut.

— Mais… s'ils bouffent tout, on va crever de faim…

— T'inquiète, on fera aller.

Olive en avait assez vu. Il s'éloigna. Alors comme ça, David essayait de leur monter une histoire… Leur faisant croire à l'opulence quand la réalité était bien plus misérable. Dans quel but ? Se la raconter, sans doute. Quoi qu'il en soit, pour eux, ça ne changeait rien. Attendre de voir. Quoi d'autre ? En outre, ce qu'il avait découvert n'entamait qu'à peine l'admiration qu'Olive éprouvait pour ce que David avait accompli. Un type intelligent, retors, qui connaissait bien l'âme humaine, comprenait la politique, savait manier le conditionnement… Alors, au lieu de la colère qu'il aurait dû éprouver, Olive succombait davantage à la méfiance. Oui, lui – comme tous les autres d'ailleurs – allait devoir se méfier. David était typiquement le genre de personne avec qui il aurait été stupide de s'embrouiller.

Ella mangeait lentement, sans rien dire. Sous la table, Godzilla mordillait un morceau de cuir avec acharnement. De temps à autre, elle sentait son petit corps dodu contre sa jambe. Elle eut une pensée pour Sam. Il se serait plu ici. Il aurait adoré jouer dans le jardin, courir partout dans cet immense palais, voir ces jolies choses, dont le portrait d'un homme en armure, croisé au hasard d'un couloir. Oui, Sam se serait vraiment plu ici, lui qui n'aimait rien tant que se déguiser en chevalier. Elle avait bien essayé de jouer avec lui, de faire la princesse. Mais Sam n'aimait pas les princesses. Il ne voulait que d'autres chevaliers. Pour « faire des joutes », comme il disait. Mais Ella n'était pas très forte en joutes. Et, pour elle, ça se terminait toujours de la même manière : en pleurs parce qu'elle avait ramassé un coup.

Était-il réellement au ciel comme l'avait dit Whitney ? Ella avait du mal à comprendre ce qu'était le ciel. Elle se l'était toujours représenté un peu comme ça. Un joli château avec des tableaux aux murs, un grand jardin où s'amuser et, au fond du jardin, un joli garçon né pour prendre soin de vous. Sans oublier des plats succulents.

Or, si jusqu'ici elle n'avait jamais fait preuve d'un amour immodéré pour les légumes, elle avait trouvé ceux de ce soir exquis. Comme tout pouvait changer. Jamais elle n'aurait pensé qu'un jour Sam ne serait plus là pour veiller sur elle.

Et voilà qu'il était parti.

Ella dit une prière muette, l'envoya au ciel.

Sam, si tu m'entends, j'espère que tu as d'aussi bonnes choses à manger là où tu es que moi ici. Des légumes. Ils sont pleins de bonnes choses, donc finis bien ton assiette. Quand je mourrai, je viendrai te rejoindre et on sera à nouveau réunis. En attendant, je vais penser à toi heureux et en sécurité, en train de jouer au chevalier avec un copain.

Tout plein de bisous d'Ella, ta sœur.

P-S : J'ai eu Godzilla pour moi toute seule pendant un bon moment en arrivant ici.

PP-S : J'oubliais, tu ne connais pas Godzilla. C'est un adorable petit chien qui appartenait à un garçon appelé Joël qui a été tué par des singes. Les singes devaient avoir la maladie, sans quoi ils sont plutôt gentils. Du moins dans les contes.

PPP-S : Peut-être croiseras-tu Joël là où tu es ? Si c'est le cas, dis-lui bonjour de ma part, il est gentil.

PPPP-S : Bonne nuit, Sam. Les autres t'appellent P'tit Sam, mais, pour moi, tu resteras toujours Sam, mon frère.

Tu me manques. J'aimerais tant que tu sois là.

38

— Ils ont mis kekchose dans la soupe pour te faire dormir.

— Quoi ? Et pourquoi ils auraient fait ça ?

— Et les chaînes, à ton avis, c'est pour quoi ? Parce qu'ils nous retiennent prisonniers, tiens !

Sam s'était réveillé dans un autre wagon ; et pas de jolis meubles ni de gentils rideaux ou d'agréables tapis dans celui-là. De la paille par terre, un seau au fond pour les toilettes et des portes hermétiquement closes. Pour le reste, une rame de métro normale.

Des menottes qu'il avait aux poignets partait une chaîne assez fine fixée à la main courante du plafond, ce qui lui laissait une légère marge de manœuvre, mais pas de quoi aller bien loin.

Trois autres enfants se trouvaient là. Dont deux dormaient. Des jumeaux. Un garçon et une fille. À peu près du même âge que Sam. Ils avaient l'air propres et bien nourris, mais aussi un peu faibles. Leur peau était d'une extrême pâleur. Le troisième était une fille, plus vieille que Sam, rondouillarde, mais avec des jambes toutes fines, comme atrophiées. Elle était assise sur un siège et paraissait avoir du mal à respirer. Peut-être de l'asthme.

Rhiannon. D'après ce qu'elle pouvait en juger, elle était là depuis environ trois semaines.

— Pourquoi ils nous retiendraient prisonniers ? demanda Sam. Z'ont l'air gentils.

— Quand je suis arrivée ici, répondit Rhiannon, il y avait un autre garçon. Mark Watkins, qu'il s'appelait. Il marinait là depuis un bon bout de temps. Il pouvait à peine se lever tant ses muscles avaient fondu. Légumes en boîte et biscuits pour chiens, voilà tout ce qu'ils lui donnaient à manger. Et puis, un matin, il était plus là. Je l'ai plus jamais revu. En revanche, j'ai bien vu Rachel et Nick s'empiffrer de viande… même qu'ensuite ils sortaient de grands sacs-poubelle. Ils nous gardent comme du bétail, je te dis.

— Ils peuvent pas faire ça, protesta Sam. Y sont pas comme les autres adultes. Y sont pas malades. Y sont pas fous.

— Ça n'empêche qu'ils ont toujours besoin de se nourrir.

— Y peuvent aller en maraude, comme tout le monde…

— Oui, mais c'est de la viande qu'ils veulent, rétorqua Rhiannon. Je leur ai posé la question. Ils ont nié en bloc. Mais quelle autre explication, alors ? Les gens font n'importe quoi pour survivre. C'est pas les exemples qui manquent. J'ai lu des tas d'histoires sur des gens coincés sur une île, ou après un accident d'avion. Ils finissent toujours par devenir anthropophages. Simplement pour survivre.

— C'est faux, s'emporta Sam. T'as aucune preuve.

— Et ça ? répondit Rhiannon en levant le menton vers les menottes qu'il avait aux poignets. C'est pas une preuve suffisante, pour toi ?

— Mais Nick m'a sauvé la vie, marmonna Sam, au bord des larmes.

— Si un loup attaque la brebis, le berger tue le loup, non ? Ça l'empêche pas de manger la brebis le jour où il a faim.

— J'suis pas une brebis. J'suis un garçon.

— Mais, pour eux, t'es une brebis. Ou un cochon. Ils nous nourrissent. Ils nous donnent à boire. Ils vérifient qu'on n'est pas malades. Ça, surtout, pas malades. C'est pas comestible, un malade. C'est pour ça que je suis encore en vie. Ils attendent de voir si mon angine de poitrine est sérieuse ou pas. Y avait une gamine – jamais pu savoir comment elle s'appelait –, elle arrêtait pas de vomir. Elle était tellement mal qu'elle pouvait même plus parler. Ils l'ont emmenée. J'sais pas ce qu'elle est devenue. À mon sens, ils l'ont filée à bouffer soit aux rats, soit à leur horrible chat obèse. Je les appelle « l'homme et la femme araignées ». Nous, on est les insectes pris dans leur toile. Ils nous gardent jusqu'à ce qu'on soit à point.

Sam sauta sur place et tira sur sa chaîne.

— Faut qu'on s'échappe !

Rhiannon éclata d'un rire moqueur.

— Je l'ai déjà fait, se rengorgea Sam. Je me suis échappé d'un vrai nid d'adultes, au stade d'Arsenal. Je suis Sam le tueur géant. J'ai fait tout ce chemin depuis Holloway tout seul. J'vais pas laisser ces andouilles m'avoir. On va tous s'échapper.

— Tu crois que je t'ai attendu ? répondit Rhiannon en secouant la tête avec tristesse. J'ai réfléchi, tout étudié de fond en comble, mais, la vérité, c'est qu'il n'y a aucun moyen de sortir d'ici.

Toute la misère du monde sur les épaules, Sam se laissa retomber sur un siège. Être arrivé jusque-là pour finir comme ça, c'était terrible. Vraiment terrible.

Mais c'était compter sans Sam le tueur géant, qui n'allait certainement pas poser un genou à terre sans combattre.

39

— Non, c'est une blague !

— Attendons de voir, OK ? Pour le moment, on est leurs invités. Si on veut vivre ici tout le temps, va falloir arrondir les angles.

Il était dix heures du matin. Les plus âgés des Holloway avaient été conduits dans un lieu appelé la Chambre verte où ils attendaient la suite des événements. La déco de cette pièce, avec son papier peint vert bouteille et son immense lustre en cristal tombant d'un plafond outrancièrement ouvragé, frisait le ridicule. Visiblement, les types du palais avaient décidé de mettre les petits plats dans les grands – ou était-ce l'inverse, tant l'attente s'éternisait ?

Les nouveaux venus avaient passé la nuit dans la salle de bal, transformée pour l'occasion en immense dortoir jalonné de rangées de lits de camp où ils avaient installé leur sac de couchage. La plupart d'entre eux avaient bien dormi, bercés par un sentiment de sécurité qu'ils n'avaient pas éprouvé depuis fort longtemps. Ils s'étaient donc réveillés pleins d'entrain, pressés de mordre à pleines dents dans leur nouvelle vie.

Freak avait annoncé qu'il allait organiser un match de foot. Ayant déniché une coupe en argent dans une vitrine, il l'avait baptisée la « Arran Memorial Cup ». En ce moment même, les gamins étaient dehors en train de jouer. Mais pas ces six-là. De Waitrose, il y avait Maxie, Olive et Achille. De Morrisons, Blue, Whitney et Lewis. Ils étaient seuls, mis à part les deux garçons en uniforme qui encadraient la porte de la pièce voisine.

Blue le sentait mal. David allait essayer de la leur faire à l'envers, c'était couru d'avance. Depuis le dîner de la veille, il avait voulu en parler à Jester, mais, en dépit de ses efforts répétés, il n'avait pas réussi à lui mettre la main dessus. Presque une heure qu'ils étaient là. Il avait plu durant la nuit. Mais la matinée était belle et ensoleillée. La seule pensée qu'ils auraient pu être assis dehors à profiter du soleil au lieu de faire le pied de grue ici leur faisait venir le rouge aux joues.

Les signes d'impatience se multipliaient. D'autant que les Holloway vivaient mal l'humiliation que cette attente représentait, comme si le maître de maison voulait les rabaisser. Pourtant bien placé pour savoir que David ne disait pas toute la vérité, Olive – qui avait depuis longtemps fait sien le proverbe : « Prudence est mère de sûreté » – faisait tout son possible pour calmer les ardeurs des uns et des autres. Il voulait que David abatte toutes ses cartes avant de montrer ce que lui-même avait en main. Cela faisait belle lurette qu'Olive préférait agir dans l'ombre, avec un petit mot par-ci et une suggestion par-là plutôt que par une attaque frontale. Et il avait reconnu en Jester quelqu'un de semblable à lui ; ce qui expliquait sans doute pourquoi il n'avait aucune confiance en lui.

— Si rien ne se passe d'ici cinq minutes, je me barre, menaça Blue d'une voix courroucée. Ils se fichent de nous.

— Grave, acquiesça Lewis de sa voix traînante. Y croient quoi ? Qu'on va faire tout ce qu'ils nous disent comme des gentils toutous ? Y rêvent…

— Du calme, plaida Olive. Vous voulez pas voir de quoi il retourne avant ?

— Je vais te dire, moi, de quoi il retourne, répondit Blue. Du respect.

— C'est vrai, dit Maxie. J'en ai assez. Allons-nous-en.

— Souvenez-vous qu'on est que des invités ici, répliqua Olive. S'ils veulent, ils peuvent nous dire de partir.

— Pourquoi y z'auraient pris la peine d'envoyer Jester recruter d'autres gamins si c'était pour les mettre à la porte à peine arrivés ? fit justement valoir Achille. Non, y z'ont besoin de nous pour kekchose. Ça c'est certain.

— Exact, répondit Lewis avec son air de sortir du lit. J'ai déjà repéré deux-trois gonzesses plutôt bien gaulées qui ont besoin de moi pour s'occuper de leur corps.

— Qui voudrait d'un maigrichon dans ton genre ? railla Maxie. D'autant qu'il y a des super mecs ici. Des qui puent pas.

Certains avaient pu prendre un bain la veille au soir, mais il n'y avait pas assez d'eau chaude pour tout le monde, aussi un système de rotation avait-il été mis en place, les filles gagnant le privilège d'être les premières à utiliser les lieux.

— Bon, allez, ça suffit comme ça, dit Achille. On y va.

— Ouais.

Au moment où ils se levaient pour partir, les portes de la pièce voisine s'ouvrirent et un garçon se présenta.

— Désolé, les gars. Désolé de vous avoir fait attendre autant. Ce n'était vraiment pas mon intention. Au fait, je m'appelle Pod.

Pod était un grand et beau garçon arborant une épaisse chevelure châtain, éclairée de reflets blonds. Il portait un jean et un polo de rugby, col relevé. Il avait tout du type qui va au ski l'hiver, joue au rugby tout au long de l'année et rejoint ses petits camarades dans le Sud l'été pour faire la fête et surfer.

Les autres grommelèrent un vague bonjour du bout des lèvres, histoire de bien lui montrer à quel point ils étaient excédés.

— On voulait que tout soit fin prêt, se justifia Pod. Et ça nous a pris un chouia plus longtemps qu'on le pensait. C'est notre faute. Désolé, les gars. À part ça, on n'a pas eu l'occasion de faire les présentations hier soir. J'étais en patrouille avec les garçons. J'suis le chef de la sécurité ici. À ce propos, j'ai cru comprendre en discutant avec notre fidèle Jester que vous n'étiez pas manchots dans le domaine. J'ai hâte de vous voir à l'œuvre.

— Qu'est-ce que vous préparez au juste, là-dedans ? demanda Whitney. Vous faites cuire un gâteau ou quoi ?

— Vous allez voir. On voulait vous faire la surprise.

— J'aime pas les surprises, répondit Blue.

— Mais, celle-là, elle vaut le coup, dit Pod. Vous pouvez me faire confiance.

— Je ne te connais pas, poursuivit Blue. Et je ne fais pas confiance aux gens que je ne connais pas.

— Je peux comprendre, c'est une bonne philosophie. J'suis un peu comme ça moi-même. Maintenant, écoutez, je sais que vous avez traversé beaucoup d'épreuves, mais souvenez-vous : les gentils, c'est nous.

La porte s'ouvrit de nouveau. Cette fois, c'était Jester.

— Si vous voulez vous donner la peine d'entrer, dit-il en s'écartant légèrement du passage.

— Allez, lâcha Achille avec sa fougue habituelle, et ils entrèrent, s'attendant à tout… sauf à ça.

Ils découvrirent une longue pièce aux dimensions pharaoniques, drapée de rouge et jalonnée de lustres en cristal encore plus massifs que ceux qu'ils avaient vus jusqu'alors. Un flot de lumière se déversait des immenses fenêtres qui perçaient le mur latéral du sol au plafond. Tout au bout se trouvait une estrade surmontée d'un dais doré tendu de velours rouge soyeux sous lequel était alignée une rangée de trônes.

Sept personnes de tous âges à différents stades de délabrement siégeaient sous le baldaquin, en habit de cérémonie : robe du soir et smoking, écharpe protocolaire barrant la poitrine, diadème et rubans en cocarde. De larges rivières de diamants scintillaient aux cous des femmes, les hommes s'accrochaient mollement à leur épée de cérémonie. Ils avaient tous l'air totalement absents et aussi sacrément arrangés. Les vêtements faisaient des plis pathétiques sur les corps malingres. Les visages émaciés semblaient jaillir de leurs troncs, sur des cous aussi décharnés que ceux de vautours. Ils avaient les joues creuses, le teint cireux, grêlé de marques de furoncles et de plaies. Ils ne faisaient rien, se contentant de rester assis là, muets, ouvrant de grands yeux parfaitement vides.

Quatre garçons en uniforme se tenaient debout près des trônes, fusil au pied. David se trouvait à l'écart, sur le côté, en compagnie de Franny et d'une fille en blouse blanche. Maxie présuma qu'il s'agissait de Rose, la fille dont Maeve lui avait parlé. Deux autres infirmières se tenaient derrière elle. Jester et Pod les rejoignirent.

— Bienvenue dans la salle du trône, lança David.

— C'est qui ? demanda Maxie dans un filet de voix,

quasiment hypnotisée par le spectacle qui s'étalait sous le dais.

— Tout ce qui reste de la famille royale, répondit Jester. On les a découverts en arrivant ici. Qui se cachaient. Pas des grands noms. Ni la reine ni les princes ne se trouvaient parmi eux. Mais tout de même, ils sont tous de sang royal.

— De sang gâté, tu veux dire, ne put s'empêcher de relever Lewis.

— Certes, ils sont malades, répondit David, mais pas trop. Qui sait, peut-être que c'est leur sang bleu qui les a protégés du pire.

Une vieille dame leva une main gantée de crasseux velours blanc, semblant vouloir dire quelque chose. Et puis elle y renonça.

— Au début, ça allait encore, expliqua Jester. Ils parlaient, ils bougeaient... Mais il faut bien admettre qu'ils ont sacrément baissé ces derniers temps. Ils restent assis là, à pourrir sur pied. Deux sont morts. Je ne serais pas étonné que ceux-là suivent bientôt.

— Voilà pourquoi il faut passer rapidement à l'offensive, dit David. Étendre notre pouvoir sur Londres avant qu'il ne soit trop tard. Si je peux dire que je vais remettre la famille royale sur le trône, ça facilitera les choses.

— Oh là ! Oh là ! intervint Maxie. De quoi tu causes, là ?

— De reconstruire Londres. De tout remettre en route. Pour ça, il faut être aux commandes et les gens l'accepteront mieux si l'on dispose d'une sorte d'autorité.

— Quels gens ? demanda Maxie. Excusez-moi, là, mais j'ai peur de pas comprendre.

— Les gens ordinaires. Ils ont besoin de ce genre de trucs, de survivances du passé. Ça les rassure.

— J'vois vraiment pas qui pourrait être rassuré par ces types-là, fit remarquer Whitney.

— C'est la famille royale, répondit David en se rengorgeant. Les légitimes détenteurs de la souveraineté britannique.

— J'y crois pas ! s'exclama Blue.

— Inutile de s'étendre sur leur état…

— Ce sont des adultes, coupa Lewis. Et tout le monde sait dans quel état sont les adultes.

— On enrobera… On dira aux autres enfants qu'ils ont quelque chose de spécial. Et puis on les montrera au balcon de temps en temps. De loin, ça fera la blague sans problème.

Un froissement mollasson leur répondit. Un homme venait de tomber de sa chaise. Un filet de bave pendouillant à ses lèvres haletantes, il se mit à ramper sur l'estrade, en direction des enfants. Deux gardes le saisirent sous les bras et le rassirent sur son trône.

— Ne vous inquiétez pas, ils sont totalement inoffensifs, commenta David. Ce qui n'empêche pas qu'entre de bonnes mains ils peuvent se révéler une arme redoutable. Les autres enfants vont…

— Une minute, l'interrompit Achille. T'arrêtes pas de parler des autres enfants. C'est qui ? Y a pas que vous ?

— Des enfants, il y en a partout, répondit David. Des enfants comme vous. Faut juste qu'on les trouve. C'était ça, la mission de Jester. Notre plan, c'est de réorganiser toute la ville.

— Tu veux plutôt dire diriger ? rectifia Blue.

— Appelez ça comme vous voulez, rétorqua David. Mais si nous voulons avoir la plus petite chance de créer un monde nouveau, prospère et sûr, dans lequel vivre, nous allons tous devoir travailler ensemble. Et, pour ça, il nous faut une figure de proue, une autorité symbolique.

— Cette bande de zombis ? s'exclama Blue avec une moue dégoûtée en direction du rang d'oignons sur l'estrade. Ah, ils vont faire bien sur les timbres…

— Ce sont des symboles, répondit David. C'est tout. Avant, tu crois que c'était la reine sur son trône qui détenait le pouvoir ?

— Hé, elle parlait et elle marchait, quand même, ironisa Blue.

— Comme je vous dis, poursuivit David, personne n'a besoin de savoir dans quel état ils sont réellement.

— Admettons que ces croulants représentent la famille royale, toi, t'es qui ? demanda Whitney. Le Premier ministre ?

— Disons plutôt le grand chambellan.

— Le grand quoi ?

— Chambellan, répéta David. Celui qui traduit en actes les volontés du souverain, celui qui le supplée quand il est empêché. En temps de crise, il est important d'avoir quelqu'un de fort aux commandes. Mais, par son prestige et son aura, la famille royale peut fournir le lien qui cimentera le corps social, qui plus est en établissant un pont avec le passé.

— Qu'est-ce qu'on en a à fiche d'établir un pont avec le passé ? objecta Whitney. On veut pas d'une nouvelle reine. Si tu crois que mettre sur le trône une poignée de dégénérés débiles changera quoi que ce soit, mon pauvre vieux, tu débloques grave.

David se précipita sur elle.

— Je ne suis pas ton « pauvre vieux » ! éructa-t-il sous son nez. Secundo, je ne débloque pas ! Je suis même la seule personne capable de remettre le pays sur les rails.

En un mot, je représente l'unique espoir d'un avenir serein.

Whitney l'attrapa à la gorge en enfonçant les yeux dans les siens.

— Ne t'avise jamais plus de me crier dessus comme ça, mec, dit-elle d'un ton glacial.

Le visage de David s'empourpra. Les quatre gardes levèrent leur fusil et mirent Whitney en joue. Elle les toisa avec mépris avant de demander :

— Vous savez comment ça marche, au moins ?

— Tu veux prendre le risque ? dit David d'une petite voix aiguë et étranglée.

Whitney lâcha prise.

— Et qu'est-ce que vous comptez faire de nous si on refuse de marcher dans la combine ? Nous fusiller ?

— Ouh là, ouh là ! intervint Jester en levant les mains. Inutile de s'emballer. On va reprendre depuis le début. Jamais on n'aurait pensé que ce projet susciterait une telle colère. Maintenant, calmons-nous et essayons de repartir du bon pied.

— Pourquoi t'en as pas parlé avant ? demanda Blue.

— C'était pas le moment. On voulait d'abord vous montrer le palais, vous faire voir tout ce qu'on avait accompli.

— Non, mais attends, là, bougonna Maxie. On croit rêver…

— OK, dit David en se massant la gorge. Toute cette discussion ne mène nulle part.

— Jamais je ne laisserai quelqu'un me dire ce que j'ai à faire, affirma Blue avec défiance.

— Très bien, répliqua David. Personne ne va te dire ce que tu as à faire. Si tu pouvais seulement écouter.

— Je suis tout ouïe.

— Bon, on va enfin pouvoir en venir au vif du sujet, embraya David, retrouvant sa vanité habituelle. Alors, voilà comment ça marche. Je ne donne pas d'ordres, j'organise simplement. Chacun a sa propre sphère de compétence. Par exemple, Franny, que voici, est en charge des récoltes ; Rose, de tout ce qui touche au médical, etc. Ce que je propose, c'est que toi, Blue, tu sois notre commandant en chef. Notre général des armées ! À toi de recruter, de former et de mener les troupes au combat. Tous les autres garderaient leur assignation habituelle et tu serais toujours le chef de tes propres troupes. En fait, ça ne changerait pas grand-chose.

— Général Blue ? répéta le principal intéressé. Ça sonne cool.

— Un truc, intervint Olive qui, jusqu'alors, n'avait pas ouvert la bouche.

— Quoi ?

— Cette armée dont tu parles, c'est pour quoi ?

— Pour combattre les adultes, pardi ! s'esclaffa Blue.

— Jester nous a dit que tous les adultes avaient déserté la zone.

— C'est vrai, acquiesça David, mais il y a d'autres problèmes.

— Genre ?

— St James Park.

— C'est quoi, ça ? demanda Achille.

— De l'autre côté de la rue, répondit Maxie. Ça va jusqu'à Trafalgar Square.

— Et après ?

— On veut étendre nos terres agricoles, déclara Jester. Transformer tout le parc en zone de culture. Mais y a une bande de squatteurs qui s'est installée et ils veulent rien avoir à faire avec nous. Il faut qu'on règle la question.

— Ces squatteurs, intervint Maxie, ce sont des enfants, comme nous ?

— Des enfants, oui, mais pas comme nous. Des sauvages, pas organisés, qui font n'importe quoi à longueur de temps. Il faut absolument clore le sujet…

— Clore le sujet ? répéta Maxie. Tu vois ça comment, au juste ? Qu'on les attaque ?

— Je doute qu'il faille en arriver à ces extrémités. Une simple démonstration de force devrait largement suffire.

— On ne se bat pas contre d'autres mômes, objecta Whitney d'un ton ferme.

— Pourtant, à moins de faire preuve d'un coupable angélisme, il va bien falloir, pour nous étendre dans Londres, répondit David.

— Oublie, répondit Whitney.

— Vous les connaissez pas ! s'exclama Franny d'un air courroucé. On avait des trucs super plantés là-bas. Ils ont tout arraché et, quand on est revenus pour essayer de sauver ce qui pouvait l'être, ils nous ont attaqués. Si bien qu'on en est réduits aux jardins du palais. Et avec toutes ces nouvelles bouches à nourrir…

— Donc, pour parler clairement, dit Maxie en fusillant David du regard, vous nous avez fait venir ici comme mercenaires.

— Jester me dit que vous êtes des combattants hors pair.

— Attendez, intervint Achille, il est où est le problème, là ? J'vois pas. On s'est toujours battus pour survivre. Si ces gamins créent des problèmes, on les vire et puis c'est tout. Je suis avec toi, David.

— Et les autres ? s'enquit ce dernier.

— Ça demande réflexion, répondit Blue. T'avoueras que t'y vas pas avec le dos de la cuiller…

Après une brève pause, il ajouta :

— Faut que je voie ces crevards par moi-même.

— *On ne se bat pas* contre d'autres enfants, répéta Whitney.

— C'est moi qui décide, coupa Blue d'une voix tranchante.

Jester esquissa un sourire.

— Et toi, qu'est-ce que t'en penses ? demanda Maxie en se tournant vers Olive.

— Faut qu'on en parle.

40

Sam avait traversé des moments difficiles, dérivant entre éveil et sommeil, dans un semi-coma ponctué de rêves d'un réalisme troublant. Avoir les mains attachées n'arrangeait rien. Certes, la chaîne lui permettait de s'allonger sur les sièges, mais le métal des menottes mordait ses chairs, pesait désagréablement sur ses articulations.

Un bruit dehors le réveilla. Quelque chose qui grattait le toit du métro. Ça avait bougé, puis ça s'était arrêté avant de bouger de nouveau, à petits gestes prudents, comme aurait pu le faire un animal. La rame grinça. Les yeux douloureux de fatigue, Sam fixa le plafond. Dans la pénombre, il était persuadé de voir quelque chose sortir de la plaque de métal. Une sorte de bête sombre et tordue qui se matérialisait brutalement hors de l'obscurité. Et puis il battit des cils, et c'était parti.

Assommé de peur et d'épuisement, désorienté, il sentit le froid le gagner. Le froid de l'impuissance absolue.

Quelques instants plus tard, il perçut un autre bruit. Des sortes de petits couinements dont il réalisa bientôt qu'ils provenaient d'un des jumeaux, en pleurs.

Sam adressa la parole au garçon, essaya de le réconforter. Il s'appelait Jason. Il était au plus mal. Il appelait ses parents. Sam ne savait trop quoi dire, surtout que lui aussi aurait rêvé de quelqu'un pour le consoler. Mais, au moins, lui parler éloignait un peu ses propres angoisses.

Soudain, un rugissement suivi d'un bruit sourd retentit. Sam frôla la crise cardiaque lorsque la porte s'ouvrit sèchement. Nick pénétra à l'intérieur, une cuvette en plastique à la main. Dans la nuit sans fin de la station de métro, Sam n'avait aucune idée de l'heure qu'il pouvait être.

Nick balaya du regard les quatre gamins.

— Qui veut aller aux waters ?

D'une voix à peine audible, Jason avoua une envie pressante. Nick détacha la chaîne de la tringle courant le long du plafond et l'accompagna jusqu'au seau au fond du wagon. Jason pouvait à peine marcher tant ses jambes étaient avachies et faibles. Nick dut pratiquement le porter.

Dominant le petit de toute sa hauteur, il le regarda faire ses besoins. Sam se demanda si, à la place de Jason, il réussirait. Dubitatif quant à la réponse, il décida de se retenir aussi longtemps que possible.

Après quoi, piochant dans sa bassine, Nick lâcha une louche de bouillie dans quatre bols en plastique. Du porridge, pour être exact. Avec beaucoup de sel et d'eau. Que Sam mit de côté pour plus tard.

— Tu ferais bien de manger maintenant, mon bonhomme, conseilla Nick. Je récupère les bols.

À contrecœur, Sam s'exécuta, enfournant de pleines cuillerées de brouet dans sa bouche pâteuse et sèche. Ensuite, Nick fit passer une bouteille d'eau, puis il nettoya la paille souillée par l'accident d'un des jumeaux.

Au plus profond de lui, Sam trouva enfin le courage de parler.

— Pourquoi vous nous retenez prisonniers ?

— Prisonniers ? répéta Nick avec un sourire. Mais on ne vous retient pas prisonniers, mon p'tit bonhomme.

— Alors pourquoi on est attachés ?

— Pour votre sécurité. On ne voudrait surtout pas que vous alliez traîner à droite à gauche pour vous perdre… ou vous faire attraper par un affreux.

— Vous mentez.

— Écoute, répondit Nick en passant affectueusement la main dans les cheveux de Sam, on veut juste que vous soyez en bonne santé et que vous mangiez bien, d'accord ? Ensuite, on aura tout le temps de voir ce qu'on va faire de vous. Inutile de se faire du mauvais sang, en tout cas. Dors, mon petiot, dors.

Puis il finit de ranger le wagon, vérifia les chaînes et sortit, sans oublier de fermer la porte à double tour derrière lui. Des bougies brûlaient toujours sur le quai, mais l'intérieur du wagon était plongé dans le noir. Prostré sur son siège, Sam faisait ce qu'il pouvait pour évacuer ses idées noires. Une fois encore, le truc sur le toit se fit entendre. Une suite de frottements et de frôlements bizarres.

— C'était quoi, ça ?

— Sans doute des rats, répondit Rhiannon. Ou le chat… qui chasse les rats.

— Y a des rats ici ?

— Les seuls que j'ai croisés, c'étaient Nick et Rachel.

Les froissements semblèrent se reporter sur le bord du toit.

— J'pense pas que ce soient des rats, dit Sam.

— Cherche pas, y a toutes sortes de bruits bizarres ici.

Durant un long moment, Sam fixa des yeux la fenêtre

du wagon. Des points noirs dansaient devant ses yeux, s'agglomérant en formes étranges.

Il battit des paupières. Quand il les rouvrit, un visage de l'autre côté de la vitre le regardait fixement.

Il flottait là, apparemment sans corps ni cou. Sam n'était même pas sûr qu'il soit humain. Tellement il était noir. Couvert de crasse. Avec un crâne chauve et pointu, et une barbe en désordre qui semblait lui jaillir du menton. Deux grands yeux éclairaient cette face de cauchemar, le blanc contrastant de manière saisissante avec la couleur de la peau.

Avec un frisson d'horreur, Sam réalisa qu'il n'avait ni bouche ni nez.

Il essaya de hurler, mais sa gorge était muette, comme dans les rêves.

Oui. Un rêve. Ça devait être ça. Pareille ignominie ne pouvait pas être réelle.

Il n'empêche que c'était toujours là.

Sam fixa la chose une demi-seconde, puis cligna des yeux. Elle avait disparu.

— T'as vu ça ? murmura-t-il, sous le choc.

— Quoi ?

Sam se tut un instant, l'image de cauchemar durablement imprimée sur la rétine. Impossible de la déloger de sa mémoire. En particulier ce morceau de peau lisse là où aurait dû s'ouvrir la bouche.

— Oh, rien, bougonna-t-il en se recroquevillant sur lui-même.

41

Assis sur un lit de camp au milieu de la salle de bal transformée en dortoir, Ben et Bernie assistaient sans rien dire à l'altercation. Bernie secoua la tête et prit la main de Ben. Pourquoi fallait-il que les guerriers soient toujours aussi remontés ? Elle était contente que Ben n'en soit pas un. Lui, il était intelligent, gentil et drôle. Pas le genre macho roulant des mécaniques dont elle avait horreur. D'ailleurs, au début, ça leur avait valu de subir pas mal de brimades de la part des autres. Et puis, quand ils avaient découvert qu'ils possédaient aussi des aptitudes précieuses, ils les avaient finalement acceptés. Bernie n'aurait juré de rien quant à la cause de l'empoignade. De toute façon, même si elle avait eu un avis, ils n'auraient pas été disposés à l'entendre maintenant. Il était question de guerre.

D'un côté, Blue, Achille, Gros Mick et l'essentiel des meilleurs guerriers. De l'autre, Whitney, Freak, Maxie, Sophie et les archers. Au milieu, Olive et Lewis, en agents de maintien de la paix. Les autres, petits et non-combattants, comme Ben et Bernie, observaient la scène en silence. Aucun enfant du palais n'était présent.

C'était dans des moments comme celui-là que Bernie regrettait Arran. Il aurait démêlé le truc en moins de deux, quand, là, indubitablement, on tournait en rond.

— Écoute, y a rien à discuter, dit Freak (ça faisait déjà plusieurs fois qu'il disait ça). Le fait est qu'on ne se bat pas contre d'autres enfants. Point barre.

— Parfaitement d'accord, acquiesça Maxie d'un air buté.

— Admets-le, Freaky-Deaky, accusa Achille. T'as pas les tripes.

La réponse fusa aussitôt sous la forme d'une grossière injure.

— Hé, les amoureux, dit Whitney, vous êtes priés de laisser vos histoires de couple en dehors de tout ça. C'est sérieux, là.

— Non, ennuyeux, corrigea Achille. Vous êtes qu'une bande de lavettes et puis c'est tout.

— Le truc, intervint Gros Mick, c'est que ces autres chevreuils-là, ces squatteurs… moi, je les connais pas. Je m'en fous d'eux. Tout ce qui m'importe, c'est notre bande à nous.

— Et les enfants du palais, non ? demanda Maxie.

— Quoi, les enfants du palais ? répondit Mick. Ouais, y me gênent pas, ceux-là.

Freak se redressa d'un bond.

— Le soir même où Jester s'est pointé, Arran a dit qu'on était du côté de tous les enfants de Londres.

— C'est vrai, j'étais là, acquiesça Ben.

— Personne vous a sonnés, les émos, coupa Achille.

Sophie, silencieuse jusque-là, s'engouffra dans la brèche. Bernie avait remarqué depuis longtemps qu'elle écoutait avec attention, attendant discrètement son heure.

— Est-ce que je peux dire quelque chose ?

— Tu ferais mieux de rester en dehors de ça, soupira Maxie. Ça te concerne pas.

— Elle fait partie du clan, maintenant, fit valoir Olive.

— Ah bon ?

— Pourrais-tu, au moins, me laisser dire un mot, Maxie ? poursuivit Sophie d'un ton coupant.

Maxie baissa les yeux d'un air embarrassé.

— On t'écoute, dit Olive.

— Je pense que je suis la seule ici à savoir vraiment ce que ça fait de tuer un autre enfant. Et, franchement, j'aimerais autant ne pas le savoir. Mais c'est le cas. Or, croyez-moi, c'est terrible. Pas une minute ne passe sans que j'y repense et que je sois prise d'affreux remords. Et je vous parle d'un accident ! Non, jamais je ne prendrai le risque que ça se reproduise. Donc, quoi que vous décidiez, je n'affronterai pas ces gamins.

— Elle a raison, approuva Whitney. On n'est pas là pour tuer d'autres mômes.

— J'comprends même pas que vous puissiez en discuter, ajouta Maeve.

— OK, OK, du calme, tout le monde, cria Olive. Essayons de ne pas nous perdre en route. Personne ne suggère que nous prenions d'assaut ce camp de squatteurs en tuant froidement tous ceux qui se dresseraient sur notre passage. David a parlé d'une simple démonstration de force.

— Ouais, acquiesça Mick, juste les secouer un peu !

— Mais pourquoi ? demanda Maxie. Qu'est-ce qu'ils ont à voir avec nous ?

— Vous savez quoi ? dit Lewis, à la grande surprise de Bernie, persuadée, le voyant dos au mur, les yeux clos, qu'il s'était endormi sous son afro fraîchement lavée.

Moi, je dis… que, dans un sens… c'est David qui a raison. Si on veut retrouver une vie normale, c'est toute la ville qu'il faut qu'on sécurise. Pas juste un petit endroit.

— OK, donc, si je te suis bien, on fait la paix en attaquant les gens ? ironisa Freak. Excuse-moi, mais t'as une notion particulière de la sécurité. Parce que moi j'appelle ça la guerre.

— C'est la guerre seulement s'ils veulent que ça en soit une, cousin, répondit Lewis.

— Ah, donc c'est leur faute…

— Je suis d'accord avec Lewis, dit Olive. Si ces squatteurs nous écoutent – s'ils acceptent nos arguments –, alors on gagne des alliés. On accroît notre territoire. On sécurise la zone, et puis, ensuite, on va plus loin…

— Comment ça *on* ? l'interrompit Maxie. Tu veux dire David. C'est lui qui veut reconquérir Londres.

— Pourquoi est-ce que tu refuses de reconnaître la valeur de ce que David a fait ici ? demanda Olive. Si on arrive à rassembler tous les petits groupes d'enfants éparpillés un peu partout dans Londres, alors, très vite, c'est la civilisation qui repartira.

— Donc on fait la paix en faisant la guerre ? renchérit Freak.

— Hélas, répondit Olive, regarde la Grèce et la Rome antiques…

— Excuse-moi, mais j'vois pas le rapport, s'emporta Freak. Moi, tout ce que je sais, c'est que mon seul ennemi, c'est les adultes.

— Et, si on veut les battre, on n'a pas d'autre option que de s'unir, répliqua Olive. C'est eux ou nous. Aussi basique que ça. Je suis persuadé que ces squatteurs comprendront et qu'on n'aura pas à se battre.

— Et qu'est-ce qui te fait dire ça ? riposta Maxie. Tu ne les connais même pas…

— Bon, coupa Blue, ma décision est prise. J'sais pas vous, mais moi, j'ai entendu assez de blabla pour la soirée. Dès demain, je vais aller trouver ces mioches et voir ce qu'ils ont dans la caboche. Qui m'aime me suive. Je force personne. Libre à ceux qui le souhaitent de rester. Tout ce que je veux, c'est entendre ce que ces types ont à dire.

— Et comment tu crois qu'ils vont vous accueillir si vous déboulez là-bas armés jusqu'aux dents ? demanda Whitney.

— On ira légers, répondit Blue. Pas de lances, pas d'épées ni de couteaux. Que des trucs en bois, genre manches de pioche ou quoi. Au cas où ça tournerait mal. Mission : leur foutre la trouille, pas les zigouiller tous.

— Ça me semble raisonnable, conclut Olive. J'en suis.

— Ça me dit toujours rien qui vaille, ajouta Maxie, mais, bon, d'accord. Allons au moins leur parler les yeux dans les yeux.

42

Callum tournait sur son circuit au pas de course. Seize passages entre les rayons du supermarché étaient déjà derrière lui. Il était parti pour vingt. Il avait mal dormi. À tel point qu'il avait entamé son entraînement avant même le lever du jour. La veille, pourtant, la journée avait été bonne. Presque par hasard, il avait mis la main sur une pile de vieux magazines qui lui avaient permis de s'évader un peu. Avant de se coucher, il était monté au nid d'aigle pour regarder le coucher de soleil et voir si les adultes étaient toujours là.

De fait, ils l'étaient.

Pauvres débiles.

C'est là qu'il en avait vu arriver un nouveau… et que tout avait changé.

Un père. Gras et grêlé de furoncles. Il était vêtu d'un short et d'un débardeur blanc frappé de la croix rouge. De petites touffes de cheveux hérissaient son énorme crâne par ailleurs parfaitement chauve. Une tête si énorme qu'elle en paraissait enflée. Il portait des lunettes à monture métallique sans verres et semblait plus intelligent que les autres. À croire même qu'il possédait un ascendant sur eux. C'était la première fois que Callum voyait ça. Un semblant d'organisation chez les adultes qui, habituellement, chassaient en meute désordonnée. Alors que là, sans aucun doute possible, ce père agissait comme un chef mobilisant ses troupes. De plus, il portait une arme. Une simple matraque, certes, mais, là encore, ça contredisait tout ce que Callum croyait savoir.

Ce meneur était accompagné d'une petite bande dont certains possédaient aussi des armes. Un groupe hétéroclite qui restait ensemble. L'un d'eux avait une flèche en acier qui lui traversait l'épaule, un autre un maillot de Manchester United, un troisième, torse nu, plus qu'un bras et le corps tout entier couvert de cloques. Le dernier portait un costume à fines rayures façon jeune requin de la finance et il semblait bien qu'il avait une oreillette Bluetooth enfoncée dans l'oreille.

Le pire était que, quand le gros chauve avait levé les yeux et croisé le regard de Callum, on aurait dit qu'il souriait.

Callum y avait repensé toute la nuit. Ces nouveaux venus foutaient la trouille. Ils avaient l'air dangereux. Aussi, dès que l'aube avait pointé, s'était-il discrètement glissé sur le balcon pour voir s'ils étaient encore là.

De fait, ils y étaient.

Il avait toujours deux bombes et quelques missiles prêts à l'emploi. Si ces adultes se lançaient dans un assaut concerté du supermarché, il riposterait avec toute sa puissance de feu. D'ici là, sa seule option était de tenir le siège en attendant de voir ce qui allait se passer.

Il se dit qu'il était juste fatigué – ce que sa mère répétait toujours quand il était de mauvais poil ou qu'il se faisait du mouron : « C'est rien, tu es juste fatigué » ; ou bien : « Tu as pris un verre d'eau ? » ; ou encore : « Mange un fruit, t'es en manque de sucre… »

Tôt ou tard, ce gros cul aux couleurs nationales allait finir par se lasser et s'en aller. Comme toujours. Inutile de se prendre la tête avec ça.

Il fallait simplement courir un peu. Ça faisait du bien.

Trente tours.

Voire quarante.

Peut-être même courir à perpétuité.

43

Blue bâilla et leva les yeux vers le ciel. Le temps était gris. De lourds nuages barraient l'horizon. Il n'était pas encore sept heures du matin que l'on sentait déjà qu'il ne faudrait pas espérer voir le soleil aujourd'hui. En entendant le tonnerre gronder au loin, Blue frissonna. Il aurait de loin préféré traîner dans son lit. Mais il y avait du pain sur la planche.

De l'avis général, il avait été convenu que le meilleur moment pour se rendre à St James Park à la rencontre des squatteurs était le petit matin, quand ils seraient encore endormis. Hormis Freak, Sophie et ses archers, et quelques autres qui avaient décidé de s'abstenir, la plupart des commandos étaient de la partie. Pod et Jester, accompagnés d'une section de soldats du palais, complétaient l'effectif.

— C'est quoi le problème avec David ? s'enquit Blue. Pourquoi il ne vient pas avec nous ?

— C'est pas trop un guerrier, répondit Pod. Plus un leader, tu vois ?

Faisant nonchalamment tournoyer dans les airs son manche de pioche, Achille se porta à leur hauteur et demanda :

— Et tous ces bouffons en uniforme, là ? Avec leurs super flingots ? Pourquoi ils n'en sont pas non plus ?

— C'est vrai, ça, acquiesça Blue. Si David voulait une démonstration de force, pourquoi il les a pas envoyés en première ligne ?

— Vous savez, répondit Pod, avec six fusils et une vingtaine de balles en tout et pour tout, ils sont plus là pour la déco qu'autre chose. Et puis, il faut bien quelqu'un pour garder le palais. Imaginez qu'une attaque ait lieu pendant qu'on est sortis. Ce serait la cata.

— Parle-nous un peu des bouffons, poursuivit Achille. C'est qui, ces mecs ?

— Tous les gars que vous voyez en uniforme viennent du même pensionnat, répondit Jester. Une boîte à bac quelque part dans le Surrey. Quand tout est parti en vrille, David les a conduits ici. Nous, on était déjà installés, mais c'était le chambard total. Il a vite remis les pendules à l'heure. Il était président des élèves, avant.

— On jouait contre eux au cricket, ajouta Pod. Enfin, pas moi personnellement, parce que je suis plutôt rugby comme gars, mais notre école.

— Une scolarité entière en internat lui a permis de tisser des liens très forts avec les autres élèves, dit Jester. Certains des gars que David a amenés avec lui travaillent au jardin ou aux cuisines, mais la plupart font partie de la garde. Je crois qu'ils ont suivi un entraînement militaire là où ils étaient.

— En attendant, m'est avis qu'en combat de rue ils ne valent rien comparés à vous, renchérit Pod. J'ai hâte de vous voir en action. D'ailleurs, je vous piquerai peut-être quelques trucs, hein ?

— Vois-tu, j'aimerais autant éviter d'avoir à entrer en action, répondit Blue.

— Bien sûr, bien sûr, je comprends. Bah, si c'est pas aujourd'hui, ce sera pour une autre fois.

— Si on est venus ici, c'est pour arrêter de nous battre.

— À d'autres, répliqua Jester. Vous vous ennuieriez à mourir. Au fond, vous adorez la castagne.

Un grognement ambigu s'échappa de la bouche de Blue. Impossible de dire s'il signifiait oui ou non.

— Bon, on y va ? demanda Achille d'un ton impatient.

— Ouais, je crois qu'on est prêts, répondit Jester.

— À mon commandement ! Marche ! tonna Blue, et la petite troupe quitta le palais d'un pas lourd.

Alors qu'ils contournaient le Victoria Memorial, quelqu'un s'écria :

— Hé, visez un peu ça !

Tournant la tête, ils découvrirent que le monument avait été tagué. Quelqu'un avait bombé la tête de la reine en jaune et fait deux points noirs à la place des yeux, qu'il avait soulignés par un grand sourire niais, façon smiley. Sur le socle s'étalait un message soigneusement tracé au pochoir. Deux mots énormes, de couleurs vives – « ARRAN EST LÀ » signés « FREAKY-DEAKY ».

Maxie éclata de rire.

— Comment Arran pourrait-il être encore en vie ? demanda Achille. Je l'ai vu brûler.

— T'y es pas, répliqua Maxie, c'est un message de Freak pour qu'on oublie pas ce à quoi croyait Arran.

Comme pour confirmer ses dires, Freak apparut au sommet des marches et regarda passer la petite troupe des gamins.

— Freak est un débile, dit Achille.

— Allez, Ach', tu crois bien en quelque chose…

— Bien sûr : « Après moi le déluge. »

Maxie secoua la tête d'un air affligé et sortit du rang pour aller rejoindre Freak, au sommet des marches.

— Super graff, dit-elle.

Après un petit geste d'indifférence, Freak lança :

— Tu sais, t'es pas obligée d'y aller.

— Je sais, mais il faut bien quelqu'un pour calmer le jeu si les commandos pètent un câble. Avec eux, une bêtise est vite arrivée.

— Alors bonne chance et fais bien attention à toi, répondit Freak en la prenant dans ses bras.

— Toi aussi.

— J'aimerais tant qu'Arran soit là, murmura Freak à son oreille.

— Mouais, bougonna Maxie avant d'ajouter : Bon, faut que j'y aille, sinon y vont me lâcher.

Freak la regarda s'éloigner au pas de course et rejoindre la queue du peloton au moment où celui-ci s'engageait dans St James Park.

Mentalement, il pria pour que tous reviennent.

Jester gratifia Blue d'une claque dans le dos.

— Tu vois ? C'est là, ta place. À la tête des troupes. Franchement, tu vas pas me dire que t'es pas mieux ici qu'au palais à regarder pousser les légumes, hein ? T'es un général dans l'âme, mon pote.

— Si tu le dis.

Le parc longeait un immense lac artificiel. Le niveau avait baissé par rapport à avant, mais cela faisait encore une belle réserve d'eau.

— Parfait pour irriguer les cultures, expliqua Jester. Tu savais que pendant la Seconde Guerre mondiale la plupart des parcs avaient été transformés en jardins potagers ? Y a largement assez d'espace pour nourrir tous les enfants qui restent. Mais, pour ça, il faut que le terrain soit sûr, sans quoi on récoltera jamais rien. Sans sécurité, ne reste que la maraude comme moyen de subsistance. Comme vous avant. Ou comme ces squatteurs…

— Au fait, c'est qui, ces types ? demanda Achille.

— Ils ont débarqué il y a quelques mois, répondit Jester. De ce qu'on en sait, avant de s'installer ici, ils ont erré dans Londres en faisant de la rapine. La première chose qu'ils ont faite à leur arrivée, c'est de déterrer toutes nos cultures et de les manger. Et si on essayait de s'approcher pour replanter, ils nous attaquaient. Ils ne veulent absolument pas entendre parler de nous. Ils ont bien tenté de cultiver des trucs, mais ils ne savent pas s'y prendre.

— Z'ont un chef ? demanda Blue.

— Oui. John.

— John comment ?

— Juste John.

— Juste John ?

— Ouais, Juste John.

— Et il est comment, ce Juste John ?

— Genre pas commode, confia Jester. Impossible de discuter avec lui. Peut-être même encore moins commode que toi, Blue. Tu vois le tableau ?

— T'inquiète, répondit Achille en cognant son manche de pioche dans sa paume. Même les pas commodes, y a des arguments qu'ils comprennent.

— Pas d'accrochage si on peut l'éviter, objecta Blue.

— C'est toi le patron…

— Le divin policier, commenta Jester en sentant tomber les premières gouttes de pluie.

— Qu'est-ce tu racontes, toi ?

— La police espérait toujours qu'il pleuvrait les jours de grosse manif. Parce que, dans ces cas-là, non seulement la plupart des gens restent chez eux, mais en plus ça refroidit les ardeurs de ceux qui se déplacent. Qui a envie de mener une émeute sous une pluie battante ? Personne ne veut se battre sous la douche.

— Il faut le souhaiter, répondit Blue d'un air sombre.

Postée sur le flanc droit, Maxie releva la capuche de son sweat. Ce n'était pas idéal, mais c'était toujours ça. D'autant que son nouveau blouson de cuir était raisonnablement étanche. Jetant un coup d'œil sur le gros de la troupe, elle vit Olive qui remontait de l'arrière. Un problème ? Après qu'il eut rejoint Achille, tous deux s'écartèrent un moment du groupe pour se parler.

Maxie avait de l'estime pour Olive, même si elle n'était plus certaine de savoir à quoi s'en tenir avec lui. Olive était quelqu'un de compliqué dont le cerveau en perpétuelle ébullition était capable des pensées les plus tordues. Tant qu'ils avaient marché vers le palais, la poursuite d'un objectif commun avait soudé le groupe comme jamais. Mais, depuis qu'ils étaient arrivés, les liens se distendaient.

Ils parvinrent à un endroit où, sur la gauche, les arbres laissaient place à un vaste carré de pelouse scarifié de traces de culture – l'essentiel en avait été saccagé. De toute évidence, on avait essayé de replanter, sans grand succès comme le démontraient de maigres pousses ployant sous l'averse à côté d'autres purement et simplement aplaties dans la glaise.

Un triste spectacle.

— Des mois de travail sabotés, commenta Jester. Ces mecs sont vraiment des sauvages.

Balayant les alentours du regard, Blue aperçut un petit groupe de gamins débraillés blottis les uns contre les autres sous l'auvent d'une construction de bois et de verre qui avait jadis été un des cafés du parc. Ils avaient l'air armés. Deux d'entre eux démarrèrent en trombe et déguerpirent à toutes jambes.

— Hum, j'crois qu'ils nous ont vus.

— Continuons d'avancer, répondit Jester. Qu'on en finisse avec ça.

— Ouais, acquiesça Achille en ajoutant un crachat à l'averse.

Quelques mètres plus loin, ils arrivèrent en vue du camp de toile des squatteurs, un anarchique éventail de tout ce que pouvaient compter les gammes de matériel de camping en termes de tentes : de la plus grande à la plus petite, de la plus chère au premier prix, de la plus inconfortable à la plus sophistiquée, éparpillées au petit bonheur au bout du parc, sans le moindre schéma d'ensemble. Un semblant de barricade faite de bric et de broc s'élevait à la lisière du camp. Deux gamins montaient la garde sous une bâche en plastique.

Le détachement pénétra dans le camp jonché d'ordures et de détritus. Il y en avait partout : par terre, dans la boue, accrochés dans les arbres, empilés en tas dans les coins. Un vieux landau servait de chariot à bois. En dehors des quelques sentinelles qu'ils avaient croisées, il n'y avait absolument personne. Soit ils dormaient encore, soit ils étaient restés à l'abri sous leurs tentes.

De l'autre côté de la rue bordant le parc, on apercevait Horse Guards Parade, une immense place en U, bordée de prestigieux édifices. En arrière-plan du bâtiment principal, l'arc de cercle de la grande roue de Londres, le *London Eye*, s'élevait dans le ciel plombé.

Au fond de la place d'honneur, les squatteurs avaient construit diverses bâtisses en dur : une suite de cahutes, de cabanes et d'appentis, montés à la va-vite à partir de matériel de récupération. Des bâches en plastique, censées assurer la couverture de ces taudis, se creusaient sous le poids de l'eau. Des rigoles de pluie dégringolaient sur le gravier déjà détrempé de Horse Guards Parade. Un vrai bidonville.

Pataugeant dans les flaques, la division du palais s'avança vers le centre de la place. Un groupe du camp d'en face vint à sa rencontre. Des loqueteux à la peau tannée, habitués à vivre dehors.

À leur tête marchait un ado armé d'une grosse batte, hérissée de trois dagues scellées par du ruban adhésif. Il portait un ample corsaire qui lui arrivait sous le genou et rien d'autre. De grossiers tatouages ornaient sa poitrine et ses cheveux ultracourts laissaient apparaître des motifs assez semblables à ceux que portait Achille. Il lui manquait plusieurs dents. Son visage paraissait taillé à la serpe.

— Juste John, je présume, marmonna Blue. Il n'a rien d'extraordinaire.

— T'y fie pas, rétorqua Jester.

— Mec, tu sauras que je ne me fie à rien ni à personne.

À côté du leader se tenait un autre ado, genre pirate : bandana noué autour du crâne, chemise aux manches coupées, le même corsaire que son chef au-dessus de bottes sans chaussettes sur lesquelles il faisait claquer le plat de sa machette.

Derrière ces deux-là se trouvaient quatre balèzes armés de battes de base-ball.

— C'est toi, Jester ? appela Juste John en plissant les yeux sous la pluie qui tombait dru maintenant, martelant le sol avec une telle vigueur qu'un brouillard d'embruns semblait monter de la cour carrée.

— Ouais. On est venus causer.

— Revenez quand il fera meilleur, rétorqua le pirate.

— Quand est-ce que ça va rentrer dans ton petit crâne de piaf ? ajouta Juste John. On veut pas discuter avec vous.

— Et jamais on partira, renchérit le pirate.

— On ne veut pas vous faire partir, déclara Jester. On veut que vous travailliez avec nous.

— Sinon quoi ? dit Juste John.

— Sinon on bousille votre camp et on vous force à vous barrer.

— Vous avez déjà essayé.

— Les choses sont différentes aujourd'hui. On a du renfort.

D'un œil plein de mépris, la lippe grimaçante, Juste John inspecta les rangs d'en face.

— Et je suis supposé avoir peur ?

— Écoute, dit Jester, c'est stupide. Entre jeunes, on devrait s'entraider. À nous tous, on pourrait établir une zone sécurisée, vivre correctement, manger une nourriture décente.

— On est bien comme on est, répondit John. On se débrouille.

Maxie embrassa le camp du regard. Difficile de se faire une idée précise sous la pluie battante, mais, tout de même, ça respirait la misère et le provisoire. Pouvait-on choisir de vivre dans ces conditions ?

— C'est quoi, exactement, le problème avec David ? demanda-t-elle en élevant la voix pour couvrir le bruit de l'averse.

— Qu'est-ce que j'entends ? railla John d'une voix gouailleuse. La pouffiasse a dit quelque chose ?

Maxie se concentra pour garder son calme. S'énerver ne ferait qu'envenimer les choses.

— Je disais : c'est quoi le problème avec David, exactement ?

— Qu'est-ce que ça peut te foutre ? T'es qui, d'abord ?

— Quelqu'un qui veut aider.

— Alors comme ça, il recrute des gonzesses pour faire le coup de poing à sa place. Faut vraiment qu'y soit à la ramasse…

— Réponds à ma question, insista Maxie.

— Ouh, mais c'est qu'elle serait mauvaise, la grognasse.

Maxie se tut. Inutile d'essayer de discuter avec ce genre d'énergumène. Soudain, elle en vint à comprendre David. Finalement, le pirate rompit le silence :

— Le problème avec David, c'est que c'est un baltringue. On peut pas le blairer. Et, surtout, on veut pas qu'il nous dise quoi faire. À le voir, on croirait que la ville lui appartient. Mais c'est qui, ce bouffon, pour nous donner des ordres ?

— Compris, répondit Maxie. Mais vous pouvez pas, au moins, leur permettre de cultiver des terres dans le parc ?

— En quel honneur ? répondit le pirate en agitant ostensiblement sa machette. C'est pas son parc.

— Bon, maintenant, bande de losers, qu'est-ce que vous diriez de nous lâcher la grappe et de foutre le camp ? coupa Juste John.

— Faut qu'on règle ça une fois pour toutes, répondit Jester d'un ton décidé.

— Ben, vas-y. Je t'attends, rétorqua John en riant.

Achille sortit du rang.

— OK, ça suffit comme ça, marmonna-t-il.

Et avant que Juste John ait compris ce qui lui arrivait, il lui balança un puissant coup de manche de pioche en pleine tête, le séchant sur place.

Les combattants des deux camps fixèrent d'un œil ahuri le corps de John étendu sur le carreau, inanimé.

— Mais pourquoi t'as fait ça ? beugla le pirate.

— Sa tête me revenait pas, répondit Achille. Et puis y commençait à me courir avec ses histoires. Maintenant, toi, capitaine Jack Sparrow, c'est quoi ton blase ?

— Carl.

— Bon, Carl, tu m'as l'air un peu plus sensé que ton crétin de chef, alors, on peut discuter ou on dézingue tout ici ?

Un rire moqueur fusa du camp du palais. Carl jeta un regard inquiet autour de lui, auquel répondirent aussitôt plusieurs de ses gars en se portant à sa hauteur.

— Y a rien à discuter, dit Carl en levant sa machette.

— Comme tu voudras, répondit Achille d'une voix calme.

— Arrêtez, intervint Maxie. On ne veut pas se battre.

— Fallait pas commencer, dans ce cas, dit Carl. Parce que, maintenant, vous allez devoir finir ce que vous avez commencé.

Un chant monta des rangs de l'équipe de Pod. « Des coups – des coups – des coups… »

Maxie sentit que ça dégénérait.

Un éclair aveuglant zébra le ciel noirâtre, immédiatement suivi d'un grondement de tonnerre qui fit trembler le sol sous leurs pieds. Maxie n'imaginait pas qu'il puisse pleuvoir plus fort que ce qui tombait déjà. Pourtant, la pluie redoubla d'intensité.

Le chant continua d'enfler. D'autres squatteurs, munis d'objets tranchants et contondants en tout genre, prirent position. Ils avaient l'air un peu perdus. La pluie leur cinglait le visage.

— Rentrez chez vous ou va y avoir du sang, menaça Carl, rasséréné par ce renfort.

Des coups – des coups – des coups – des coups – des coups – des coups – des coups…

Dominant Juste John de toute sa hauteur, Achille restait solidement campé sur ses appuis, prêt à dégainer son manche de pioche.

— Amène-toi, le pirate…

Carl fit deux pas en direction de son chef et tenta de l'aider à se relever.

— On dirait que t'es pas d'humeur causante, grogna Achille. Ça tombe bien, moi non plus.

— Arrêtez ! hurla à nouveau Maxie. Arrêtez, je vous dis !

Des coups – des coups – des coups – des coups – des coups – des coups – des coups…

44

Assis sur les marches du Victoria Memorial, le menton posé sur les genoux, Freak demeurait obstinément immobile sous le déluge.

Il avait un mauvais pressentiment.

Et si quelqu'un était blessé ? Et si Maxie était blessée et qu'il ne soit pas là pour l'aider ?

Ils avaient traversé tant d'épreuves ensemble. Sa place était au côté de ses amis. Maxie avait besoin de lui. Avec des barjos tels qu'Achille et Gros Mick, on pouvait s'attendre à tout.

Sans parler de Jester. Quelle entourloupe ce clown cachait-il encore dans sa manche ?

Freak se redressa.

Un éclair déchira le ciel. Un interminable grondement s'acheva sur un énorme boum. La bande-son d'une foutue Troisième Guerre mondiale.

Il se leva et s'élança vers le parc. Au pas de course.

Des coups – des coups – des coups – des coups – des coups – des coups – des coups…

C'était parti.

Achille se rua sur Carl en esquivant sans difficulté un coup de machette qui manquait de conviction. Dans le même élan, il répondit en enfonçant violemment le talon de son manche de pioche dans la panse de son adversaire, qui se plia en deux. Achille en profita pour lui asséner un grand coup de genou au visage. Le pirate avait son compte. Achille poursuivit son assaut et, rapidement, deux autres squatteurs allèrent au tapis.

Enhardi par ce morceau de bravoure, Pod et son équipe chargèrent avec des hurlements. Saisissant le poteau déjà branlant d'une cahute, ils le secouèrent jusqu'à ce que l'ensemble vacille et s'effondre dans une immense gerbe d'eau.

Ils poussèrent un cri triomphal.

— Arrêtez ! hurla encore Maxie.

Sa voix se perdit dans le chaos général qui s'était emparé du camp. Telles des guêpes en colère, des gamins sortaient de partout. Le détachement du palais se lança à corps perdu dans l'affrontement. Une bagarre générale s'engagea sur la place. Les coups pleuvaient. Les gamins cognaient, s'empoignaient. Les squatteurs n'étaient pas tous armés, loin de là. Achille et ses guerriers se concentraient sur ceux qui l'étaient afin d'éviter autant que possible toute effusion de sang.

Freak courait à toutes jambes dans l'allée longeant le lac quand lui parvinrent les premiers échos de l'échauffourée.

— Merde !

Il chercha des yeux un objet pouvant lui servir d'arme. Il n'avait rien sur lui.

— Imbécile !

Un gamin qu'il ne connaissait pas sortit de l'ancien café à son approche.

— Hé, tu fais qu… ?

Freak le heurta de plein fouet. Le môme valdingua. Freak augmenta encore l'allure.

Immobile, Blue observait la scène sans réagir.

— Faut arrêter ça, le secoua Maxie.

— Comment ?

— J'sais pas, moi, prends les choses en main ! Fais quelque chose !

Avant qu'ils aient eu l'occasion d'en dire davantage, un groupe de squatteurs se précipita vers eux et Blue n'eut d'autre choix que de jouer du manche de pioche pour se défendre. Olive et ses artilleurs se mirent aussitôt de la partie. Une grêle de petits cailloux cribla les jambes des assaillants, qui reculèrent bien vite en traînant la patte et en les inondant d'injures.

Pod et les siens allaient de cabane en cabane, détruisant tout sur leur passage. Surgie d'un des réduits qu'ils secouaient, une grande fille beugla à pleins poumons :

— Mais qu'est-ce que vous foutez ? Y a des petits là-dedans !

Pod marqua un temps d'arrêt. Un vagissement de bébé résonna à l'intérieur de la cahute qui tanguait dangereusement sur ses poteaux près de basculer. Brutalement, les combattants arrêtèrent leur geste et tentèrent de retenir la cabane.

— Vous êtes cons ou quoi ! éructa Blue en se précipitant à l'intérieur.

Il en sortit deux secondes plus tard, portant dans les bras un bébé, qu'il balança presque à la fille avant de retourner illico à l'intérieur et d'en extraire un second bambin. Sourd aux cris de la fille disant qu'il ne restait personne, il tourna les talons et disparut une troisième fois à l'intérieur.

À peine était-il entré que la cabane s'effondra dans un horrible fracas. Aussitôt, Pod et son équipe se mirent à déblayer avec frénésie l'amas de contreplaqués, de planches, de plastique et de tôles ondulées.

Tandis que tout le monde se concentrait sur Blue, Maxie retourna auprès de Juste John qui reprenait ses esprits. Sa lance meurtrière pendait mollement au bout de son bras. Il essayait avec peine de s'asseoir. Si elle arrivait à le raisonner, peut-être pourrait-on mettre un terme à cette folie.

Elle avait emporté la batte d'Arran dans son sac à dos – en espérant qu'elle n'aurait pas à s'en servir –, mais, là, elle n'avait plus le choix. Au moment même où elle passait le bras au-dessus de son épaule, elle écopa d'un terrible coup au flanc qui lui coupa net la respiration et lui donna l'impression que ses côtes s'arrondissaient dans le mauvais sens. Elle tituba, la vue trouble. Un autre assaut suivit. Elle pivota pour parer. Le coup la cueillit au bras, anéantissant toute sensation jusqu'au bout de ses doigts.

Trois squatteurs armés de battes de base-ball lui faisaient face. L'un d'eux lui porta un nouveau coup. Elle se plia en deux pour l'esquiver. Une douleur insoutenable lui arracha un grognement sourd. Durant un instant, elle crut qu'elle allait s'évanouir. Jamais elle ne parviendrait à éviter le suivant.

Soudain, les trois squatteurs dégringolèrent comme des quilles un soir de compétition de bowling, avec Freak dans le rôle de la boule.

Il avait foncé dans le tas tête baissée, sans faire de quartier. Alors que les trois morveux faisaient ce qu'ils pouvaient pour se relever, il ramassa une batte tombée au sol et, dans un déchaînement de violence, les roua de coups.

Pliée en deux, luttant contre la douleur, Maxie tentait tant bien que mal de reprendre son souffle.

La lutte entre Freak et les trois squatteurs ne semblait pas devoir s'éterniser. Un des gamins partit en courant sans demander son reste, un autre s'effondra, inanimé. Freak s'apprêtait à achever le troisième quand, subitement, il s'arrêta dans son geste et poussa un cri. Ses jambes se dérobèrent sous lui. Il tomba assis par terre dans le gravier, les yeux perdus dans le vague. Une bulle de salive se forma sur sa bouche pendant qu'une horrible tache de sang grossissait à vue d'œil dans son dos.

Juste John. Depuis le sol, il avait planté son horrible lance à trois lames dans le dos de Freak.

Maxie poussa un cri de bête sauvage.

— Non !

Toute douleur oubliée, animée d'une force surhumaine attisée par la rage et le désespoir, elle réagit à la vitesse de l'éclair, lançant son bras de toutes ses forces. Dans une traînée argentée, la batte d'Arran cingla l'air et s'abattit sur le bois de la lance de John, la lui arrachant des mains.

Il leva les yeux vers elle, surpris. Maxie brandit la batte au-dessus de sa tête.

— Dis-leur d'arrêter ! cria-t-elle. Maintenant !

— Dans tes rêves, pouffiasse.

La batte lui écrabouilla le nez au milieu de la joue. John poussa un terrible hurlement. Le tenant en respect sous sa semelle, Maxie ramassa sa lance.

— Maintenant, tu vas leur dire d'arrêter ! beugla-t-elle en pressant les trois lames sur sa gorge. Et t'avise plus jamais de m'appeler pouffiasse, sac à merde.

John baragouina quelque chose qui se perdit dans les glouglous sanguinolents de ses cloisons nasales déchirées.

Détournant un instant les yeux, Maxie vit Carl et une poignée de durs aux prises avec Achille et ses meilleurs commandos.

— Arrêtez tous ! hurla-t-elle.

Les ados s'immobilisèrent au milieu de leur geste. Carl n'en revenait pas. Il était hypnotisé par le visage ensanglanté de Juste John et par Maxie au-dessus de lui, qui tenait sa lance.

Qu'est-ce qu'elle lui avait fait ?

— Arrêtez ou je le tue ! menaça-t-elle. Je vous jure que je le ferai ! Baissez vos armes ! Maintenant !

— Si j'étais toi, je ferais ce qu'elle dit, commenta Achille.

— OK, répondit Carl. Baissez vos armes, vous autres !

Ensemble, les squatteurs abandonnèrent le combat.

45

Encore quelques efforts et Pod parvint enfin à extraire des décombres le corps inanimé de Blue. Une poutre tombée du plafond l'avait assommé. Néanmoins, il était toujours en vie. Pod ordonna à son équipe de bricoler un brancard à partir des débris.

Son afro détrempée lui faisant une tête deux fois plus petite que d'habitude, Lewis lâcha :

— Tu peux directement leur dire d'en faire deux.

Pod le regarda d'un air perplexe.

— Freak est touché.

La désolation succéda à l'ivresse du combat à mesure que les squatteurs prenaient conscience des dégâts. Nombre de leurs cahutes étaient entièrement démolies, la moitié de leurs tentes piétinées. Tout le monde était trempé jusqu'aux os. Les petits pleuraient.

Achille et ses guerriers encerclaient Juste John qui se traînait sur le gravier en luttant pour retrouver ses esprits.

Un autre groupe était massé autour de Freak, assis à l'endroit même où il était tombé. Olive pressait un tissu sur la blessure dans son dos. Maxie le tenait dans ses bras, retenant ses sanglots.

— J'veux pas mourir, balbutia Freak.

— Alors accroche-toi.

Levant les yeux, Maxie croisa le regard d'Olive, où se lisait le plus profond désespoir.

— Je me sens pas bien, dit Freak. J'voudrais que maman soit là. Comme elle était avant. Avant le mal. J'voudrais que tout soit comme avant. J'ai jamais rien demandé, moi. Avant, c'était juste moi et Deke. On graffait notre tag partout sur les murs.

— Freaky-Deaky, ajouta doucement Maxie.

— Ouais… Au fait, où il est, Deke ? Deke ?

— Il est pas là.

— Moi non plus, répondit Freak en fermant les yeux.

— Le saignement s'est arrêté, remarqua Olive.

— Il est mort, marmonna Maxie d'une voix blanche.

46

Après avoir enroulé le corps de Freak dans une couverture, ils le posèrent délicatement sur une des civières, puis ils forcèrent Juste John à se relever et lui attachèrent les mains dans le dos.

Maxie leva les yeux vers le ciel un instant, puis s'avança vers Carl, de toute évidence le second de John, et son escouade de squatteurs qui assistaient à la scène sans mot dire.

— Voilà comment ça va se passer, dit-elle d'une voix claire et ferme. On retourne au palais et on prend John avec nous. Vous avez jusqu'à ce soir pour décider de ce que vous allez faire. Quoi qu'il arrive, avant la nuit, vous enverrez quelqu'un au palais pour nous faire part de votre décision. Ensuite, on avisera.

— Comment ça, on avisera ?

— Boucle-la quand je parle, Carl ! De deux choses l'une. Soit vous optez pour la paix et, dans ce cas, on établit ensemble un terrain d'entente et vous remmenez John avec vous. Tout est bien qui finit bien. Soit personne ne se pointe et on revient ici en nombre, avec *toutes* nos armes, et, là, on fera pas de quartier. On vous raye de la carte. Et si pour ça il faut tuer, comptez sur nous, on sait faire. C'est compris ? Maintenant, la balle est dans votre camp. À vous de choisir.

47

— Les vendredis et les samedis soir, on commandait des pizzas et on regardait des DVD…

— Nous aussi… Sauf qu'on prenait à emporter au restaurant indien.

Sam et Rhiannon discutaient dans l'obscurité de la rame, étanche aux chandelles que Rachel et Nick faisaient brûler en permanence sur le quai.

Sam ne voyait qu'un vague halo jaunâtre sur lequel se découpait la tête de Rhiannon. Assis l'un en face de l'autre, ils combattaient la peur en évoquant de vieux souvenirs familiers.

— Qu'est-ce que je pouvais aimer le poulet tikka, confia Rhiannon.

— Moi aussi, répondit Sam. Mais on n'en mangeait pas souvent. La bouffe indienne, c'était trop épicé pour ma petite sœur, Ella.

— Elle aime pas le poulet tikka ? Tout le monde aime le poulet tikka !

— Comme ci comme ça. De toute façon, elle est très difficile pour la nourriture. Ce qu'elle aime par-dessus tout, c'est la pizza margarita.

— Margarita ? Un peu plat, non ?

— Mais je suis sûr que tu ne cracherais pas dessus si on t'en proposait une maintenant.

— Mmm, t'as raison. On pourrait appeler pour s'en faire livrer une, répondit Rhiannon en riant bêtement.

— Domino's, bonjour. Laquelle désirez-vous ?

— Quatre saisons.

— Tiens, je crois que je l'ai jamais prise, celle-là.

— Et puis, poursuivit Rhiannon en se prenant au jeu, pour aller avec la pizza, on va choisir un DVD. On prend quoi ?

— Nous, on regardait surtout des séries. Parfois trois épisodes à la suite.

— Ouais, s'enthousiasma Rhiannon. J'adore les coffrets où y a les saisons des séries.

— *Doctor Who*, dit Sam. *Heroes*. Mais c'était un peu gore.

— Nous, on en était à la moitié de *Lost*.

— Ça, ça faisait trop peur à Ella. Ce qu'elle préférait, c'était *Ugly Betty*, même si elle n'y comprenait pas grand-chose.

— Vous aviez une Wii ? Nous oui.

— Non. Moi, je jouais surtout sur l'ordi. World of Warcraft.

— Mon préf, c'étaient les Sims.

— Ouais, répondit Sam. Bien aussi. Mais je préférais quand même World of Warcraft. J'avais un Bison shaman du nom de Dorkcrawler. Je voulais l'appeler Darkcrawler, mais c'était déjà pris. Et aussi un Ange guerrier de la nuit baptisé Deathbloood, avec quatre « o », et un Gnome appelé Shortybottom[1]. Çui-là, il était niveau soixante-deux.

---

1. *Dark* : sombre ; *to crawl* : se traîner, marcher à quatre pattes ; *death* : mort ; *blood* : sang ; *shortybottom* : bas du cul. *(N.d.T.)*

— Et Facebook, MySpace ? T'y étais ?

— Non. Ma mère voulait pas. Parfois, j'allais sur MSN, mais ce que je faisais le plus, c'était World of Warcraft. D'ailleurs, sur la fin, je commençais à en avoir marre. Mon copain avait GTA. Moi aussi, je le voulais, mais ma mère a refusé catégoriquement. « Pas négociable », qu'elle a dit.

Venant d'un autre wagon, un bruit étouffé arriva jusqu'à eux. Sam et Rhiannon se turent. La même question les taraudait tous les deux : « Qu'est-ce que c'était ? »

Ce bruit-là, jamais ils ne l'avaient entendu. Rachel et Nick qui trafiquaient quelque chose dans une autre rame ? Débiter de la viande ? Saigner quelqu'un ? Tuer une créature… ? D'autres adultes étaient-ils en train de passer à l'action ?

Ou alors ça avait à voir avec la face de cauchemar au carreau et, là, ça soulevait encore davantage de questions. Car, de tout ce qui était arrivé à Sam, cette apparition était de loin ce qui l'avait le plus fait flipper. Surtout le fait qu'elle soit dépourvue de bouche.

La vérité, c'est que ça pouvait être n'importe quoi. Mais, puisant dans la peur permanente et l'ennui le plus absolu, l'imagination de Sam et de Rhiannon ne demandait qu'à déborder.

Un lourd et long silence régnait.

Les mômes demeurèrent figés dans le noir. Durant un bref instant, ils s'étaient revus un samedi soir à la maison, pelotonnés sur leur canapé.

Le retour à la réalité de ce wagon inconfortable n'en était que plus douloureux.

On entendait dormir les jumeaux. Leur respiration lente et faible. Sentant quelque chose sur son genou, Sam baissa les yeux et réalisa que Rhiannon avait posé la main sur sa jambe. Elle tendait le bras vers lui. Il prit sa main et la serra au creux de la sienne. Elle tremblait. Après un long moment, qui leur parut une éternité, un autre bruit sourd résonna. Plus près, cette fois, et suivi, là encore, d'un long silence.

N'y tenant plus, Sam s'approcha de la vitre et regarda le quai. Rien. Le bruit ne venait pas de la rame dans laquelle Rachel et Nick avaient pris leurs quartiers et il ne les avait ni vus ni entendus depuis un moment. Néanmoins, il était toujours possible qu'ils soient allés dans un autre wagon sans qu'il s'en aperçoive.

Un autre boum se fit entendre. Plus proche encore. Toujours étouffé. Enfin, une lueur apparut à la vitre de la rame voisine. Une toute petite flamme. Vacillante. Sam plissa les yeux et se concentra pour deviner ce que c'était. Sa chaîne lui interdisait de s'approcher davantage.

Soudain, un bout de carton provenant visiblement d'un emballage d'ordinateur apparut au carreau. Il y avait quelque chose d'écrit dessus. Des mots griffonnés au feutre. De l'autre côté de la porte, des mains ajustèrent la feuille de sorte que la flamme l'éclaire de côté.

Sam lut :

Tézé vou, j sui la poor vou zéder

Il lui fallut quelques secondes pour comprendre le sens du message : « Taisez-vous, je suis là pour vous aider. » À peine avait-il résolu le rébus que le carton laissa place à un visage.

Sam sursauta.

C'était celui qu'il avait aperçu à la fenêtre.

Sauf qu'il était différent.

Il souriait.

Mais quel con !

Quand il l'avait vu, la première fois, il était à l'envers, pendu au plafond. Ce qu'il avait pris pour un crâne pointu n'était autre que son menton. Pas étonnant qu'il n'ait pas trouvé de bouche puisque, en fait, il regardait le front.

Maintenant qu'il était à l'endroit, il reconnut le visage d'un garçon, noir de crasse, éclairé par deux grands yeux et sur lequel se détachaient deux rangées de petites dents acérées d'un blanc éclatant. Une épaisse tignasse brune partant dans tous les sens surmontait l'ensemble – les cheveux sales et emmêlés que Sam avait pris pour une barbe.

La trombine souriait toujours. Son propriétaire leva le poing, pouce levé. Et puis, brutalement, la flamme s'éteignit. Quelques secondes plus tard, le coup étouffé qu'ils avaient entendu plusieurs fois auparavant résonna à nouveau, accompagné d'un cliquetis, comme des bris de verre tintant sur le plancher du wagon.

— Si vous entendez les croqueurs, criez, susurra le garçon dans un filet de voix à peine audible.

Et puis le silence retomba.

Mentalement, Sam décompta les secondes. C'était tout ce qu'il pouvait faire pour lutter contre la pression qu'il sentait enfler dans son ventre tel un ballon de baudruche.

Il en était à soixante-cinq quand la flamme apparut de nouveau. Étonnamment proche. Au point que Sam recula d'effroi. Le garçon était passé par la fenêtre et s'était avancé si discrètement dans la rame que Sam et Rhiannon ne s'étaient rendu compte de rien. Il avait allumé juste assez longtemps pour se faire voir, se présenter, en quelque sorte. Maigre et noueux, il était à peu près de la taille de Sam, portait un short, des tennis ainsi qu'un blouson de cuir de femme aux manches coupées à la moitié. Une sacoche en cuir pendait à son épaule. Il avait une couverture sous le bras et un briquet à la main.

Il agita brièvement la main. La flamme du briquet s'éteignit.

— Trop dangereux, murmura-t-il. Si les bouchers voient de la lumière, ils vont débarquer dare-dare, comptez là-dessus.

— Qui es-tu ? demanda Sam.

— Plus tard, répondit le garçon dans un souffle. Je vais vous sortir de là fissa.

Sam sentit les mains du garçon courir sur ses bras et s'arrêter sur les menottes.

— Pff, des pinces, lui glissa-t-il à l'oreille. J'vais te retirer ça en moins de deux.

Des bruits métalliques montèrent des poignets de Sam tandis que le garçon fourrageait dans la serrure avec une sorte d'outil. Finalement, après un claquement sec suivi du raclement d'une pièce crantée, les menottes cédèrent.

Sam sentit alors le garçon lui glisser le briquet dans les mains.

— Éclaire-moi, manitou. Le Kid a besoin de voir ce qu'il fait.

Sam fit rouler la pierre. Une flamme creva la nuit. Le garçon était déjà au bout de la rame, obstruant l'ouverture à l'aide de sa couverture.

— Y a du Gaffer dans ma bat-ceinture, dit-il avec un petit signe de tête vers le bas.

Sam vit un rouleau de gros scotch noir tenu à la taille du garçon par un bout de ficelle. Il donna le briquet à Rhiannon et, en quelques secondes, se débrouilla pour fixer la couverture sur la paroi. Maintenant, si d'aventure Rachel et Nick jetaient un œil vers leur wagon, ils ne verraient rien.

— Bon boulot, dit le garçon en adressant un grand sourire à Sam. (Puis, sans crier gare, il le poussa contre le tissu.) Colle-z'y ton oreille, cousin, et préviens-moi si t'entends bouger, causer, grincer ou ramper. Une mouche qui pète, j'veux que tu l'entendes. Pigé ? Bon.

Sur ces mots, il se précipita vers Rhiannon et inspecta ses poignets. Contrairement à Sam, elle était menottée avec une sangle en plastique.

— Chanmé, dit-il. Je vais d'voir couper.

Enfonçant une main dans sa poche, il en sortit un petit canif à large lame qu'il ouvrit avec les dents avant de lancer un nouveau sourire à Sam.

— Ce joli p'tit surin des familles devrait faire la blague, hein, qu'est-ce t'en penses ? Pas dégueu…

Ce disant, il prit le briquet des mains de Rhiannon, le confia à Sam et s'attela à la tâche. Coupante comme un rasoir, la lame s'enfonça dans le plastique et trancha le lien en un rien de temps. Dès que les mains de Rhiannon furent libérées, il souffla la flamme du briquet.

— Extinction des feux, dit-il en les attirant à lui, puis, les deux otages sous ses ailes, il ajouta : On va devoir être aussi furtifs que des agents secrets. Tant pis pour la lumière. Si j'avais essayé de monter dans le train depuis le quai ces rosses de croques m'auraient repéré aussi sec. Donc je suis allé en queue et je me suis tapé tout le chemin de l'intérieur. Et je peux vous dire que ç'a pas été de la tarte vu que M. et Mme Tripes & Viandes fraîches avaient tout verrouillé. Quoi qu'il en soit, la seule solution, c'est de refaire le chemin à l'envers. Une fois au bout, on saute sur les rails, on joue les vers de terre et on se faufile sous les voitures jusqu'à trouver un endroit où grimper sur le quai. Ensuite… en route pour le septième ciel. C'est la meilleure solution. Dorée sur tranches. Vous y êtes ?

— J'suis pas sûre de pouvoir marcher, répondit Rhiannon.

— Bien sûr que tu peux. T'as qu'à dire à tes jambes que c'est pas négociable. Si t'es assez ferme, tu verras, elles t'obéiront.

— J'peux pas.

— Tut-tut-tut. Raye ça de ton vocabulaire. « J'peux pas », ça existe pas. Pas plus que « schmurtzeling » !

Rhiannon réprima un gloussement.

— C'est marrant comme tu parles.

— Ouais, ben c'est comme ça. Maintenant, occupons-nous de ces deux marmottes. Tu m'allumettes, John !

Après un temps d'hésitation, comprenant enfin ce qu'on attendait de lui, Sam se dépêcha de rallumer le briquet.

Le garçon se détendit et, pour ainsi dire, vola jusqu'aux jumeaux endormis. En moins de temps qu'il n'en faut pour le dire, il les libéra, puis les réveilla en les secouant doucement. Assommés de fatigue, faibles et abasourdis, ils ouvrirent les paupières sans du tout comprendre ce qui se passait.

— Ça va pas être facile, John. Ces deux-là sont graves dans le pâté. (Il leva les yeux vers Sam.) Tu te la sens de m'aider à les porter, bonhomme ?

— J'sais pas. Je vais essayer. Mais, bon, j'suis pas au top de la forme non plus.

— Tu rigoles, cousin. Je t'ai vu. T'es affûté comme une lame.

Jason leva un œil craintif vers le garçon.

— T'es qui ?

— J'suis le Kid miracle. L'homme serpent. À mi-chemin entre le ver de terre et le chat de ta grand-mère. Le roi des tunnels. Et je vais te sortir de là en moins de deux. Certifié sur facture.

Jason ouvrit la bouche pour dire quelque chose. Le Kid posa un doigt sur ses lèvres pour l'en empêcher. Avec un clin d'œil, il ajouta :

— Écoute, mon p'tit pote, dis-toi que j'suis ton ticket pour dehors. Alors, déplie ta carcasse et bouge de là. Parce qu'on se tire.

— Je reste, répondit Jason.

— C'est pas le moment de plaisanter, cow-boy.

— J'peux pas partir… Pour aller où, d'abord ? Et Nick et Rachel ? Ils s'occupent bien de moi. J'peux pas leur faire ça. Eux qui se donnent tant de mal pour que je retrouve des forces.

— Euh… Il se fout de moi, là ? demanda le Kid en se tournant vers Rhiannon et Sam d'un air éberlué.

— Paumés, on l'est tous un peu, répondit Sam en haussant les épaules.

— Écoute, mon biquet, reprit le Kid. Moi, j'ai vu le reste du train. Depuis le temps que je les ai dans le collimateur, j'ai eu le temps de comprendre ce qu'ils avaient derrière le crâne, tes soi-disant rédempteurs. En pistant de quoi croûter, je me suis faufilé ici comme une taupe en baguenaude et je les ai calculés vite fait, les nuisibles… si tu vois ce que je veux dire.

— Euh, en fait, pas vraiment, avoua Sam.

— C'est vrai que, parfois, j'ai la menteuse qui se déporte. Seulement, écoute celle-là. J'ai senti une odeur de bouffe. Tu me suis ? Du miam-miam à s'en pourlécher les babines. Mais, par exemple, je voudrais pas être à table avec ces deux-là. Parce que, ce qu'y a au menu, ma religion me l'interdit. Prie ta bonne étoile pour être loin d'ici quand ils viendront te chercher, mon bonhomme. Crois-moi. Si tu avais vu ce que j'ai vu, tu voudrais vraiment pas rester pour le dîner. Mais, bon sang, ce que j'essaie de t'expliquer, c'est que, ces affreux, ils vont te bouffer !

— Je reste, répondit fermement Jason. D'abord, je ne te connais pas. Ensuite, Nick et Rachel s'occupent bien de moi. Et, en plus, je peux pas marcher. Je suis malade.

Pour toute réponse, le Kid prit Jason sur son épaule et essaya de faire quelques pas. Au cinquième, il trébucha et Sam n'eut que le temps de les rattraper avant qu'ils ne s'effondrent par terre tous les deux. Le bruit réveilla Claire, la sœur jumelle. Plus anémiée encore que son frère, elle dormait presque tout le temps.

— Que se passe-t-il ?

— Rien. Tout va bien, répondit Rhiannon. On s'en va d'ici.

— Je veux pas partir, gémit Claire. Je suis fatiguée.

— Jamais elle ne pourra se lever, dit Jason. Laissez-nous tranquilles.

— Rien à faire, c'est au-delà de mes compétences, avoua le Kid en se tournant vers Sam. Je suis un type rapide, rusé, et plutôt chouette, mais faut pas exagérer. J'suis pas de taille à me coltiner deux boulets.

— On n'y arrivera jamais, approuva Sam. Passer par les fenêtres avec eux, faut pas y compter.

— On va devoir partir sans eux, ajouta Rhiannon en se redressant péniblement. On n'a pas le choix.

Le Kid s'assit par terre, jambes croisées, l'air morose.

— J'étais pourtant persuadé que ça marcherait ; que j'allais tous vous sortir de là ; que, pour une fois, le héros à la fin ce serait moi.

— Tu es un héros, répondit Sam du tac au tac. Mais pas Hercule non plus.

— Toi aussi tu penses qu'il faut les laisser plantés là ?

— S'ils veulent pas venir, on peut pas les forcer.

Tel un diable sorti de sa boîte, le Kid se leva et agrippa Sam par le bras.

— Persuade-les, têtard. T'as la langue bien pendue. Sers-t'en. Juste, fais-la courte parce qu'on n'a pas toute la nuit. Plus y aura de bruit, plus y aura de lumière, et plus y aura de chances que les croques se détournent de Morphée pour venir nous renifler le cul.

Sam s'agenouilla près des jumeaux, pelotonnés l'un contre l'autre tels deux oisillons terrorisés.

— On est habitués ici, dit Jason. On est à l'abri des gens du dehors. On a à manger. On n'a pas à se préoccuper du lendemain.

— Mais ils vont vous tuer, plaida Sam.

— T'en sais rien.

— Ah bon ? intervint Rhiannon. Et, à votre avis, qu'est-ce qui est arrivé à Mark et à l'autre fille qui était là ?

— Ils ont guéri, répliqua Claire. Nick les a aidés à remonter à la surface. Quand on ira mieux, nous aussi il nous remontera.

— Vous êtes complètement sonnés, répondit Rhiannon, hésitant entre le mépris et la stupeur.

Claire se mit à pleurer.

— Arrête ! ronchonna Rhiannon.

Elle essaya de faire un pas et se mordit la lèvre pour ne pas éclater en sanglots. La douleur était intenable.

— J'ai les jambes raides comme des piquets. J'sens plus rien. Elles sont toutes nouées.

— Ben, dénoue-les, ma belle, répondit le Kid, parce qu'y a un petit gymkhana qui nous attend avant la sortie.

— Hum, je vais essayer.

— Bon, finalement, on les emmène ou on les laisse ?

— Allons-y, répondit Sam.

— C'est parti !

48

Plié en deux, presque à quatre pattes, le Kid galopa à l'autre bout de la rame, Sam sur ses talons. Il avait brisé les vitres des deux portières. Sam évalua l'espace entre les deux voitures et il lui sembla qu'il aurait aussi bien pu se laisser glisser jusqu'à la voie ici même. Il croisa le regard du Kid. Levant les yeux vers Rhiannon, celui-ci secoua la tête.

Si Sam et lui pouvaient l'envisager, pour elle, c'était mission impossible. Le Kid poursuivit donc selon ses plans, posant son carton sur les bords des fenêtres fracturées avant de se faufiler dans l'ouverture.

À peine arrivé de l'autre côté, il se retourna et invita les deux autres à l'imiter.

Sam aida Rhiannon à remonter la rame. Derrière eux Claire et Jason pleuraient. Rhiannon respirait difficilement. D'horribles sifflements accompagnaient chacune de ses respirations. Cahin-caha, ils arrivèrent à la portière. Rhiannon prit appui sur le carton.

Il leur fallut un temps fou pour passer de l'autre côté. Courageuse, elle ne se plaignait pas, alors que Sam voyait bien que ses bronches comme ses jambes atrophiées par l'inactivité la mettaient au supplice. Elle serra les dents et, grâce aux efforts conjugués du Kid qui tirait et de Sam qui poussait, elle finit par passer au travers des deux fenêtres et prit pied dans la rame suivante.

Bondissant à sa suite, Sam franchit sans difficulté l'obstacle. Il était si absorbé par le fait d'aider Rhiannon que c'est tout juste s'il avait conscience de ses propres douleurs. Il n'avait pas posé le pied par terre que le Kid reprenait sa course en avant.

Ce wagon-ci, que Sam avait entraperçu lorsque Nick l'avait accompagné aux toilettes, servait de débarras. Tout l'improbable bric-à-brac que leurs ravisseurs avaient récupéré dans les galeries du métro était entreposé là. Des tables et des chaises frappées du logo de l'*underground*, des outils, des rouleaux de fil électrique, des caisses pleines de bouts de métal ou de morceaux de bois, des piles de magazines et de vieux journaux...

Les enfants enfilèrent vite fait l'allée centrale, traînant pratiquement Rhiannon derrière eux jusqu'à la porte suivante, où d'autres éclats de verre étaient répandus par terre. Le Kid les balaya du pied avant de poser à nouveau le carton sur les bords coupants. Puis ils répétèrent la même opération que précédemment. La manœuvre se révéla encore plus difficile qu'une minute plus tôt.

Rhiannon était épuisée. Plus haletante que jamais. Sam se revit en train d'aider sa mère à remettre sa couette fraîchement lavée dans sa housse. Toute molle et gonflée, l'ouate refusait d'aller là où il voulait. C'était pareil avec le corps de Rhiannon qu'il n'arrivait pas à faire passer dans l'étroite ouverture.

Harassé, Sam transpirait à grosses gouttes quand, enfin, elle s'effondra de l'autre côté avec un bruit sourd. Refusant de s'arrêter un seul instant, il sauta à sa suite et escalada l'obstacle.

Ils installèrent Rhiannon sur un siège pour qu'elle reprenne son souffle. Sam en profita pour jeter un œil autour de lui. Ce wagon contenait les réserves de nourriture de Rachel et Nick, essentiellement des boîtes de conserve, mais aussi des sachets de fruits et légumes, des puddings, des briques de jus, des soupes lyophilisées... Il y avait même un tas à part pour la nourriture pour chiens et chats.

— Où est-ce qu'ils ont eu tout ça ? demanda Sam.

— Y a des magasins dans certaines stations. Même des salles de gym, répondit le Kid, des clubs, tout ce que tu veux. Si tu commençais à farfouiller là-dedans, tu serais surpris de ce que tu pourrais ramasser. Parole.

— Y a tellement de trucs, marmonna Sam. Pourquoi nous boulotter quand on a tout ça... ? Et si vous aviez tout faux, vous deux, qu'ils ne voulaient pas nous manger ?

— Avec eux, c'est Mondiale prévoyance, répondit le Kid. Ils voient loin. Font rien au hasard. L'idée, c'était de vous engraisser en vous filant à bouffer tout ce qu'y voulaient pas et de vous croquer quand vous auriez été bien dodus.

— Je ne me sens pas bien, dit Rhiannon.

— Si tu restais pas assise là à te morfondre, aussi, répondit le Kid en la forçant à se relever. On a du pain sur la planche, enfin, si j'ose dire... (Sur ces mots, il la poussa, gémissant à chaque pas, à l'autre extrémité de la rame.) Je vous préviens, le suivant n'est pas beau à voir.

De fait, une sale odeur s'échappait de la fenêtre brisée, mélange de relents doucereux de viande avariée, de pourriture et de salaisons.

— On y est presque, dit le Kid. C'est la dernière. J'ai ouvert la porte au bout. On aura qu'à sauter sur la voie.

Le problème, c'était que Sam se demandait sincèrement s'ils réussiraient à passer, cette fois, convaincu qu'il était que Rhiannon allait rester en rade au milieu du gué et qu'ils allaient être bloqués là. La pauvre petite était en pleurs. Chaque geste lui arrachait un cri de douleur. Ils y parvinrent néanmoins. Elle était dans la dernière voiture. Sam s'échinait à sa suite. Moins vite, cette fois, car la fatigue qu'il avait combattue avec courage jusqu'ici refaisait douloureusement surface.

Des mouches bourdonnaient dans l'air. L'odeur prenait à la gorge.

— Bouchez-vous le zen ! ordonna le Kid en allumant son briquet, et essayez de pas trop regarder.

Sam ne put s'empêcher de jeter des coups d'œil à la dérobée tandis qu'il avançait vers la porte.

De furtives images s'imprimèrent sur ses rétines.

Quelque chose à un croc de boucher pendu à la tringle qui courait au plafond – au-dessus d'un seau destiné à récupérer les liquides. Une jambe enrobée dans du gros sel. Une main coupée. Une cagette contenant trois petits crânes marron. Un tas d'ossements. Le sol couvert de sciure.

Sentant son estomac lui remonter au bord des lèvres, Sam dut lutter pour empêcher son contenu de jaillir de sa bouche. Rhiannon, elle, n'y réussit pas.

— Faut qu'on retourne chercher les autres, dit-elle entre deux sanglots, accroupie par terre, vomissant tripes et boyaux. Leur dire ce qu'on a vu.

— Pas question, beauté, rétorqua le Kid. Si on veut sauver nos cuissots et éviter de les voir finir dans le gros sel, faut au contraire qu'on continue.

— J'peux plus, geignit Rhiannon.

— Tout va bien se passer, tu vas voir, dit Sam.

Il s'agenouilla à son côté et posa gentiment un bras sur son épaule.

— Si on fait comme on dit, on va s'en sortir. Une fois dehors, on ira chercher des secours et on reviendra chercher les autres.

— Mmfff, oui, dit Rhiannon en s'essuyant le nez sur sa manche. T'as raison. Je crois que ça va aller, maintenant.

Sam l'aida à se lever. Au centre de la rame se trouvait une grosse bille de bois tachée de dégoulinures hésitant entre l'écarlate et le noir profond, dans laquelle était fiché un tranchoir. Sam le saisit.

— Laisse ça, crevette, dit le Kid. J'y ai pensé avant toi. Trop lourd. Ça sert à rien.

— Je le garde au cas où, répondit Sam. S'il le faut, je les tuerai avec, tous les deux.

— Ça, ça m'étonnerait. C'est une arme de costaud, ce truc. Aucune utilité pour un freluquet dans ton genre. Non, ce qu'y te faut, c'est un beau pointeau comme le mien. T'inquiète, j'ai fait l'inventaire. Rien à récupérer ici. Ce bidule ne ferait que te ralentir.

Sam saisit le hachoir. Le Kid avait raison. Il arrivait à peine à le soulever. Autant dire que, pour la bagarre, c'était pas gagné. Il le laissa bruyamment tomber sur le sol. C'est alors qu'il aperçut, abandonnée au milieu d'un tas de piques à brochettes, son épingle à tête de papillon. Il la ramassa et se sentit fort à nouveau.

— Tu vois, dit-il fièrement, moi aussi, j'ai un pointeau, maintenant. On y va ?

— Pitié, geignit Rhiannon. J'en peux plus. Il faut que je me repose un peu.

— Ici ? s'exclama le Kid. Tu plaisantes ou quoi ? Allez, allez, debout.

Sur ces mots, il les guida jusqu'à la portière, l'ouvrit et sauta sur les rails. Malgré quelques ronchonnements et soupirs, Rhiannon ne tarda pas à l'imiter, emmenant dans son sillage un Sam qui sentait son cœur s'emballer.

— Pourquoi tu veux retourner sur le quai ? demanda-t-il.

— Parce qu'on peut pas aller plus loin par là, répondit le Kid. Le tunnel est bouché. Il faut remonter jusqu'à la jonction entre les deux rames. Là, y a un espace pour passer.

— Je sais, répondit Sam. Je l'ai déjà fait.

— Bon, alors *let's go*, répondit le Kid avant de se tourner vers Rhiannon et d'ajouter, la prenant par les épaules : D'attaque pour un petit triathlon, fillette ?

Elle avala sa salive, étouffant littéralement, puis hocha la tête.

Ils rampèrent sous le châssis du train. Le Kid ne voulant pas prendre le risque de rallumer son briquet, ils avancèrent à tâtons, dans un noir total, exactement comme Sam l'avait fait pour échapper aux adultes à Camden Town.

Il y avait combien de temps de cela ?

Il aurait été incapable de le dire.

Ils ne mirent pas longtemps à atteindre l'espace entre les voitures. Sam jeta un œil par-dessus le parapet.

La station baignait toujours dans le halo jaunâtre des veilleuses.

Il regarda au bout du quai, sur la droite. La sortie n'était pas loin. La longueur d'une rame. Mais ils seraient à découvert tout du long et devraient escalader le lit en fer qui barrait le passage.

— Là, c'est la partie craignos, murmura le Kid en pointant la tête lui aussi. Terrain dégagé. Aucun moyen de contourner.

Les garçons retournèrent sous le train.

— On va devoir trisser comme des lapins, dit le Kid en plantant son regard dans celui de Rhiannon. Si on arrive à pas se faire voir, à nous la liberté. On remonte à la surface et adieu la mine. Par contre, s'ils nous calculent, c'est pas la même… Là, c'est adieu veau, vache, cochon. Qu'est-ce t'en dis, cousine ?

— Elle s'appelle Rhiannon, reprit Sam d'un ton de reproche. Et moi, Sam.

— Très joli nom. Très jolie fille. Ravi de faire ta connaissance. J'aurais dû apporter des fleurs, du chocolat… ou une souris crevée.

Rhiannon gloussa, ce qui redonna un peu le moral à Sam. Il y avait encore un espoir.

— T'y vas d'abord, dit-elle en posant la main sur son épaule. Si je te vois y aller, ça m'encouragera.

— T'es sûre ?

— Sûre. Allez, fonce.

D'un regard, Sam jaugea le terrain. Pour autant qu'il pouvait voir, la voie était libre. Il se hissa de sous le train et rampa sur la plate-forme. Après un rapide coup d'œil de chaque côté, plié en deux, il fila jusqu'à l'embouchure du couloir et examina rapidement le lit en fer cadenassé qui bloquait la sortie. Pour le franchir, il faudrait attendre l'aide du Kid.

Son cœur s'emballait. Le sang battait à ses tempes. Il sentit monter un nouveau haut-le-cœur et jeta un œil derrière lui. Aucun bruit, aucun mouvement ne provenait du train. Les portes des appartements de Rachel et Nick étaient closes.

Maladroitement, Rhiannon se traîna sur le quai. De toute évidence, le Kid la poussait depuis les rails. Sam était bien placé pour savoir comme c'était dur. Une fois allongée sur la plate-forme, elle s'immobilisa quelques secondes pour respirer. L'ayant rejointe, le Kid lui glissa rapidement quelque chose à l'oreille. Sam lui fit signe de venir.

Le Kid semblait avoir la faculté de se fondre dans le décor et, pour ainsi dire, de disparaître. En un éclair, il se noya dans l'ombre à côté de Sam.

— C'est rien, ça, murmura-t-il, ses dents scintillant dans le noir. Fastoche !

Sam lui montra le cadenas. Le Kid s'en défit en deux temps trois mouvements, fourrageant avec son outil dans la serrure jusqu'à ce que celle-ci, très vite, cède.

En revanche, enlever la chaîne sans faire de bruit se révéla un vrai cauchemar. Avec d'infinies précautions, ils se la passèrent l'un l'autre, maillon après maillon, jusqu'à avoir assez de mou pour ouvrir un passage suffisant.

— Allons chercher la fillette, cuisses de grenouille.

— M'appelle pas comme ça, répondit Sam en fronçant les sourcils. J'ai pas des cuisses de grenouille.

— Bah, t'avoueras qu'elles sont pas bien épaisses.

— Elles sont ni grosses ni maigres.

— Ça, pour pas être g…

— Chut, l'interrompit Sam en plaquant une main sur la bouche du Kid.

Rhiannon s'était relevée et avançait péniblement vers eux, traînant la jambe, cherchant son souffle. La regarder était une torture.

— Vas-y, l'encouragea Sam à mi-voix. Tu vas y arriver !

La peur, la souffrance, ainsi qu'une détermination têtue, se lisaient sur son visage. Rien ne l'arrêterait.

— Elle va le faire, s'extasia le Kid. Vas-y. T'arrête pas, ma chérie.

Hélas, elle chancela et tomba à genoux, sans pouvoir retenir un cri de douleur. Sam retint son souffle.

— Lève-toi, biquette, dit le Kid.

Mais elle ne le pouvait pas.

— Allez, on y va, dit Sam en abandonnant sa cachette.

Le Kid lui emboîta le pas. Tous deux se portèrent à son secours. La prenant chacun par un bras, ils la hissèrent sur ses jambes et la portèrent vers la sortie.

Après seulement trois pas, un mouvement les glaça. Quelque chose avait jailli de la pénombre et, surpris de les trouver là, s'était figé sur place juste devant eux. Orion. Le gros matou rouquin de Nick et Rachel. Bombant le dos, les poils dressés, il cracha de toutes ses forces, faisant un bruit abominable.

Stupéfait, Sam fit un pas en arrière. Il se raidit encore davantage en entendant la porte de la rame de Rachel et Nick s'ouvrir dans un horrible grincement de métal.

— Qu'est-ce que vous faites là ? beugla Nick d'une voix furibarde en faisant irruption sur le quai. Vous croyez aller où comme ça ?

49

— Là, ça fait mal ?

— Aïe ! Oui !

— Et là ?

— Aussi ! D'façon, j'ai mal partout !

Maeve adressa à Maxie un sourire qui se voulait rassurant.

— Je ne crois pas que ton bras soit cassé. Enfin, pour autant que je peux en juger après un examen comme celui-là. En revanche, tu vas avoir une sacrée ecchymose, un gros bleu, quoi.

— Tu parles d'un scoop.

— T'es vraiment pas coopérative, tu sais.

— Je ne veux pas être coopérative. Et pour mes côtes ?

— Là, par contre, il y a peut-être des fractures. Mais aucun os ne semble déplacé. Donc, comme y a pas grand-chose à faire dans ces cas-là, tu dois juste faire très attention, et éviter de rigoler.

— Ça tombe bien, j'ai pas le cœur à rire.

Maxie promena son regard sur le plafond, ornementé de pompeuses moulures en stuc, dorées à la feuille, d'où pendaient une série de lustres poussiéreux. Marrant comme on pouvait vite se faire à ce genre d'environnement.

— Tu devrais quand même monter à l'infirmerie avec Blue, dit Maeve. Que Rose et les infirmières s'occupent de toi. Ils sont super équipés là-haut.

— Pas question que je les laisse me triturer, répondit fermement Maxie. Ça va aller.

Une affirmation que contredisaient les douleurs qui la lançaient de partout. Son flanc n'était plus qu'un hématome. Elle pouvait à peine bouger le bras.

Et puis elle n'arrêtait pas de penser à Freak.

Ils l'avaient enterré dans les jardins du palais, ce matin même, dès qu'ils étaient revenus. Debout sous la pluie, dans un silence funèbre, ils avaient tous assisté à la mise en terre. Maxie avait voulu prononcer quelques mots, comme Freak l'avait fait lorsqu'ils avaient incinéré Arran, mais elle n'avait pas su quoi dire.

— Je vais aller te chercher des antidouleur, dit Maeve.

— OK, merci.

— Et essaie de penser à des choses positives. Ça te fera guérir plus vite.

— Des choses positives… ? Je vais essayer.

— Je sais que c'est pas facile.

— Tu vois, Maeve. Le truc c'est que, si on est venus ici, c'était pour vivre mieux. On pensait que tout s'arrangerait dès qu'on serait arrivés. Mais, finalement, c'est presque pire qu'avant.

— Allons, allons ! Tu crois pas que tu oublies un peu vite comment c'était à Waitrose ? Rappelle-toi. L'enfer. Pratiquement pas une semaine ne s'écoulait sans que l'on perde un des nôtres.

— Au moins, avant, on savait dans quel camp on était. On était soudés. On était proches. Maintenant, on est trop nombreux. On se disperse. Les liens se distendent. À la limite, tout est plus compliqué.

L'arrivée soudaine d'Olive coupa court à la discussion.

— Je viens d'aller voir Blue, dit-il. Il est à l'infirmerie avec la fille qu'on a repêchée près de Green Park.

— Ah, tiens, c'est vrai, répondit Maxie. Je l'avais complètement oubliée, celle-là. Comment va-t-elle ?

— Pas terrible, je crois.

— Et Blue ?

— Bah, au moins, il est conscient, mais il n'arrête pas de dégueuler. On dirait du jaune d'œuf.

— De la bile, précisa Maeve. Ça arrive souvent en cas de commotion cérébrale.

— Y a quelqu'un avec lui ? demanda Maxie.

— Y avait Whitney et moi, mais Rose nous a demandé de partir. Elle a dit qu'il avait besoin de repos. Et toi ? Ça va ?

— Oui, oui, t'inquiète.

Olive se laissa tomber sur une chaise.

— Bon, tant mieux. Parce qu'y a David qui veut te voir pour parler de ce qui s'est passé ce matin.

— J'ai rien à lui dire.

— On lui doit bien…

— On ne lui doit rien du tout ! explosa Maxie.

— En fait, si, répondit Olive. Ils nous ont donné à manger, ils nous ont hébergés… Alors, c'est peut-être une tête de fion, mais il est loin d'être débile et il s'est construit un truc pas vilain ici. On va quand même pas tout foutre en l'air maintenant ?

— Écoute, je vais pas passer mon temps à me battre à sa place, répondit Maxie. C'est pas une vie.

— Sans doute, mais, pour l'instant, c'est la seule qu'on a, rétorqua Olive. Et où qu'on aille dans Londres, ça sera la même chose. Il faudra se battre. C'est le monde d'aujourd'hui qui est comme ça. Alors autant qu'on se batte pour quelque chose qui en vaut la peine. Et autant qu'on soit du côté de ceux qui ont le plus de chances de l'emporter.

— Ah, je vois le genre. Maintenant, imaginons que ce soient les branleurs de ce matin qui, pour une raison ou une autre, prennent le dessus. Tu te rangerais de leur côté ?

Olive poussa un profond soupir en passant lentement la main dans ses cheveux roux.

Il remâcha la question un moment, mais ne répondit pas.

50

Portant toujours Rhiannon sous les bras, Sam et le Kid s'enfoncèrent dans les couloirs de la station à toute berzingue. L'obscurité était totale et, bien entendu, ils ne pouvaient prendre le risque d'utiliser le briquet. Aucun d'eux ne connaissait le chemin de la sortie. Tout ce qu'ils savaient, c'est qu'il fallait monter. Plus facile à dire qu'à faire. Un inextricable entrelacs de galeries s'ouvrait devant eux, avec d'innombrables embranchements menant à d'autres couloirs, d'autres quais, d'autres lignes. C'était déjà pas gagné avec de la lumière – Sam s'était toujours senti perdu dans le métro –, alors, dans le noir, c'était tout simplement l'horreur.

Quand il les avait vus, Nick était aussitôt retourné à l'intérieur pour prendre quelque chose. Les enfants en avaient profité pour filer. Mais ce n'était qu'une question de temps avant qu'il ne les rattrape. Et pour cause : il connaissait le terrain comme sa poche et il était bien plus rapide qu'eux.

— Faut qu'on se cache, dit le Kid.

— Mais où ? demanda Rhiannon.

— Suivez-moi, répondit-il.

Des pas résonnèrent derrière eux. Ils tournèrent la tête. Un pinceau de lumière crevait l'obscurité, dansait sur les murs. Le Kid prit son briquet et l'alluma. Un panneau Sortie apparut dans le halo de lumière. Ils se précipitèrent dans la direction indiquée, s'engouffrant dans un petit couloir avant de bifurquer vers la droite et de se retrouver au pied d'un escalier flanqué de deux escalators.

— Par ici, ordonna le Kid en fonçant vers l'escalier, plus praticable que ses homologues mécanisés, aux marches plus hautes.

Arrivée au sommet, Rhiannon se plia en deux, les mains sur les cuisses, haletant comme jamais. Un bruit de porte rouillée s'échappait de sa bouche chaque fois qu'elle inspirait. De toute évidence, ils allaient bientôt devoir s'arrêter. Malheureusement, quand le Kid alluma de nouveau le briquet, ils découvrirent une nouvelle volée de marches et aucun signe laissant penser que le couloir qui partait sur la droite les mènerait quelque part.

— Il faut continuer, dit Sam en se penchant à l'oreille de Rhiannon. Il le faut !

Il la prit par l'épaule et la secoua. Rhiannon avala douloureusement sa salive, puis opina du chef. Ils repartirent.

Un autre couloir. Un autre escalier. Une faible lueur commençant à filtrer des étages supérieurs.

— On y est presque ! s'exclama Sam. Une fois dehors, ce sera plus facile.

— J'y arri-ve-rai-ja-mais…, ahana péniblement Rhiannon.

Sam jeta un œil autour de lui. Un des deux escalators était en réparation. L'accès en était barré par des planches. Un tas d'ordures s'amoncelait à son pied : des bouts de contreplaqué, des fils électriques, des cartons…

Les pas de leur poursuivant se rapprochaient. La lumière d'une torche brillait dans le tunnel qu'ils venaient d'emprunter.

N'osant ouvrir la bouche de peur d'être repéré, Sam leva le menton en direction du tas de gravats.

Tous trois filèrent se cacher derrière un carton et se recroquevillèrent sur eux-mêmes en essayant de se faire aussi petits que possible. Rhiannon étouffait littéralement.

— J'en peux plus, murmura-t-elle d'une voix rauque et sifflante. J'ai la tête qui tourne. Je vous en supplie, laissez-m…

— Chut, coupa le Kid. Pas un bruit.

Mettant à profit un rabat du carton, Sam se ménagea une vue sur le palier et ne tarda pas à voir débouler Nick, sa torche dans une main, son fusil à canon scié dans l'autre, suivi de près par Rachel, elle aussi munie d'une lampe. Ils éclairèrent rapidement l'escalator.

— Ils sont montés, tu crois ? demanda Rachel après avoir étouffé un juron.

— J'sais pas, répondit Nick. En tout cas, j'ai pas entendu de bruit.

— Ils ont réussi à fuir ?

— Impossible. Ils étaient juste devant nous.

— Y seraient partis dans l'autre sens ?

— Possible. Ils peuvent être n'importe où.

Rachel leva de nouveau les yeux vers le sommet de l'escalator. Elle paraissait fébrile.

— Qu'est-ce que tu dirais d'oublier tout ça, mon chou ? De les laisser filer ?

— Les laisser filer ? grogna Nick. Après tout ce qu'on a gaspillé pour les nourrir ?

— J'veux pas monter là-haut.

— Rien ne dit qu'ils y soient, répondit Nick. Si ça se trouve, ils ne sont même pas arrivés jusqu'ici.

— Tu crois qu'ils sont encore dans les tunnels ?

— J'vois que ça. Je vais redescendre et fouiller partout.

— Entendu. Pendant ce temps, moi, je monte jusqu'aux guichets. Si j'entends quelque chose, je crie.

— Très bien. Mais sois prudente.

— Bah, ce sont que des gamins, répondit Rachel, et elle entama l'ascension de l'escalator tandis que Nick rebroussait chemin au pas de course.

Durant tout le temps qu'avait duré la discussion, Rhiannon s'était efforcée de retenir sa respiration et ainsi éviter de faire le moindre bruit. N'y tenant plus, elle inspira profondément et un bruit de guimbarde au démarrage racla dans sa gorge. Le faisceau de la torche de Rachel pivota aussitôt et elle fit demi-tour.

— Qu'est-ce que j'entends ? minauda-t-elle. Ce ne seraient pas mes loupiots, par hasard ? N'ayez pas peur. C'est moi. Rachel. Vous devez être terrorisés, mes petits anges, tout seuls dans le noir. Ne vous inquiétez pas. C'est fini. Je vais bien m'occuper de vous.

Sans cesser de parler d'une voix douce et réconfortante, comme si elle s'était adressée à un chat perdu ou à un oisillon égaré dans son salon, elle s'approcha lentement du tas de gravats.

Les trois silhouettes apparurent dans le halo de sa torche.

— Ah, vous voilà, mes agneaux, roucoula-t-elle en penchant la tête de côté, un large sourire aux lèvres. Regardez-moi ça ! Dans quel état vous êtes ! Et qui vous a demandé de sortir, d'abord ? C'est pas beau, ça, de désobéir à tata Rachel.

Sam sentait Rhiannon tremblante à son côté. Sa respiration râpeuse faisait peine à entendre. D'instinct, il serra l'épingle à papillon au creux de son poing.

— Allez, allez, venez, mes bichons. Tata Rachel va vous requinquer. Ne vous a-t-elle pas gardés au chaud jusqu'ici, hein ? Ne vous a-t-elle pas nourris bien comme il faut ? Le vaste monde ne vous vaudrait rien de bon, croyez-moi. Avec tous ces hurluberlus qui traînent dans les rues de nos jours, vous serez bien mieux avec Rachel et Nick.

Ce disant, elle se positionna de manière à leur bloquer toute possibilité de fuite, puis elle se redressa et hurla à pleins poumons :

— Nick ! Je les ai trouvés ! Ils sont là, mon chou !

L'écho de sa voix n'était pas retombé que Sam cria : « On y va ! » en se redressant brutalement. Tête baissée, il la tamponna en plein dans le ventre. Rachel laissa échapper un grognement et vacilla en arrière. Mais elle était forte et Sam n'était pas de taille. Ça lui rappela quand il chahutait avec son père et que celui-ci faisait semblant d'avoir mal, alors même que Sam savait pertinemment qu'il pouvait à tout moment le soulever dans les airs et l'envoyer bouler à l'autre bout de la pièce.

— Eh là, eh là, s'exclama Rachel, perdant son calme. Ça suffit comme ça, hein !

D'un revers de main, elle gifla Sam de toutes ses forces. Celui-ci s'effondra lourdement sur le sol. Mais, entre-temps, le Kid s'était relevé et il envoyait une volée de coups de poing à la marâtre. Même Rhiannon s'y était mise. Ils avaient vu la rame à viande. Ils savaient de quelles horreurs Rachel était capable. À eux trois, ils la firent trébucher et tomber. Sam se jeta sur elle en brandissant l'épingle, mais il ne parvenait qu'à lui égratigner le cou.

— Où est-ce que t'as eu ça ? rugit Rachel en voyant l'épingle. Rends-moi ça tout de suite !

— C'est à moi ! cria Sam. Déjà, jamais vous n'auriez dû l'avoir !

— Donne ! cracha Rachel.

Elle tenta de la lui arracher.

Pour toute réponse, Sam la lui planta dans le dos de la main. Elle poussa un cri et retira vivement son bras, avant de contre-attaquer, presque dans le même mouvement, en lui assénant un violent coup de torche électrique de l'autre main. L'ampoule se brisa sous la violence du choc. Pour la deuxième fois en quelques minutes, Sam mordit la poussière. Rachel tenta alors de le piétiner, mais il roula sur le côté et répondit en lui plantant la pique dans la jambe. Elle poussa un hurlement terrible, puissant et haut perché, qui se réverbéra en échos infinis sur les parois carrelées. Sam se redressa, attrapa Rhiannon et le Kid, et tous trois se lancèrent à l'assaut de l'escalator.

Une vraie torture pour Rhiannon. Au milieu des marches, Sam sut qu'ils n'y arriveraient pas. Il s'apprêtait à le dire au Kid quand un formidable bang accompagné d'un éclair aveuglant fit trembler les murs de la station. Rhiannon poussa un cri.

Pétrifiés, tous trois se figèrent et s'effondrèrent sur les marches. Sam était comme assommé, abasourdi par le bruit et l'éclat de lumière. Ainsi mit-il quelques secondes à réaliser qu'il n'avait rien. Trois marches en dessous de lui, en revanche, Rhiannon pleurait. Il tendit la main vers elle. Son haut était mouillé, maculé d'une tache noirâtre dont il apercevait les contours dans la pénombre. Elle saignait, touchée par des plombs de chevrotine.

— Partez ! grogna-t-elle d'une voix brisée. Partez sans moi !

— Pas question, répondit Sam.

C'est alors que la voix de Nick monta des ténèbres :

— Que personne ne bouge ! Ou alors, au prochain coup, je vise dans le tas.

— Baisse-toi et cours, ordonna aussitôt le Kid. Il peut pas viser et éclairer en même temps.

— On peut pas la laisser là !

— T'occupe ! Fonce, répondit Rhiannon.

Sam hésitait. Le Kid prit la décision pour lui, l'attrapant par la chemise et l'entraînant plus haut dans les marches.

Nick se lança aussitôt à leur poursuite, mais, lorsqu'il arriva à la hauteur de Rhiannon, celle-ci le plaqua aux genoux et tous deux dégringolèrent jusqu'au pied de l'escalator. C'était plus qu'il n'en fallait aux deux garçons pour s'échapper.

Ils déboulèrent enfin dans le hall où se trouvaient les guichets et suivirent la pâle lueur qui filtrait de la rue. Des cris et des hurlements résonnaient derrière eux. Sam essaya de ne pas penser à ce qu'ils signifiaient, préférant remercier intérieurement Rhiannon. Toute sa vie, il lui serait redevable.

Ils sautèrent par-dessus les tourniquets et coururent vers l'escalier extérieur dont ils gravirent les marches quatre à quatre, sans s'arrêter.

Sam reçut la lumière du jour comme un coup de poing. Totalement aveuglé, il avança d'un pas vacillant, la main devant les yeux pour se protéger. C'était si douloureux qu'il ressentit aussitôt une terrible migraine. Dans le brouillard, il vit vaguement se dessiner la silhouette d'une église ainsi que les contours de vieux et hauts immeubles.

Il sentit le Kid lui attraper le bras.

— Allez, bouge, clampin.

Sam se tourna vers lui et… réprima un fou rire. Le Kid avait chaussé une paire d'improbables lunettes de soleil : de gros carreaux roses, en forme de cœur. En attendant, c'était plutôt à lui de rigoler face à l'aveugle qu'il traînait sur le trottoir humide. En mettant bout à bout les images qu'il découvrait à travers la minuscule fente de ses paupières, Sam finit enfin par comprendre où il se trouvait : à la City. Dans le cœur historique de Londres, là où le choc entre l'ancien et le moderne était le plus palpable, là où les tours d'acier et de verre voisinaient directement avec des immeubles victoriens, le long de rues au dessin sinueux, hérité du Moyen Âge.

— Faut qu'on se magne, mec.

Sam avançait en trébuchant, épaulé par le Kid qui le tirait de l'autre côté de la rue. Ils arrivèrent bientôt dans une zone pavée, au pied d'un imposant édifice ressemblant à un temple grec. Sam commençait à mieux y voir. Ses yeux lui faisaient un peu moins mal. Levant la tête, il avisa la statue d'un homme à cheval. C'est alors que quelque chose le tira en arrière et le jeta contre un banc public.

Nick.

— Je vais vous massacrer, les cochons de lait, grogna-t-il.

Ses cheveux emmêlés irradiaient de sa tête comme les rayons du soleil dans un dessin d'enfant. Son expression, en revanche, n'avait rien de puéril. La rage faite homme. Apparemment, il avait laissé Rachel en bas.

Il tenait son fusil d'une main. Avant qu'il ait pu le braquer sur Sam, le Kid se jeta sur lui et détourna son bras. Nick vacilla et alla heurter le socle de la statue.

L'arme explosa dans ses mains à l'instant du choc. Il la jeta. Le canon était voilé.

Aussi sec, Nick sortit un couteau de la poche intérieure de son manteau et se tourna vers le Kid.

Le voyant sonné par le coup de feu qui était parti juste à côté de sa tête, il reporta son attention sur Sam qui luttait toujours pour recouvrer une vue correcte dans la lumière du jour. Néanmoins, le garçon y voyait suffisamment pour constater que son agresseur n'était pas non plus au mieux de sa forme. Nick avait les yeux très rouges. Des larmes coulaient sur ses joues. Il les essuya d'un revers de manche, regarda Sam en clignant des paupières et leva sa lame, large et recourbée, si souvent affûtée qu'à l'extrémité elle paraissait aussi effilée qu'un scalpel. Il abattit son bras. Sam se baissa pour esquiver le coup qui passa tout près de sa nuque, lui coupant quelques cheveux au passage. Nick prépara immédiatement une nouvelle estocade. Alors qu'il tentait de se dérober, Sam sentit une piqûre sur le côté du cou. Il recula, dévala quelques marches en direction de la rue. Son pied s'enfonça dans une flaque. Il avait plu. Le ciel était voilé. Sam n'osait pas imaginer ce qu'auraient été ses éblouissements si le soleil avait brillé.

Il cherchait son souffle, sachant pertinemment qu'il ne résisterait pas longtemps. Nick était bien trop fort pour un enfant comme lui.

— Bouge pas, mon poulot, dit Nick d'un air menaçant. T'inquiète pas, je vais faire en sorte que ça aille vite. Mais, crois-moi, si tu fais l'imbécile, je te pends par les pieds et je te vide goutte à goutte. Parole, tu le sentiras passer. Maintenant, arrête tes simagrées et tiens-toi tranquille.

— Va en enfer, coassa Sam d'une voix brisée.

— J'y suis déjà, répondit Nick avec un petit rire, jouissant de sa position de force. Tu savais pas que j'étais Satan en personne ? Lucifer Nick. Et toi tu n'es qu'un pauvre pécheur, condamné aux flammes infernales... jusqu'à être à point.

Sam l'injuria copieusement, battant le rappel de tous les gros mots qu'il avait entendus dans sa vie, plus quelques-uns qu'il avait inventés. Nick n'en rit que plus fort.

Sam rampa sous une camionnette et, durant un instant, il se sentit à l'abri, jusqu'à ce qu'il réalise qu'il s'était piégé tout seul.

Nigaud.

Il aurait dû courir.

Sous le véhicule, le bitume était couvert d'huile. En un rien de temps, il fut noir de crasse. De Nick, il ne voyait que les mollets, qui faisaient les cent pas autour de la carrosserie pendant que leur propriétaire tapait sur la tôle en beuglant d'une voix haut perchée :

— Petit, petit, petit ! Viens, mon poulet, viens voir tonton Nick !

Tout à coup, il s'arrêta et se baissa. Sam vit apparaître son sourire carnassier, suivi de son bras qui se tendait vers lui. Il recula en se tortillant sur l'asphalte. Mais ce n'était qu'une feinte : d'un bond, Nick contourna la camionnette et tenta une nouvelle prise qui, cette fois, se révéla fructueuse. En effet, alors que Sam essayait de lui échapper, sa chemise s'était accrochée à un bout de métal, l'immobilisant sur place. La main de Nick se referma sur sa cheville. Il beugla et rua tant et plus, sans pouvoir empêcher son bourreau de le traîner hors de sa tanière.

Aussitôt dehors, Sam chercha des yeux le Kid. Il le découvrit près de la statue : son compagnon chancelait tel un boxeur au bord du K-O, puis il se plia en deux et vomit tripes et boyaux. Sam solidement coincé sous son bras, Nick retourna vers lui et, dès qu'il fut à portée, l'aplatit contre le socle de la statue avec le pied.

Ce coup-ci, il ne fallait pas compter sur le Kid pour les sortir de là.

Nick assit Sam par terre, le tenant fermement d'une main tandis qu'il levait l'autre au-dessus de sa tête. Le soleil perça les nuages. Un éclat scintillant vint jouer sur le fil de la lame.

— Mon p'tit poulet, cette fois, je vais te couper la tête…

Nick savourait son triomphe. Marquant une pause, il passa la langue sur ses lèvres desséchées. Pourquoi se presser ? Ce garçon lui avait causé tant de tourments. Avant d'en finir, il voulait les lui faire payer. Lire la terreur sur son visage. Pour cela, il fallait que le marmot soit pleinement conscient de ce qui lui arrivait, qu'il voie le couteau, qu'il anticipe avec effroi la douleur qu'il ressentirait quand il allait s'abattre, lorsque la lame s'enfoncerait dans sa gorge, tranchant les chairs, sectionnant les tendons, coupant la trachée, jusqu'à la colonne vertébrale. Si fine. Comme un cou de poulet.

Parfait. Il avait les yeux écarquillés, maintenant ; et l'on y voyait poindre une terreur qui remplit d'aise le tueur. Ils étaient fixés sur la lame prête à tomber, comme prévu.

Euh… Une seconde. Un détail clochait. Ce n'était pas sur le couteau qu'ils étaient rivés, mais sur autre chose. Oui, c'était bien ça, ils regardaient sa main.

Nick fronça les sourcils et tourna la tête vers sa main levée.

Une incroyable poussée de boutons frémissait sous sa peau. Déjà, un ou deux furoncles avaient éclos. Sa gorge se serra. Fasciné par les proportions que prenait le mal, il le regardait s'étendre, tétanisé par l'horreur.

Jamais il n'aurait dû sortir, s'exposer au soleil.

Sam non plus n'arrivait pas à détourner les yeux. C'était comme observer un truc dans le micro-ondes. Nick était en train de cuire sous ses yeux. Une nouvelle éruption s'empara des articulations, transforma les doigts en sangsues gorgées de sang. Les ongles noircirent, bientôt avalés par des amas de chair tuméfiée.

Nick poussa un râle plaintif. Le couteau vacilla au creux de sa main, trop boursouflée pour continuer à assurer une prise quelconque. La lame bascula avant de heurter le sol dans un tintement métallique.

— Regarde ce que tu as fait, s'exclama-t-il d'une voix étranglée.

Sam leva les yeux vers son visage, en pleine efflorescence lui aussi. Déjà, la joue disparaissait sous une plaque d'horribles bubons. Les lèvres gonflaient comme des saucisses dans une poêle brûlante. Des scarifications zébraient çà et là l'épiderme distendu, une chair rose vif s'épanchant des entailles.

C'était comme si toute l'abjection que Nick portait en lui faisait soudain irruption à l'air libre. Les globes oculaires eux-mêmes commençaient à enfler. Les veines congestionnées viraient du rouge au noir. Les yeux lui sortaient du visage. Sam se figura un démon sadique s'activant sur une pompe à vélo qu'il aurait facétieusement enfoncée dans l'oreille de Nick. Sa tête entière était ballonnée.

Et puis les yeux explosèrent, forçant Sam à détourner le regard.

Nick lâcha sa proie et porta les mains à ses blessures. Il ouvrit la bouche dans un hurlement silencieux. Sam constata alors que l'intérieur aussi était envahi d'abcès. La langue faisait penser au dos verruqueux d'un crapaud-buffle. Sa gorge obstruée lui interdisait aussi bien de respirer que de parler.

Il n'avait plus rien d'humain. Son corps tout entier cloquait et se tortillait. Il tomba à genoux.

Sam ramassa le couteau par terre, ignorant la matière collante et visqueuse qui en poissait le manche. Pour un peu, il aurait presque eu pitié de Nick. Un instant, il envisagea d'abréger ses souffrances. Le temps qu'il s'y résolve, l'enveloppe de Nick se fendit en deux et il se désintégra complètement.

Sam réprima un haut-le-cœur. La main du Kid se posa sur son bras.

Il fredonnait un jingle.

— Et maintenant, chers téléspectateurs, le résumé de la semaine…

— Qu'est-ce qui lui est arrivé ?

— La faute au soleil, répondit le Kid. C'est pour ça que la femme araignée voulait pas sortir. Elle va avoir sacrément les boules, mais qu'est-ce qu'elle peut y faire ? Bon, maintenant, on s'arrache.

— On va chercher Rhiannon ?

— C'est pas le moment. Regarde…

Un groupe d'adultes descendait la rue d'un pas lourd.

— Faut se tirer fissa, gadjo. Sans compter qu'à l'heure qu'il est, la pauvre fille a sans doute les deux pieds dans la tombe. L'oublie pas dans tes prières.

— Je ne prie pas, répondit Sam. J'crois pas en Dieu.

— Tu pourrais te montrer plus reconnaissant, Tom

Pouce, parce que, visiblement, là-haut, y a quelqu'un qui pense à toi. Maintenant, on trace.

Se tenant par la main, ils déguerpirent à toutes jambes au milieu de la rue, la chaleur du contact humain atténuant un peu l'absolu désespoir de Sam.

51

Ils arrivèrent à la tombée de la nuit : Carl le pirate, accompagné de dix durs à l'air particulièrement mauvais, plus quelques petites frappes hautes comme trois pommes et pourtant encore plus arrogantes que leurs aînés. On les escorta à la salle du trône. Ils y pénétrèrent avec la ferme intention de ne pas se laisser impressionner, de garder le visage impassible et fermé qu'ils affichaient jusqu'alors. Rattrapés par la réalité, ils se figèrent au seuil de la pièce, bouche bée, bras ballants.

— La vache, s'exclama Carl, dites-moi que je rêve.

De fait, la scène qui s'étalait sous leurs yeux était tellement surréaliste qu'on avait peine à croire qu'elle soit réelle. Affalés sur leurs trônes, les restes de la famille royale étaient alignés en rang d'oignons, la bave aux lèvres. Juste John était debout d'un côté, les mains attachées dans le dos, les chevilles entravées par une corde qui lui permettait de marcher, mais pas de courir. Il avait un gros pansement sur le nez et deux gros bleus violacés autour des yeux. Il était plus moche que jamais.

David et Jester se tenaient de l'autre côté, debout, les bras croisés. David portait un costume fraîchement lavé et repassé ainsi qu'une cravate impeccable. Des membres de la garde, dans leur uniforme rouge et noir, le fusil au pied, se tenaient de part et d'autre de la rangée d'aristocrates décrépits ; ils faisaient de leur mieux pour paraître professionnels.

Pod et son peloton étaient alignés le long d'un des murs latéraux, en regard des principaux leaders du clan Holloway. Maxie trouvait que ça faisait ridiculement penser à un spectacle de fin d'année – une représentation d'une pièce de théâtre par les élèves de 4e, ou un truc comme ça, avec des enfants déguisés en rois, en reines ou en soldats. Il n'empêche, elle avait hâte de voir comment la pièce allait se terminer. David affichait un petit sourire en coin qui laissait clairement entendre que le prologue s'était déroulé selon ses plans. Les squatteurs avaient baissé la garde. Ils étaient à sa merci.

Levant la main pour demander le silence, il déclara :

— Ce matin, je vous ai envoyé mon émissaire.

Maxie se mordit la lèvre. Depuis quand était-elle l'émissaire de David ? De toute évidence, Juste John voyait d'un aussi mauvais œil qu'elle cette idée d'émissaire.

— Émissaire ? répéta-t-il d'une voix nasillarde. De quoi tu parles, branleur ?

— Maxie, ici présente, parlait en mon nom. Maintenant, je vais aller droit au but.

— Parlons-en de droit au but, grogna Carl. On n'est pas venus ici pour causer. On est venus récupérer John.

— Ce n'était pourtant pas ce qui était convenu, n'est-ce pas ? répondit David. Le marché était le suivant : si vous voulez récupérer John, il faut discuter.

— Y a rien à discuter, rétorqua Carl. De ce que j'en vois, on a remporté la bataille.

— Mais on a John, répliqua David.

— Pourquoi faut-il toujours que le ton monte entre nous ? intervint Jester. On n'est pas forcés d'être ennemis.

— C'est ça, t'as raison !

— Écoutez, on a de la nourriture ici, continua Jester. La sécurité. Sans parler du fait qu'on est beaucoup plus nombreux que vous, et qu'on a des armes. De vraies armes. Ainsi que des gars prêts à s'en servir. Est-ce que ce ne serait pas plus malin, dans ces conditions, de vous joindre à nous ? Ensemble on serait imbattables. On pourrait affronter sans crainte n'importe quelle bande de gamins. On pourrait dominer Londres.

Une nouvelle fois, Maxie fit la grimace. Dominer Londres était le cadet de ses soucis. Elle ne voulait qu'un toit au-dessus de sa tête, une assiette pleine, et pouvoir dormir une nuit sans être réveillée toutes les demi-heures, trempée de sueur et stressée à mort. Mais peut-être que les squatteurs ne comprenaient que ce langage-là...

— Notre intention n'est pas de vous changer, dit David.

— Bien aimable à toi, répondit Juste John avec ironie.

— Vous pourrez conserver votre camp, poursuivit David sans relever. Tu seras toujours le chef, John. Mais on fait la paix. On cultive ensemble. On partage tout. Et si une menace extérieure se présente, on y fait face de conserve.

Quelques squatteurs ricanèrent du langage emprunté de leur hôte. Mais Carl, lui, ne riait pas. Il fixait Juste John d'un regard interrogateur.

Pod mit son grain de sel dans la discussion :

— Vous dites que vous avez gagné la bataille, ce matin. Mais si on avait voulu, on aurait tout ruiné chez vous.

— Vous n'avez pas agi à la loyale, accusa John. Vous avez truandé.

Ce fut au tour des gamins du palais de ricaner. Juste John se plaignant d'avoir été truandé, l'idée avait quelque chose de grotesque.

— Les yeux bandés, mec, que je t'aurais encore étendu, fanfaronna Achille. Parce que t'es qu'une crotte.

— Ben voyons ! Parce que t'es un vrai dur, toi, hein ? (Achille haussa dédaigneusement les épaules.) Le problème, tu vois, c'est que j'étais en train de vous tchatcher tranquillement quand tu m'as cogné. Si tu m'avais pas pris en traître, tu serais mort à l'heure qu'il est.

— Si t'étais le cador que tu dis, répliqua Achille, personne pourrait te prendre en traître. La vérité, c'est que t'es rien.

— Oh là, oh là, intervint David en levant à nouveau la main. Ça va pas recommencer. On n'est pas là pour se battre. On est là pour trouver un consensus.

— Pff, on se croirait en politique, marmonna Achille. C'est aussi chiant.

— Tout ce que je demande, c'est une trêve, dit David.

— Pour ça, il faut solder les comptes, rétorqua John d'un air sombre. Il en reste quelques-uns à régler.

— Lesquels ? demanda Jester.

— Ça se joue entre lui et moi, répondit John en pointant Achille du doigt.

— Tu veux qu'on remette ça ? dit ce dernier. Pas de problème, je suis ton homme.

John cracha sur la moquette et, à petits pas entravés, alla trouver Carl. S'ensuivit un rapide conciliabule, puis John affirma :

— On est prêts à passer un marché.

— Très bien, répondit David. Mais vous devez garder à l'esprit que rien ne nous oblige à l'accepter, car, ne vous en déplaise, vous n'êtes pas en position de nous dicter vos exigences. Je vous rappelle que John est notre prisonnier et qu…

— Tu veux entendre ce qu'on a à proposer, le minet, coupa John, ou tu préfères continuer à bavasser ?

— J'écoute. Souhaitons que ça en vaille la peine.

— Y a pas de lézard. C'est la meilleure offre que vous aurez jamais.

— Je suis tout ouïe.

— Alors voilà. On est prêts à accepter tout ce que t'as dit. À conclure une trêve, à vous aider pour les cultures, à s'allier avec vous si quelqu'un nous attaque, etc. À une condition.

— Laquelle ?

— Que lui, là, répondit John en pointant de nouveau Achille du doigt, me batte dans un combat à la loyale.

— Quand tu veux, acquiesça ce dernier sans hésitation.

— Une minute, intervint Maxie. C'est débile.

— Ah bon ? dit Carl. Eh ben, tu vois, c'est peut-être débile, mais c'est à prendre ou à laisser.

— Qu'est-ce que t'en dis, David ? demanda John en haussant le menton effrontément.

— Et si on perd ? s'enquit celui-ci.

— Si vous perdez, vous pouvez dire adieu à la trêve et à tout ce qui va avec, rétorqua John. Et que ça débouche sur une guerre ou pas, on s'en tamponne. On est parés.

— Hum, ça demande réflexion. Accordez-moi une minute…

Sur ses mots, entraînant Jester avec lui, David alla trouver Achille.

L'épisode de la messe basse se répéta dans l'autre camp.

— Est-ce que tu peux le battre ? demanda David.

— Sans problème, répondit Achille avec un sourire satisfait. Je l'ai déjà étalé une fois, j'vois pas ce qui m'empêcherait de recommencer. D'façon, ce mec, c'est que de la gueule.

— T'es sûr ? Parce que l'enjeu est de taille.

— Tu m'en crois pas capable ?

— Il peut le faire, assura Jester.

— Bon, très bien, répondit David en rompant le cercle pour se retourner vers la partie adverse. Marché conclu !

— Attendez, dit Maxie.

Elle se fraya un passage à coups d'épaule entre David et Jester.

— On peut pas se lancer comme ça, sans réfléchir !

— C'est tout réfléchi, répondit David. On est d'accord.

— Mais…

Maxie s'arrêta en sentant la main d'Achille se poser sur son bras.

— T'as pas envie de lui faire payer ce qu'il a fait à Freak ? demanda-t-il.

— Si c'était ça, j'aurais pu le faire moi-même ce matin.

— La vengeance est un plat qui se mange froid.

— Je ne veux pas de vengeance. Je veux la paix.

— Quoi qu'il en soit, dit David, la décision ne t'appartient pas. (Il s'avança vers John.) Le défi aura bien lieu. Notre champion contre le vôtre.

— Parfait, répondit John en souriant de toutes ses dents gâtées.

Une poignée de main scella l'accord. La faisant durer plus que nécessaire, John se pencha en avant jusqu'à frôler le visage de son interlocuteur.

— Au vainqueur de décider ce qui se passera entre nous. Au perdant, un enterrement de première classe, avec gerbes et salves d'honneur.

David essaya vainement de retirer sa main.

— On n'est peut-être pas obligés d'aller jusque-là, dit-il avec un petit rire nerveux. On n'a pas parlé de combat à mort.

— Oh que si, dit John en souriant de plus belle. Y a que comme ça qu'on pourra s'en sortir. Une lutte à mort. On a topé.

Un immense brouhaha s'empara de l'assistance. Des protestations s'élevèrent. John les accueillit sans ciller, immobilisant toujours la main de son vis-à-vis dans sa poigne de fer. David était désemparé. Il chercha Achille du regard.

— Où est le problème ? demanda ce dernier, la mine impassible. C'est comme ça que je le voyais aussi.

Il alla se camper devant Carl et le groupe de squatteurs.

— Vous pouvez sortir vos pelles, les gars. Parce que va y avoir un trou à creuser.

— Non, hurla Maxie. On n'est pas des animaux.

— Parle pour toi, pouffiasse, répondit John, provoquant du même coup une nouvelle tempête de hauts cris et de chahut.

Immobile au milieu du chaos, John observait la scène sans se départir de son sourire répugnant, sa grosse tête anguleuse dodelinant doucement au sommet de son cou de vautour.

52

Sam et le Kid étaient assis au pied du Gherkin, cet étrange building en forme de cornichon géant. Ils terminaient les dernières provisions que contenait la besace en cuir du Kid, en l'occurrence l'eau trouble d'une vieille bouteille plastique et une boîte de petits pois.

L'heure écoulée les avait vus tourner en rond, totalement perdus, au fond des gorges désertes dessinées par les hauts immeubles de la City. La topographie des rues n'avait aucun sens. Pas une seule ligne droite, seulement des serpentins qui tournaient sur eux-mêmes et, finalement, aboutissaient dans un cul-de-sac. Pour se repérer, les garçons avaient eu l'idée de rejoindre le fleuve. Cependant, jusqu'ici, leurs efforts étaient restés vains. Toutes les voies qu'ils avaient empruntées semblaient au contraire les écarter de leur objectif, quand elles ne les ramenaient pas à leur point de départ. Aussi reprenaient-ils régulièrement le chemin du Gherkin, seul jalon fiable dans ce dédale.

Et maintenant, il commençait à faire nuit.

Des papiers voletaient dans les airs. Levant les yeux, Sam s'aperçut qu'ils s'échappaient d'une vitre brisée, dans les étages du gratte-ciel.

Il n'aimait pas cet endroit. Les tours de verre et d'acier se reflétaient les unes dans les autres à l'infini. On aurait dit une ville dessinée par un déséquilibré, hors de toute unité d'échelle et de tout souci d'harmonie. Une vieille église jouxtait un immeuble de bureaux tout en métal, semblable à un gigantesque moteur, et des chantiers abandonnés. Certains se réduisaient à un vague trou d'eau dans la terre, d'autres à des squelettes de poutrelles métalliques qui ne supporteraient jamais aucune façade ni aucun plancher et qui pourrissaient sur place à l'ombre de grues immobiles – quand elles étaient encore debout. Les garçons avaient croisé plusieurs bâtiments éventrés par des grues écroulées.

— Bon, on refait une tentative ? proposa le Kid.

— D'acc.

Ils se levèrent péniblement, les jambes engourdies, et essayèrent une nouvelle route.

— Garde bien les yeux ouverts, Frodo, conseilla le Kid.

— C'est Sam, répondit ce dernier avec agacement.

— Ah, oui, désolé. Mais je savais que c'était un hobbit.

— Et puis, t'as pas à me dire de faire attention. Je sais très bien m'occuper de moi tout seul. J'ai survécu dans la rue sans aucune aide.

— Pas dans ce quartier, rétorqua le Kid.

— Bah, ils sont tous pareils.

— Que tu dis ! Ici, on sait jamais à quoi s'attendre. Cette partie de la ville est spéciale. Les trucs les plus zarbis sont prêts à te tomber dessus à chaque coin de rue. C'est pour ça que nos amis les croques des profondeurs ont réussi à tenir sans se gangrener. On est sur un site historique, mecton. Y a de la magie dans l'air. Des vieux démons qui rôdent. Des esprits des temps anciens, peut-être d'avant Jules César et ses légions.

— Je crois pas à la magie, répondit Sam.

— Moi, je crois à tout, Tom Pouce.

— M'appelle pas Tom Pouce. D'ailleurs, je te ferai remarquer que t'es à peine plus grand que moi.

— Je sais, mais t'es quand même qu'un petit freluquet, qu'un goujon dans le grand fleuve.

— Je suis un tueur géant.

— Ben voyons. D'façon, comme je t'ai dit, je crois à tout… crevette.

— Si tu continues, moi je vais t'appeler rat d'égout.

— Nabot.

— Pet de mouche.

— Crapaud.

— Galeux.

— Plancton.

— Tête de caca.

— Tête de caca ? se gaussa le Kid.

— Ouais, répondit Sam avec un gloussement moqueur. C'est ça que tu es. Tu pues.

— Pas autant que toi, avorton.

— Tu rigoles ? Tu sens pire. Tu pues les pieds. Vieille chaussette.

— M'appelle pas vieille chaussette, pauvre pot à tabac qui pue du cul.

— Ouh le ragondin ! T'es-un-ra-gondin !

— Morveux.

— Trou de balle.

Soudain, le Kid s'arrêta.

— Attends ! ordonna-t-il en fléchissant les genoux, comme un chien de chasse, le regard fixé au bout de la rue.

Un autre groupe d'adultes. Le troisième depuis qu'ils étaient dehors.

— Faut se tirer, microbe.

— Microbe toi-même, marmonna Sam en tournant les talons pour démarrer en trombe.

53

Assis tout seul dans les cuisines du palais, où il était venu se réfugier pour trouver un peu de calme et de chaleur, Achille était en train de manger une grosse assiettée de spaghettis à la sauce tomate. Il voulait un peu de temps pour lui avant le combat. Se concentrer. Et aussi faire le plein de sucres lents, comme un marathonien avant le départ d'une course. Il avait joué les fiers-à-bras là-haut, endossé l'habit du dur à cuire, pourtant, au fond de lui, il savait que ça n'allait pas être aussi facile que ça. Juste John était le genre de brute dont il fallait se méfier.

Quelqu'un frappa à la porte. Levant une seconde le nez de son assiette, il aperçut Jester, un petit bouclier rond à la main.

— Je te cherchais.

— Eh ben tu m'as trouvé.

— Ouais, dit Jester en laissant bruyamment tomber le bouclier sur la table. C'est qu'un truc d'apparat, mais ça pourrait toujours t'être utile.

Achille se leva et saisit l'objet. Il était constitué d'une fine feuille de métal montée sur une armature de bois et de cuir. Il passa son bras dans l'anse et referma les doigts sur la poignée.

— Pas mal, dit-il en esquissant quelques mouvements. Léger, équilibré. Dommage que j'aie pas eu ça plus tôt.

Jester prit place à table et demanda :

— T'es sûr que tu peux le battre ?

— Si je l'étais pas, cousin, j'aurais aucune chance.

— Je vais voir si je peux te trouver un bout d'armure ou kekchose.

— Laisse tomber, ça ferait que me ralentir, répondit Achille en retirant le bouclier pour retourner à son dîner. En plus, j'y suis pas habitué. Ça ira comme ça.

Il avait revêtu sa tenue de combat : survêtement et tennis. Elle contrastait avec celle de Jester. C'était quoi, ce manteau en patchwork, d'abord ? Plusieurs fois, il avait été sur le point de poser la question et, là, c'était peut-être sa dernière chance de le faire.

— Dis-moi un truc, Oudini…

— Ouais ?

— David a un costume de banquier, tout le monde ici est plutôt fringué strict, genre uniforme d'école, alors que toi, on te voit jamais sans ce vieux machin miteux. Faut que tu m'expliques.

— Avant, j'habitais Notting Hill, répondit Jester. À l'ouest de Londres.

— Quartier de rupins.

— Si tu veux. Ce qui s'est passé, c'est que quand est survenu ce que vous appelez le désastre…

— Pourquoi, t'appelles ça comment, toi ?

— Je ne l'appelle pas. Ce qui est… est. Point à la ligne. Mais, bon, comme je disais, quand c'est arrivé, je me trouvais dans une grande maison. Un truc immense.

Avec une ribambelle de mômes. Essentiellement des copains, au début, et puis plein d'autres qui sont venus se greffer. C'était le pied à ce moment-là. Y avait plein de baraques de richards, autour, où l'on a ramassé des trucs pas croyables, en quantité délirante. On a pensé qu'on était sortis d'affaire. Et puis…

— Des adultes.

— Ouais. Des adultes. Et pas des tendres. Or, parmi nous, y avait pas un seul guerrier de ton calibre, Ach'. On n'avait pas la moindre chance. Y avait une fille avec nous, Perséphone.

— Prénom grec…

— Si tu le dis. Quoi qu'il en soit, la première à se faire avoir a été sa sœur. Ensuite, on a partagé entre nous tout ce qu'elle possédait. Perséphone a pris sa robe du soir préférée et elle en a découpé un bout. Puis elle l'a cousu sur un autre tissu. En souvenir. Ensuite, chaque fois qu'un gamin mourait, elle faisait pareil avec un de ses vêtements. En quelques semaines, elle s'est retrouvée avec une sorte de couverture matelassée. Elle m'a montré comment elle faisait. Et puis, tu sais comment c'était à l'époque, y avait pas grand-chose à faire pour passer le temps, alors j'ai appris à coudre. Quand Perséphone est morte, j'ai ajouté son carré. Pour finir, on a été forcés de quitter Notting Hill, parce que c'était plus tenable. On est allés en ville, là où c'était plus calme. Certains sont morts en route. Mais pas tous. Rose était là, ainsi que deux ou trois autres qui sont maintenant au palais. Finalement, quand on est arrivés ici, j'ai monté la couverture en manteau. Pour garder près de moi le souvenir de tous ces morts. Tu sais combien y a de carrés ?

— Aucune idée.

— Quarante-trois. Euh, non, quarante-quatre en comptant celui de Freak que j'ai ajouté aujourd'hui, dit Jester en montrant un morceau de tissu neuf. Et celui-là, là, c'est Arran.

— T'as pris sa chemise ?

— Il en avait plus besoin.

— Ouah, mec, t'es glauque. Ma parole. Super glauque. Sans ça, t'en penses quoi que David te mène par le bout du nez ?

— Et toi ? répondit Jester du tac au tac.

— Pff, du moment que j'ai de quoi béqueter et un endroit au sec où dormir, moi, ça me va. J'ai pas envie d'être chef. Trop de trucs à penser. Mais toi… tu l'aimes bien, au moins, ton David ?

— Il est secoué, dit Jester. Et ça s'arrange pas avec le temps. Mais, pour l'instant, ça marche. Il a quinze ans, tu sais ? C'est vieux.

— Ah ouais ?

— Ouais. Des fois, je me demande si c'est ça qui le rend comme il est. Je l'observe. Je guette les signes annonciateurs. Tu sais, les furoncles et tout ça. Pour l'instant, rien. N'empêche, personne sait ce qui va se passer quand on va arriver à l'âge adulte…

— J'aime pas penser à ça, mec, répondit Achille. Je préfère autant pas en parler.

— Non. Tu as raison. Désolé, s'excusa Jester.

Il étudia silencieusement Achille un instant puis ajouta :

— Si tu gagnes ce soir, Ach', tu vas te retrouver en position de force, tu sais. J'ignore si David l'a bien compris. Tu pourrais le renverser… si tu voulais.

— Je t'ai dit, Magic-Man. Ça m'intéresse pas d'être chef.

— À toi tout seul, peut-être, mais à nous deux, on ferait une sacrée équipe.

— Tu parles, j'aurais trop peur de te tourner le dos et de me retrouver avec un poignard entre les omoplates. J'ai toujours su qu'on pouvait pas te faire confiance, mec.

— Je suis un survivant, Ach'. Un winner. Comme toi. Tu vois, sur ce manteau, y a quarante-quatre trépassés mais un seul vivant pour le porter.

— Tu vas ajouter un autre carré, ce soir ? Après le combat ?

Jester haussa les épaules.

— Espérons seulement que ce sera pas le tien, répondit-il en se levant.

— Compte là-dessus. D'façon, avec le bouclier que tu m'as filé, y peut rien m'arriver. Johnny-boy a qu'à bien se tenir.

— T'imagines que j'aie dû lui en donner un aussi.

— Quoi ?

— Fallait bien que le combat soit égal.

— T'es qu'une saloperie de vipère, Jester, tu sais ça ? Si ça se trouve, t'as eu exactement la même discussion avec Juste John, je me trompe ? Bah, allez, tu me débectes…

Pour toute réponse, Jester éclata de rire et quitta la pièce.

54

Le quadrangle, cette vaste cour d'apparat au cœur du palais de Buckingham, était noir de monde. Une foule compacte se pressait autour d'un espace central, délimité par des flambeaux, et qui formait une sorte de ring. Des gamins débordaient jusque sur les rebords de fenêtres.

Pourtant, tous n'étaient pas là. Les plus petits et les plus impressionnables avaient été tenus à l'écart. À certains on avait même omis de dire ce qui se passait, car nombre de gosses se réveillaient encore en hurlant au cœur de la nuit, tourmentés par d'affreux cauchemars. Ils avaient été témoins de suffisamment de scènes traumatisantes comme ça. Il était inutile de les exposer à une violence supplémentaire, une autre tuerie.

Maxie aurait préféré être ailleurs, elle aussi. Mais elle ne pouvait se résoudre à laisser Achille combattre seul, sans parler du fait qu'elle voulait absolument savoir qui allait l'emporter. Elle avait encore du mal à croire ce qui se préparait : un horrible combat de gladiateurs, digne des heures les plus barbares de l'Empire romain. Elle n'avait jamais eu de tendresse particulière pour Achille – une caricature de petite brute, habitué à en venir aux mains, faignant, grossier et imbu de sa personne –, néanmoins elle le respectait en tant que guerrier, et lui reconnaissait même une certaine valeur. Il leur avait plus d'une fois sauvé la mise. Avant le désastre, jamais elle n'aurait fréquenté quelqu'un comme lui. Mais, par ces temps difficiles, c'était le genre de personne qu'il était bon d'avoir de son côté. Et puis, ils avaient vécu tant de choses ensemble que l'idée qu'il puisse mourir aujourd'hui lui était parfaitement insupportable. Mais quelle était l'autre option ? Que Juste John meure.

Un autre môme.

Oh, bien sûr, c'était un type affreux – Achille en dix fois pire –, sans compter qu'il avait assassiné Freak.

Ce matin, elle aurait été contente de le voir mort. Elle avait d'ailleurs bien failli le tuer elle-même. Mais plus maintenant. Et surtout pas dans ces conditions.

Elle ne voulait plus voir mourir personne.

Il faut dire que tenir Freak dans ses bras alors que la vie le quittait lentement avait été une épreuve abominable. Le plus affreux était qu'après elle n'avait rien ressenti à part une sorte d'engourdissement lugubre. Un vide absolu.

Peut-être était-elle à court de larmes.

Elle contempla les visages des gamins rassemblés. Certains étaient excités ; d'autres, un peu penauds et désemparés, comme elle ; d'autres, enfin, assis par terre, remâchaient en silence leur anxiété. Les treize gamins du camp de squatteurs se tenaient à l'écart du reste de la foule, tassés les uns contre les autres, les plus petits devant, remuants comme s'ils allaient assister à un spectacle, se poussant du coude, jouant des épaules pour avoir la meilleure place, sans cesser de caqueter et de glousser bêtement.

Et puis il y avait David et Jester, flanqués de gardes en uniforme. Plus pédant que jamais, le torse bombé, le premier toisait l'assistance d'un air fier et distant, tel un empereur promenant son regard sur la plèbe avant que son champion n'affronte celui des barbares. Elle remarqua la présence d'Olive à leurs côtés, et se demanda avec tristesse s'il avait changé de bord.

Maxie n'avait plus personne à qui parler. Arran était mort. Olive était avec David. Il restait Whitney, mais elle était dans la salle de bal avec les petits, qu'elle essayait de divertir pour leur faire oublier ce qui se passait dans la cour.

Elle en serait presque venue à regretter Blue. Lui, au moins, comprenait ce qu'elle traversait. En tant que chef, il savait à quel point les responsabilités étaient difficiles à assumer.

Mais, au fait, était-elle encore chef ? À vrai dire, elle n'en était plus certaine. Tout avait changé depuis qu'ils étaient arrivés ici. Les choses lui échappaient chaque jour un peu plus.

Quelqu'un lui tapa sur l'épaule.

Sophie. Accompagnée de ses archers.

Maxie se sentit déchirée. En d'autres circonstances, elles auraient sans doute été amies. Sophie était le genre de fille avec qui elle aurait pu discuter. Elle était fine, intelligente. Cependant, Maxie n'arrivait pas à abattre le mur qui les séparait.

— Qu'est-ce que tu veux ? demanda-t-elle.

— Je suis venue te prévenir qu'on partait, répondit Sophie.

— Quoi ?

— On peut pas rester. S'il n'y avait pas eu l'accident avec Arran, ça aurait peut-être été différent, mais là, c'est pas possible. On peut pas piffer David, et vous, vous ne nous aimez pas. On s'est toujours sentis rejetés. Ce stupide combat, c'est la goutte d'eau qui fait déborder le vase. Notre décision est prise. On va profiter de ce que tout le monde est occupé pour filer. Je ne voulais pas le faire sans te le dire.

— Mais… où irez-vous ?

— J'sais pas. On a survécu un an dans la rue. Et ça a l'air plutôt calme par ici, alors…

— Bonne chance…

Sophie l'enlaça un court instant.

— J'aurais aimé que ça se passe différemment, dit-elle, et puis elle disparut dans l'ombre.

Maxie se figea, stupéfaite. N'avait-elle pas, d'une certaine manière, poussé Sophie vers la sortie ?

Elle n'eut pas le temps de s'appesantir sur la question : la clameur qui accueillit l'arrivée d'Achille sur le ring la ramena brutalement à la réalité.

Maxie tourna la tête.

Pod et ses guerriers, tels des collégiens lors d'un match de foot, encourageaient leur camp avec force beuglements et vociférations. Ne voyaient-ils pas ce que leur attitude avait d'obscène et d'écœurant ? La vie d'un être humain comptait-elle donc si peu à leurs yeux ? Ça devait sans doute se passer comme ça au Colisée, se dit-elle. Ni plus ni moins qu'une finale de coupe, où l'on acclame son favori et où l'on hue l'adversaire.

Et peu importe que celui-ci finisse les tripes à l'air.

Elle grimaça. Ses côtes la faisaient souffrir comme jamais. Le simple fait de respirer lui était douloureux. Elle aurait donné n'importe quoi pour rembobiner le fil des événements qui s'étaient déroulés au cours des dernières vingt-quatre heures.

Achille fit le tour du ring à grands pas, prenant ses marques. Puis il retira le haut de son survêtement et le confia à Gros Mick, debout au côté de Lewis. Ils lui glissèrent rapidement quelques mots à l'oreille – sans doute les dernières consignes techniques –, qu'Achille accueillit avec un hochement de tête entendu. Pendant ce temps, Juste John sortit de la foule et se présenta lui aussi sur le ring, un bouclier dans une main, sa lance dans l'autre. Il paradait devant son clan, tel un lion en cage, esquissant à l'occasion des mouvements guerriers, sautant sur place, esquivant des attaques imaginaires, contre-attaquant, fusillant son adversaire du regard.

Achille l'ignora et ne répondit à aucune de ces provocations. Il se repliait sur lui-même, rassemblait ses forces, aiguisait sa concentration, faisait lentement monter la pression.

— Alors, tu te ramènes, ma biche ! cria John en faisant tournoyer sa terrible lance à trois lames au-dessus de sa tête. Fais un bisou à ton fiancé et amène-toi. À moins que tu veuilles jeter l'éponge tout de suite ?

Lewis tendit sa lance à Achille. Maxie nota qu'elle avait été fraîchement aiguisée. Des éclats d'argent scintillaient sur la pointe, effilée comme une aiguille. Au départ, il s'agissait d'une vulgaire tige d'acier, qui avait été travaillée jusqu'à devenir un redoutable instrument de guerre, avec un pommeau à la base et un épais renfort de cuir sous la pointe pour éviter que l'arme de l'adversaire puisse glisser le long de la hampe. Achille en prenait un soin maniaque, limant ceci ou réglant cela afin qu'elle soit en permanence parfaitement équilibrée. Mais, avec son épais bout de bois, façon batte de base-ball, hérissée de trois poignards, celle de John paraissait encore plus impressionnante. Un seul coup porté infligerait de terribles dommages à la victime. Or, John était passé maître dans son maniement. De toute évidence, il s'était échiné des centaines d'heures à parfaire ses mouvements. Il la faisait virevolter dans les airs, sauter d'une main à l'autre avec une aisance redoutable.

L'air aussi endormi que d'habitude, Lewis se gratta la tête. Pourtant, une certaine anxiété se lisait dans son regard.

— Waouh, c'est une pure tuerie, son truc, dit-il de sa voix traînante.

— Trop lourd, répondit Achille, pas assez maniable. Ça a l'air chanmé comme ça, mais, en fait, c'est du flanc. Surtout avec ces stupides dagues accrochées au bout. Ça déséquilibre.

— N'empêche, poursuivit Lewis. C'est mortel. D'ailleurs, il a l'air d'en avoir buté plus d'un avec.

— Et moi, non ?

— Là, mon frère, c'est différent, répondit Lewis avec un haussement d'épaules. C'est un autre gosse que t'as en face de toi, costaud et bien entraîné, pas un zombi qui bouge au ralenti.

— Deux bras, deux jambes. Comme n'importe qui.

— T'as pas la trouille ?

— Bien sûr que j'ai la trouille, avoua Achille. Tu me prends pour un débile ou quoi ? Ce mec est une saloperie ambulante, une vipère à visage humain…

— Un peu amoché quand même, le visage humain, remarqua Gros Mick, et il tendit son bouclier à Achille. Mets-lui-z'en une dans le pif et, crois-moi, il la sentira passer.

— Merci, j'essaierai de m'en souvenir, dit ce dernier en passant le bras dans l'anse. Hum ! Dommage que John ait le même. Mais ses dagues ne feront pas le poids face à ma lance. Si j'arrive à bien parer un de ses coups avec le bouclier, j'suis sûr qu'elles vont péter.

— Ben, essaie de faire ça vite, conseilla Mick. Parce qu'il est plus grand que toi, donc meilleure allonge. Et qui dit allonge, dit pas facile à cadrer.

— T'inquiète, c'est rien qu'un gros débile sur pattes, répondit Achille.

— Hé, le bouffon ! hurla John. Tu viens jouer ou pas ?

Achille renifla, s'écarta de la foule et fit quelques mouvements avec sa lance.

— J'suis prêt, dit-il d'une voix dégagée en s'avançant d'un pas souple et élastique jusqu'au centre du ring.

Il paraissait concentré au maximum, calme, tout d'énergie rentrée. L'exact inverse de John, remonté à bloc, qui balançait la tête de côté en faisant rouler ses muscles.

— Tiens, c'est la première fois que je me bats contre une tapette, dit-il, et il cracha aux pieds de son adversaire.

— T'es obligé de faire tout ce cinoche ? demanda Achille. T'as que ces mots-là à la bouche ?

— Oh, désolé. Je t'ai froissée, chérie ?

— Écoute, si t'es amoureux de moi, dis-le !

— C'est tout ce que t'as trouvé ? railla John.

— Tu mérites pas davantage, baltringue. Bon, maintenant, t'es venu pour blablater ou pour te battre comme un homme ?

Avec un petit air pincé, David joua des coudes entre les gardes et s'avança au bord du ring.

— À mon signal, le combat débutera, dit-il, un rictus hautain tordant ses traits pâles et grêlés de taches de son. Et n'oubliez pas que cette joute décidera de…

Mais Achille et John ne l'écoutaient plus. Avant qu'il ait achevé sa phrase, brandissant leurs lances, ils se jetèrent l'un sur l'autre en hurlant.

55

David eut beau crier : « Attendez ! », il s'époumonait pour rien. Achille et John se percutèrent de plein fouet. Le fracas des armes, lance contre bouclier, couvrit ses paroles.

À l'issue de ce premier assaut, Achille jeta discrètement un œil à la lance de son adversaire. Intacte. En revanche, l'extrémité de la sienne était brisée. À trop vouloir l'affûter, il l'avait fragilisée. Et il n'était pas habitué à combattre un adversaire muni d'un bouclier. Qu'à cela ne tienne. Sa lance pouvait encore tuer, pourvu qu'il parvienne à porter un coup.

En attendant, ça faisait un-zéro pour John.

La question du score fut bien vite balayée par une furieuse attaque de son rival qui, de toute évidence, partageait la même idée que Mick : frapper fort d'emblée pour écourter le combat au maximum.

Se ruant sur son adversaire, John déclencha une rapide succession de coups qui forcèrent Achille à reculer en parant comme il pouvait avec son bouclier. Il apprit alors à ses dépens que la défense était largement aussi éreintante que l'attaque. Il n'avait pas les muscles pour ça.

Il s'accrocha néanmoins, guettant l'ouverture qui lui permettrait de contre-attaquer. Celle-ci se présenta bientôt. Il se fendit pour toucher le genou, sous le bouclier de John, qui n'eut d'autre choix que de bondir de côté, et perdit ainsi l'élan de son assaut. Profitant de ce léger répit, Achille recula hors de portée de son adversaire. Puis il fit le tour du ring en sautillant, détendant ses muscles, dansant souplement d'un pied sur l'autre. Il s'était tétanisé sous la charge de John. S'il voulait retarder l'arrivée des crampes, il fallait qu'il se dégourdisse.

De son côté, John voyait dans ce premier échange la confirmation de sa supériorité.

— T'as eu ta dose, la majorette ? brailla-t-il en paradant face au public, un sourire carnassier aux lèvres. Ou t'en veux encore ?

En guise de réponse, Achille se jeta subitement sur lui en portant un coup de lance. Pris de court, John n'eut que le temps de lever son bouclier pour repousser l'attaque *in extremis*. Cette parade laissa Achille sans protection. John s'engouffra aussitôt dans la brèche. Sa lance décrivit une parabole au sommet de laquelle les trois lames lardèrent la poitrine de son adversaire, déchirant son tee-shirt et faisant jaillir le premier sang. Achille jura et pivota sur lui-même. Mais John n'avait pas l'intention d'en rester là. Bien au contraire. Il poursuivit dans son élan par une terrible attaque basse qui atteignit Achille au tibia et l'envoya au tapis. Sentant la fin approcher, John ne le lâchait plus. Il multipliait les coups dans le sol, encore et encore, tel un pêcheur malhabile essayant de harponner un poisson dans un tonneau. Achille roula dans les graviers, gigota comme un diable pour éviter de se faire embrocher.

Décidément, les choses se passaient mal pour lui. John était bon. Il avait constamment l'avantage. Achille passait pour un crétin à se tortiller ainsi à ses pieds.

Enfin, John commit l'erreur de s'approcher d'un peu trop près et il lui décocha un violent coup dans les chevilles avec le tranchant de son bouclier. Lui aussi mordit la poussière, au sens propre du terme, puisqu'il s'écroula tête la première sur le gravier. Tous deux se relevèrent avec difficulté. Le pansement de John s'était défait. Du sang coulait de son nez – ce qui n'avait pas l'air de le gêner plus que ça. S'ensuivit un étrange round d'observation, les deux combattants, transpirants et haletants, tournant l'un autour de l'autre sans qu'aucun ne prenne le risque de lancer une attaque. Mais, du fond de ses orbites charbonneuses, les prunelles de John scintillaient d'un éclair vicieux. Il jouissait. Il avait esquinté Achille et tous deux le savaient.

Un silence de mort plombait l'assistance, absorbée par le combat. Chaque camp priait pour que son champion l'emporte.

Le tee-shirt d'Achille était couvert de sang. En face, John avait beau boiter légèrement et avoir du sang plein la bouche, il n'avait presque pas été touché, puisque Achille s'était surtout concentré sur sa défense.

Débuta alors un long échange de feintes. L'un et l'autre lançaient des attaques trop prudentes pour déjouer les parades de l'adversaire. Leurs ombres difformes se reflétaient sur les murs du palais, telles deux marionnettes interprétant quelque parodie guerrière. Ils prenaient la mesure l'un de l'autre, étudiaient le style adverse, jaugeaient les forces et les points faibles. Leur désir d'en finir rapidement avait fait long feu.

Sans aucun doute, John disposait d'une meilleure allonge. Son bras comme sa lance étaient plus longs que ceux d'Achille. En toute logique, il portait davantage de coups. Pour l'instant, Achille les bloquait avec son bouclier. Néanmoins, quelques-uns trouvèrent leur cible. Il écopa ainsi d'une entaille à la tête et d'une autre à l'épaule. Tout semblait indiquer que, maître de la distance, John allait réussir à faire la différence.

Et il le savait. Il lui suffisait de continuer à fatiguer son adversaire pour qu'à un moment il puisse porter l'estocade.

Cette pensée décupla son ardeur. Il attaqua soudain avec une telle force que le coup résonna sur le bouclier d'Achille comme sur une cloche brisée.

John étouffa un juron. Une de ses lames s'était brisée net sous la violence du choc.

Voyant John distrait, Achille esquissa un sourire et saisit sa chance. Il pénétra la défense de son adversaire, écarta d'un bras son bouclier et, de l'autre, lui asséna un violent coup sur le côté du crâne avec le sien.

John était un coriace, car c'est à peine s'il recula. Il repoussa Achille de son bras armé, sans toutefois disposer d'assez d'espace pour faire usage de ses lames. Néanmoins, il était blessé. Enflé comme un œuf de pigeon, son œil droit saignait abondamment.

— C'est bon, ça, commenta Lewis en donnant un coup de coude à Mick. Maintenant, il va avoir du mal à apprécier les distances. C'est ça le problème avec un seul œil ouvert. Ach' doit se concentrer sur l'angle mort. Ne pas le lâcher.

Plus facile à dire qu'à faire. La blessure avait rendu John fou furieux. Il avançait sur son adversaire comme un forcené, l'obligeant à reculer par une série de coups successifs de lance et de bouclier. Achille se défendit en brandissant tant bien que mal le sien. Mais il était fatigué. Finalement, John lui écrasa la hampe de sa lance sur la mâchoire. Achille tituba, assommé.

— C'est du chiqué, affirma Lewis de sa voix traînante.

— Tu crois ? répondit Mick, guère convaincu.

— Ouais. Il est en train de le mystifier, mec. Il fait semblant d'être au plus mal pour que l'autre se sente pousser des ailes et commette une erreur.

Si Achille simulait vraiment, il faisait preuve d'un grand talent d'acteur, hagard, vacillant sur ses jambes d'un air hébété, sa lance oscillant mollement dans l'air nocturne, son bouclier à la taille.

— C'est l'heure, lopette, grogna John, et il porta une attaque soudaine, à hauteur d'homme, loin au-dessus du bouclier d'Achille.

Celui-ci n'eut que le temps de détourner la tête. Malgré tout, une des dagues lui laboura la joue avant de lui sectionner l'oreille. Son instinct de survie lui commanda de lever le bras du bouclier. Dans la croisée des fers, une autre dague accrochée à la lance de John se brisa.

N'en restait qu'une.

Mais une suffisait pour tuer.

Achille secoua la tête et cligna des paupières. Il avait les yeux rouges, fiévreux. Il perdait beaucoup de sang. Son oreille pendait lamentablement. Une véritable épave.

Un sourire méchant se dessinait sur le visage de John, exposant ses dents grisâtres.

— T'en as assez ? Tu veux jeter l'éponge ? Déclarer forfait ?

Achille lui rendit son sourire. John l'ignorait, mais il venait de laisser paraître son premier signe de faiblesse. S'il offrait à Achille de se rendre, c'était que, tout au fond de lui, il ne voulait peut-être pas mener ce combat à son terme. Quelque chose le retenait. Il n'avait pas le cran de porter le coup fatal.

Retrouvant sa détermination, Achille attrapa sa lance par le milieu et la cala sous son bras. Puis, pliant les genoux, il la fit basculer vers son adversaire, visant au cœur, dans un mouvement de bas en haut que John n'eut guère de peine à contrer. Mais Achille poursuivit le mouvement et fit tourner son arme jusqu'à amener le pommeau à hauteur de la tête de son rival. Là, en inversant subitement le sens de rotation de la pique, il porta une attaque avec le pommeau, côté œil fermé et bras armé. La massue s'écrasa sur l'épaule de John qui accusa le coup avec un juron. Insuffisant pour lui faire lâcher sa lance, mais il était touché.

Achille garda le rythme – une estafilade avec la pointe de bas en haut, un coup de pommeau dans l'autre sens dès que sa lance avait tourné –, marchant ainsi obstinément sur son rival, l'empêchant de reprendre ses esprits, de contre-attaquer. Dans un premier temps, John se contenta de se défendre. Il bloqua avec son bouclier, esquiva, se déroba, continuellement sur les talons. Toutefois, au fil des attaques, constatant que l'enchaînement de son rival était toujours le même, il reprit du poil de la bête. D'autant plus qu'à tenir sa lance par le milieu, Achille réduisait singulièrement son allonge. John n'avait qu'à reculer d'un pas ou creuser les reins pour que la lame passe devant lui en cinglant l'air, sans lui causer le moindre dommage. Achille pouvait continuer aussi longtemps qu'il voulait, il se fatiguerait avant lui. Fort de cette certitude, John le laissait venir, faisant juste un petit pas en arrière pour se mettre hors de portée, certain, là encore, de maîtriser la distance.

Néanmoins, cette fois, il se garda bien d'exprimer sa satisfaction face à son adversaire. Il ne fallait surtout pas qu'il sache que sa stratégie était sans conséquence.

— Qu'est-ce qu'y fout ? marmonna Mick. Il est trop loin. Il tape dans le vide.

— Ce coup sur la tête a dû lui secouer la pulpe, mec, répondit Lewis. J'arrête de regarder, ça me fout trop les boules.

Mais Achille persévérait, tel un crétin de premier de la classe envoyant une volée de coups de poing ridicules à la terreur des bacs à sable qui l'avait poussé à bout. John accueillait ses attaques avec de plus en plus de relâchement. Il était sûr de lui.

Sûr de sa victoire.

Même Maxie voyait bien que la tactique d'Achille était vouée à l'échec. John se foutait ouvertement de lui, le laissant s'échiner tout seul sans même prendre la peine de répondre, sinon en le titillant de temps à autre du bout de sa lance. Elle ne pouvait plus voir ça. Elle en était persuadée maintenant : Achille allait se faire tuer.

Tel un disque rayé, celui-ci continuait ses moulinets – en bas, en haut ; en bas, en haut. Soudain, il trébucha. Il avait le visage couvert de sang. Son oreille en lambeaux pendouillait sur son épaule.

L'arrogance de John finit par reprendre le dessus. Oubliant la ruse, il baissa sa garde et esquissa un large sourire, comme pour provoquer Achille, le ridiculiser, lui faire bien comprendre qu'il ne pouvait pas l'atteindre. Avec une grimace de mépris, il fit claquer sa langue sur son palais.

Ce qu'il n'avait pas compris, c'est qu'Achille l'attendait au tournant. Profitant d'une nouvelle rotation de son arme vers le haut, il desserra sa prise, laissa filer le manche entre ses doigts jusqu'à sentir le pommeau heurter le tranchant de sa main. Puis, l'agrippant fermement, il la fit tournoyer dans les airs avec toute l'amplitude de son bras, ce qui décupla d'autant sa distance de frappe. Le coup atteignit enfin sa cible. La pointe s'écrasa sur le crâne de John.

Celui-ci n'avait rien vu venir. Tout s'était passé beaucoup trop vite pour lui. Il était là, attendant tranquillement que la lance le frôle, et voilà qu'il se ramassait un méchant coup de pelle sur le coin de la tronche. Hébété, il vacilla, incapable de dire d'où était venue la dégelée. Se remettant rapidement en garde, Achille s'avança pour la mise à mort. Après avoir écarté le bouclier et la lance de son adversaire d'un revers de ses propres armes, il se colla à lui et lui asséna un violent coup de genou entre les jambes. Avec un grognement de douleur, John se plia en deux. Achille leva son bouclier et le lui abattit de toutes ses forces sur la nuque. John s'effondra lourdement sur le sol, tête la première.

— Ça, c'était pour Freak, dit Achille.

Allongé dans le gravier, John ne bougeait plus.

Une clameur s'éleva dans le camp du palais, à laquelle répondirent des ronchonnements de déception de la part du petit groupe des squatteurs. Tout s'était terminé si vite…

Haletant, la poitrine se soulevant à chaque souffle, Achille se tint un instant debout au-dessus de l'adversaire qu'il venait de terrasser. Puis il glissa un pied sous son ventre et le retourna.

John était conscient, mais il ne pouvait plus ouvrir les yeux. Trop boursouflés pour ça. Le pansement qu'il avait sur le nez avait définitivement sauté et avec lui l'appendice qu'il était censé protéger, ne lui laissant au milieu du visage qu'une horrible boule de chair à saucisse.

Achille appuya la pointe de sa lance sur le ventre de John, jusqu'à sentir la mollesse des tissus.

John grimaça.

— Vas-y, qu'est-ce que t'attends ? Tue-moi.

— À quoi bon ? T'es déjà mort. Les poubelles de l'histoire débordent de losers.

— Tue-moi ! beugla John.

Achille appuya un petit coup sur la hampe. John s'étrangla.

— T'es sûr ? demanda Achille sans desserrer les dents. Tu sais combien de temps tu mettrais à mourir si je te crevais la panse ? T'es sûr que tu veux voir tes entrailles se répandre par terre ? Hein ? Pas de regrets ? T'es vraiment certain que c'est ça que tu veux ?

— Non, concéda John d'une voix balbutiante. S'il te plaît. Me tue pas. J'veux pas mourir.

— Personne ne le veut, répondit Achille en posant un genou à terre avant de se pencher sur John, à le toucher.

Des gouttes de sang tombèrent de son front et éclaboussèrent le visage du vaincu.

— Et ça, c'est pour moi, ajouta-t-il en l'embrassant fougueusement sur la bouche.

Les gamins du palais éclatèrent de rire. Achille se redressa. Carl le pirate se précipita au chevet de son chef et l'aida à se relever. Il dut le soutenir car celui-ci ne tenait plus sur ses jambes.

Achille se tourna vers David.

— T'as eu ce que tu voulais ? Ce coup-ci, y pourront pas dire qu'on les a pris en traître.

— C'est bon ? cria David en direction des squatteurs. L'affaire est réglée ?

— J'imagine, répondit Carl.

— Oui, ajouta John. C'est réglé.

Chancelant, Achille manqua de s'écrouler. Maeve et Maxie accoururent et le prirent chacune par un bras. Maeve s'empressa de lui enrouler une bande autour de la tête. Achille fit mine de la repousser, mais il n'en avait plus la force.

— J'vais bien, bafouilla-t-il d'une voix qui contredisait clairement cette affirmation.

Une fois encore, il croisa le regard de David, puis balaya des yeux la foule des gamins.

— Souvenez-vous… de ce que j'ai fait… pour vous… ce soir, cria-t-il.

Et il s'évanouit.

56

— T'as eu ce que tu voulais ? T'es content ? Freak est mort. Achille a bien failli y passer. Étendre ton empire sur cette foutue ville est-il si important que tu te moques de la vie de nos gars ?

— Vos gars ?

— Absolument, nos gars, répéta Maxie debout à côté de David, sur le balcon de la cour d'honneur.

La lune brillait de tous ses feux à travers une trouée dans les nuages. Rues, toits et frondaisons encore humides des pluies de la journée se teintaient d'éclats argentés.

— Dorénavant, on est tous dans le même bateau, répondit placidement David avec l'exaspérante condescendance dont il était coutumier. Il faut arrêter de penser en termes de « eux » et « nous ». On joue tous dans la même équipe.

— Désolée, David, mais je ne suis pas sûre de vouloir faire partie de cette équipe-là.

— Dans ce cas, que fais-tu encore ici ? À vivre sous notre toit ? À manger à notre table ?

— Pardon ? J'ai bien entendu ? *Votre* toit ? *Votre* table ? J'croyais qu'on était tous dans la même équipe.

— Oui. Mais si tu préfères ne pas en être, pourquoi ne pas partir, tout simplement ?

Le regard de Maxie se perdit sur les contours de la ville, au loin. D'ici on avait une vue dégagée sur St James Park, l'arche de l'Amirauté et même, tout au fond, sur Trafalgar Square. Tout un monde qui lui tendait les bras.

Elle se demanda où pouvaient bien se trouver Sophie et ses archers à l'heure qu'il était. Il en fallait, du cran, pour quitter la sécurité d'un endroit tel que celui-ci et retourner à la rue.

Maxie en serait-elle capable ?

— Que crois-tu que tu trouverais, là, dehors ? demanda David. D'autres bandes de gamins errants, vivant comme des sauvages, maraudant pour assurer leur maigre pitance. C'est ça que tu veux ? Parce que, ne va pas te faire d'illusions, la réalité, c'est ça.

— Merci, je sais, j'suis pas débile. D'ailleurs, je connais la réalité beaucoup mieux que toi.

— J'en doute, répondit David avec une certaine dureté dans la voix. Tu n'as pas vécu la moitié de ce que j'ai enduré en venant ici. J'ai été témoin de choses que tu n'imaginerais pas dans tes pires cauchemars. Et pour ce qui est d'avoir du sang sur les mains, j'ai eu mon compte, crois-moi. Ici, au centre, c'est différent. Mais j'ai dû batailler ferme pour en arriver là où je suis aujourd'hui. Et, ce qui est sûr, c'est que je n'ai aucune envie de revenir en arrière. Au contraire, je veux bâtir sur les bases de ce que l'on a déjà accompli.

— Tuer des adultes est une chose, répondit Maxie. Ils sont vérolés, déséquilibrés, malades. Ils n'ont plus rien d'humain. Contre eux, on n'a d'autre choix que de se défendre. Mais tuer d'autres gamins, c'est mal.

— Tout à fait d'accord avec toi. Hélas, c'est le seul langage que certains comprennent.

— Je commence à me demander si tu n'es pas comme ça toi aussi, David.

— Encore une fois, si tu ne te plais pas ici, pourquoi rester ? Il serait peut-être préférable que tu partes, suggéra-t-il d'une voix qui avait retrouvé son petit accent suffisant et supérieur.

— Tu ne crois pas si bien dire, répondit doucement Maxie. Et il se peut même que je prenne mon clan avec moi.

— Si tant est qu'ils veuillent te suivre, rétorqua David d'un ton crispant au plus haut point. Je ne sais pas si tu as remarqué, Maxie, mais tes gars se sentent bien ici.

— Si je leur dis qu'on s'en va, ils m'écouteront.

— Sûre ?

— Arrête d'essayer de me rabaisser, coupa sèchement Maxie. Je connais mes gars.

— Et ceux de Blue ? Les Morrisons ?

— Eh ben ?

— Tu parles en leur nom à eux aussi, tu crois ? À ta place, j'irais d'abord trouver Blue pour voir ce qu'il en pense.

— Il est blessé. Ton infirmière, Rose, ne laisse approcher personne.

— Fadaises. Tu peux y aller quand tu veux. D'ailleurs, il va beaucoup mieux. Il faut arrêter de voir des complots partout, Maxie. Je ne suis pas le mal incarné.

Maxie secoua la tête. Toute la tension accumulée durant la journée sembla refaire brutalement surface. Elle se sentait éreintée.

— Je sais bien que tu n'es pas le mal incarné, David. Mais on est tous si jeunes. On ne peut pas toujours savoir ce qu'il faut faire, c'est normal.

D'un geste trop retenu pour être sincère, il posa une main sur son épaule et la serra légèrement.

— Écoute, Maxie, fais ce qui te paraît bien, dit-il d'un ton aussi calculé que le reste. Je respecterai ta décision, quelle qu'elle soit. Maintenant, si on rentrait ? J'ai l'impression qu'il va se remettre à pleuvoir.

57

— Ça serait quand même plus facile si tu venais avec moi à l'infirmerie. J'ai tout ce qu'y faut là-haut.

— Pas question, man. C'est trop comme un hôpital, ton truc, répondit Achille, affalé torse nu sur un des gros fauteuils de la salle du trône.

Rose était en train d'examiner son oreille. Elle lui avait administré un analgésique et, après un minutieux inventaire de ses multiples entailles, faisait de son mieux pour nettoyer les blessures avec du désinfectant. Achille grimaçait, se tendait, tressaillait, sans cesser de se plaindre. En un mot, il ne lui facilitait guère la tâche.

À sa décharge, son corps n'était plus qu'une plaie.

— T'as kekchose contre les hôpitaux ? demanda Rose en tamponnant son oreille déchiquetée.

— Tu m'étonnes. J'y suis allé assez pour toute ma vie quand j'étais môme.

— T'étais malade ?

— Pas moi, ma mère. Elle avait la sclérose en plaques. Pas cool. C'est le souvenir que je garde d'elle : une malade toujours alitée. Depuis, je peux plus voir un hôpital en peinture. Le seul point positif, c'est qu'elle est morte avant que tout parte en vrille. Au moins, je l'ai pas vue devenir cinglée. Aïe ! Qu'est-ce que tu fabriques là ?

— Désolée. C'est ton oreille.

— Eh ben ?

— Je vais devoir essayer de la recoudre.

— T'as déjà fait ça avant ?

— Euh… Pas vraiment.

— Tu sais ce qu'il faut faire ?

— Euh… En gros, oui.

— Combien j'ai de chances que tu t'en tires avec les honneurs ?

— Aucune, répondit Rose. Mais, au moins, tu ne la perdras pas. Berk ! C'est pas joli, joli. De toute façon, ça ne peut pas être pire que maintenant.

En effet, la lame de John avait tranché net le haut du pavillon auriculaire, qui ne tenait plus que par un petit centimètre de peau, au niveau du lobe.

— J'aurais dû l'achever, marmonna Achille.

— Je suis contente que tu te sois abstenu.

— Mais je me suis fait un ennemi, maintenant.

— Vous étiez ennemis avant ça.

— Pas faux.

C'est alors qu'on frappa à la porte. Ils tournèrent la tête ensemble et virent deux membres de la garde prétorienne du palais faire irruption dans la pièce. Ils escortaient un garçon – un petit gars râblé aux cheveux bruns coupés court dont l'attitude fière masquait mal le malaise, voire la timidité.

— Désolé de vous déranger, dit l'un des gardes, mais ce morpion de la bande des squatteurs arrête pas de nous asticoter. Impossible de s'en débarrasser. Il dit qu'il veut te parler, Achille.

— Si tu préfères, je peux revenir dans une minute, proposa Rose.

— Non, non, continue ta couture, répondit Achille avant de se tourner vers le gamin. Qu'est-ce que tu me veux, l'ami ?

— Je peux te serrer la main ? dit le gamin avec un accent irlandais à couper au couteau.

— En quel honneur ? demanda Achille avec un sourire.

— Je te trouve trop cool.

— Ah ouais ? s'exclama Achille en éclatant de rire, et il tendit la main.

— Pas de blague, hein ?

— Juré-craché.

Le petit gars monta sur l'estrade et serra vigoureusement la main d'Achille.

Rose commençait à recoudre ensemble les deux bouts d'oreille.

— C'est de la bombe, ce que t'as fait, dit-il en regardant d'un œil ébahi l'aiguille s'enfoncer dans les chairs.

— T'étais pas censé retourner avec les tiens ? lança Achille, déterminé à ne manifester aucune souffrance face au gamin alors qu'il se sentait à l'agonie.

— Pour quoi faire ? T'avais raison dans ce que t'as dit. John est un loser. Moi, je suis avec vous. Vache, tu dois bien dérouiller quand même…

— Bof, dit Achille dans un haussement d'épaules hautain.

— Bouge pas, le rabroua aussitôt Rose.

— Bon sang, poursuivit le gavroche, à ta place, je crois que je serais déjà tombé dans les pommes.

— Comment tu t'appelles ? demanda Achille.

— Pat. Enfin Patrick. Mais appelle-moi comme ça te chante, je m'en tape. Ce que je veux, c'est que tu m'apprennes tes trucs, pour que j'arrive à me battre comme toi. Je t'aiderai. Je serai ton serviteur. Je prendrai soin de tes armes. Je les aiguiserai, je les bichonnerai, je les porterai pour toi jusqu'à la bataille. Tu sais… comme le type qu'on voit toujours avec le chevalier. Comment on dit déjà… ? Un écuyer !

— Paddy[1] le Caddie ? dit Achille d'une voix amusée. Ça me va. Ça sonne bien. Bonhomme, tu viens de te dégoter un job.

1. Paddy : diminutif de Patrick, qui sert aussi à désigner de manière péjorative les Irlandais. *(N.d.T.)*

58

Callum enfonça le bouton « lecture » de son poste et les premières mesures d'Abba retentirent dans le supermarché. « Winner Takes It All ». La chanson de prédilection de sa mère pour combattre les coups de blues.

« Dancing Queen », c'était quand elle était en forme. « Winner Takes It All » quand elle était triste.

Elle disait toujours qu'il fallait de la musique triste quand on était déprimé. « La dernière chose dont on a envie dans ces cas-là, c'est de quelqu'un qui essaie de remonter l'ambiance. Au contraire, c'est celui qui a été aussi désespéré que toi qui s'impose, celui qui sait de quoi il parle. Sans compter que ça fait toujours du bien de savoir qu'on n'est pas seul à souffrir. »

Callum revit sa mère assise sur le canapé, le prenant par le cou, sans mot dire, pour partager ce moment en silence. Tous les deux.

Sa mère était souvent triste. Il lui arrivait de vivre comme une recluse durant des semaines, sans sortir de chez elle, rideaux tirés en permanence. Dans ces moments-là, même répondre au téléphone, c'était trop lui demander. Bon gré mal gré, c'était donc Callum qui faisait tourner la baraque. Il s'occupait d'elle, la surveillait et, régulièrement, ils s'asseyaient l'un à côté de l'autre pour écouter Abba. Il en était venu à se dire que c'était de sa mère que venait sa peur d'être dehors, dans le grand monde.

Un jour, son amie Marion lui avait dit qu'elle souffrait de dépression.

Mais il ne voyait pas très bien ce que ça changeait de donner ainsi un nom aux choses. Sa mère n'en demeurait pas moins sa mère, et lui Callum.

L'intro de piano tourna en boucle et puis la blonde se mit à chanter. Agnetha ou Frida, il ne se souvenait jamais. Sa mère avait les vidéos. Il se les remémorait avec précision. Repenser à elles maintenant le fit sourire. Il augmenta le volume et se rassit dans son fauteuil pour écouter.

Il attrapa sa canette de Coca, par terre, et en fit sauter l'opercule. Sa dernière. Il se la gardait pour une grande occasion. Eh bien il n'y aurait jamais de plus grande occasion que celle-ci.

Le Coca était tiède, mais tant pis. Si ç'avait été l'hiver, il aurait pu mettre la canette dehors, pour la refroidir. Hélas, en dehors de ça, il n'y avait aucun moyen de tenir quoi que ce soit au frais. Il sirota une petite gorgée. Le sucre lui fit l'effet d'un choc, mettant instantanément ses papilles en joie. Il laissa échapper un long râle extatique : « Aaaaaah », exactement comme dans les pubs.

Ensuite, il déchira calmement l'emballage de la barre de chocolat. À l'intérieur, le cacao avait durci et aussi un peu pâli, mais rien de grave. Il prit une bouchée. Oh, ce goût ! Il ferma les yeux pour mieux en profiter. Il était au paradis.

Un nouveau tapage résonna dehors. Le bruit de quelque chose de gros qui se brise. Une vitrine, peut-être ?

Il n'était pas parti – le père au débardeur frappé de la croix de saint Georges. Non, sa petite bande et lui étaient restés, rognant les défenses les unes après les autres. Désormais, ils étaient presque au bout de leurs peines. Sinon ce soir, au pire demain, ils auraient abattu le dernier rempart. Au fond, il l'avait toujours su. Nichée dans les méandres de son subconscient, il y avait l'idée que, tôt ou tard, les adultes finiraient par venir le chercher. Simplement, jamais il n'aurait imaginé que ce serait si vite.

Le gros lard et ses copains étaient différents. Ils étaient malins. Bien entendu, Callum les avait copieusement canardés du haut de l'immeuble, bombardés même. Mais, chaque fois, il avait manqué les meneurs, se contentant d'abattre quelques croulants lambda, les plus demeurés. Et puis ça s'était arrêté là. À aucun moment les autres n'avaient donné l'impression qu'ils allaient abandonner la partie.

Il se rappela un documentaire animalier qu'il avait vu un jour à propos d'une meute de chiens sauvages. Leur méthode de chasse était pratiquement toujours la même : ils piégeaient leur proie (un blaireau, un varan ou autre chose) dans son terrier et puis ils creusaient. Ça leur prenait un temps fou, parfois plus d'une journée, mais ils creusaient et creusaient encore, obstinément, jusqu'à la débusquer.

Ensuite, ils la dévoraient.

Une énorme déflagration suivie d'un bruit sourd. Le bruit d'une barricade qui tombe.

Il les entendit se répandre dans la galerie marchande. Dorénavant, seul le rideau de fer les séparait de leur victime. Callum envisagea un instant de prendre la fuite. Mais pour aller où ? Ça faisait si longtemps qu'il n'était pas sorti. Se retrouver dehors l'effrayait presque davantage que la horde d'adultes.

Une nouvelle chanson démarra. Encore une des favorites de sa mère quand elle *avait le bourdon*, comme elle disait. « I Have a Dream ». Celle-là, ils l'avaient chantée ensemble des milliers de fois. Sur la version instrumentale. Avec les paroles qui défilaient au bas de l'écran. Paradoxalement, ce n'était que maintenant qu'il en saisissait le sens. Pas étonnant que sa mère l'ait appréciée. Ça parlait de s'accrocher à ses rêves pour oublier la réalité.

Une fois qu'ils seraient entrés, ça irait vite. En attendant, il allait se régaler de chocolat, de Coca et de musique. Il regretta d'être seul. Il aurait aimé avoir quelqu'un auprès de lui pour partager ces derniers instants. De toute façon, la solitude le tuait à petit feu depuis que ses amis étaient partis.

Comme dans les contes, sa quête achevée, il avait pris conscience qu'il courait après un mirage.

Il étendit les jambes, brancha son casque et poussa le volume pour ne pas entendre les adultes gratter au rideau, puis il mit les écouteurs. Abba poussait toujours de la voix, prétendant que tant qu'on a un air de chanson dans la tête, on peut tout surmonter.

Ben voyons...

Il enfourna d'un coup la moitié de la barre de chocolat. Le goût le subjugua. Il lui donnait l'impression de se propager dans tout son corps. Sa bouche exhala un soupir d'aise. Quand il eut léché tout le gras coincé entre ses dents, il rinça avec une lampée de Coca.

Pour finir, c'est lui qui avait mis un terme aux jours de sa mère. Sous un oreiller. Pendant son sommeil. Mais était-ce encore réellement sa mère à ce moment-là ?

Un effroyable fracas retentit et une bouffée d'air frais venue du dehors s'insinua dans les rayons du supermarché. Il perçut du mouvement.

Ils avaient brisé une vitrine.

Callum s'efforça de garder les yeux clos en se laissant emporter par la musique. Mais c'était insupportable. Il fallait qu'il voie.

Il souleva les paupières. Durant une demi-seconde, peut-être moins, il entrevit le groupe d'adultes qui chargeait, emmené par le chauve à l'énorme tête, un affreux sourire aux lèvres, les bras levés, armant sa batte.

Callum ferma les yeux.

Mentalement, il envoya un dernier adieu à sa mère. Et ils lui tombèrent dessus.

59

Malgré ses pansements tout neufs, Achille se sentait vraiment mal foutu. Il était perclus de courbatures et couvert de bleus, tout le côté gauche de son crâne le lançait, les coupures que John lui avait infligées sur la poitrine le grattaient à devenir fou. Il disparaissait sous divers bandages et sparadraps et il n'y avait pas une partie de son anatomie qui ne portât des traces colorées de désinfectant. Il pria pour que les plaies aient été correctement nettoyées. Il avait vu ce qui était arrivé à Arran à la suite de sa morsure. Or, quelles étaient les chances que cette charogne de John nettoie minutieusement son arme après s'en être servi ?

La seule chose qui lui redonnait espoir, c'était qu'après la mort de sa mère son père s'était révélé étonnamment efficace en tant qu'homme au foyer : il avait appris à faire la cuisine, il suivait avec attention les devoirs de son fils, il s'assurait en permanence qu'il était vêtu de propre et, surtout, il l'emmenait régulièrement chez le pédiatre pour ses rappels de vaccins. Être à jour dans le carnet de santé était même une quasi-obsession chez lui. Il faut dire que, né à Chypre et débarqué en Angleterre à l'âge de douze ans, il gardait un épouvantable souvenir des maladies qui sévissaient encore dans son village quand il était enfant. À ses yeux, le système de santé britannique était un don du ciel. Pour preuve : ces terribles histoires dont il abreuvait fréquemment son fils – lequel était persuadé qu'il en rajoutait un peu – sur les ravages de certaines maladies infectieuses qu'une simple campagne de vaccination aurait suffi à éradiquer.

Toujours est-il que, grâce à lui, Achille était pratiquement assuré d'être immunisé contre le tétanos. Une chance, car si les gamins d'ici étaient plutôt bien organisés et équipés d'une infirmerie plus que convenable, ils n'en étaient pas à injecter des doses de sérum antitétanique à leurs patients.

Rose lui avait toutefois administré des antibiotiques et elle avait fait ce qu'elle avait pu pour son oreille. Il se demanda ce que ça allait donner. Il avait beau ne jamais avoir été très soucieux de son apparence physique – n'ayant jamais été une gravure de mode –, il ne sautait pas de joie à l'idée de ressembler à un cobaye de Frankenstein. Bon, en même temps, une belle balafre n'était pas pour lui déplaire. Ça posait son homme. Enfin, dans l'immédiat, il était plus proche de la momie que du dur à cuire, avec sa tête enturbannée.

Mais ça aurait pu être pire. Bien pire.

Il avait eu de la chance avec John. Ce mec avait la couenne dure. Et pas seulement la couenne, le crâne aussi, ce qui expliquait qu'il ait été un peu lent à la détente. Quoi qu'il en soit, si Achille avait raté son coup, ça aurait été la fin, il se serait retrouvé totalement à la merci d'une éventuelle contre-attaque de John.

Pas de souci. Il avait gagné. C'est tout ce qui comptait.

Retiré dans la salle de musique, une pièce donnant sur le parc, il regardait en silence la pluie couler sur les carreaux en attendant son dîner. Car il avait à nouveau faim ; sans doute à cause de tout le sang qu'il avait perdu.

Installé dans un énorme fauteuil, il était vêtu d'un pantalon de survêtement et d'une robe de chambre (il souffrait trop pour enfiler une chemise sur ses pansements). De temps à autre, un gamin du palais venait le féliciter, lui serrer la main avec le secret espoir d'en retirer quelques miettes de gloire.

Assumant sans peine les charges de son nouveau statut, Achille se prêtait au jeu de bonne grâce.

Bientôt, Paddy le Caddie entra, portant un plateau sur lequel étaient posées une tasse de thé et une assiette pleine.

— T'en as mis du temps.

— C'est pas ma faute, répondit Paddy avec son fort accent irlandais. Z'étaient au taquet en cuisine.

— Je ne veux pas d'excuses, PC. J'veux des résultats. Vu ?

— Oui, pardon. Mais j'ai aussi dû chercher l'autre truc.

— T'as trouvé ?

— Ouais, acquiesça Paddy en posant le plateau pour défaire le sac qu'il avait sur le dos.

— Ouvre.

Il tira sur la fermeture éclair, découvrant quelques vêtements, une brosse à dents, une torche et trois bombes de peinture.

Achille contempla silencieusement le contenu du sac durant un long moment, puis saisit une bombe.

— C'était ton pote ? demanda Paddy.

— Qui ? Freak ? Pas vraiment, non, répondit Achille

en lui lançant l'objet. Tiens, garde-moi ça. Et puis les deux autres aussi. Le reste, tu peux jeter.

— Entendu. Mais, euh, j'ai dit que je voulais être ton serviteur, pas ton esclave. Genre, je fais des choses pour toi, et toi, tu fais des choses pour moi, comme m'apprendre à me battre.

— On verra.

— T'avais dit…

— Me chauffe pas, p'tit gars.

— Désolé.

Achille trempa ses lèvres dans la tasse de thé. Il était brûlant. Il le reposa.

— Souffle ! Pour le refroidir.

— Tu veux rire ?

— C'est le prix à payer pour que je t'apprenne à te battre. Souffle sur mon thé.

— Tu m'apprends et je souffle.

Achille se leva, s'étira, puis baissa les yeux sur Paddy.

— Tu veux vraiment apprendre, hein ?

— Grave. Alors ? On commence ?

— Quoi ? Maintenant ?

Paddy haussa les épaules. Achille attendit un instant, puis il se jeta sur lui et le fit rouler sur la moquette. Il éclata de rire. Paddy parut vexé et très en colère.

— Pourquoi t'as fait ça ?

— Première leçon, répondit Achille en lui tendant la main pour l'aider à se relever, être prêt à tout. Tout le temps. Le meilleur combattant du monde peut être vaincu s'il n'est pas prêt. Regarde ce qui est arrivé à Juste John. Deux fois y s'est fait avoir comme ça. Une fois au camp et une fois ici. Pourtant, il est plus fort que moi, pas de doute là-dessus, mais aussi un peu lent de la comprenette et, les deux fois, je l'ai pris de court.

Paddy esquissa un sourire.

— La prochaine fois, je serai prêt.

Achille tira pour le hisser sur ses pieds puis le lâcha à mi-hauteur. Paddy retomba sur son séant, encore plus en pétard qu'auparavant.

— Je croyais que t'avais dit que tu serais prêt, railla Achille.

— Et moi je croyais que t'étais un peu moins crétin, répondit Paddy.

— Ah, c'est le métier qui rentre, jeune padawan. Ne jamais faire confiance à personne.

— Dans ce cas, comment tu sais que tu peux me faire confiance ? demanda Paddy en se relevant tout seul. Et si j'étais un espion du camp d'en face ?

— Tu crois que j'ai pas envisagé la question ?

— Enfin, bon, c'est pas le cas, ajouta précipitamment Paddy avec un regard de chiot pour son mentor. Me vire pas. S'te plaît. Je veux pas retourner au camp. Fait froid et humide, là-bas. J'arrêtais pas de dire à John : « Pourquoi on va pas dans une maison, comme tout le monde ? » Mais y répondait que, justement, on n'était pas comme tout le monde, qu'on était spéciaux. J'ai jamais compris la moitié de ce qu'y bavait, çui-là. Y disait qu'on était comme les Gitans. Mais on n'allait jamais nulle part. D'ailleurs, on faisait jamais rien. C'était à mourir d'ennui.

— Tu crois que ça sera plus réjouissant ici ?

— Faut espérer. Sûr que ça le sera quand tu me donneras mes premières leçons. Des vraies. Pas ces blagues de cour de récré.

— Quoi ? Tu veux que je t'attaque avec un gourdin ?

— C'est pas ce que j'ai dit. La pédagogie, c'est pas « attaquer quelqu'un ».

— Comment veux-tu que je sache ? J'ai jamais donné de cours, moi. En plus, je ne suis pas certain d'être très bon prof. Tu vas devoir apprendre sur le tas, piquer des trucs à droite à gauche, parce que je ne vais sûrement pas t'emmener en forêt pour te faire une démonstration.

— T'inquiète, j'apprends vite.

Achille le regarda en souriant, puis le poussa à nouveau par terre. Paddy semblait sur le point de fondre en larmes. Achille s'esclaffa. C'est alors que Maxie entra.

— Je monte voir Blue, dit-elle.

— Transmets-lui mes amitiés, répondit Achille.

— Tu ferais mieux de venir avec moi.

— Et pourquoi ça ?

— Je veux lui parler. Voir si on reste ici ou pas.

— Pourquoi tu voudrais qu'on parte ?

— T'as failli mourir aujourd'hui, Ach'.

— C'était mon choix.

— Freak, lui, est mort pour de bon.

— Ça aurait pu arriver n'importe quand.

— David veut juste nous utiliser pour faire le sale boulot.

— Et alors ? J'aime bien le sale boulot, moi.

— Sois sérieux, s'il te plaît.

— Mais je *suis* sérieux, Maxie. Je veux dire, regarde-moi. Qu'est-ce que tu vois ? Oui, un commando. Qu'est-ce que tu veux que je fasse ? Que je reste toute la journée le cul sur une chaise à compter des patates ? J'suis pas comme toi, Maxie, je m'en cogne, de la politique. Quelques sensations fortes et une gamelle pleine à la fin de la journée, j'en demande pas plus.

— Comme un animal, en somme.

— Pitié, Maxie, redescends de ton nuage ! Regarde autour de toi ! On est à Buckingham Palace, pas au zoo.

Comme on était avant, ça, c'était vivre comme des animaux. Alors que là, c'est une vie de reine.

— Tiens, venant de toi, je m'étonne que tu ne préfères pas une vie de roi, répliqua Maxie.

— Joue pas sur les mots, tu veux ? Et puis, pour tout dire, je suis bien ici. Point à la ligne. J'vois vraiment pas pourquoi il faudrait partir.

— Parce que, si on reste là, on va devenir comme David. Tout ce qu'il veut, ce mégalo, c'est le pouvoir.

— Et alors ? répondit Achille. Du moment que je suis du côté des vainqueurs... Tout ce qui m'importe, c'est éviter de finir avec les losers.

— Tu veux pas venir quand même ? demanda Maxie. Voir Blue ?

— Ça me gave. J'ai eu ma dose de blabla.

— Bon, très bien, alors reste.

— C'est ce que je fais, dit Achille avec un clin d'œil en direction de Paddy.

Celui-ci éclata de rire. Maxie s'empourpra et se dirigea vers la porte avant de perdre son calme et de dire quelque chose qu'elle pourrait regretter. Ses côtes la lançaient à en pleurer. Jester l'attendait dehors, dans le couloir, tenant un chandelier sur lequel brûlaient cinq bougies. Elle se demanda ce qu'il avait pu entendre de leur conversation.

Oh, et après ? De toute façon, ce qu'elle pensait de David n'était plus un secret pour personne.

Va te faire voir, Achille ! Au moins, Olive l'attendait là-haut. Elle aurait du soutien.

Alors qu'elle s'en allait, Achille appela dans son dos :

— D'façon, t'irais où ?

— J'sais pas, répondit-elle d'un ton exaspéré sans se retourner. N'importe où ailleurs qu'ici.

Jester la conduisit jusqu'à l'escalier monumental. Au sommet d'une volée de marches symétriques qui s'étiraient gracieusement vers le ciel, ils croisèrent une statue de Persée brandissant la tête coupée de la Gorgone. Maxie fut frappée de voir à quel point Persée paraissait jeune, à l'inverse de la Méduse, affublée de tous les oripeaux de la vieillesse. Finalement, peut-être que c'était ça la symbolique de l'histoire ? Un jeune garçon qui tue son aînée. Un monde nouveau qui décapite l'ancien.

Ses bougies jetant des ombres mouvantes sur les murs, Jester l'escorta dans les étages supérieurs du palais. Le décor était moins solennel ici. Ça ressemblait davantage à une maison normale, exception faite des dimensions, proprement gigantesques.

L'infirmerie était coincée dans un angle, sous les combles, au bout d'un petit couloir auquel on accédait par un minuscule escalier de service. Deux gardes de David étaient assis à l'entrée, le fusil au côté.

— Je croyais que c'était une infirmerie, pas une prison, dit Maxie en se tournant vers Jester.

— Relax. Ils ne montent pas la garde. Ils sont juste là au cas où quelqu'un aurait besoin de quelque chose.

— Pourquoi les fusils, alors ?

Se penchant à son oreille, Jester lui glissa avec un petit gloussement :

— Ils ne se déplacent jamais sans leur joujou. Une vraie manie !

Il poussa la porte et l'invita à entrer.

Il y avait là six lits et autant de veilleuses brûlant à leur chevet. Quatre étaient vides, et les deux autres occupés par Blue et la fille qu'ils avaient secourue. Elle restait allongée là sans bouger, les yeux rivés au plafond, la tête entièrement bandée.

Son torse nu émergeant des draps, Blue lisait un livre, qu'il posa dès qu'il vit entrer Maxie.

Assise près de la fenêtre, Rose feuilletait un magazine à la lueur d'une chandelle. Une autre fille en blouse d'infirmière remplissait un verre d'eau avec une cruche. Un calme serein régnait. Maxie s'en voulut de s'être inutilement monté la tête.

Très content de la voir, Blue lui adressa un large sourire. Il avait l'air en forme. Bien nourri et reposé. Maxie fut frappée de voir à quel point son corps était robuste et noueux, pour ne pas dire musclé. Et pour cause, puisque, depuis le désastre, ils mangeaient tous beaucoup moins. Ajouté à cela une activité physique intense, ils avaient tous perdu en gras et gagné en muscles.

— Comment va ? demanda-t-elle.

— Mieux, répondit Blue. Jamais autant dégobillé de ma vie. Ça s'arrêtait plus. Et le reste du temps, j'avais les yeux qui se fermaient tout seuls. Mais quand je me suis réveillé ce soir, ça allait à peu près, si on met de côté un mal de tête gravos de chez gravos. Et toi ?

— Bon, ben, je vous laisse, dit Jester.

Et il s'éclipsa.

Maxie s'assit au bord du lit et raconta à Blue tout ce qui s'était passé depuis l'accrochage avec les squatteurs. Rose et l'infirmière s'activèrent dans la pièce, vaquant à diverses occupations afin de ne pas troubler la discussion.

Quand Maxie eut terminé, Blue demeura silencieux un long moment.

— Je suis navré pour Freak, dit-il enfin.

— Ouais… T'avoueras que tenir jusqu'ici pour, finalement, se faire buter dans une stupide bagarre contre d'autres mômes, c'est les boules.

Blue lui prit la main et la serra. Désarçonnée, Maxie tressaillit et fronça les sourcils, mais elle ne retira pas sa main. Au fond, ça faisait du bien.

Des coups retentirent à la porte. Olive entra. Blue retira sa main.

— J'ai loupé quelque chose ? demanda-t-il en s'asseyant lui aussi sur le bord du lit.

— Maxie m'a tout raconté.

— T'aurais dû la voir, s'enthousiasma Olive. Un vrai chef de guerre.

— Sincèrement, je préférerais être un chef ordinaire, nuança Maxie.

— Bah, c'est réglé, maintenant, fanfaronna Olive. On a gagné.

Maxie secoua la tête d'un air lugubre.

— Y a pas de quoi pavoiser. Franchement, ça craignait dans la cour. Non, mais t'imagines, Blue ? Un foutu combat à mort !

— Bah, personne n'est mort, répliqua Olive. Et, en attendant, les squatteurs sont avec nous, maintenant. J'vois pas comment on aurait pu en arriver là sans une certaine forme de confrontation.

— C'était pas à nous de le faire, contra Maxie.

— Si on veut rester ici, ça nous concerne aussi, argua Olive.

— C'est ça : si on veut rester ici.

— Qu'est-ce que tu veux dire ?

— Je pense qu'on devrait partir. Tous.

— Tu crois pas que tu vas un peu vite en besogne, Max, dit Olive. David a...

— Oh, la barbe avec David ! explosa Maxie. J'ai bien compris que vous étiez potes tous les deux, mais, tu vois, ce n'est pas mon cas !

— Écoutez, les arrêta calmement Blue, avant que vous en veniez aux mains… Pendant que j'étais allongé là à rien foutre, j'ai eu le temps de réfléchir. Sur David et moi. En venant, j'ai causé à Jester. Je lui ai demandé qui allait être le chef, une fois qu'on serait au palais, et il m'a répondu qu'on verrait ça plus tard. Mais, en fait, on n'a rien vu du tout, en dehors de la mascarade consistant à me nommer général.

— Le problème, répondit Maxie, c'est pas qui est le chef, mais ce que David représente.

— Là, c'est un peu trop profond pour moi, fillette. Moi, tout ce que je vois, c'est que deux chefs, c'est un de trop.

— Blue… il ne te laissera jamais prendre les rênes.

— Alors, dans ce cas, c'est pas la peine de se chauffer le cigare. Soit on se bat contre David pour être en haut du panier, soit on se barre.

— Hum, c'est une manière de voir les choses…

— Perso, fillette, c'est la seule que je connaisse. T'auras beau retourner le problème dans tous les sens, y a pas d'autre alternative.

— Pas question qu'on fasse la guerre, déclara Maxie. Quoi que je pense de David, je ne veux pas me battre contre lui, ni contre les gamins d'ici.

— Donc on se tire…, conclut Blue.

— Pas si vite, coupa Olive. Ça mérite une discussion en bonne et due forme.

— T'es dans quel camp, mec ? demanda Blue.

— Dans le camp de personne.

— Donc, t'es pas avec nous.

— Pourquoi y aurait forcément des camps ?

— Parce que c'est comme ça, dit Blue. Dans la vie, il faut choisir.

— Non, non, non et non.

Olive se leva pour faire les cent pas dans la pièce.

— David a passé un cap ici. Contrairement à ce que tu dis, Maxie, je n'ai aucune affinité particulière avec lui. Mais je le respecte. Dans le chaos ambiant, c'est notre meilleure chance.

— T'as le droit de le penser, répondit Maxie. Pour ma part, j'estime qu'on serait bien plus heureux ailleurs.

Leurs yeux se posèrent sur Rose, debout devant la fenêtre, une chandelle à la main, le regard perdu au loin. Elle souffla la bougie et alla border la fille au visage bandé.

Olive vint se rasseoir sur le lit. Penché vers ses compagnons, il baissa d'un ton et déclara :

— Réfléchis, Maxie. Jamais les petits ne voudront partir. Ça fait des mois qu'ils ne se sont pas sentis aussi bien. C'est de la folie.

— On ne peut pas oublier tous nos principes, rétorqua Maxie, vendre notre âme au diable pour une simple question de survie.

— Une simple question de survie ? Tu te rends compte de l'aberration que tu viens de dire ?

— Écoute, Blue et moi, on veut partir. Donc la discussion est close. Je vais descendre prévenir les autres. Ils feront ce que je dis. Pour la simple et bonne raison que c'est nous qui commandons. Je ne t'apprends rien, puisque tu as toi-même insisté pour que ça se passe comme ça.

Ne trouvant rien à ajouter, Olive se prit la tête entre les mains en soupirant.

Maxie s'avança jusqu'à la porte et l'ouvrit, avant de se figer sur place.

Flanqué de ses deux gardes, David lui barrait le passage.

— Qu'est-ce que ça veut dire ? demanda-t-elle.

— Je crains de ne pouvoir vous laisser partir, répondit David. J'ai besoin de vos guerriers. J'osais espérer que Blue te raisonnerait. Malheureusement, tout semble indiquer que ce ne soit pas le cas.

— Comment sais-tu de quoi nous avons parlé ? Tu nous espionnais ?

Les yeux de David oscillèrent vers Rose qui baissa aussitôt le regard d'un air gêné.

La bougie. À la fenêtre. C'était ça le signal.

Presque malgré elle, Maxie éclata de rire.

— Et après ? Tu vas nous coffrer, Blue et moi ?

— S'il faut en arriver là, j'imagine qu'emprisonner les leaders rendrait la troupe plus encline à faire ce qu'on lui demande.

— Ne sois pas ridicule, David. Tu ne peux pas nous retenir. On part.

— Ça, ça m'étonnerait.

Confirmant ses dires, les deux gardes levèrent leurs fusils.

Furieux, Blue sauta de son lit en hurlant et fit quelques pas vers David. Mais il était encore faible. Il trébucha et, avec un gémissement, se prit la tête à deux mains. Maxie dut le rattraper pour lui éviter de s'effondrer.

David reporta son attention sur Olive, le fixant avec un air de défi.

— Je suis avec toi, dit Olive d'un ton las. De toute façon, j'voulais pas partir.

David se tourna vers Rose qui, d'un hochement de tête, confirma qu'il disait vrai.

— Maxie n'est pas une lumière, ajouta Olive. Et Blue a tout simplement les glandes de ne pas être le chef.

Sur ces mots, il se dirigea vers eux, les bouscula d'un petit coup d'épaule et sortit.

— On dirait que vous vous retrouvez seuls, commenta David.

— Les autres ne vont pas se laisser faire, répondit Maxie.

— Qui va vous aider ? Achille ? J'en doute. Il est de mon côté maintenant. Il sait où est son intérêt.

D'un air penaud, fuyant les regards des uns et des autres, Rose et l'infirmière s'en allèrent elles aussi.

Maxie et Blue se retrouvèrent seuls dans la pièce avec la fille au visage bandé.

— Vous pouvez rester ici autant que vous voudrez, ironisa David avec un petit sourire. Quand vous serez revenus à la raison, vous pourrez rejoindre les autres. En attendant, c'est moi qui assure l'intérim à la tête de vos troupes. Bonne nuit.

60

Sam doutait de pouvoir faire un pas de plus. Ainsi appuyé sur le Kid, il était difficile de déterminer lequel des deux soutenait l'autre. Ils n'avaient pas ouvert la bouche depuis un bon moment, trop éreintés, affamés et terrorisés pour ça. Un minuscule crachin s'abattait sur eux avec régularité. Ils avaient froid et le moral dans les chaussettes. Voilà des heures qu'ils erraient comme des âmes en peine à la recherche de nourriture tout en jouant au chat et à la souris avec les nombreuses bandes d'adultes qui rôdaient dans le coin. Le briquet du Kid avait fini par se vider totalement ; les ténèbres n'arrangeaient pas les choses. Ils avaient serpenté entre les tours de la City et s'étaient perdus dans le tortueux labyrinthe de rues qui s'étendait devant eux, revenant sur leurs pas, courant se cacher, tournant en rond. Ils avaient bien tenté de se réfugier dans différents immeubles, mais aucun n'était sûr ; sans compter qu'il ne fallait pas espérer trouver de quoi manger dans des bureaux et qu'à l'intérieur le noir était encore plus oppressant que dehors.

Le fleuve ne devait pas être loin. Une fois qu'ils y seraient, ils pourraient s'échapper sans problème, mais ils en venaient à douter de jamais le trouver. Pour leur malheur, ils avaient parfaitement conscience que, s'ils ne tombaient pas dessus au plus vite, ils allaient devoir se résigner à trouver un endroit où passer la nuit. Et cette perspective les effrayait au plus haut point. Ce lieu était inhumain. Il n'y avait aucune maison digne de ce nom, seulement des entreprises, des bars et des magasins. Ils n'avaient qu'une envie : fuir ces gigantesques blocs de verre et d'acier qui, derrière leurs façades impersonnelles, semblaient receler de terribles secrets.

En désespoir de cause, ils tentèrent un nouveau chemin que, jusqu'ici, ils ne s'étaient pas senti le courage d'emprunter en raison du délabrement avancé de la zone. À leur corps défendant, ils avancèrent en direction d'un pont de chemin de fer.

Fourbu de fatigue, soûlé de pluie, de faim et de soif – qu'il combattait en suçant à l'occasion un peu d'eau aux manches de sa chemise détrempée –, Sam commençait à voir des choses : des points lumineux dansaient devant ses yeux, des formes indistinctes papillonnaient à la lisière de son champ de vision, des ombres mouvantes… Pourtant, dès qu'il tournait la tête, il n'y avait rien. Il ressentait une irrépressible envie de s'étendre sur place, de se rouler en boule et de s'endormir pour toujours.

Comme souvent dans ces cas-là, une petite voix résonna au fond de sa tête, lui ordonnant de continuer. Il le devait à Rhiannon, qui avait donné sa vie pour lui permettre de fuir. Il devait avancer encore, faire qu'elle ne soit pas morte pour rien.

Et Ella ? Sa petite sœur avait besoin de lui. Il devait la retrouver. L'aider. Prendre soin d'elle.

Soudain, ce fut comme si toutes deux étaient à ses côtés, l'encourageant, le poussant à mettre un pied devant l'autre. Rhiannon à droite. Ella à gauche.

Sans prévenir, le Kid s'arrêta. Sam se tendit.

Qu'avait-il remarqué ? D'autres adultes ? Y aurait-il confrontation, cette fois ? Sam serra le poing sur l'épingle à papillon. Cette nuit n'en finirait donc jamais.

— Regarde, s'exclama le Kid d'une voix qui n'était plus qu'un râle rauque, et il leva péniblement le bras.

— Quoi ? demanda Sam en plissant les paupières pour scruter l'obscurité maussade. Qu'est-ce que je suis supposé voir ?

— Là, répondit le Kid. Tu vois pas ? Au fond. Du feu.

Sam les apercevait maintenant : une rangée de lueurs qui faisaient comme des torches au-dessus d'un mur. Avec une petite bouffée d'espoir, il s'aperçut qu'il reconnaissait le bâtiment pour y être allé un jour, avec l'école, en CE2.

La Tour de Londres. Le château au bord de la Tamise, érigé par les Normands pour célébrer la bataille d'Hastings. Comme c'était rassurant de découvrir enfin une silhouette familière.

Et, de toute évidence, quelqu'un avait allumé des flambeaux le long du mur extérieur.

— Y a des gens là-bas, murmura Sam.

— Des adultes ?

— J'en sais rien. Ils n'allument pas de feu en général, si ? Mais, encore une fois, rien n'est normal dans le coin.

— On devrait faire gaffe, répondit prudemment le Kid.

À peine avait-il dit cela qu'une voix sortie de la nuit retentit dans leur dos.

— Halte ! Pas un geste !

Une voix de jeune garçon. Pas un adulte.

— On est des mômes, cria Sam. Rien que des mômes.

— Hum, je vois ça, admit la voix. Vous venez d'où ?

— De Waitrose.

— Waitrose ? répéta l'inconnu sans pouvoir réprimer une pointe d'amusement.

— Enfin Holloway, ajouta Sam en pivotant lentement.

— C'est où, ça ?

— Dans le nord de Londres. Après Camden.

— Vous avez fait tout ce chemin ?

— Oui. J'essaie d'aller à Buckingham Palace.

— Pardon de vous dire ça, mais vous avez dû rater un embranchement quelque part, parce que, là, vous n'y êtes pas du tout.

— Je sais. Je t'en prie, on est épuisés. On a très faim. On a passé la journée à essayer de sauver notre peau.

— Vous êtes que tous les deux ?

— Oui.

Quatre silhouettes émergèrent de l'obscurité et Sam se sentit basculer plusieurs siècles en arrière en découvrant quatre garçons tout droit sortis du Moyen Âge. Ils étaient vêtus de sortes de chasubles, de hautes chausses et de divers éléments d'armure. Épées, boucliers et heaumes complétaient le tableau de l'équipage. L'un d'eux portait une arbalète.

— Vous voulez bien nous aider ? demanda le Kid. On est au bout du rouleau.

Les deux plus grands échangèrent discrètement quelques mots, puis l'un d'eux s'avança et retira son casque. Il aurait été beau garçon si une balafre verticale ne lui avait pas barré la joue d'une longue boursouflure, défigurant totalement la moitié de son visage. Il esquissa un sourire que sa cicatrice changea aussitôt en un rictus hideux. Ses yeux étaient doux, néanmoins. Pétillants.

— Quel âge avez-vous, tous les deux ? demanda-t-il en s'agenouillant devant le Kid et Sam.

— Neuf ans, répondirent-ils en chœur.

— Et vous êtes venus tout seuls depuis le nord de Londres ?

— La crevette, oui, dit le Kid. Moi, j'étais vers Spitalfields et puis je suis allé dans le métro. Là, je me suis grave perdu, et ensuite…

— Waouh, mollo, l'ami. Pas si vite, l'interrompit l'adolescent. Donc tu viens de Spitalfields ? Qui s'est occupé de toi ?

Le Kid haussa les épaules.

— Personne. Y avait bien quelques morveux avec moi à certains moments, mais ils sont morts à l'heure qu'il est. J'suis resté tout seul… jusqu'à ce que je rencontre mon pote le hobbit.

Le balafré secoua la tête en étouffant un petit rire incrédule.

— Nous qui nous prenions pour des petits génies, à jouer les durs dans notre donjon. Et v'là-t'y pas que deux mioches débarquent et nous font passer pour une bande de mauviettes.

— C'est sûr là-bas ? demanda Sam.

— Dans la Tour, tu veux dire ? Oui, relativement.

— Certain ? demanda Sam.

— T'as vu ce qu'y fallait pas, hein, le mioche ? (Sam acquiesça sans mot dire.) Eh bien, dans ce cas, dis-toi que ce n'est pas plus dangereux qu'ailleurs. Certainement moins en tout cas que la rue ou le métro.

— Vous pouvez nous emmener ?

— Bien sûr. Si vous voulez.

— Et on sera vraiment en sécurité ? Y a que vous ? Que des enfants ?

— On est soixante-sept là-dedans, répondit le balafré. Que des mômes. De tous les âges. C'est pas le paradis sur terre, mais on s'en sort. C'est fini, gamin, t'es au chaud, maintenant.

Sam fondit en larmes, aussitôt imité par le Kid. Le balafré ouvrit les bras et les serra contre lui le temps qu'ils cessent de pleurer. Puis il les souleva de terre, les posa à califourchon sur ses hanches et les emporta vers la Tour.

61

Bernie et Ben dînèrent tard ce soir-là, dans la grande salle à manger. La plupart des autres gamins avaient mangé avant eux, aussi leur nourriture était-elle froide. La soirée, ils l'avaient occupée à bricoler le groupe électrogène à essence qu'ils avaient trouvé dans un local technique. C'était beaucoup mieux que d'assister au combat.

Depuis qu'ils étaient arrivés, ils avaient passé leur temps à fouiner partout et à amasser tout ce qui leur paraissait digne d'intérêt. Au début, ils avaient tenté de convertir David au génie civil en lui exposant leurs premiers projets : un réseau de pompes et de filtres destinés à viabiliser l'eau du lac, un système de chauffage pour l'hiver mettant à profit les bouteilles de gaz qu'ils avaient découvertes dans une remise, et, même, un plan pour produire de l'électricité. Mais celui-ci n'avait manifesté aucun intérêt pour la chose. Le palais ne faisait plus partie de ses priorités. Ses vues se portaient clairement sur l'extérieur. Il avait même sous-entendu qu'un certain inconfort endurcirait les troupes. Bernie et Ben avaient alors réalisé que le banquet donné en leur honneur le premier soir n'était en fait qu'une mise en scène destinée à impressionner les nouveaux arrivants. D'ailleurs, depuis, la tambouille n'avait cessé de se gâter. Ce soir, au menu, il y avait patates à l'eau et chou bouilli, suivis de pêches en boîte pour le dessert. Bernie et Ben ne s'en plaignaient pas – ils ne se souciaient guère de ce qu'ils mangeaient et, même si cette nourriture était fadasse, au moins elle rassasiait. Le changement ne leur avait tout de même pas échappé : les portions qui se réduisaient comme peau de chagrin, l'absence totale de viande...

Ils nourrissaient tant d'espoirs en arrivant... Une vie nouvelle. Des opportunités à saisir. Mais, aux yeux de David, le palais se devait d'être habitable, sans plus. Bernie et Ben évoquaient souvent la question ensemble. Ce qui ressortait de la discussion, c'était que leurs talents étaient davantage valorisés et appréciés à Waitrose qu'ici. Ils en venaient à regretter ce qu'ils avaient laissé derrière eux. Là-bas, ils avaient le sentiment d'être un rouage important de l'organisation, alors que là... N'étant pas des combattants, la seule perspective qui leur était offerte était de cultiver la terre. Autant dire que cela ne les enchantait guère. Malheureusement, en dehors de l'agriculture et de la guerre, David ne s'intéressait à rien.

Ils levèrent ensemble le nez de leur assiette lorsqu'ils virent débarquer Achille, vêtu d'une robe de chambre. Il était en piteux état. Il boitait. Il avait le visage et la poitrine couverts de pansements et de sparadraps. Un jeune garçon qu'ils ne connaissaient pas l'accompagnait. Râblé, le crâne en obus, il portait un bouclier ainsi que toute une armurerie qui tintait dans le sac de golf ventru qu'il avait sur le dos.

— Ah ! s'exclama Achille. Vous êtes là. Je vous ai cherchés partout.

— Un problème ? s'enquit Ben.

— Non, non, j'étais juste en train de checker tout le monde. Vous êtes convoqués à la salle de bal à onze heures précises, avec les autres. Vous pouvez y être ?

— Pourquoi ? demanda Bernie.

Elle n'avait jamais porté Achille dans son cœur et supportait mal son côté autoritaire.

— Pourquoi ? Parce que je vous le demande ! Je veux que tout le monde soit là.

— Qu'est-ce qui se passe ? fit Ben. Un couvre-feu ou quoi ?

— Qu'est-ce que tu me racontes, toi ? Quel feu tu veux couvrir ?

— Laisse tomber, va.

— On a des trucs à faire, ajouta Bernie. On y sera peut-être pas à onze heures.

— Euh… t'as pas compris, là ! répondit Achille. « Vous pouvez y être ? », c'est une formule. En clair, ça veut dire que je vous ordonne d'y être. Tu saisis la nuance ?

— Et Maxie ? Elle y sera ?

— Elle est à l'infirmerie, répondit Achille.

— Elle va bien ?

— Ouais. Elle s'occupe de Blue.

— Au fait, félicitations pour ton combat, dit Ben pour détendre un peu l'atmosphère. (Tout ce que le compliment lui valut fut un vague haussement d'épaules.) L'infirmerie, tu ferais bien d'y aller, toi aussi. J'ai entendu dire que t'avais morflé à l'oreille.

— Ce con a failli me la sectionner.

— Quand est-ce que Blue va sortir ?

— J'ai l'air d'un médecin, selon toi ?

— Non, dit Bernie. Tu fais plutôt penser à un patient.

— Encore raté, chérie. Je suis un guerrier et, en l'état

actuel des choses, c'est le poste le plus élevé qui soit. Reçu ?

— Si tu le dis, sieur Achille, répondit Bernie avec un petit sourire moqueur.

D'un regard appuyé, Ben lui conseilla de ne pas trop en rajouter. En effet, Bernie était le genre de fille à la langue bien pendue qui avait une fâcheuse tendance à envoyer leurs quatre vérités à ses interlocuteurs. Cela expliquait sans doute pourquoi les garçons qui l'accompagnaient se faisaient souvent casser la gueule.

Heureusement, Achille se contenta de lui répondre avec un sourire vicieux :

— Hé, les losers. Si vous ne nous aviez pas filé un sacré coup de main à Waitrose, ça fait longtemps que je vous aurais botté le train.

— Faut croire qu'il en faut, des losers, si on veut que les choses tournent, répondit Bernie.

— On va dire ça.

— Donc, si je comprends bien, tu reconnais qu'on peut avoir notre petite utilité, au même titre qu'un immense guerrier comme toi ?

— Petite, c'est le mot, rétorqua Achille. Maintenant, tout ce que je vous demande, c'est d'être à la salle de bal à onze heures pétantes. Vu ? Je veux que tout le monde soit là.

— Chef, oui, chef ! répondit Bernie en se levant d'un bond et en se fendant d'un salut militaire.

Achille éclata de rire et tourna les talons, imité par Paddy, et ils les laissèrent à leurs patates froides.

62

Allongée sur son lit, Maxie se perdit dans la contemplation des ombres vacillantes que la lueur des bougies projetait sur le plafond de l'infirmerie. Elle se sentait à plat. Physiquement. Aussi plate qu'une feuille de papier. Ruminer ce que lui avait fait David et repenser à la double trahison d'Olive et d'Achille l'avaient vidée de toute émotion. À la colère avaient succédé la honte puis la crainte… Elle se sentait stupide, injuriée, bafouée. Elle n'avait plus rien à quoi se raccrocher sinon à cette douleur au côté que, paradoxalement, elle trouvait presque réconfortante. Au-delà de la fatigue, elle attendait avec résignation ce que le sort allait lui réserver.

Une feuille blanche.

— J'en ai marre d'être comme ça, dit-elle.

— Je vois ce que tu veux dire, répondit Blue, lui aussi étendu sur son lit, les yeux rivés au plafond.

— Je suis sûre qu'y a un pharaon qui s'est fait graver ça sur sa tombe.

— Ouais ? Le temps passe, mais, au fond, rien ne change vraiment, hein ?

— J'sais pas, dit Maxie, je ne vois pas d'autre époque

où les trois quarts de la population mondiale ont été anéantis par une maladie inconnue.

— Qu'est-ce que tu fais de la mort noire ? La grande peste. Si mes souvenirs sont bons, elle a emporté la moitié de la population européenne. Malgré tout, l'espèce humaine a survécu. Et si c'est déjà arrivé, y a pas de raisons que ça change.

— Je te trouve bien optimiste.

— Et alors, c'est interdit ?

— Du tout. C'est juste que, au cas où tu ne l'aurais pas remarqué, la vie est plutôt moche ces temps-ci.

— Ah, t'as remarqué aussi ?

Simultanément, ils se tournèrent l'un vers l'autre.

— T'en fais pas, dit Blue avec un sourire. On va s'en sortir. C'est moi qui te le dis.

— Tu sais quoi ? répondit Maxie sans le quitter des yeux. T'es beaucoup plus sympa quand t'es pas avec les autres. Tu te la joues moins.

— Faut être dur pour survivre, fillette. Cacher ses points faibles.

— Ouais, pour toi qui as toujours vécu comme ça, c'est peut-être facile, mais moi, avant, j'étais une fille ordinaire. Rien de spécial. Même pas particulièrement sportive.

— Tu sais rien de moi, fillette.

— Mais si, voyons ! Des types dans ton genre, j'en ai connu des tonnes, avant le désastre, qui se pavanaient dans les rues en faisant peur aux gens.

— Tu sais ce que c'était, mon surnom, avant tout ça ?

— J'sais pas. Killer ? Le Sultan ? Le Boss ?

— Bookface.

— Bookface ?

— Eh ouais.

— Waouh, mais c'est tout naze, ça, comme surnom.

— À qui le dis-tu... ?

— En plus, ça veut rien dire... Hein, ça veut dire quoi ?

— À la fois peu de chose et beaucoup.

— Non, arrête, qu'est-ce que ça veut dire ? Que t'avais constamment le nez dans les bouquins ou que t'avais une tête carrée comme une couverture de dico ?

— Tu sais, répondit Blue avec un profond soupir, tout ce qui s'est passé, ça a changé les gens. Moi le premier. Parce que j'en avais aussi un autre, de surnom.

— Fais-moi rire.

— Gras double.

— T'es pas gros ! s'exclama Maxie.

— Avant, si. Un p'tit gros à lunettes.

— Non ! se récria Maxie.

Elle se dressa sur un coude pour se pencher vers Blue et le regarder d'un air incrédule.

— Eh si ! Un pur fayot, poursuivit Blue en rigolant. J'avais deux frères et deux sœurs. Et tu sais comment c'est, entre frangins et frangines... Chacun a son truc. Mon frère aîné, Akim, c'était la déconnade ; mon autre frère, Félix, le sport ; ma grande sœur, Lulu, la mode, les fringues, le maquillage, les coiffures, je te passe les détails ; la petite, Sissy, les mecs. Et moi, dans tout ça, eh ben, j'étais le petit génie de la famille. J'ai toujours été bon à l'école. C'était même pas que j'y mettais beaucoup du mien, ça venait tout seul. Ça me plaisait d'aller en cours, d'étudier et tout ça, même si je m'en vantais pas, tu penses bien... Jusqu'au jour où ils ont découvert le pot aux roses. Qu'est-ce que j'ai ramassé, à partir de là ! Bon, en même temps, je m'en foutais, je sortais pratiquement pas. Je passais des heures sur mon ordi – et pas juste pour jouer aux jeux vidéo. Ma mère a fini par râler parce que je ne faisais pas assez d'exercice, tu vois un peu le topo ? Même si, au fond, elle était super heureuse que je m'intéresse à plein de trucs. Elle me voyait déjà à l'université quand moi je savais même pas qu'il fallait avoir le bac pour y entrer. Quoi qu'il en soit, à ses yeux, j'étais l'opposé d'Akim qui faisait connerie sur connerie avec sa bande de cas sociaux. Maman voulait surtout pas que je prenne le même chemin que lui. Et puis un élève de notre école s'est fait poignarder à la sortie du bahut. Ça a fait les gros titres des journaux. Ma mère a eu très peur que je tourne mal. Mais elle n'avait pas de souci à se faire parce que, moi, je n'avais jamais fait partie de ce monde-là. Pas une fois je me suis battu ou quoi. Donc, quand tout a basculé, j'ai dû faire mes classes, en formation accélérée. Et tu sais quoi ? Les premiers à mourir, ç'a été les racailles. Ils ont pris la rue et, là, plus aucun flic ni aucun adulte pour les empêcher de faire ce qu'ils voulaient. Plus de règles. Tous les chauds de chez chaud sont devenus hystériques et, comme des crétins, ils se sont entretués. Pendant un temps, les quartiers sont devenus de vraies zones de guerre. Jusqu'à ce que ceux qui s'étaient pas encore fait buter comprennent qui était le véritable ennemi. À partir de là, les gangs se sont retournés contre les adultes. Ceux qui restaient sont morts comme ça, à l'exception de quelques-uns. Moi, j'ai fait profil bas. J'ai observé. J'ai appris. Tu me diras, c'était ce que je savais faire de mieux. J'ai regardé qui mourait et qui survivait. Ça tombait de partout. Une vraie loterie. Mais, comme à la guerre, les premiers à monter au front, ce sont les militaires de carrière, les soldats aguerris. Ensuite, l'armée prend ce qui lui tombe sous la main. Et c'est là que je suis entré en scène. C'est le désastre qui a fait de moi un dur, Maxie. Et c'est parce que c'est pas venu tout seul que je bombe le torse dès qu'il y a du monde.

— Et moi ? Je suis personne ?

— Toi, c'est différent. Tu comprends ce genre de trucs.

— Parfois, je me dis que oui et, à d'autres moments, je me sens totalement larguée, confia Maxie.

— C'est marrant. Allongé là, j'ai l'impression que je pourrais te parler de n'importe quoi. Comme si on était entre parenthèses.

— Je suis contente que tu m'aies dit tout ça.

Blue roula sur le dos, détourna le regard et ajouta :

— Peut-être que je dis ça juste pour remonter dans ton estime.

— Ah ouais ?

— Je sais bien qu'on n'a pas toujours été d'accord, mais tu sais comment c'est. Sans adultes pour nous rappeler sans cesse à l'ordre, on aurait pu penser que notre premier réflexe ça aurait été de nous coucher hyper tard, de fumer, de boire de l'alcool, de prendre de la drogue et de baiser comme des lapins. D'ailleurs, c'est ce que certains ont fait, au début. Mais quand tu vis avec la peur au ventre en permanence et que tu dois te battre pour rester vivant, tu oublies tout ça en vitesse. Malgré tout, ça n'exclut pas les sentiments, à l'occasion.

— Qu'est-ce que t'essaies de me dire, Blue ?

— Que j'ai de l'affection pour toi, Maxie. Depuis le premier jour. Ce qui, dans un sens, explique aussi mon comportement avec toi. Je savais que tu kiffais Arran. Je pensais que j'avais aucune chance. Tu penses… Gras double, Bookface, celui qui passe son temps rivé devant son ordinateur. Autant dire qu'avec les filles ça a pas toujours été facile.

Maxie l'observa avec attention. Il regardait fixement le plafond. Peut-être même qu'il rougissait.

— T'es en train de dire que tu veux sortir avec moi ?

Là, pour le coup, il parut très embarrassé.

— Non. Euh… Oui. Enfin… Non, pas exactement…

— Comment ça, « pas exactement » ?

— J'sais pas, moi ! Oh et puis, j'aurais mieux fait de me taire.

— Bah, t'en fais pas, va. J'sais plus où j'habite en ce moment. Arran, toi, moi, j'ai plus d'avis sur rien. Tant qu'on sera pas sortis de ce merdier et que j'aurai pas retrouvé mes esprits, je pourrai pas mettre deux idées bout à bout. D'ici là, je pense à rien. Ça te va, comme réponse ?

— Pas pire qu'autre chose, répondit Blue en s'asseyant sur son lit, un large sourire aux lèvres. En tout cas, tu ne m'as pas incendié. Dois-je en déduire que, si jamais on sort d'ici, j'aurai une chance ?

Maxie éclata de rire.

— Écoute, sortons d'abord d'ici, OK ? Après, on verra.

— D'acc. Mais, en admettant qu'on arrive à se tirer d'ici, on irait où ?

— On a Londres pour nous, Blue. C'est pas les endroits qui manquent.

— Sans doute, mais on connaît rien dans ce coin. On sait pas où ça craint.

— Allez, répondit Maxie, y a bien d'autres gamins comme nous quelque part. On ne peut pas être les seuls.

— Peut-être, mais y a peu de chances que ce soit aussi sûr qu'ici, aussi structuré. David a quand même fait du bon boulot au palais.

Ils frôlèrent tous deux la crise cardiaque en entendant une voix s'élever à l'autre bout de la pièce.

— David ment.

Dans le feu de la discussion, ils avaient oublié jusqu'à la présence de la fille au visage bandé qu'ils avaient secourue à Green Park.

Ils la regardèrent, stupéfaits. Ses yeux scintillaient dans la pénombre.

— Qu'est-ce que tu dis ? demanda Blue qui avait pourtant très bien entendu.

— David ment, répéta-t-elle. Il vous mène en bateau depuis le début. Pourquoi croyez-vous qu'il me retient ici, à l'écart ?

— Ben… à cause de tes blessures ? répondit Blue, perplexe.

Ça sautait aux yeux, non ?

— Elles ne sont pas aussi graves qu'elles en ont l'air. Les coupures au visage sont impressionnantes parce qu'elles saignent beaucoup, mais Rose m'a très bien soignée. OK, je vais peut-être ressembler à une vieille planche à pain, mais c'est que de la peau. Non, la vérité, c'est que David voulait éviter que je me mêle à vous, que je parle. Dès que j'ai compris qu'il me retenait prisonnière, j'ai plus décroché un mot, à peine esquissé un geste. Juste écouté.

— J'comprends pas, dit Blue. Tu viens d'où, toi ?

— Du muséum.

— Le muséum ? Quel muséum ? demanda Blue.

— Le Muséum d'histoire naturelle, répondit la fille. On est plein là-bas. Et c'est bien mieux qu'ici. Il y a un tas de maisons aux alentours et d'endroits où trouver de quoi manger, même si, nous aussi, on plante.

— Exactement comme David, en somme ? dit Blue.

— Exactement comme David. Sauf qu'il ne veut pas que vous le sachiez.

— Tu m'étonnes, commenta Blue.

— Et y a pas que nous, ajouta la fille. Y a des gamins partout dans Londres, bien installés dans des endroits sûrs, à l'abri, qui survivent. On a déjà proposé à David de tous s'allier, de partager, mais il a refusé. Ça ne l'intéresse pas. Ce qu'il veut, c'est tout pour lui.

— Le roi David, ironisa Maxie.

— Avec mes amis du muséum, poursuivit la fille, on était à la recherche d'un groupe de copains à moi que j'avais perdus de vue, y a un an de ça. On a entendu dire qu'ils étaient peut-être de l'autre côté de la ville. Habitués à la vie au centre-ville, on pensait que ça serait facile d'aller les chercher. On s'est pas méfiés. On a pensé qu'on rencontrerait bien quelques adultes, mais que c'était plus comme avant. Tu parles ! On n'était pas partis depuis une heure… que… on est tombés sur ces affreux… en chasse…

Trop émue pour continuer, elle marqua une pause, le regard perdu au loin.

— Tout va bien, la rassura Maxie.

— Je veux rentrer chez moi.

— Au muséum ? demanda Blue.

— Oui. Si vous m'aidez à quitter cet endroit, je vous emmène avec moi.

— Si y a des gamins un peu partout, bien établis, pourquoi on aurait besoin de venir avec toi ? fit valoir Blue.

— Parce que… Eh bien… Par pur égoïsme. Parce que je veux rentrer chez moi.

— Une raison bien suffisante à mes yeux, dit Maxie. En plus, au moins, c'est franc, pas une nouvelle embrouille à coucher dehors.

— D'accord, mais à une condition, intervint Blue.

— Laquelle ?

— Que tu me promettes de jamais répéter ce que je viens de dire.

— Promis.

— Parfait ! s'exclama Blue. On est partis !

— Je voudrais pas jouer les rabat-joie, objecta Maxie, mais je vous rappelle qu'on est enfermés.

63

Au même moment, de l'autre côté de la ville, du haut des remparts de la Tour de Londres, Sam contemplait la houle qui roulait paresseusement à la surface de la Tamise, large ruban d'argent scintillant au clair de lune. Son niveau avait monté d'un mètre ou deux depuis le désastre, rendant à la Tour son aspect d'il y avait plusieurs siècles, avec sa ceinture de douves remplies d'eau. Sam avait l'impression de vivre une folle aventure médiévale. Lorsqu'ils étaient arrivés, le Kid et lui avaient pris un repas chaud, étanché leur soif d'eau claire et dormi dans des lits douillets. Sam avait encore du mal à y croire. Pourtant, c'était bien la réalité. Ils vivaient dans un château, à l'abri de tous les dangers qui rôdaient dans Londres.

Le menton posé sur les bras, le Kid se tenait à son côté, au sommet des créneaux.

— À quoi tu penses ? demanda Sam.

— Au fromage.

— Au fromage ?

— Avant, le Kid raffolait du fromage. Malheureusement pour lui, il n'en a pas mangé depuis un bail. Du bon fromage. Fromage, fromage, fromage, fromage… Au fait, t'as vu ? En bas ?

— Quoi ?

— Ils ont une vache tout ce qu'il y a de plus bovine. Une tondeuse à gazon qui meugle et qui fait des bouses.

— Ah oui, je l'ai vue. Ils ont aussi des poules, des cochons et une chèvre.

— Logiquement, si y a une vache, y a du lait, non ? Et qui dit lait, dit éventuellement fromage.

— Ça se pourrait, répondit Sam d'un ton évasif.

Il ne voulait pas désespérer le Kid, mais il était quasi certain qu'il fallait un taureau si on voulait qu'une vache fasse du lait, même si l'articulation générale du processus lui échappait.

Mais, bon, qui sait ? Si ça se trouve, ils avaient aussi un taureau ?

— Et toi, Babybel ? demanda le Kid. À quoi tu pensais, tout seul sur ton rempart, si tu pensais pas au fromage ?

— À ma petite sœur. Ella.

— Tu crois qu'elle va bien ?

— J'espère qu'elle est quelque part, qu'elle a réussi à rejoindre le palais et que l'on s'occupe aussi bien d'elle là-bas que de nous ici. J'veux dire, si moi, P'tit Sam, j'ai réussi à traverser Londres tout seul…

— Hé ! Je compte pour des prunes ou quoi ?

— Tu vois bien ce que je veux dire. Si deux bambins comme nous ont survécu, raison de plus pour qu'Ella, avec tous ces grands – Ach', Freak, Josh, Arran et les autres –, y arrive aussi.

— Je suis sûr qu'elle est guez, dit le Kid.

— Euh… ça veut dire bien ?

— Top moumoute.

— T'es vraiment bizarre, tu sais ?

— Pas bizarre, différent, nuança le Kid. Mon grand-père disait toujours que j'étais moitié génial, moitié débile et moitié maboul.

— Ça fait trois moitiés, ça.

— Différent, je te dis…

— Une fois qu'on aura repris des forces, tu viendras avec moi ?

— Où ça ? Au palace ?

— Oui. Retrouver Ella.

— Bien sûr que je viendrai, répondit le Kid en passant un bras autour des épaules de Sam. Ça sera une nouvelle grande aventure du duo infernal. On écrira des livres sur nous. Tu verras ce que je te dis. Des romans-fleuves. Rien ne nous séparera, microbe. On est une team. Comme Batman et Robin des bois.

Et il se mit à chanter : « Dan-dan-dan-dan-dan-dan-dan-dan-dan-dan-dan-dan-Batman ! »

64

Assis sur son lit, Blu-Tack Bill, comme à son habitude, tripotait un morceau de pâte à modeler, le faisant adroitement passer d'une forme à une autre. À un moment c'était un cheval, le suivant une maison, puis un arbre, un petit bonhomme, une bombe. Entre ses doigts, le Blu-Tack devenait tous les jouets imaginables. Parfois, il divisait la boule pour faire deux figures, voire plus. Il n'était jamais seul avec son morceau de pâte. Même qu'elle lui répondait avec les voix des personnages qu'il inventait. Ainsi pouvait-il rester des heures, totalement immergé dans un monde à lui.

Il était tard. Autour de lui, les gamins s'apprêtaient à aller se coucher. Malgré l'imposant volume de la salle de bal, ça sentait les vêtements sales, les pieds pas lavés et les haleines chargées. Bill essaya de faire abstraction de l'odeur et se concentra sur son jeu. Un petit aboiement attira son attention. Il tourna la tête vers le lit voisin où Alice et Ella s'amusaient avec Godzilla. Le chiot était fatigué. Bill voyait bien qu'il avait envie de dormir. Irrité, il répondait à leurs sollicitations par de petits coups de dents. Mais les filles ne savaient pas s'arrêter. Une fois qu'il serait plus grand, elles auraient intérêt à faire attention si elles ne voulaient pas se faire arracher une main.

Bill regarda passer Olive. Il faisait le décompte des gamins à voix haute. Blu-Tack le suivit des yeux tandis qu'il descendait la travée. Après avoir rejoint Whitney, qui recensait ses troupes elle aussi, ils échangèrent discrètement quelques mots et cette dernière hocha la tête. Ils semblaient prendre leur tâche très au sérieux. Bill aurait pu leur épargner cette peine et leur dire avec précision combien de gamins se trouvaient dans la pièce, sans faire le calcul, juste en regardant. Car non seulement il était doué pour les chiffres, mais, en plus, il avait une mémoire visuelle hors pair. Son cerveau ne marchait pas comme celui des autres. Il l'avait toujours su. Il lui aurait suffi de jeter un œil à la pièce pour affirmer sans crainte de se tromper que tout le monde était là – quarante-huit gamins en tout. Tous sauf Maxie, Blue, Lewis et Achille.

Bill baissa les yeux sur ses mains. Il avait modelé le chiffre quarante-huit sans même s'en rendre compte. Avant que quiconque s'en aperçoive, il écrasa les spaghettis au creux de sa main et malaxa la pâte entre ses doigts.

Si Blu-Tack ne disait jamais rien, il ne ratait jamais rien non plus. Et là, indéniablement, il se passait quelque chose. Plusieurs grands, les plus importants, avaient multiplié les messes basses toute la soirée. Olive et Achille, Whitney et Lewis.

Il allait se passer quelque chose ce soir. Bill essaya de refouler l'anxiété qui le gagnait. Peu à peu, la boule de pâte prit la forme d'un visage barré d'un large sourire.

Bill regarda la figure.

— *N'aie pas peur*, dit la trombine.

Des cris résonnèrent à l'extérieur, accompagnés de bruits de course.

Bill se raidit. Du plat de la main, il réduisit le visage en une masse informe. Le seul signe tangible de son inquiétude car son expression ne trahissait rien de son effroi. Cela faisait si longtemps qu'il vivait sur la brèche, dans la crainte constante d'un événement affreux, qu'il était comme un petit animal sauvage. Toujours sur le qui-vive. Tous les sens en alerte.

Le bruit de pas s'éloigna. Olive et Whitney échangèrent un regard. Le calme revint.

Le visage souriant avait à nouveau éclos de la pâte à modeler.

— *Tout va bien. Le danger est passé.*

65

Les membres de la famille royale étaient dans leur chambre à coucher. Le regard vide, ils fixaient sans but l'obscurité, étrangers aux effluves nauséabonds qui flottaient dans l'air. De temps à autre, tel un troupeau d'ovins, on les conduisait en bas et on les asseyait sur leurs trônes. En dehors de cela, il ne se passait absolument rien.

Un cafard courut sur la jambe d'un jeune homme assis par terre dont les yeux et le nez disparaissaient littéralement sous les enflures, les kystes et les excroissances. Il attrapa l'insecte et se le fourra dans la bouche.

Ils avaient constamment faim.

Un bruit se fit entendre dans le couloir. Quelque chose qui grattait à la porte. Toutes les têtes se tournèrent ensemble vers ce bruit inattendu.

Il y eut un boum, le craquement du bois qui se déchire, et puis un second boum…

La porte s'ouvrit.

Le couloir était vide.

Sans cesser de mastiquer son cafard, le jeune homme se leva et se dirigea vers la sortie d'un pas traînant.

Les autres l'imitèrent bien vite.

66

Les deux gardes de David étaient restés assis devant l'infirmerie cinq heures d'affilée. Ils n'en pouvaient plus d'ennui. David leur avait promis qu'ils seraient relevés au bout de trois heures. Ils attendaient toujours.

C'était vraiment pas juste. En plus, c'était pas comme s'y avait eu un risque. La lourde porte en bois massif était verrouillée et il n'y avait que trois gamins à l'intérieur dont une fille qui relevait de blessures et un type avec un traumatisme crânien. Que pouvait-on craindre ? Qu'ils enfoncent la porte et submergent les deux gardes armés ? Allons ! Un peu de sérieux !

— Ils nous ont oubliés, dit le plus grand des deux, un brun frisé aux cheveux courts et à la peau ravagée par l'acné.

— C'est toujours pareil, répondit l'autre, un blondinet à grand nez. Et, après ça, tout le monde continue de s'imaginer qu'on a la belle vie à la garde. En réalité, c'est la lose totale.

— On a quand même des rations un peu plus grosses que les autres, dit Calculette.

— Ouh ! c'est la fête ! se moqua Gros Blair. En attendant, si je pouvais, je te promets que je lâcherais ça pour faire autre chose. Travailler aux jardins ou j'sais pas. Oh c't'ennui… !

— On est l'élite.

— Et après ?

— Quand on aura pris Londres, poursuivit Calculette, on sera en position de force. Ce sera comme au Moyen Âge. Quand le roi envahissait un autre pays, il le divisait en baronnies qu'il confiait à ses plus fidèles lieutenants, à ceux qui l'avaient aidé.

— *Quand on aura pris Londres ?* répéta Gros Blair d'un ton moqueur. Tu veux dire, *si jamais* on prend Londres, non ? Parce que, pour l'instant, tout ce qu'on prend, c'est la pose avec ces foutus flingots. On n'a même pas été autorisés à participer au raid contre le camp des squatteurs, t'as qu'à voir…

Une bruyante cavalcade résonna dans l'escalier. Ils se gonflèrent à nouveau d'importance. Le visage écarlate, la morve au nez, Pod apparut en haut des marches.

— Tout va bien, ici ? demanda-t-il d'une voix fébrile.

— Ben… ouais, répondirent les garçons en haussant les épaules.

— Vous n'avez rien vu ? Rien entendu ?

— Genre ? dit Calculette.

— Les aristos se sont barrés, soupira Pod, totalement anéanti.

— Quoi ?

— J'sais pas encore comment y z'ont fait, toujours est-il qu'y sont plus dans leur piaule. J'vous dis pas dans quel état est David. J'ai cru qu'il allait péter une durite en direct live. C'est de la folie en bas. Tout le monde court partout pour les retrouver.

— On y va ! dit Calculette en se levant d'un bond.

— Non. Vous restez ici. Vous gardez les prisonniers.

— Mais où veux-tu qu'ils aillent ?

— T'occupe. Si jamais ils s'échappaient eux aussi, David en ferait une jaunisse.

— Et si on coupait la poire en deux, proposa Calculette. Un qui reste, un qui vient avec toi.

Pod rumina un instant la proposition.

— Pas bête, acquiesça-t-il enfin, avant d'ajouter, les yeux fixés sur Calculette : Toi, tu viens avec moi.

— Ben… Et moi ? demanda Gros Blair.

— Tu restes en position jusqu'à nouvel ordre, répondit fermement Pod.

La mort dans l'âme, Gros Blair les regarda se précipiter dans l'escalier de service.

Maintenant qu'il n'avait plus le boutonneux avec qui discuter, ça allait devenir totalement soporifique.

67

Godzilla dormait sur les genoux d'Ella. Elle lui caressait doucement la tête en lui parlant de Sam.

— Comme j'aimerais qu'il soit là, avec nous. Si tu savais comme il me manque, Godzilla. Ça me rend folle de penser que je ne le reverrai peut-être plus jamais. Chaque jour, son souvenir s'efface un peu plus de ma mémoire. À quoi il ressemblait, comment il parlait... Par contre, ce que je me rappelle bien, c'est sa taille. Qu'est-ce qu'il est petit ! Je ferais n'importe quoi pour qu'il revienne.

Le chiot jappa et se tortilla pour lui échapper. Après avoir bondi du lit, Ella sur ses talons, il se précipita vers la porte de la salle de bal, grande ouverte, où se tenait Whitney, le regard fixé vers le fond de la galerie.

Voyant Godzilla, Whitney se baissa et l'attrapa. Elle avait l'air fâchée.

— Y a pas quelqu'un qui est censé surveiller ce chien ? grogna-t-elle d'un ton hargneux.

— Je suis désolée, répondit Ella, au bord des larmes.

— Garde-le près de toi, chérie, dit Whitney en retrouvant sa gentillesse, et elle tendit le chiot à la petite. Compris ? Tu le laisses pas courir partout.

— Compris.

Alors qu'Ella retournait vers son lit, Maeve s'approcha de Whitney et demanda :

— T'as vu kekchose ?

— Non. Attends. V'là Pod qui se pointe.

Bientôt, celui-ci fit irruption dans le dortoir, accompagné de deux gardes.

— Qu'est-ce qui se passe ? demanda Maeve. Pourquoi tout le monde court à droite à gauche ?

— Rien de grave, répondit Pod. Les têtes couronnées sont parties en balade, voilà tout. Enfin, je dis ça, mais on est quand même un peu dans la mouise. Est-ce que quelques-uns d'entre vous pourraient nous aider à les ramener au bercail ?

— Rien de grave ? explosa Whitney. Des adultes qui se promènent en liberté ? Rien de grave ?

— Ils sont inoffensifs, se défendit Pod.

— Aucun adulte n'est inoffensif.

— Dans ce cas, aidez-nous à les retrouver et qu'on n'en parle plus.

— Pas question, mec. J'emmène les petits en lieu sûr.

— Écoute, répliqua Pod en lui offrant son sourire le plus large et le plus niaiseux. On ne va pas en faire un fromage, hein ? Je t'assure qu'y a vraiment pas de quoi s'inquiéter.

— Je fais sortir tout le monde. Immédiatement. Dans la cour.

— Vous serez encore moins à l'abri dehors qu'ici. On a rappelé tous les gardes pour faire une battue.

— On peut très bien se défendre nous-mêmes, merci, répondit Whitney.

— OK, mais il serait préférable que vous restiez là où vous êtes, conseilla Pod en essayant de prendre le ton de celui qui maîtrise parfaitement la situation. Si vous gardez les portes closes, vous n'avez rien à craindre.

— C'est pas toi, le minet, qui vas nous dire quoi faire, compris ? On va tous dans la cour d'honneur en attendant que ça soit réglé. Point barre.

— Au risque de me répéter, je pense que vous seriez plus tranquilles ici, répéta Pod, de moins en moins souriant.

— Comme si j'en avais quelque chose à foutre, de ce que tu penses, rétorqua Whitney. En l'absence de Blue et de Maxie, c'est moi qui commande. Et si je dis qu'on sort, on sort. Ensuite, quand vous aurez retrouvé vos précieux dégénérés de la haute, on rentrera.

Les jambes écartées, les bras croisés sur la poitrine, Pod se planta ostensiblement devant elle. Une grimace dédaigneuse avait remplacé le sourire du début.

— Excuse-moi, bébé, mais, ici, c'est pas toi qui commandes.

— Qui c'est que t'appelles bébé ?

Et, avant d'avoir fini sa phrase, Whitney lui envoya un puissant direct à l'estomac. Le souffle coupé, Pod se plia en deux en gémissant de douleur. Les deux gardes réagirent aussitôt, levant leurs fusils. Mais Gros Mick et d'autres guerriers du clan Morrisons avaient prévu le coup. D'un geste, ils les désarmèrent.

— On sort, déclara froidement Whitney en toisant les deux gardes. Vous, vous restez là pour pouponner le débris.

— C'est bon, grogna Pod, affalé par terre, dos au mur. Laissez passer.

68

De leur pas traînant, trois aristos descendaient un long corridor aux murs couverts de portraits de souverains britanniques des siècles passés. Ils avaient l'air totalement perdus. À l'autre bout du couloir, David les attendait, un garde à son côté. À part un léger voile rouge au niveau des pommettes et ses taches de rousseur, David était d'une pâleur à faire peur. Absolument livide.

Il leva la main et cria d'une voix claire et ferme :

— Stop !

Un des membres de la famille royale grogna. Le jeune homme avec la mine boursouflée. Fils de duc. Connu jadis pour ses frasques et son goût immodéré de la fête, mais qui, aujourd'hui, n'était plus qu'une épave vacillante mue par un cortex à ce point rongé par le mal que l'on pouvait à peine encore parler de cerveau. Sa boîte crânienne ne renfermait plus qu'un inextricable enchevêtrement de terminaisons nerveuses, plus ou moins endommagées, qui s'activaient de manière aléatoire comme l'aurait fait un tableau électrique sur lequel quelqu'un aurait jeté un seau d'eau.

Il continua de marcher.

— Je vous ordonne de vous arrêter ! redit David, plus fort que la première fois et sans davantage de succès.

Les aristos poursuivaient leur chaotique marche en avant. Les jambes raides. Les yeux rouges. Un souffle chuintant s'échappant de leurs gorges.

Terrorisé, le garde se tourna vers son chef.

— Ils ne vont pas s'arrêter, dit-il d'une voix tremblante.

— Oh que si, coupa David.

Et il avança d'un pas. Pour toute réponse, le jeune aristocrate accéléra l'allure, les bras tendus, la bouche grande ouverte, la bave aux lèvres. Il en sécrétait tellement que sa chemise crasseuse était trempée de salive.

Une déflagration assourdissante secoua les murs du corridor, soudain envahi de fumée. Le jeune aristocrate s'effondra. Une balle dans le crâne.

— Crétin ! beugla David en arrachant le fusil des mains du garde. C'était le marquis de Tavistock ! (D'un coup de crosse il envoya le fautif au tapis.) Espèce d'abruti, tu veux tous les buter ou quoi ? On a besoin d'eux vivants. Ils sont pas dangereux, bon sang !

Une duchesse d'une cinquantaine d'années attrapa David par la manche. Celui-ci la repoussa rageusement et elle alla s'emplâtrer sur un mur.

Attrapant son garde tremblant de peur par les épaules, David le força à se relever.

— Pour l'amour du ciel, refous-les dans leur chambre ! En essayant de pas te faire mordre.

C'est alors que Rose et Jester apparurent au fond du couloir.

— Aucun signe des autres ? demanda ce dernier en se précipitant vers son chef.

— Pas encore. Mais c'est qu'une question de temps. Ils n'ont pas pu aller bien loin. Trop stupides. Ce qui m'étonne, c'est comment ils ont fait pour sortir.

— La porte a été forcée, expliqua Jester.

— Personne n'était en faction ?

— Pas que je sache. Ils ne sont pas gardés en permanence. En plus, avec deux de nos gars en poste à l'infirmerie...

— Donc, quelqu'un les a fait sortir ?

— Il semblerait.

— Les squatteurs ?

— Comment savoir ? dit Jester avec une moue dubitative. Ça pourrait aussi bien être un coup des Holloway. Peut-être qu'ils préparent quelque chose.

— Jester, je veux absolument que tu trouves qui a fait ça. Le ou les coupables ne resteront pas impunis, crois-moi. Ils seront châtiés comme il se doit.

— Entendu.

— Mais, bordel, où est passé Pod ?

— La dernière fois que je l'ai vu, il allait à la salle de bal.

— Bon, très bien. Viens avec moi, dit David, et il remonta le couloir à grands pas.

— Où on va ? demanda Jester en trottinant à sa suite.

— À la salle de bal.

69

Gros Blair dormait. Tel un poids mort en équilibre instable, sa tête dodelinait mollement au sommet de son cou, puis tombait sèchement en avant, le réveillant en sursaut. Par moments lui parvenaient les échos étouffés de l'agitation qui régnait en bas, lui faisant d'autant plus regretter de ne pas y participer. En revanche, derrière la porte, le silence était total. Les voix qui avaient un temps résonné dans l'infirmerie s'étaient tues. Il se faisait foncièrement, définitivement, royalement, ch…

Il ferma les yeux un instant. Les bruits de cavalcade moururent au loin. À nouveau, il dériva, flottant dans un demi-sommeil, des bulles remontant paresseusement à la surface de sa mémoire. L'un d'elles éclata et, dans un flash, il se revit en Floride, pour les vacances. L'image d'un Mickey Mouse géant s'imprima sur sa rétine.

Mickey appelait son nom. Sa tête bascula en avant, il ouvrit les paupières et grogna.

Deux garçons se tenaient devant lui.

Deux nouveaux.

Il en reconnut un, Achille, celui qui avait combattu le squatteur. Enfin, d'après ce qu'on lui avait dit, car il avait raté ça aussi. L'autre était un grand maigre au teint café au lait avec une énorme afro sur le crâne.

— Que faites-vous ici ? demanda-t-il, luttant pour donner le change.

— Les royaux se sont barrés, répondit Achille.

— Je sais.

— Ils ont besoin de toi. C'est la folie en bas, mec.

— Je ne suis pas autorisé à quitter mon poste.

— On te remplace, affirma Achille.

L'air de rien, tout en parlant, son copain et lui se glissaient de plus en plus près. Pas assez discrètement toutefois pour que Gros Blair ne s'en aperçoive pas.

— Sûrement pas, répondit-il en se levant avec son fusil. Vous êtes des nouveaux, vous pourriez essayer de…

Gros Blair s'était concentré sur Achille dont il connaissait la réputation. L'autre avait l'air trop mou pour représenter un réel danger. Pourtant, subitement, il passa à l'action. Et vite avec ça. D'un geste d'une puissance et d'une vivacité surprenantes, il le plaqua au mur en coinçant solidement le fusil entre eux.

— Pas un bruit, cow-boy, dit Lewis avec un sourire, ou je t'éclate la tête.

Gros Blair opina du chef.

— On n'est pas au top sur l'approche en loucedé, fit remarquer Achille. On aurait dû le taper direct.

— Ouais, ben, enlève-lui son flingue, répondit Lewis, avant qu'il me tire une balle dans le pied.

À l'intérieur de la pièce, après avoir silencieusement forcé la fenêtre, Maxie et Blue étaient en train de regarder s'il n'y avait pas un moyen de faire sauter les barreaux qui les emprisonnaient.

Ils firent volte-face ensemble en entendant la porte s'ouvrir.

Un des gardes supposés être en faction dehors, celui avec le gros nez, entra en trébuchant dans la pièce. Derrière lui apparurent aussitôt Lewis et Achille, tenant le fusil du milicien.

Le visage de Maxie se figea.

— Qu'est-ce que vous voulez ? demanda-t-elle.

— C'est comme la scène dans *Star Wars*, répondit Lewis. On est venus vous sauver.

Maxie s'esclaffa d'un air incrédule.

— Allez, allez, on y va, ordonna Achille. On n'a pas beaucoup de temps avant que David réalise ce qui se passe.

— J'comprends pas, objecta Maxie. Je croyais que vous étiez de son côté.

— Cet enfoiré ? s'exclama Achille. Tu plaisantes, j'espère ? D'façon, j'ai jamais été dans aucun camp, à part le mien. Et, vu comme c'est parti, j'crois que vous feriez mieux de vous ranger de mon côté. Toi, Maxie, aussi bien que toi, Blue.

— Hé, m'oubliez pas, intervint la fille du muséum. J'en suis !

— T'es qui, toi, d'abord ? rétorqua Achille.

— Je t'expliquerai plus tard, dit Maxie. En ce qui te concerne, tout ce que t'as à savoir, c'est qu'elle vient avec nous.

— Ça me va.

— Où sont les autres ?

— Si tout marche selon nos plans, Whitney devrait être en train de nous attendre dans la cour d'honneur avec l'ensemble de la troupe. On y a été un peu à l'arrache parce que David ne devait se rendre compte de rien, mais ça devrait le faire.

— Mais… il est pas aveugle, il va forcément voir qu'y se passe un truc pas clair ! Il va essayer de nous arrêter !

— On a fait une petite diversion, répondit Lewis. Y a eu un lâcher de cochons d'Inde. Avec un peu de chance, les bouffons du palais en seront encore à chercher leurs ectoplasmes qu'on sera déjà dehors.

— Mon gars ! s'exclama Blue en serrant Lewis dans ses bras.

Achille regarda Maxie d'un air interdit.

— Euh… Tu veux que je t'embrasse ?

— Non.

— Ouais, je me disais aussi…

Ils se précipitèrent vers la porte et vérifièrent que la voie était libre.

— Attendez ! hurla alors Gros Blair. (Ils pivotèrent tous ensemble, parés à toute éventualité.) Prenez-moi avec vous.

— Quoi ?

— J'en peux plus de galérer avec David. Je vous en prie. Emmenez-moi avec vous. Si je reste, la première chose qu'il va faire c'est me punir.

— Personnellement, j'y vois pas d'objection, répondit Achille. Mais fais gaffe, Gros Blair. À la moindre entourloupe, je te transforme en chair à saucisse.

Cinq minutes plus tard, tous les six s'engouffrèrent sous la grande arche et déboulèrent en courant dans la cour d'honneur, où les attendait la division Holloway au grand complet, alignée en formation de combat, prête à lever le pied. Maxie bascula la tête en arrière sous la pluie et poussa un immense cri de joie. « Yes ! »

Courbé sous le poids du sac de golf, se débattant avec le bouclier qu'il avait en main, Paddy le Caddie s'approcha d'Achille.

— Tu veux ta lance, Ach' ?

— Pas tout de suite, Sancho. Pas tout de suite. Par contre, file-moi une beubz.

Whitney donna le signal et le détachement s'ébranla en direction du portail ouvert. Maxie avait peine à y croire. Dix minutes plus tôt, tout semblait perdu et voilà qu'ils marchaient vers la liberté.

Mais ils n'étaient pas au bout de leurs peines. Tandis qu'ils s'avançaient, un cri tomba du balcon.

— Où vous allez, tous ?

Comme on pouvait s'y attendre, il s'agissait de David, accompagné de Jester et de cinq gardes mettant en joue le groupe de gamins.

— On se barre, répondit Maxie. T'as trop merdé. Et si t'es pas content, c'est la même.

— J'en doute, beugla David. Si vous faites ne serait-ce qu'un pas de plus, je donne l'ordre à la garde d'ouvrir le feu. Croyez-moi, je n'hésiterai pas, vous…

Un claquement sec immédiatement suivi d'un affreux cri de douleur mit un terme brutal à ses menaces. Un garde venait de s'effondrer, touché par un tir de lance-pierre.

À cette distance, le coup n'était pas mortel ; mais pas indolore non plus. Maxie tourna la tête. Déjà Olive, entouré de ses artilleurs, glissait une autre bille d'acier dans le cuir du lance-pierre, bandait l'élastique. Une pluie de projectiles grêla le balcon, forçant les gardes à s'abriter derrière la balustrade. Jester courut se réfugier à l'intérieur, laissant David seul, agenouillé derrière un pilier.

Les huées et les rires railleurs du clan Holloway s'ajoutèrent au tir de barrage et, sous la protection d'Olive et de ses tireurs, la division s'éloigna sans encombre du palais.

Alors qu'ils se déployaient sur la chaussée, un des petits tendit le bras vers le Victoria Memorial et s'exclama :

— Hé ! Regardez ça !

Debout au sommet des marches, Achille se tenait avec fierté devant son œuvre. Il avait ajouté son propre message à celui de Freak, en grosses lettres rouges maladroitement dessinées – FREAK EST LÀ ! –, sous-titrées d'un tag d'aussi mauvaise facture que le reste : « AKKIE DEAKY ».

Maxie esquissa un sourire et se précipita vers lui. Cette fois, elle le serra dans ses bras.

— J'ai enfin fini par comprendre ce que Freak avait voulu dire, déclara Achille. En fait, j'avais tout faux sur lui. Je le tenais pour responsable de ce qui était arrivé à Deke et à Arran alors qu'en réalité il n'y était pour rien. J'aurais mieux fait de l'écouter un peu plus. C'était un type bien, qui partageait les mêmes valeurs qu'Arran. Il voulait qu'on reste soudés et forts et, surtout, qu'on évite de devenir des salopards. Parce que, au bout du compte, qu'on le veuille ou non, tout ce qui nous arrive, on le partage. Le bon comme le mauvais.

— Et moi qui pensais que tu te plaisais tellement ici que tu étais passé du côté de David, dit Maxie.

— Quand j'ai découvert qu'il vous avait enfermés, c'était fini. Tu es des nôtres, Maxie. Tu es notre chef. En plus, j'allais quand même pas passer ma vie à compter les patates au fond d'une cave. Moi, c'est de l'action qu'y me faut.

— Et pour Olive ?

— Oh, pose-lui la question toi-même. Ce gadjo est bien trop compliqué pour moi.

Tandis que le détachement avançait au pas dans la rue au son d'un pot-pourri de génériques de séries télé chantés à tue-tête, Maxie alla le trouver.

— Un moment, j'ai bien cru que t'avais retourné ta veste, dit-elle.

— J'avoue que j'y ai pensé, répondit Olive avec un sourire. J'ai cru en David, sincèrement, et en ce qu'il rêvait d'accomplir. Je ne voulais pas m'en aller. Mais, en même temps, il est trop tordu pour qu'on puisse espérer quoi que ce soit avec lui. Je voulais voir jusqu'où il irait.

— Et tout ce que t'as dit à l'infirmerie… ?

— À ce moment-là, je ne me faisais déjà plus aucune illusion. J'avais compris quel mégalo il était. Mais la dernière chose à faire aurait été de me laisser coffrer là-dedans avec Blue et toi. Il fallait bien que quelqu'un dise aux autres ce qui était en train de se passer.

— T'es vraiment vicieux comme un rat, hein, p'tit rouquin ? Mais je t'aime quand même, va.

— Eh là, mollo, ma fille, la rembarra gentiment Olive.

Puis Maxie alla prendre sa place en tête du cortège, le laissant seul avec ses pensées.

Il regarda sa montre. Onze heures moins le quart. Plus qu'une heure avant minuit.

Il n'avait rien dit à personne pour demain. Les autres avaient peut-être oublié quel jour on était, mais pas Olive, que ça obnubilait depuis un moment.

Demain, c'était son anniversaire.

Si Olive savait beaucoup de choses, il n'avait aucune idée de ce qui allait se passer quand il grandirait – lui pas plus que les autres, d'ailleurs. Leur horizon se limitait à la fin de la journée. Survivre jusque-là constituait déjà une performance. Tout ce qui relevait d'un futur plus lointain n'était que pure conjecture.

Qu'est-ce qui lui aurait permis de dire s'il allait tomber malade ou pas ? Après tout, il n'était encore qu'un gamin.

Alors on verrait bien.

Ils marchaient au milieu de la chaussée. Maxie, Blue, Achille, Paddy le Caddie et la fille du muséum en tête, accompagnés d'une poignée de guerriers. Whitney au centre du détachement avec Maeve, Ben et Bernie, les non-combattants et les petits. Sous l'œil perplexe de Gros Blair, qui commençait à se demander s'il avait pris la bonne décision, une querelle faisait rage entre Blu-Tack Bill, le Macaque et Ella pour savoir qui aurait la garde de Godzilla. Lewis et son escadron étaient sur un flanc, Gros Mick et le fusil qu'il avait pris au garde sur l'autre. Olive à l'arrière avec les tirailleurs.

Les petits n'avaient pas peur. Ils avaient traversé assez d'épreuves ensemble pour ne pas se laisser impressionner par une vulgaire marche de nuit. Et puis, ils savaient que les grands allaient assurer. Ils leur faisaient entièrement confiance pour trouver un endroit sûr où dormir, ainsi que de quoi manger et boire.

À leur sortie du palais, ils avaient mis cap à l'ouest. En arrivant dans Belgrave Square, ils tombèrent sur un groupe d'une dizaine d'adultes qui mangeaient un chien crevé. Quand ils levèrent la tête de leur charogne et qu'ils aperçurent la colonne de gamins marchant d'un pas martial, ils furent comme autant de lièvres pris dans les phares d'une voiture.

Au premier rang, les armes tintèrent.

— Vous voulez y goûter ? hurla Maxie. Venez-y, bande de crevards !

Pour toute réponse, les adultes échangèrent des regards interloqués, puis ils battirent précipitamment en retraite, abandonnant leur dîner.

Maxie éclata de rire. Achille avec elle. Blue la prit par la taille. Le reste de la troupe s'égaya à son tour et, bientôt, l'écho de leurs rires résonna dans tout le parc, ricochant sur les façades et chassant les démons.

Tout allait bien se passer.

70

Ce soir, une épaisse brume brouillait son esprit. Un voile rouge semblait lui être tombé devant les yeux. La douleur était plus insupportable que jamais. Elle courait dans ses veines telle une sournoise créature douée d'autonomie. À croire que tout son sang avait été remplacé par de l'acide tant ça le grattait de partout, le rongeait, le piquait. Entre le brouillard écarlate, la souffrance et les voix qui hurlaient dans sa tête, difficile de garder les idées claires. Il devait les traquer, les débusquer, les prendre par surprise avant qu'elles ne lui échappent. Comme des rats.

Ou des gamins.

Les gamins étaient rapides. Il fallait être malin pour les choper. Heureusement, malin, il l'était. Quelque part au fond de son cerveau confus, il en avait conscience. Il fallait juste qu'il s'habitue à réagir aussitôt que lui venait une idée, avant qu'elle fuie et qu'il retombe dans un océan de brouillard et d'épreuves.

Il leva les yeux vers les immeubles et vit quelqu'un qui le regardait. L'effronté. Il sentit enfler une bouffée de colère plus impérieuse encore que la souffrance.

Qui tu mates comme ça ?

Un homme en débardeur blanc barré d'une croix rouge.

Il ferma les yeux et serra les mains devant sa bouche en oscillant d'avant en arrière sur ses pieds endoloris. Il s'enfonça dans les affres d'une nouvelle agonie. Des aiguilles explosaient dans son crâne, perçaient son visage pour jaillir dehors. Il poussa un rugissement guttural dont le son comme le ressenti le soulagèrent. Il recommença. Ça lui plaisait. Ça lui vidait la tête.

Il souleva les paupières.

Des gens l'entouraient. *Pourquoi le regardaient-ils ?* Avec leurs foutus yeux. Il fit mine de les mordre. Certains reculèrent. Dieu que c'était bon. Il les tenait en son pouvoir.

Oui.

Ça lui revenait maintenant. Il était leur chef. Eux, son armée.

Il était impliqué dans quelque chose.

C'était quoi, déjà ?

Il secoua la tête, rugit à nouveau, puis cracha par terre. Il demeura un instant interdit, comme hypnotisé.

Une pensée gravitait dans son cerveau. Il bondit.

La voiture.

C'était ça. Il pivota, grimpa sur le coffre et de là sur le toit. D'ici il voyait tout le monde, éparpillé sur la chaussée autour de lui.

C'était quoi la rue ? Avant, il avait su son nom. Il connaissait le nom de tout ce qui se trouvait dans le coin. C'était son domaine. Tous partis aujourd'hui. Tous les noms. Tous les plus difficiles. Seuls quelques-uns demeuraient.

Voiture. Rue. Magasin. Kid. Sang. Manger.

Son peuple. Ils le vénéraient.

Pourritures. Boss. Tuer…

Ces sournois de gosses. Ils essayaient de fuir. Ils essayaient de se planquer. Comme les mots. Comme les idées. Mais il était fort. Et le fort triomphe du rusé. Les tuer. Tous jusqu'au dernier. Les manger. Comme celui du supermarché.

Il se souvenait : le garçon, assis là avant que sa tête ne danse au bout d'une pique, comme un étendard. Il rugit de nouveau, tel le lion, tel le grand mâle dominant. À lui l'honneur des meilleurs morceaux. Il contempla ce qui, un jour, avait été un supermarché.

Du feu.

Un autre joli mot pour décrire le spectacle qui s'offrait à lui. Un pâté de maisons en flammes. Ils allaient se mettre en marche maintenant. Retrouver tous les gamins. Les brûler, les manger, les écrabouiller. Tous les plus malins.

Un souvenir lui revint. Des petits futés quelque part. Tous les autres se moquant de lui.

C'était quoi le mot ? Un puissant. Un qu'il n'aimait pas.

École.

Tous les gamins qui se moquent.

Eh bien, regardez, regardez-moi aujourd'hui. *Boss. Roi. Lion. Tueur…*

Il écarta les bras en grand et ouvrit la bouche pour éructer un cri de victoire. Comme d'habitude, il ne s'en échappa qu'un grognement sourd et étouffé.

Pourtant, ils comprirent. Son armée. Ils levèrent les bras, montrèrent les poings, les plus dégourdis brandissant des armes.

Il leva les yeux et revit le même homme, qui le regardait toujours avec insistance. Il n'avait pas bougé d'un pouce.

Un gros type. Chauve. Débardeur blanc frappé d'une croix rouge. Il connaissait le nom.

Saint Georges.

Un sourire se dessina sur ses lèvres. L'homme c'était lui. C'était un… Un quoi, déjà ? Miroir ? Fenêtre ? Reflet ? Oui. C'était lui saint Georges. Un chevalier. Ça lui fit plaisir de se rappeler des mots aussi difficiles que ça.

Qu'est-ce que je vous disais ! Si je suis malin, que je les vise en oblique, les mots sont juste là, cachés.

Il avait un projet. Partir en *croisade*. Envahir les terres infidèles pour tuer, incendier et détruire. Son peuple le suivrait.

Il se mit à cogner le toit de la voiture de ses gros pieds, imprimant un rythme. Ban-bang ; ban-bang ; ban-bang ; un, deux ; un, deux… Le degré zéro de la danse.

Ban-bang ; ban-bang ; ban-bang ; un, deux ; un, deux…

Son peuple se joignit à lui, frappant du pied sur l'asphalte. Tou-toum ; tou-toum ; tou-toum…

Le bruit d'une armée en marche. Une armée sur le point de se déployer en saccageant tout sur son passage.

Il bondit de la voiture et, sans cesser de battre la mesure – un, deux ; un, deux… –, il fit voler en éclats les vitres à grands coups de matraque.

Et plus il battait du pied, plus il cognait, plus les idées lui revenaient.

Tout ce qu'il vandalisait décuplait sa force.

Pris de fureur, il se déchaîna sur tous les véhicules de la rue, tapant toujours du pied. Le bruit rassurant d'une machine.

Puis, ouvrant la marche, il prit la direction du champ de bataille, lieu de leur défaite face aux gamins. Ils ne perdraient plus de bataille dorénavant. Ils étaient trop nombreux. Trop forts.

Saint Georges, c'était lui.

Et la ville lui appartenait.

Ouvrage composé par
PCA – 44400 Rezé

MIXTE
Papier issu de
sources responsables
FSC® C003309

Pocket Jeunesse, une marque d'Univers Poche,
est un éditeur qui s'engage pour
la préservation de son environnement
et qui utilise du papier fabriqué à partir
de bois provenant de forêts gérées
de manière responsable.

www.pocketjeunesse.fr
PKJ• POCKET JEUNESSE

12, avenue d'Italie – 75627 PARIS Cedex 13

Imprimé en France

N°: 45504143262I7

Dépôt légal: 06/2011